마이 닥터

마
이
닥
터

초판 1쇄 인쇄일 2015년 8월 20일
초판 1쇄 발행일 2015년 8월 25일

지은이 ⏐ 반해
펴낸이 ⏐ 김기선
편집장 ⏐ 김은지

펴낸곳 ⏐ 와이엠북스(YMBOOKS)
출판등록 ⏐ 2012년 7월 17일 (제382-2012-000021호)
주소 ⏐ 서울 도봉구 노해로 379, 1005호(창동, 대성빌딩)
전화 ⏐ 02)906-7768 / **팩스** ⏐ 02)906-7769
E-mail ⏐ ymbooks@nate.com

ISBN 979-11-322-2772-4 03810

값 9,000원

YMBOOKS ROMANCE STORY

마이 닥터

반해 장편소설

Ym BOOKS

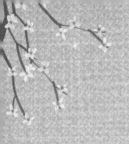

목차

프롤로그

키홀더와 휴대폰을 테이블에 던지듯 내려놓은 이강은, 피곤한 몸을 소파에 묻고 머리를 기대었다. 맨션의 한편, 전면 통유리창으로 볼티모어(Baltimore)의 밤은 이미 내려앉아 있었다.

병원에서 제공된 이 맨션은 야경이 일품이라는 단 한 가지의 장점만 빼면, 완벽하게 그의 취향에 어긋나 있었다. 여유도, 여백도 느껴지지 않는 빽빽한 빌딩촌은 병원 내의 생활만큼이나 치열했고, 한눈이라도 팔라치면 지갑이며 귀중품을 도난당하기 일쑤였다.

근처의 체서피크만(chesapeake bay)에선 경적 소리가 희미하게 들려온다. 소리의 출처는 늘 그랬듯 야간 요트를 준비하는 이들일 것이다. 14년 동안 그의 눈과 귀에 익었던 모든 것을 뒤늦게 감상이라도 하듯, 눈을 감은 이강에게선 미동이 없었다. 이제 이 밤을 끝으로 이곳의 모든 것과 이별이었다.

그가 눈을 뜨고 상체를 움직인 건 정확하게 5분 후였다. 테이블 위 휴대폰이 몸을 떨었고, 이강은 피곤이 묻은 미간을 손가락으로 슥슥 문지른 후 그것을 집어 들었다.

〈seok-hoon.〉

무감하던 이강의 입술 끝에 옅은 미소가 스쳤다.

"형."

쉰 목소리를 끌어내며 입을 열자, 먼 거리감이 느껴지는 목소리가 안부를 전해왔다. 존스홉킨스 대학에서 함께 공부를 했던 석훈은, 전문의 시험에 통과하자마자 재작년에 한국으로 돌아가 계승대학병원에서 외과의로 근무 중이었다.

–이야, 닥터 차. 내가 휴식을 방해한 건 아니지?

"정확하게, 맞아. 퇴근하고 쉬고 있던 참이었어."

–그래? 그래도 통화는 해야지? 준비는 다 된 거야?

"대충. 여기에 처음 왔을 때처럼 돌아갈 때에도 짐이 아주 간단해."

대답을 하며, 이강은 거실 한편에 놓아둔 짐 가방에 눈을 두었다. 크기도 작지도 않은 가방 속에, 지난 이곳에서의 생활을 모두 구겨 넣었다.

–그냥 눈 딱 감고 우리 병원으로 올 것이지. 다들 너 올 거라고

얼마나 기대했는데. 명색이 존스홉킨스 대학병원의 최연소 한국인 정형외과 전문의가 드디어 한국에 들어온다는데, 아니, 깡촌이 웬 말이냐고.

"이젠 쉬엄쉬엄 하고 싶어서 그래. 나 보기보다 게을러, 형. 시끄러운 도시는 이제 지긋지긋해."

─잔소리하지 말고 딱 1년만 거기서 일하고 곧장 우리 병원으로 와. 시골에서 실력 썩히는 거, 너 그것도 일종의 죄야, 인마.

"아무튼 이번에 여러모로 신경 써줘서 고마워. 돌아가면 한턱 단단히 내지."

─당연하지. 서울부터 전라도까지 누비면서 부동산 중개인들 만나느라 얼마나 고생했는데! 한턱으론 모자라지! 나 받을 땐 사정없이 받는 놈이야!

석훈이 과도하게 목소리를 높이자 이강이 쓰게 웃었다.

이내 싱거운 통화는 싱거운 미소로 마무리되었고, 이강은 소파에서 몸을 일으켜 통 유리창가로 다가갔다. 185센티미터의 큰 키가 유리창의 일부를 가렸다. 야경을 응시하는 눈빛은 허허롭기 그지없었다.

계승대학병원에서 초빙의사를 타진해온 건 석 달 전이었다. 한국 내에서 세 손가락 안에 꼽히는 병원이었고, 나이가 드신 채로 홀로 지내고 계실 아버지에 대한 걱정도 한국행에 무게를 실어주긴 했지만, 그가 돌아가야 할 곳은 계승대학병원이 아니었다.

이강은 고개를 돌려 책상 위를 보았다. 팔을 뻗어 액자를 가져왔다. 사진 속에는 어깨까지 늘어뜨린 긴 생머리를 한 여자가 하얀 치아를 드러내며 웃고 있었다. 이강의 부탁으로 석훈이 작년에 몰래 찍어 보내준 것이다.

한준희.

열여덟의 그 녀석이 거칠 것이 없이 온 데를 누비고 다니는 고양이 같았다면, 지금의 그녀는 세월이 묻은 온화한 미소 뒤에 텅 비어버린 공허감이 느껴졌다.

"한준희……."

습관처럼 그녀의 이름을 뇌까렸다. 그녀의 공허감을, 가슴에 덕지덕지 나 있는 상처를 이제는 만져줄 때가 되었다. 그럴 때가 되었다. 이강은 고개를 끄덕였다.

여전히 너에게서 벗어나지 못하고 있는 내가, 널 만나러 갈게.

시푸르렀던 그 시간 속의 네 모습을 되돌리기 위해서 난 노력할 준비가 되어 있어.

너는 나를 잊었겠지만 여전히 건재한 나의 기억 안에는, 그 시절의 너와 내가 있지.

아무것도 몰랐지만 또한 모든 걸 알았고, 어떤 것도 없었지만 또한 모든 것이 있었던 그때의 그날에, 사랑스러웠던 너와 널 사랑했던 내가 있지. 그래, 아직도 있지.

1. 너와 내가 있었다

영신 고등학교.

새 학년을 맞이한 교정은 분위기부터 달랐다. 들뜸과 차분함을 오가는 와중에 새로워질 학교생활에 대한 호기심이 학생들을 장악하고 있었다. 그리고 그런 분위기는 이강이 속한 2학년 1반도 예외는 아니어서 조례가 있기 전인 이강은 아까부터 무척 난감해진 기분을 만끽하고 있었다.

그는 이어폰을 낀 채 반 아이들의 소란스러움과 동떨어진 상태로 문제집을 들여다보고 있긴 했지만 쉽사리 집중이 될 리 만무했다. 이강이 앉아 있는 자리에서 정확하게 대각선의 위치에 있는 앞쪽에 그의 신경을 자극하는 존재가 앉아 있었던 탓이었다.

"이야, 차이강이란 애가 이렇게 생겼구나."

흘깃 뒤돌아본 앞자리 여자아이가 호기심을 가득 드러내며 혼 잣말을 내뱉었다. 그러자 여자아이의 옆, 그러니까 이강의 신경을 건드리는 존재가 덩달아 돌아본다. 앞서 혼잣말을 했던 여자아이 가 말을 이었다. 이번엔 혼잣말이 아니라 이강에게 정식으로 묻는 듯한 말투였다.

"너 완전 수재라며? 초등학교 때부터 지금까지 본 시험이 전 부다 올백이라던데 진짜야?"

"알면서 뭘 묻냐? 쟤는 우리랑 레벨이 달라. 전국에서 1등을 놓친 적이 없는 몸이시다. 그러니까 1년 동안 잘 보여. 혹시 알아? 공짜로 수능 예상문제 하나 하사해줄지?"

이강은 그제야 문제집에서 시선을 떼어내고 고개를 들었다. 그 가 눈을 둔 곳은 앞자리의 여자아이가 아니라 그 옆자리, 아침부 터 그를 예민하게 하고 있는 존재, 준희였다.

그녀의 말투는 빈정거림이 섞여 있지만 얼굴은 그저 흐뭇하게 웃고만 있다. 재미있어하는 것이 틀림없다. 이강이 자신과 같은 반이 되었다는 사실에 대해서.

"다 가졌구나, 외모에 공부에."

여자아이의 넋두리를 흘려들으며 이강은 준희에게 박힌 시선 을 떼어내지 않고 있었다.

담임이 들어오자 아이들이 조용해졌고, 그저 형식에 불과할 인 사가 오가는 와중에도 이강의 신경은 온통 준희에게 쏠려 있었다. 이래서야 제대로 공부가 될지 알 수 없었다. 자리만이라도 녀석의 앞이라면 좋을 텐데. 태어나서 지금까지 알고 지내는 사이지만 같은 반이 된 건 처음이라, 이강 자신도 난감했던 것이다.

"우리, 한 사람씩 일어나서 장래 희망에 대해 얘기해볼까."

굵은 안경을 쓴 담임이 여자다운 세심한 눈길로 반 아이들을 훑은 후 말을 꺼내었다. 우우, 하는 야유의 목소리가 교실을 뒤덮었다. 그런 건 초등학교 1학년 때 모두 뗀 거라며 제발 유치해지지 말자는 의견이 대세였다. 물론 야유를 보내는 목소리에는 준희의 것도 섞여 있었다.

"한준희! 준희가 먼저 일어나서 얘기해보자. 선생님이 꼭 듣고 싶어서 그래."

아이들의 적극적인 반대에도 불구하고 담임은 의지를 꺾지 않았다. 이강은 준희의 등을 덮은 긴 머리칼이 흔들리는 것에 시선을 두었다. 뿌루퉁하게 내민 입술을 거둔 녀석이 냅다 자리에서 일어나 한마디 한다. 담임과 아이들의 관심이 온통 준희에게 집중되었다.

"제 남편은 의사였으면 좋겠어요."

"응? 준희야, 네 꿈을 말해보라니까?"

"제가 그럴 주제가 못 되니까 남편이라도 잘나가는 사람이었으면 좋겠다구요, 선생님. 그래서 저를 치료해줬으면 좋겠어요."

준희의 엉뚱한 대답에 슬쩍 실소를 머금던 이강은 잠시 후 얼굴을 굳혔다. 일어서 있는 준희의 아래위를 살피는 눈빛이 번뜩거렸다. 쟤가 어딘가 아팠던가.

이강이 18년간 알아온 준희는 몸과 마음이 과도하게 건강해서 문제인 녀석이었다. 그리고 그런 건강함은 초등학교와 중학교, 그리고 고등학교를 거쳐 오면서 준희로 하여금 모든 선생님들과 친구들에게 늘 인기인이 되게 했다.

준희가 주변 사람들로부터 인기를 얻게 된 이유는 그녀가 태정백화점 사장이자, 이 학교에 물질적으로 막강한 영향력을 행사하고 있는 분의 손녀라서가 아니었다. 녀석 특유의 밝음이 모두의 환심을 샀고, 준희는 그것을 토대로 친구의 숫자를 대폭 늘려갔다.

그러니 이강으로선 의사 남편이 치료해줬으면 좋겠다는 준희의 말에 고개를 갸웃거릴 수밖에 없었던 것이다. 모두를 깔깔거리고 웃게 만들었던 준희의 장래 희망 발표가 끝나고 담임에 의해 호명된 다른 아이들이 차례로 일어나 발표를 할 때에도, 준희에게 꽂힌 이강의 시선은 흔들림이 없었다.

이강에게 있어 공부란 그저 흔한 일상 중 하나이자 습관 같은 것이었다. 어려서부터 항상 운전을 하느라 바쁜 아버지를 기다리다가 지치면 공부를 하곤 했다. 그것 외엔 할 게 없었고, 할 수 있는 것도 없었다.

딱히 어떤 사람이 되고자 하는 바람이나 어떤 공부를 하고 싶다거나, 그런 거창한 꿈과 희망이 있는 것도 아니었다. 그래서 주위에서 부담을 줄 때마다 준희를 생각했다. 언제부터인가 그 녀석을 생각하면 경직된 마음이 이완되곤 했다.

"한준희 개 말이야, 어딘가 재수 없지 않아? 지가 뭔데 담탱이 질문에 그딴 식으로 대답해? 하여간 어디서든 튀는 년들은 재수가 없어요."

1교시가 끝난 후 화장실에 들렀다 나온 이강이 걸음을 멈추었다. 어디에서든 그의 귀를 잡아당기는 이름 석 자가 들린 탓이었다.

흘깃 곁눈질로 보니 오늘 같은 반이 된 여학생 세 명이 복도 난간에 삐딱하게 몸을 기댄 채 저들끼리 신 나게 준희를 물어뜯고 있었다. 그중 리더가 유독 준희에게 반감을 표하고 있었다. 이름이 영진이랬나.

규정에 어긋난 교복 치마 길이, 껌을 씹고 있는 건방진 입매, 불만이 고스란히 드러나 있는 표정들. 학교에서 유명한 일진들이었다. 아니, 일진이 되고 싶어 하는 어설픈 치기라 해야 하나.

"뭐긴 뭐야, 우리 학교에 매달 엄청난 돈을 쏟아붓는 분의 손녀시지. 그러니 선생들도 하나같이 걔한테 벌벌 기는 거고."

"허! 그래? 내가 1학년 때엔 책만 팠더니 학교 돌아가는 꼴을 모르고 살았네. 좋아, 요주의 인물 리스트 1위다, 한준희."

"아서라. 걔는 건드리면 안 돼. 걔 친구들이 얼마나 많은데. 졸라 마당발이야."

"마당발이든 뭐든 내 신경에 거슬리는데 어떡해. 아무튼 걸리기만 해봐."

이강은 그녀들의 유치함에 핏, 헛웃음을 흘리곤 걸음을 옮겼다. 그녀들의 앞을 지나는데, 그중 한 명이 이강을 발견하곤 발을 스윽 내밀어 걸음을 방해했다.

"야! 차이강!"

걸음을 멈춘 이강은 고개를 돌려 그녀들을 보았다. 서늘한 눈빛에 잠시 할 말을 잃었는지, 발을 건 여자아이가 입술을 삐죽거리는 것이 보였다.

"발 치워."

간단하게 내뱉자 여학생이 순순히 발을 거뒀다. 그러자 아까 준희를 요주의 리스트에 올리겠다던 여자아이가 한 걸음 이강에게 다가왔다.

"너 한준희랑 친하다며? 걔 버리고 우리랑 놀지 않을래? 우리 이래 봬도 공부 제법 해. 나 1학년 말 고사 반에서 12등 했어."

"꼴값은 너희들 서로서로에게나 떨지그래?"

"뭐? 하! 웃기네. 너 지금 잘났다, 이거야? 와, 졸라 재수 없네."

"그래? 유감이구나."

준희 때문인지, 말이 생각보다 훨씬 더 거칠게 나갔다. 여자아이들은 단박에 입을 다물었지만 교실을 향하는 발길은 리듬이 흔들렸다.

마음에 들지 않는다. 왜 그 녀석의 이름에 이렇게 신경이 쓰이는 건지, 왜 그 녀석을 생각만 하면 다리에 힘이 빠지는지, 왜 눈에 자꾸 어른거리는 건지.

세 명의 여자아이는 교실에 들어와서도 존재감을 뽐내었다. 그녀들은 가운데 줄 가장 끄트머리에 앉아 있는, 한눈에도 연약해 보이는 여학생을 상대로 치기를 부리고 있었다.

책상을 발끝으로 툭툭 치고, 여학생의 머리를 슬금슬금 어루만지며 공포감을 조성했다. 그 모습을 준희가 뚫어지게 쳐다보고 있었고, 이강은 그런 준희를 뚫어지게 응시했다.

등하굣길은 언제나 그 모습이 비슷했다. 유치원 시절부터 지금까지, 준희의 두세 걸음 뒤에 언제나 이강이 있었다.

야간자율학습이 없는 새 학년의 첫날 하굣길. 골목에 어슴푸레 내리고 있는 저녁 빛 사이로, 준희의 뒷모습이 바람에 흔들렸다. 봄을 시샘하는 찬바람이 준희의 교복 치마를 건드리자, 이강은 그 아래 미끈하게 드러난 가는 다리를 보았다.

언제부터인가 준희의 얼굴을 똑바로 마주할 수 없었던 그 순간부터 이런 증상이 시작된 것 같다. 준희의 모든 행동과 모습에 몸이 반응하는 것이다.

호흡부터 달라졌고 가슴이 엇박자를 내며 심각하게 두근거렸다. 준희만 보면 애매해지고 난감해지는 기분이 되는 이유가 바로 여기에 있었다. 이 감정의 정체가 무엇인지 도무지 알 길이 없는 것이다.

그러나 한 가지는 분명했다. 차이강에게 한준희는 절대 욕심을 내어선 안 되는 대상이다. 왜냐하면 준희의 할머니, 즉 태정백화점 사장님의 운전기사가 바로 이강의 아버지였기 때문이다.

게다가 이강이 들은 바로는 할아버지도 준희네 집의 운전기사셨다고 한다. 그러니 2대에 걸쳐 대략 70년의 세월을 준희네 집에 충성하고 있다는 얘기다.

하굣길의 두 사람의 목적지는 같다. 집. 넓은 정원 위에 우뚝 솟은 3층짜리 화려한 집 아래에, 고급스럽고 윤택해 보이는 돌계단 아래에, 방 두 칸짜리 허름한 이강의 집이 있다. 같은 대문을 열고 들어가지만, 준희와 이강이 향하는 곳은 다르다.

"너 우리 스터디에 들어올래?"

두어 걸음 앞서 걷던 준희가 갑자기 걸음을 우뚝 멈추고 돌아보았다. 갑작스런 멈춤 탓에 이강도 급정거하다시피 하자 이강의 가슴팍에 준희의 코끝이 살짝 닿았다. 또다시 호흡이 뜨거워졌다. 행여 가슴마저 뜨거워질까 서둘러 몸을 먼저 떼어낸 건 이강이었다.

"흥미 없는데."

"흐음. 전교 2등 하는 진석이 알지? 걔도 들어오기로 했어. 우리 반 반장이랑 5반 반장도 들어올 거고. 이래도 흥미 없어?"

가지런히 자른 준희의 앞머리가 바람에 흔들렸다. 크고 동그란 눈동자는 뚜렷한 초점으로 그를 쳐다보고 있었다. 이강은 준희가 눈치채지 못하게 심호흡을 한 후 입을 떼었다.

"그래."

"하긴 네가 아쉬울 게 뭐가 있겠니."

다소 실망한 눈치를 보이며 준희가 다시 휙 몸을 돌렸다. 긴 머리칼이 이강의 턱을 간질였다. 한 걸음만 더 다가서면 금세 닿고 말 녀석의 등에서 샴푸의 향기가 났다.

젠장. 난감해진 머릿속을 비워내기 위해 도리질 치던 이강은, 집 앞 골목에 즐비한 자동차의 행렬을 발견하고는 준희를 보았다. 준희 역시 차량들을 보았는지 멍하니 서 있기만 했다.

요즘 들어 부쩍 백화점 측 임원들이 집에 자주 드나든다는 사실을 이강과 준희 모두 알아차리고 있었다. 그리고 그것은 결코 좋은 이유가 아니라는 것도. 이강은 준희의 옆으로 자리를 옮겼다. 녀석의 불안감이 뒤에서도 느껴졌던 탓이었다.

"이강아."

한참을 말없이 차량들만 쳐다보고 있던 준희가 입을 떼었다.

"우리 여기 좀 더 있다가 들어가자."

"왜."

"백화점 사람들이 오늘도 와 있나 봐. 내가 들어가면 대화가 끊길 거야. 회의를 아주 오래 해야 하거든. 알잖아, 요즘 우리 백화점 장사 거의 안 되는 거."

덤덤한 척하지만 사실 준희도 불안한 거다. 불투명한 미래에 대해서 이 녀석도 떨고 있는 거다.

"사람들이 그러는데 우리 백화점 곧 망할 거래."

"그런 생각은 하지도 말고, 그런 말은 듣지도 마. 네 머릿속에서 다 지우고 넌 공부만 해. 알았어?"

이강은 준희의 앞으로 가 그녀를 마주 보고 섰다. 늘어진 차량의 행렬을 가리며 준희의 시선을 제게로 돌렸다. 그러자 준희가 피식거린다.

"피이, 걱정해주는 거야?"

"걱정 아니고 한심해서 그래. 백화점은 네 할머니께서 잘 알아서 하실 거야. 넌 너한테 주어진 일이나 열심히 할 생각만 해."

"이강아, 그거 알아? 내 옆에 있는 사람들은 모두 불행해졌어. 처음엔 긴가민가했는데 이번에 할머니를 보고 확신을 하게 됐어."

"그렇게 멍청한 소린 어떻게 해야 나오는 거냐?"

"너도 그렇게 될까? 그래서 말인데 이강아…… 그래서…… 그래서……."

답지 않게 말을 더듬는 준희에게서, 이강은 불안감이 전염되는 듯했다. 불현듯 오늘 조례시간에 준희가 발표했던 어이없는 장래희망 이야기가 떠올랐다.

"너, 어디 아픈 데 있어?"

"응? 내가?"

"그래."

"아아, 아까 교실에서 내가 했던 말 때문에 그래? 그래, 나 아파. 아무 무진장 아파서 돌겠어."

눈을 살짝 치켜뜨고 입가에 머문 미소를 지우지 않고 말하는 준희 때문에, 그 말이 농담이라는 걸 알았지만 녀석의 허한 눈빛은 내내 이강의 심기를 불편하게 했다. 아직도 모르겠다. 녀석만 보면 미쳐버리는 이 가슴이 무엇 때문인지.

개나리가 꽃망울을 머금기 위해 노란색으로 갈아입을 채비를 하는 화단 아래 담벼락에서, 두 사람은 말없이 등을 기대었다.

결국 준희는 20여 분이 흘러서야 어쩔 수 없이 초인종을 눌렀고, 이강은 그녀의 뒤를 따라 들어갔다.

이제부터는 두 사람이 가는 방향이 달랐다. 준희는 돌계단을 올라가야 했고, 이강은 대문에서 몇 발자국 떨어진 곳에 있는 그의 집으로 들어가야 했다. '들어가.'라는 말로 인사를 대신한 준희가 거의 뛰다시피 하며 계단을 오르는 것을, 이강은 하염없이 바라보기만 했다.

　1층 거실에 심각한 표정으로 모여 있는 할머니 외 백화점 사람들을 지나, 2층에 있는 제 방으로 들어온 준희는 가방을 내려놓지도 않고 서둘러 창가로 다가갔다. 그리고 발뒤꿈치를 훌쩍 들어 올리고 고개를 길게 내빼 창밖을 봤다. 머뭇거리던 이강이 집으로 들어가는 모습이 먼발치에서 보였다.

　윤곽이 뚜렷하지 않은 흐린 미소가 입가에 걸렸다. 준희는 입모양으로 '바보'라고 말하며 입술을 뾰루퉁하게 내밀다가 이내 얼굴빛을 흐렸다.

　"그래서…… 그래서…… 너를 좋아할 수가 없어, 이강아. 네가 불행해지는 건 싫거든."

　이강에게 미처 다 하지 못했던 말을 중얼거렸다. 아주 어렸을 때부터, 눈에 보이는 것과 귀에 들리는 것, 그리고 손에 만져지는 것들이 감각으로 인지되기 시작했을 때부터, 이강과 함께였다.

　기억은 안 나지만 할머니의 말씀에 의하면 걸음마도 비슷한 시기에 뗐다고 한다. 그렇게, 세상에 첫발을 내디뎠을 때부터 함께였던 이강은, 준희에겐 또 하나의 다른 세상이었다.

　이강의 할아버지와 아버지가 대대로 할머니와 그 위의 할아버지, 그러니까 태정백화점 사장님들의 운전기사니 지금은 함께하는 것이 당연하지만, 이 시간이 오래가지 않을 것임을 안다. 이강은 절대 운전기사가 될 리 없는 아이고, 백화점 또한 언제 무너질지 알 수 없는 살얼음판을 걷고 있으니까.

운전기사를 하는 대신, 이강은 지금까지 그녀의 뒤에서 묵묵히 걸어주고 있다. 그녀가 발을 잘못 디뎌 넘어지거나 아파서 쓰러질 때에, 뒤에 선 이강이 받쳐주고 있다. 하나의 습관이 되어버린 이강의 품. 그러니 더더욱 곁에 두어선 안 되는 것이다.

"그래도 내 마음에서 이강이 너는……."

중얼거림이 끝을 맺지 못하고 허공으로 흩어졌다.

발뒤꿈치를 슬며시 내린 준희는 침대맡에 걸터앉았다. 그러곤 서둘러 손바닥으로 귀를 틀어막았다. 양쪽 귀에 물이 차오르는 느낌이 다시 찾아왔다. 약간의 어지럼증을 동반한 그 증상은 작년부터 시작되었다. 무언가에 과도하게 신경을 쓰거나 과로를 하게 되면 으레 찾아왔다.

할머니 몰래 혼자 들른 이비인후과의 의사 말로는 아직 구체적인 원인이 규명되지 않은 병이라 했다. 관리를 소홀히 하면 나이가 들어가면서 청력이 감퇴될지도 모르고, 심할 경우 아예 소실될 수도 있다고도 덧붙였다. 무섭지는 않다. 아직 먼 미래의 일이니까.

잠시 후 통증이 잦아들자 준희는 귀에서 손을 떼어냈다. 그리고 곧이어 숫자를 세기 시작했다. 1부터 10, 30, 50, 100까지 센 후에 거실로 내려가면 백화점 사람들은 모두 돌아가고 없을 것이다. 그리고 한참 뒤, 숫자 100이 입에서 튀어나왔을 때, 준희는 벌떡 몸을 일으켜 방을 나섰다.

"할머니!"

예상대로 진지한 표정으로 거실에 모여 있던 백화점 사람들은 모두 돌아가고 없었다. 할머니인 순심만 찻잔을 든 채 멍하니 계셨다. 할머니의 표정에서 준희는 또 한 번 불안함을 느꼈다. 백화점이 잘못되어가고 있는 것이다. 틀림없이.

"그래, 준희 왔니? 사람들이 북적거려서 소란스러웠지? 공부하다 내려온 거야?"

멍한 시선을 거둔 순심이 찻잔을 내려놓고 준희를 맞이했다. 어두운 기색을 감춘다고 감추었는데도 준희는 이미 눈치챈 듯했다.

어려서부터 그랬다. 말 한마디 없어도 표정만으로도 모든 상황을 꿰뚫어 보곤 했다. 그러니까 그게, 며느리가 준희를 낳다가 죽고 며느리의 죽음에 상심한 아들마저 그다음 해에 죽었다는 이야기를, 준희에게 에둘러서 말해주었을 때부터였을 것이다.

빛이 꺼져가던 어린 손녀의 눈동자를, 순심은 아직도 기억하고 있었다. 자신 때문에 부모가 죽었다는 쓸데없는 자책감을 털어내기엔 아직 준희는 성숙하지 못했다. 순심은 제 옆에 바짝 다가와 정답게 팔짱을 끼는 손녀를 환한 얼굴로 마주했다. 그러자 준희가 입술을 삐죽였다.

"아닌데."

"공부 안 하고 방에서 뭐 했어? 그리고 보니 교복도 안 갈아입었네?"

"어차피 전 공부머린 없잖아요. 과외를 해도 안 돼, 학원을 다녀도 안 돼. 아마 스터디를 해도 안 될 거예요."

준희는 순심이 며칠 전에 제안했던 스터디를 쑥스럽게 들먹였다. 물론 그리 바닥은 아니지만 그렇다고 자랑스럽게 떠벌릴 수준도 아닌 제 성적을 염려해서라는 것을 안다. 그러나 밑 빠진 독에

물 붓기가 얼마나 어리석고 쓸데없는 일인지, 할머니는 아직 모르시는 것 같다.

"그런 말 하면 할미한테 혼난다고 했지? 결과보다는 노력이 중요한 거야. 할미는 그게 보고 싶은 거고."

준희는 그렇게 말하는 순심의 얼굴을 빤히 쳐다보며 잠시 고민했다. 할머니에게 넌지시 말한다면 이강이 생각을 달리할지도 모른다. 그 아이는 어른을 무척 공경하니까.

"이강이가 우리 스터디에 들어오면 좋을 텐데. 근데 걘 관심 없대요."

"그러냐? 하긴 이강이가 스터디 같은 걸 할 급은 아니지. 걔야 워낙 범상치가 않잖니. 그럼 할미가 이강이한테 슬쩍 한번 떠보련?"

"그래주시면 감사."

준희는 내심으로 쾌재를 불렀고, 이강의 난감한 표정을 떠올리며 키득거렸다. 순심도 어느새 어두운 표정을 걷고 즐거운 낯으로, 준희의 모종의 음모에 동참하고 있었다. 하지만 준희의 미소도 오래가지 못했다. 밝은 순심의 얼굴 뒤로 어둡게 드리워진 우울의 커튼을 다시 확인한 탓이다. 준희는 순심의 손을 잡았다.

"할머니, 나 할머니한테 드릴 말씀이 있어요."

"응? 뭔데? 우리 손녀가 할머니한테 하고 싶은 말이 뭘까."

"혹시 백화점이 잘못되더라도 너무 마음 상해 마세요. 제가 고등학교만 졸업하면 할머니 책임질 테니까. 아셨죠?"

웃느라 늘어났던 순심의 입가가 금세 파르르 떨렸다. 네가 생각하고 있는 그런 게 아니라고, 아무 일이 없으니 걱정하지 말라고, 거짓말로라도 준희를 안심시켜야 하는데 당혹스러운 마음에 그러지 못했다. 그녀의 짐작이 맞은 것이다. 준희는 이미 모든 것을 알고 있었고 할머니를 걱정하는 단계까지 온 것이다. 순심은 마른침을 삼켰다.

백화점이 재정적으로 힘들어진 것은 어제오늘 이야기가 아니었다. 초현대식으로 경영하는 다른 백화점들과는 달리, 순심의 집안이 대대적으로 맡아온 태정백화점은 옛것을 고수해왔다. 그 이유는 선조들이 지켜온 것을 깨고 싶지 않았고, 분명히 태정백화점과 코드가 맞는 대중들도 있을 거란 판단에서였다. 하지만 그건 순심의 착각이었다. 구식 콘텐츠를 선호하는 사람들은 극소수일 뿐이었다.

몇 년 전부터 백화점에 위기가 찾아왔다. 직원들 급여를 맞추느라 순심은 제 이익까지도 모두 그들에게 돌렸다. 한계에 봉착한 나머지 빚이 늘어갔고, 이제는 그 빚마저 감당할 수 없을 지경이 되었다. 백화점은 당연하고 이 집과 차, 그리고 순심의 이름으로 등록된 부동산들마저 싹쓸이 될 위기를 맞이한 것이다.

빈털터리가 되는 건 두렵지 않았다. 타인들은 살면서 물기 한 번 묻혀보지 않은 손이라 여기겠지만, 백화점을 지금까지 지켜오며 궂은일을 도맡아 해왔다. 그러나 준희에게 물려줄 것이 아무것도 없다는 생각만 하면 아들과 며느리에게 미안하고 부끄러워지는 것은 어쩔 수 없었다. 남은 것이 아무것도 없었다. 텅 비어버리고 황폐해진 가슴만 빼면.

"할머니."

멍하니 생각에 잠긴 순심이 걱정되어 준희가 시선을 뺏어왔다. 그러자 순심이 눈을 껌뻑이며 퍼뜩 돌아본다.

"으, 응?"

"차 기사 아저씨는 어디 가셨어요?"

"아, 내가 심부름 좀 시켰어. 밤늦게나 올 거야. 왜?"

준희가 씩 웃었다. 이강이 혼자 있겠구나. 소파에서 몸을 일으킨 준희는 주방으로 냅다 달렸다. 순심은 그런 손녀를 애달프게 쳐다보고 있었다.

준희는 주방 아주머니한테 졸라서 얻은 간장게장 한 접시를 들고 조심조심 이강의 집에 도착했다. 현관문을 슬쩍 열고 들어가니 이강의 방에서 바스락거리는 소리가 들렸다. 고개를 돌리니 이강이 검도학원에 갈 때마다 메고 다니는 가방이 보였다. 오늘 검도학원에 가는 날도 아닌데, 생각하며 의아해하고 있는데 방문이 열리고 이강이 나왔다. 검은색 도복 차림의 이강과 짧게 눈을 마주친 준희는 새침하게 시선을 돌려버렸다.

"무슨 일이야?"

이강은 준희가 들고 있는 접시를 슬쩍 보다가 다시 녀석을 보았다.

"오늘 학원에 가는 날 아니잖아. 아저씨 안 계신다기에 같이 저녁밥이나 먹어주려고 했더니."

"특별수업이 있어."

그랬구나. 백화점 때문에 우울해진 기분을 풀기 위해 게장까지 훔치듯 가져왔건만, 보기 좋게 허탕 치게 생겼다. 준희는 입을 삐죽대며 접시를 내밀었다.

"할머니가 이거 맛있게 되었다고 너랑 아저씨한테 가져다주라고 하셨어."

"알았어. 냉장고에 넣어놓을게. 할머니께 감사하다고 전해주고."

이강은 준희로부터 접시를 받아 들고 바로 옆에 있는 냉장고 문을 열었다. 접시를 얌전히 넣어두는데 녀석의 음성이 다시 들려왔다.

"지금 곧장 나갈 거야?"

"응."

냉장고 문을 닫고 보니 준희는 발끝으로 빙글빙글 원을 그리고 있었다. 그 녀석의 버릇. 무언가를 망설이고 있다는 뜻이다.

"무슨 할 말 있어?"

"아니."

"얘기해. 10분 정도 시간 있어."

아니라고 말했는데도 얘기해보라는 이강의 단호함이 준희를 갈등하게 만들었다. 이강은 그녀를 너무도 잘 알고 있다. 아니라고 말했지만 실상은 눈동자 가득 들어 있는 아쉬움을 읽어낸 것이다.

준희는 고개를 들고 이강을 똑바로 쳐다보았다. 백화점이 잘못되어 이사를 가게 되거나 멀리 떠나야 하는 날이 온다면 우린 어떻게 되는 거지? 너밖에 못 보는 나, 너밖에 알지 못하는 나, 너밖에 없는 나의 세계는 어떻게 되는 거지?

"넌…… 만약에 우리가 헤어지게 된다면 어떻게 할 거야?"

망설임 끝에 내뱉은 말은 준희 스스로가 생각해도 어이가 없었다. 생각으로만 맴돌던 것들을 끄집어낼 필요는 없었는데. 그녀와는 달리 이강은 아무 감정이 없을지도 모르는데. 어리석게도 준희는 감정을 숨기는 법을 아직 알지 못했다.

"한 번도 생각해본 적 없어."

이강은 녀석의 이상한 질문에 잠시 눈을 가늘게 뜨다 대답했다. 준희에게서 어딘가 수상한 낌새가 느껴졌지만 그것의 실체를 그때는 알아채지 못했다. 다만 헤어짐을 이야기하는 녀석이 서운하여 저도 모르게 목소리가 뾰족해졌을 뿐이었다.

이 녀석과 헤어진다는 생각은 단 한 번도 해본 적이 없다. 아직은 미래를 알고 싶지 않은 나이. 지금 현재 함께 있다는 것만이 중요했다.

준희는 고개를 떨어뜨렸고, 이강은 그런 그녀를 한참 동안 응시하고 있었다.

"오늘 학교 끝나고 우리 집에 가자. 교재는 준비됐지?"

2교시가 끝난 후 옆 교실로 간 준희는 진석에게 다가갔다. 그는 스터디 그룹 멤버 중 가장 화려한 성적의 소유자였다. 집안 또한 화려했다. 아버지는 의사로 모 종합병원의 과장이고, 어머니는 증권회사 이사였다. 주변에 있는 친구들 역시 소위 '있는 집'을 배경으로 한 아이들이다.

"응."

진석이 교과서를 덮고 어깨를 으쓱하며 대답했다. 그러다 이내 무언가 떨떠름한 표정을 지어 보인다.

"한준희, 그런데 말이야. 조건이 있어."

"조건이라니? 언젠 그냥 무조건 하겠다며."

"나 정도 되는 애가 들어가는데 조건이 없으면 내가 너무 억울하지. 솔직히 내가 그 스터디 모임에서 별로 얻을 건 없어 보이거든."

"하! 그래, 조건이 뭔데?"

준희는 진석의 거만한 표정에 대고 욕을 해주고 싶었지만 지금까지 쌓아온 이미지를 생각하여 참았다. 할머니만 아니라면 스터디 모임 같은 것 시도하지도 않았을 텐데. 내심으로 할머니가 갑자기 야속해져 아랫입술만 깨물고 있는데, 진석이 돌연 제안을 해 왔다.

"너, 나랑 사귀자. 그게 내 조건이야."

"네가 지금 여친 둘 처지니?"

"너, 이강이 그 자식이랑 친한 거 꼴불견이야. 건방진 새끼. 혹시 과외 받는 거 있냐고 물어봐도 묵묵부답이야. 자식이 날 지나가는 개 취급 했다니까."

오래전부터 진석이 이강에게 갖고 있는 경쟁심과 열등감을 모르지 않았다. 단 한 번도 1등 자리를 내어준 적이 없는 이강이, 진석의 눈에는 가시 같은 존재일지도 모르겠다. 그리고 진석의 질문에 이강은 아무 대답을 할 수가 없었던 이유도 안다. 이강은 어떤 과외도 받지 않으니까.

실제로 학교 아이들 사이에선 이강의 부모님, 즉 배경을 두고 여러 의견이 분분했다. 이름 있는 기업체의 사장이라는 소문부터 그냥저냥 평범한 가정이라는 소문까지. 지금껏 준희가 이강의 사생활에 대해 친구들에게 일절 입을 다물어왔기에 가능했던 일이었다. 그것이 이강의 자존심을 지켜주는 나름대로의 배려라 여겼다.

하지만 이제는 그 배려가 다른 감정의 형태로 그녀를 괴롭히고 있었다. 백화점 때문에 자꾸만 불안해져가는 마음이 이강에게만 의지하려 하고 있다. 이강을 위해 어떻게든 그 마음을 차단시켜야 한다고 그녀 자신에게 설득했다.

"공부는 따라잡지 못하니 다른 쪽에서 우위를 점하시겠다?"

"공부도 곧 따라잡을 거야. 두고 봐. 올해가 가기 전에 내가 그놈을 이기는 모습을 보여줄 테니까."

진석은 오만하게 웃으며 장담했다. 한심하다 싶었지만 그 순간에 준희의 머릿속에 든 건 이강이었다. 어차피 사귀자는 진석의 제안도 좋아하는 마음에서 비롯된 건 아닐 터였다. 피차 필요충분조건에 의한 관계니 진지해질 일도 없을 것이다. 진석과 사귀면 이강과의 관계도 어느 정도 흐려지리라 생각했다. 그렇게 조금씩 거리를 만들어가다 보면 나중에 헤어지게 되더라도 슬프지 않을 것이다.

"그래, 좋아. 하지만 나도 조건이 있어."

"네가 무슨 조건? 스터디에 참여하는 조건이 너랑 사귀는 거라니까? 넌 오케이 했으니 거래는 끝난 건데, 또 무슨 조건을 달아?"

"우리 사귀는 거, 비밀이야. 그것만 지켜주면 돼."

"그건 별로 안 내키는데."

"나도 너 별로 안 내킬라 그런다."

준희가 강하게 나가자 진석도 마지못해 수긍했다. 교실을 나오자마자 준희는 밀려드는 후회감에 젖어 아주 잠시 입술을 짓씹었다. 이강을 위해 마음에도 없는 연애를 결심했다는 사실이 어이가 없어진 것이다. 그러나 후회 뒤에 남은 건 씁쓸해한 심정이었다. 어쩌면 이강은 준희가 누구를 사귀건 관심 없을지도 모른다는 추측 때문이었다.

교실로 돌아온 준희는 뒤편에서 영진 패거리가 보라를 둘러싸고 있는 광경을 목격했다. 워낙 연약한 아이라 체육시간에 빠지기가 부지기수고, 청소 담당에서도 가끔 제외되기도 했다.

특별한 병이 있는 건 아니지만 정상적으로 움직이지 못하는 오른쪽 다리 때문이었다. 영진 패거리는 그런 보라의 신체적 약점을 놀려대는 것으로 자신들의 스트레스를 풀고 있었다.

쉬는 시간이라 교실에 남아 있는 학생들이 거의 없었다는 것이 화근이었다.

"니들 지금 뭐 하냐?"

준희가 그들에게 다가가 묻자, 패거리 중 우두머리 격인 영진이 가소로운 듯 웃으며 입을 열었다.

"공주님은 점심 다 처드셨으면 얌전히 교실에나 들어가세요."

"황보라, 너 이리 와."

준희는 영진의 위협에도 아랑곳하지 않고 보라의 팔꿈치를 잡고 제 쪽으로 끌었다. 휘청하며 보라가 끌려왔다. 그런 보라에게 준희가 선언하듯 말했다.

"너 앞으로 학교 끝나고 나랑 같이 집에 가. 알았지?"

"너 지금 뭐 하냐, 한준희?"

영진이 한 걸음 다가섰다. 영진에게서 연하게 화장품 냄새가 났다.

"보라한테 손끝 하나 대기만 해. 나 경고했다."

준희는 도전적으로 내뱉은 후 보라를 부축하고 책상 쪽으로 돌아섰다. 그 순간에 맞추어 교실로 들어온 이강과 마주쳤지만, 준희는 개의치 않고 보라를 자리에 앉혔다.

"뭐, 저런 싸가지 없는 년이 다 있어? 저년 뭐야, 뭔데!"

영진의 욕지거리를 듣고 선 이강은 준희와 영진을 번갈아 쳐다보았다. 아무래도 한바탕 회오리가 몰아칠 것 같았다.

스터디 모임이 끝난 시각은 밤 10시였다. 준희는 진석과 나머지 멤버 두 명을 배웅하기 위해 집 앞 골목까지 나왔다. 진석이 우리 둘이서 따로 빠지자고 눈치를 보냈지만 준희는 보지 못한 척했다. 사귀는 사실을 비밀에 부치자는 자신의 제안이 현명했음을 느끼며, 속으로 킥킥거렸다.

세 명이 어둠 속으로 사라진 후에야 준희는 돌아섰다. 꽃샘추위가 맹렬히 살 속으로 파고드는 밤. 아직도 하얀 입김이 남아 있는 찬 공기에 손가락이 다 떨릴 지경이었다.

하지만 그녀를 더욱 떨게 만든 건 반대편 골목에서 모습을 드러낸 이강이었다. 검도학원에 다녀온 길이었는지 까만 도복 차림이다. 고등학생답지 않은 큰 키와 운동으로 다져진 넓은 어깨에, 준희는 또 한 번 설레며 후욱, 숨을 내쉬었다.

이강은 방금 저쪽 골목으로 사라진 진석과 나머지 친구들의 모습 끄트머리를 확인하곤 준희를 쳐다봤다. 스터디를 끝낸 시점일 텐데 어찌 된 영문인지, 준희의 얼굴에선 공부를 열심히 했다는 성취감 같은 것이 한 점도 읽히지 않았다.

"좋은 방법이 아닌 것 같다."

하지만 이강에게 급했던 건 다른 것이었다.

"뭐가?"

"황보라."

준희는 다시 한 번 숨을 내쉬었다. 짧은 물음, 짧은 대답 속에서 준희는 저 스스로에게 했던 약속을 되뇌었다. 이강에게 끌려가지 말자, 이강에게 의지하지 말자, 이강을 찾지 말자. 그래서 준희는 의도적으로 야멸친 음성을 만들어냈다.

"신경 꺼. 내가 알아서 해."

"걔들이 네 말 듣고 얌전히 꺼져줄 것 같아?"

"내 일에 신경 끄라구. 못 들었어?"

준희는 부러 눈을 치뜨고 이강을 올려다보았다. 그러곤 하고 싶지 않은 말을, 절대 이강이 듣게 하고 싶지 않았던 말을 제 입으로 내뱉었다.

"나 진석이랑 사귀기로 했어. 나한테 무슨 일이 생기면 앞으로 진석이랑 의논할 거야. 그러니까 넌 신경 꺼."

까맣게 드리워지던 것이 어둠인지 준희의 그늘인지 알 수 없었다. 다만, 준희만이 가득했던 이강의 세상 한 귀퉁이가 먼지를 일으키며 부서졌다는 사실만 느끼고 있을 뿐이었다.

현관에 들어선 이강은 주방에서 서성거리고 있는 태윤을 발견하곤 굳어 있던 안면을 천천히 풀었다. 요즘 들어 자주 장거리 운전을 하고 밤늦게 들어오곤 했던 아버지의 건강을 염려하고 있던 터였다. 게다가 표정마저 가끔 어둡게 하고 계셔서 이강은 계속해서 아버지를 살피고 있었던 것이다.

"아들! 이제 오냐?"

반가움이 실린 태윤의 목소리에, 이강은 좀 전까지 머릿속을 괴롭히던 준희에 대한 생각들을 싹 지우고 미소를 띠었다.

"예, 일찍 들어와 계셨네요."

"사장님이 오늘은 일찍 퇴근하시자고 해서. 배고프지? 어서 와서 앉아."

주방에서 식사 준비를 하고 계셨나 보다. 이강은 작은 식탁에 오른 뚝배기와 아버지를 번갈아 쳐다보며 더욱 짙은 미소를 내비쳤다. 도복을 갈아입지도 않고 곧장 식탁에 앉은 이강은 태윤이 쥐여주는 수저를 들고 밥을 떠먹기 시작했다. 건너편에 자리한 태윤 역시 숟가락을 들었다. 한동안 말없이 몇 번의 수저질을 하는 사이에 이강의 생각은 매우 자연스럽게 준희에게로 옮겨갔다.

진석과 사귀기로 했으니 넌 신경 끄라는, 다분히 아픈 말로 찔러댄 후 준희는 곧장 돌계단을 올라 집으로 들어갔다. 이강에게 무슨 말을 할 여지와 시간을 주지도 않고 성급히 돌아선 녀석의 모습에 순간적으로 울컥했다.

이 녀석이 아프다더니 머리까지 어떻게 된 게 아닐까 싶은 터무니없는 망상이 지배하기 시작하자, 질투심이 걷잡을 수 없이 휘몰아쳤다.

늘 2등이라는 열등감에 못 이겨 이강을 향해 가끔 깐죽대곤 했던 송진석이 준희의 연애 상대라니. 전혀 한준희답지 않은 생각과 행동에, 이강은 이 상황이 우선 믿기지 않았다. 정말로, 준희가 어딘가 단단히 아픈 것이 틀림없다. 아니면 신상에 무슨 변화라도 생겼거나.

"아버지."

"응?"

잔잔하던 식사 도중 이강이 자신을 부르자 태윤이 고개를 들었다.

"준희네 말이에요, 무슨 일 있어요?"

"으, 응? 그, 글쎄. 그런 얘긴 못 들어봤는데. 왜, 무슨 일 있대냐?"

태윤은 허둥지둥 말을 더듬었다. 이 녀석이 어떻게 알았을까. 태정백화점에 대해서 아직은 이강에게 끄집어낼 수 없는 부분이 있기 때문에 침묵을 지켜야 했다. 다행히 이강은 태윤이 당황한 것을 알아채지 못한 듯했다.

"아뇨, 아무것도 아니에요. 신경 쓰지 마세요, 아버지."

이강은 헛웃음을 흘리며 다시 시선을 식탁으로 내렸다. 준희의 행동, 말 한마디, 표정 하나에 지나치게 신경이 곤두서 있었다.

요 근래 그 현상이 강도가 심해지고 있다는 것을 이강 스스로도 느끼고 있었다. 사춘기에 따른 단순한 변화에 지나지 않을 것이다. 이 시기만 넘기면 준희의 모든 것에 초연해지고 대범해질지도 모른다. 그러니 그 녀석에 대해 지나친 관심과 호기심은 자제하는 편이 낫겠다. 그렇게 판단한 이강은 식사에 열중했다.

"이강아, 지금부터 아버지가 하는 말 그냥 밥 먹으면서 흘려들어. 새겨서 듣진 말고."

그러나 이강은 다시 고개를 들 수밖에 없었다. 흘려들으란 아버지의 음성은 잔잔했지만 어딘가 묘한 불안감이 동시에 따라왔기 때문이다.

태윤은 아들을 마주하며 잠시 한숨을 쉬었다. 백화점이 존폐의 기로에 선 지금, 이 직업을 이어갈 수 있는 날들이 얼마 남지 않았음을 직감하고 있었다. 아버지부터 자신까지, 반백년이 넘는 세월 동안 태정백화점에 헌신했지만 이제 백화점은 수명을 다해 바닥으로 퍼지기 시작하는 위태로운 양초가 되었다.

이 시점에서 태윤은 이강의 미래를 걱정하지 않을 수 없었다. 손바닥에 그럴싸하게 쥔 것이라곤 잘난 아들뿐인 그가, 아들을 위해 할 수 있는 일이 아무것도 없다는 사실에 깊이 좌절하고 있는 중이었다.

"오늘 미국에 사는 고모한테서 연락이 왔어."

"고모가요?"

"그래. 너 미국으로 보내라고 하더라. 너 정도면 거기서 공부 더 해서 남부럽지 않은 과정을 밟을 수 있다고. 나야 못 배운 사람이니 고모 하시는 말씀이 정확하게 어떤 건지는 잘 몰라. 나 같은 사람한테서 태어난 네가, 그저 더 잘할 수 있는 기회가 있다는 것에 감사할 뿐이지."

며칠 전 미국에 살고 있는 누님과의 통화 중에 나온 얘기였다. 곧 실직을 하게 될 것 같단 말과 함께 넋두리를 늘어놓은 태윤에게 누님이 큰 결심을 하고 꺼낸 말이었다. 누님 역시도 세탁소를 운영하며 겨우 이어가고 있는 살림이지만, 자식이 없는 터라 이강이 미국에 온다면 아낌없이 지원하겠다고 했던 것이다.

"고모 말씀 들으니 아버지로서 욕심도 생기고 오기도 생기더라. 네가 좀 더 좋은 환경에서 태어났다면 이런 걱정도 필요 없을텐데 말이다. 그래서 그 욕심이 미안해, 이강아."

피곤에 찌든 아버지의 얼굴보다 가진 것 없는 삶에 미안해하는 아버지의 얼굴이 더욱 견디기가 힘들다. 아주 어려서 돌아가신 어머니를 대신하여 아버지가 어떤 마음과 각오로 자신을 키워오셨는지 잘 알기에, 아버지를 보는 이강의 눈빛은 아픔의 크기를 점차 불려갔다.

"무슨 공부를 하고 싶은지 어떤 대학에 가고 싶은지 생각은 해두었니?"

"아직 구체적으로 생각해보진 않았어요. 그저 저한테 주어진 것을 하루하루 해 나갈 뿐이에요, 아직은."

"생각해두어야 할 때야. 목표가 생기면 자연스럽게 욕심도 생기게 될 거야."

"아버지."

"그래."

"저는 한 번도 제 환경이 불편하거나 걱정스러웠던 적이 없어요, 아버지. 그리고 아버지만 두고 제가 어떻게 가요. 그냥 흘려들을게요. 고모께는 따로 고맙고 죄송하다고 제가 말씀드릴게요."

"그렇게 딱 자르지만 말고 한번 생각해봐. 나 혼자 지내는 거야 아무렇지도 않다. 네가 조금 더 좋은 환경과 조건에서 공부할 수 있다면 아버지는 뭘 하며 지내도 아무렇지도 않아."

태윤은 차마 백화점이 곧 문을 닫게 될 거란 말까지는 꺼내지 못했다. 그것은 사장님에 대한 예의였고, 우정이었고, 경애심이었다. 이강은 태윤의 말에 대답을 하지 못하고 묵묵히 식사를 끝냈다.

피곤해하는 태윤을 먼저 방에 들여보낸 그는 설거지를 마친 후 제 방으로 들어갔다. 도복을 갈아입기 전 창문을 열었다. 고개를 위로 들어 올리면, 정원의 키 큰 은행나무 뒤에 준희의 방 창문이 보였다. 이강은 불빛이 환한 녀석의 창문에 시선을 고정시켰다.

네가 있는 그 높은 곳에 가야만 널 만날 수 있는 걸까.

딱히 무엇이 되고 싶다는 생각을 해본 적이 없었다. 공부를 해야 하는 처지에 있기에 하는 것이고, 그러다 보니 1등이라는 결과가 따라온 것이고, 자신들의 대학에 와달라는 주변의 수많은 권유를 받는 몸이 되었다.

그것을 무기로 터무니없는 욕심을 부린 적도, 자존심을 내세운 적도 없었다. 어쩌면 그것은 태윤이 말한 것처럼 제약이 많은 주변 환경을 의식해서일 수도 있다.

준희의 창문에서 시선을 떼지 않으며, 단 한 번도 생각해보지 않았던 미래라는 것에 대해서 이강은 제법 진지하게 고민하기 시작했다.

대문을 열고 나선 준희는 못 보던 차가 집 앞에 있는 것을 발견하곤 우뚝 걸음을 멈추었다. 뒷좌석 창문이 내려가고 진석의 얼굴이 드러나자 준희는 인상을 찌푸렸다.

"야, 송진석."

"학교 같이 가려고 왔어."

진석이 반갑게 말했지만 그때부터 준희는 이제 곧 대문을 열고 나올 이강에 대한 염려로 얼굴이 하얗게 탈색이 될 지경이었다. 이강이 이 집에 함께 사는 것을 진석이 알게 될 경우, 이강에게 다가올 만만찮은 파장이 걱정되었다.

"뭐 해? 안 타고? 남자 친구의 성의를 무시하냐?"

준희는 눈 끝으로 대문 안 기척을 살폈다. 예상대로 발소리가 들려온다. 분명 이강이 나오고 있는 것이다. 준희는 앞뒤 잴 것도 없이 진석의 옆자리에 올라탔다. 진석의 지시에 차는 곧장 서행을 하며 출발하기 시작했다.

이 정도면 이강이 진석의 눈에 들킬 염려는 하지 않아도 될 것이다. 하지만 매일 아침 이런 식이면 곤란했기에 내일부턴 오지 말라고 말하기 위해 고개를 돌리는데, 진석의 표정이 심상치 않았다.

"저거, 차이강 아냐?"

진석의 눈은 줄곧 룸미러에 꽂혀 있었다. 그러다 고개를 홱 뒤 쪽으로 돌린다. 준희는 자신도 모르게 진석을 따라 고개를 뒤로 돌렸다. 다행히 이강은 반대편 골목으로 내려갔는지 자취가 보이지 않았다. 준희는 내심 가슴을 쓸어내리며 아닌 척 진석을 쳐다봤다.

"너 시력 나쁘니? 차이강이 어디에 있다는 거야?"

"분명히 차이강이었어. 그 새끼가 바지주머니에 손을 꽂고 우릴 보고 있었다니까."

"이강이한테 열등감이 대단하구나, 너. 아침부터 환영까지 보는 걸 보니."

"열등감? 하! 이게 진짜. 사귀는 첫날이라 내가 선심 좀 쓰겠다는데 거길 대고 뭐? 열등감?"

진석은 진심으로 화가 난 듯 보였다. 그 화가 준희 때문인지, 아니면 이강을 보았다는 착각 때문인지는 알 수 없었다. 사실 진석이 화가 난 것에 대해서 준희는 관심이 없었다. 이강이 쳐다보고 있었다는 진석의 말이 계속 뇌리 속에 맴돌 뿐이었다.

"아무튼 내일부턴 이런 거 하지 마."

"이런 거라니?"

"아침에 데리러 오는 거 말야. 기사 아저씨는 너희 아버지를 모시는 분이지, 널 모시는 분이 아니잖아."

"몰랐는데 한준희 너 정말 촌스럽구나. 우리 아버지 기사면 내 기사도 되는 거야. 병원이든 뭐든 우리 집의 모든 게 다 내 거라구."

진석은 빈정거리듯 웃으며 억지를 부렸다. 아직은 여러 가지 가능성과 길에 노출되어 있을 나이. 내일 당장 백화점이 주저앉고

집이 은행에 넘어간다면 할머니와 단둘이 맨몸이 될지도 모를 준희 같은 친구도 있다는 것을, 진석이 알 리가 없다. 내일 쓰러지는 것이 두려워 오늘 깊은 잠을 이루지 못하는 그녀가 있다는 것을, 진석이 알 리가 없다.

"아저씨, 저 여기서 세워주세요."

준희는 진석의 시선을 지나쳐 앞을 보았다. 그녀의 갑작스러운 주문에 기사는 당황한 듯 룸미러로 진석을 보았다.

"야, 너 뭐 하자는 거야?"

"네 기사 아저씨니까 너만 타고 가시라고. 난 버스타고 가겠다고. 아저씨!"

준희의 부탁이 거듭되자 기사도 어쩔 수 없다는 듯 차를 서행하여 갓길에 세웠다. '야! 야!'만 외치는 진석을 뒤로하고 내린 준희는 가방을 멘 후 도망치듯 사라졌다. 모퉁이를 돌아선 준희의 모습이 보이지 않자, 진석은 밀려드는 패배감에 입술을 사리물었다.

교실로 향하는 복도에서, 진석은 반대편에서 오고 있는 이강을 발견했다. 좀 전에 차에서 내빼듯 내린 준희가 학교에 도착했는지 확인차 씩씩거리며 걷던 중이었다. 멱살을 쥐어서라도 자신의 자존심에 생채기를 낸 준희에게서 사과를 받아낼 작정이었다. 하지만 이강을 본 순간, 일의 순서를 바꾸기로 했다.

"어이. 반가워, 차이강."

진석이 먼저 이강의 앞에 멈추어 섰다. 큰 키의 이강이 시선을 내리깔자 진석은 자신도 모르게 위축되려 하는 어깨를 억지로 폈다.

도무지 마음에 들지 않는 눈빛이다. 섬뜩하게 차가워서 보는 사람으로 하여금 먼저 질리게 만드는 눈빛. 진석은 맹렬히 빛나고 있는 이강의 눈에 대고 빈정거렸다.

"너 아직도 과외 받는지 안 받는지 안 알려줄 거야?"

"그게 너한테 그렇게 중요한 문제냐?"

"생각하기에 따라서 다른데, 뭐, 2인자의 호기심이라고 해두자."

무언가에 심사가 뒤틀렸는지 다가온 진석의 표정은 금세 한 대 치고 말 것 같은 얼굴이었다. 보란 듯이 진석의 차를 타고 가버린 준희가 원망스러워 날이 잔뜩 서 있는데, 그 원인제공자가 나타나 오히려 더욱 심기를 건드리고 있으니 이강의 인내심도 차츰 가라앉기 시작했다.

"받는 과외가 없어. 그러니까 안심하고 네 갈 길 가."

어차피 상대할 가치가 없는 친구다. 준희가 사귀는 상대만 아니었어도 머릿속 한편에 놓아둘 존재가 아니었다. 이강은 진석의 어깨를 툭 치며 지나쳤다. 하지만 무심결에 들려온 진석의 한마디가 이강의 걸음을 방해했다.

"너 말이야, 아까 아침에……."

진석의 발소리가 가까워지는가 싶더니 귓전에 대고 속삭였다.

"한준희 집에서 나온 거, 너 맞지?"

이강은 고개를 틀고 진석을 보았다. 여전히 조소가 걸려 있는 진석의 입술이 또 한 번 움직였다.

"나 너 봤어. 너도 우리 차 분명히 봤고. 너 맞지?"

"그래, 맞아."

"……맞아?"

"그렇다니까."

그 대답에 진석은 차 안에서 이강의 존재를 완강하게 부인하던 준희가 떠올라 약이 바짝 올랐다. 이강의 표정이 전혀 거리낄 것이 없게 느껴져 더욱 그랬다.

"근데 네가 왜 준희 집에서 나오는 거야? 둘이 같이 살기라도 해?"

"몰랐냐? 내가 준희랑 같이 사는 거?"

험악하게 일그러지는 진석의 표정은 볼만했다. 준희는 어떻게 생각할지 모르겠지만 적어도 이강 자신은 진석에게 한 방 먹인 기분이라 묘한 쾌감을 느끼고 있었다.

"차이강, 너 뭐야! 뭐야!"

"준희가 왜 너 같은 한심한 놈과 사귀는지는 모르겠지만 걔에 대한 우선권은 나한테 있어. 명심해라."

이강이 입술 끝을 올리곤 비아냥거리자 진석의 기분은 더욱 바닥으로 내동댕이쳐졌다. 하나부터 열까지 마음에 들지 않는 놈. 진석은 그렇게 이죽거리며 분에 못 이겨 씩씩대고 있는데 이강은 여유롭게 그 자리를 떠났다.

대체 저놈의 정체가 뭐지? 준희와 어떤 관계지? 함께 산다는 이강의 말은 절대 거짓은 아닐 터였다. 준희네 집에서 나오는 이강을 분명히 아침에 목격했기 때문이다.

그렇다면…….

온갖 상상과 추측이 진석의 머릿속을 어지럽혔다. 흩어진 퍼즐 조각을 끼워 맞추기 위해 복도에 홀로 서서 고군분투했다. 그러기를 몇 분. 진석은 확신할 수 없지만 그렇다고 아예 배제할 수도 없는 한 가지 가능성을 떠올리며 자신의 생각을 의심했다. 이복남매. 충분히 그럴 수 있는 일이다. 사람이 저마다 같은 모습으로 살아가는 건 아닐 테니까.

추측이 점점 확신이 되어가고 있었다.

진석은 자신의 추측에 준희와 이강을 끼워 맞추면서, 동시에 아버지를 떠올렸다. 전국 수석인 이강에게 항상 관심이 많은 아버지는 자주 이강과 자신을 비교하곤 했다. 이강이 의사가 되었으면 좋겠다는 말을 진석의 앞에서 거침없이 하신다. 그러니 진석의 열등감은 더욱 쌓여갈 수밖에 없었다.

불현듯 진석은 요 며칠 어머니가 전화 통화를 하던 모습을 상기했다. 통화 중인 어머니의 입에서 태정백화점이 몇 번이나 튀어나왔고 대출이 어쩌고저쩌고 하던 내용으로 기억했다. 어머니께 여쭈어보면 실마리 정도는 얻어낼 수 있을 것이다. 진석은 이강이 사라진 쪽을 노려보다가 이내 휴대폰을 꺼내었다.

"뭐 하니? 여기서?"

교실에 들어가려다 말고 준희는 건물 밖 벤치에 앉아 있는 보라를 발견하곤 그쪽으로 걸음을 옮겼다. 쇼팽의 '야상곡'이 흐르는 아침이었다. 방송반에선 등하교 시간에 클래식을 틀어주곤 했는데 오늘은 쇼팽 차례였다.

보라는 아직 가방을 메고 있었다. 혹여 영진 패거리가 또 보라를 건드렸나 싶어 얼굴부터 손과 다리를 꼼꼼하게 훑는 것을 잊지 않았다.

"그냥."

"곧 첫 시간 시작인데 안 들어가?"

"좀 있다가."

보라는 겸연쩍게 웃으며 준희를 쳐다봤다. 아무래도 영진 패거리로부터 자신을 보호해준 준희를 대면하기가 쑥스러웠던 탓이리라. 준희는 아주 잠시 교실에 와 있을 이강을 떠올렸지만, 곧 아랑곳하지 않고 보라의 옆에 앉았다.

"무슨 고민 있어?"

"별로. 그런 건 없어."

"교실에 들어가기가 겁나? 나랑 같이 들어가면 되지. 어서 일어나."

"고마워, 준희야. 너 같은 친구는 처음이라서 사실은 많이 의지가 돼. 너무 고마워서 너한테 뭐라도 해주고 싶어."

보라의 진심이라는 것을 준희는 금세 알 수 있었다. 학교 말고는 외출을 하지 않는지 하얗디하얀 얼굴이 어색하게 일그러지며 미소를 띠어 보인다. 준희는 그런 보라의 손을 잡아주었다.

"해줄 거 없어. 그냥 네가 너 스스로를 방어할 수 있으면 좋겠어."

"그럴 용기는 없어. 난 그저 고등학교 졸업할 때 까지만 버틸 수 있으면 돼. 그 뒤부터는 일을 배워서 돈 벌 거야. 내 처지에서 할 수 있는 일."

때론 딱 거기까지가 최선인 사람들이 있다. 더 올라가고 싶은 마음조차 품을 수 없고 이쯤에서 '야호!'를 외쳐야 하는 사람들. 그 사람들에겐 거기가 정상인 것이다. 그렇지만 앞에서 누군가가 아직 정상이 멀었다고 외쳐준다면, 기꺼이 한 발자국 정돈 더 내디딜 수 있지 않을까.

"그렇게 선 그어놓고 살지 마. 대학생활도 해봐야지."

"글쎄."

보라는 처연하게 웃으며 다리를 내려다보았다. 준희의 시선도 따라갔다.

"다리는 왜 그런 거야?"

"5살 때 놀이터에서 놀다가 넘어졌대. 신경이 끊어졌다나. 잘려나가지 않은 것만도 다행이래."

보라는 다리를 절고, 준희는 마음을 전다. 그렇게 누구에게나 절룩거리는 한 부분이 있을 것이다. 이강아, 넌 어디를 절고 있을까. 보라와 마주한 채 웃으며 준희는 늘 그렇듯 이강을 떠올렸다. 그리고 이강이 준희의 시야에 나타난 건 교실에 막 들어섰을 때였다. 뒤따라오던 이강이 옆에 나란히 서며 속삭인다.

"그 녀석 차를 타고 등교한 기분이 어때?"

준희는 괜스레 찔려 어깨를 움찔거렸다. 역시 진석의 말대로 이강은 모두 다 본 것이다. 그렇다고 기죽을 그녀가 아니었다. 진석의 차에 탄 이유가 누구 때문인데! 준희는 억울함에 더욱 도도하게 턱을 추켜올렸다.

"버스보단 편했어."

"거짓말은 하지 말지?"

"거짓말 아니거든?"

"그래? 그런데 왜 중간에서 내려 혼자 따로 오셨을까."

찌릿. 흘겨보는 시선에 이강의 조소가 담겼다. 이강을 속일 수는 없다. 어떻게 된 영문인지 이강은 전후 사정을 모두 파악하고야 만다. 모든 일에 있어 그런 편이었다.

준희는 못 말린다는 듯 고개를 설레설레 젓고는 매우 거칠게 의자를 끌어 내어 자리에 앉았다. 준희의 어깨 위로 이강의 손이 잠시 내려앉았다. 누구도 눈치채지 못하는 은밀한 체온. 꾹 짚고는 떼어낸 후 시치미를 떼고 자리로 돌아가 앉는다.

준희의 가슴에 순간적으로 뜨거운 감각이 긁고 지나갔다. 생경한 기분에 온몸이 얼어붙었다. 이런 식의 접촉은 처음이라 준희는 어떻게 반응을 해야 할지 알 수 없었다.

얼어붙은 채로 아무것도 하지 못하고 있는데, 뒷자리의 이강이 옆의 친구와 나누는 일상적인 대화 소리가 들려왔다. 나쁜 놈. 이렇게 꼼짝할 수 없게 만들어놓고, 아무 생각을 할 수 없게 만들어놓고 태연하게 웃으며 얘길 할 수가 있는 건지.

저와는 달리 아무렇지도 않은 이강이 야속하면서도, 이강의 손이 닿았던 어깨 언저리가 절로 파르르 떨리는 것은 어쩔 수가 없었다. 쇼팽의 '야상곡'이 절정을 향해 내달리는 순간이었다.

마지막 수업이 끝나자 야간자율학습을 할 학생들은 일찌감치 매점으로 뛰어갔고, 그 외에 자율학습을 하지 않는 학생들은 느릿느릿 하교 준비를 하고 있었다.

이강도 하교 준비를 하는 쪽이라 가방을 챙기며 준희가 일어나 나가는 것을 지켜보고 있었다. 화장실에 가는 거라고 여긴 이강은 준희가 올 때까지 기다리기로 하고 문제집을 꺼내어 페이지를 열어 보았다.

시끌벅적하게 교실을 나서는 아이들 사이로, 누군가가 다가오고 있는 것을 전혀 눈치채지 못했다. 비아냥거림이 가득 묻은 발길이 책상 옆에 탁, 소리가 나도록 멈추어졌을 때에야 이강은 고개를 들었다.

"이런 와중에도 문제집을 보고 있다니 대단해, 역시."

진석이었다. 입가에 조소를 띠고 오만하게 팔짱을 끼고 깔보듯 내려다보고 있는 이는 진석이었다. 이강은 진심으로 피곤했지만 준희가 들어오기 전에 이 골칫덩이를 보내야 한다는 생각에 대화를 피하지 않았다.

"또 무슨 문제야?"

문제집에 시선을 둔 채 입을 여니 진석이 얼굴을 내리며 가까이 다가왔다.

"너희 아버지 말이야, 태정백화점 사장님의 운전기사라며? 그러니까…… 준희네 할머니의 운전기사지."

매우 낮게, 속삭이듯 말한다고 생각했는데도 주변의 아이들이 일제히 두 사람을 쳐다보았다. 특히 영진 패거리가 흥미로운 얼굴을 하고 다가오는 것도 눈 끝으로 보였다. 이강은 어깨를 으쓱거렸다.

"그러니까 준희네 집에 너랑 너희 아버지가 얹혀산다는 거지. 우리 엄마한테서 얻은 정보니까 아주 틀린 건 아닐 거야, 그렇지?"

"정보가 느리네. 그걸 이제야 알다니."

숨기려 했던 건 아니었지만 결과적으로 숨겼던 게 되어버린 비밀 아닌 비밀. 하지만 그것이 드러난 지금 이강은 신기할 정도로 아무렇지도 않았다. 이강은 의자를 밀고 일어나 진석을 마주했다.

"맞아, 우리 아버지는 준희네 할머니의 운전기사셔. 그런데 그게 왜?"

"아니, 뭐, 그게 큰 문제일 것까지야 있겠어? 난 그저 평소에 네가 하도 잘난 척하길래 너희 집이 갑부 정돈 되는 줄 알았지 뭐야?"

"그거야 네가 착각한 거고. 네 착각까지 내가 책임져야 되냐?"

"물론 그럴 필요는 없지."

진석이 능글맞게 웃었다. 치부가 까발려져 적잖이 당황한 이강의 모습을 기대했는지 어딘가 불만스럽고 실망한 표정도 보였다. 이강은 핏, 웃음을 물고는 진석의 팔을 툭 쳤다.

"그래. 이번 달 시험 잘 봐라."

시험에서는 절대 이길 수 없는 진석이 이강의 그 한마디에 마침내 속내를 보이고 말았다. 입술을 파들파들 떨며 흥분하기 시작한 것이다.

이강은 때마침 몰려든 아이들 사이로 준희가 교실로 들어오는 것이 보였다. 아니, 어쩌면 처음부터 진석과의 대화를 모두 듣고 있었는지도 모르겠다. 이강은 준희와 시선을 얽으며 '집에 가자.'라고 입으로 속삭였다. 그것을 본 진석이 폭발했다.

"요즘도 개천에서 용이 나는 줄 아냐?"

이강을 두고 한 말이었다. 이강의 환경을 비웃는 말이기도 했다. 이강은 대답 없이 진석에게로 시선을 돌렸다. 진석의 빈정거림을 어디까지 참을 수 있을지 가늠이 되지 않았지만, 최소한 준희에게 피해가 가게 하지는 않을 것이다. 진석이 말을 이었다.

"요즘은 개천의 용은 그냥 죽는다더라. 개천이 하도 더러워서."

"그러냐? 몰랐는데. 알려줘서 고마워."

"그러니까 즉 이런 거지. 네가 아무리 고등학생 때 날고 기어봐야, 어른이 되면 내가 경영할 회사의 말단 직원밖에 안 된단 얘기지."

"흐음. 그런 날이 온다면 열심히 널 보필해줄게. 됐지?"

"한 가지 더 네가 애석해할 얘기 해줄까?"

"마음대로."

"난 그런 너를 마음대로 자를 수가 있다는 말이야."

"아, 그럴 수도 있겠구나. 그래, 알았다."

"이 새끼가 진짜! 끝까지 잘난 척이네."

진석이 흥분을 이겨내지 못하고 이강에게 달려들었다. 이강의 멱살이 잡히고 책상이 드르륵 밀려나고, 아이들이 순간적으로 비명을 질러대었다. 흔들림 없는 이강이 제 마음대로 주물러지지 않자 진석이 더욱 날뛰었다.

"너 이 새끼, 가진 거 하나 없는 주제에 그렇게……."

따악!

진석이 말을 끝맺지 못하고 중심을 잃고 휘청거렸다. 그것은 순간적으로 일어난 일이었다. 뒤에서 가만히 지켜보기만 하던 준희가 어느새 뛰어들어 진석을 밀어내고 진석의 뺨을 올려다 붙인 것이다. 진석을 포함한 아이들 모두 한동안 말을 잇지 못했다. 그런 주변의 상황과 상관없이 준희는 매몰차게 쏘아대었다.

"입 함부로 놀리지 마, 송진석. 너한테는 그게 말이겠지만 듣는 내 귀에는 쓰레기 같으니까."

진석은 붉어진 뺨을 부여잡고 믿을 수 없다는 눈으로 준희를 쳐다봤다. 배신당한 사실이 분했는지 치미는 부아를 참지 못하고 준희를 향해 손을 올릴 무렵, 이강이 낮게 말했다.

"한준희, 이리 와."

이강은 준희의 팔을 붙잡고 제 옆으로 끌어왔다. 그러곤 여전히 허공을 향해 있는 진석의 팔을 아래로 끌어 내렸다.

"워워. 진정해, 송진석. 여자한테 까짓 한 대 맞았다고 똑같이 주먹을 올리면 쓰냐?"

진석이 이강의 팔을 떨쳐내며 으르렁거렸다.

"차이강, 너 우습냐? 지금?"

"화가 나 죽겠거든 날 때려."

따악!

또 한 번의 날카로운 소음이 이강의 뺨에서 일어났다. 진석이 때리고 이강이 맞았지만 어찌 된 일인지 때린 사람의 표정이 더 불안해 보였다. 이강은 진석에게 고개를 기울여 귓전에 속삭였다.

"이걸로 주고받은 거다. 지금부터는 철저하게 계산해서 되돌려줄 테니까 때리고 싶거든 한 번 더 생각해."

진석이 움찔하는 것이 느껴졌다. 겁을 집어먹은 것이 분명한 눈이 크게 흔들리고 있었다. 이강은 그런 진석을 둔 채, 준희를 끌고 몰려 있는 아이들 틈을 유유히 빠져나갔다.

교문을 나서고 버스를 타고, 집 앞 골목을 걷고 있는 지금까지 준희는 한마디도 하지 않았다. 늘 그랬듯 녀석의 뒤, 그 자리를 걷던 이강은 저녁 빛이 덮치고 있는 녀석의 뒷모습을 주시했다. 기분이 어떤지 무슨 생각을 하고 있는지, 녀석은 아무것도 보여주지 않고 있었다.

그러던 준희가 대문 앞에 다다르자 휙 돌아섰다. 멈칫하는 이강을 향해 다가선 준희가 다짜고짜 이강의 한쪽 뺨을 어루만졌다. 아까 진석의 손바닥이 지나간 곳이었다.

"아직도 뜨거워."

이맛살을 구기며 준희가 말했다. 도무지 마음에 들지 않는다. 왜 나서서 뺨을 맞은 건지 이해할 수 없는 점투성이인 녀석. 그런 준희의 불만을 알아채기라도 한 듯 이강이 입술을 비싯 끌어 올렸다. 준희가 또 한 번 이를 간다.

"웃음이 나오니? 넌?"

"그럼 울까?"

"친구한테 그렇게 모욕당하고 아무렇지 않을 수 있는 사람은 너뿐일 거야."

"난 오히려 그 녀석이 너한테서 떨어져나간 게 다행이라 생각하는데?"

"뭐?"

"뭐가?"

씨익 웃으며 놀리듯 되묻는 이강을, 준희가 노려보았다. 다시는 그러지 말라는 뉘앙스를 담아 혹 째려보던 준희가 돌아서자 이강이 그 손을 잡았다.

"저녁밥 먹자. 우리 집에서."

부드러운 목소리, 따뜻한 웃음, 거부할 수 없는 제안. 또 한 번 가슴이 뛰고 말았다. 그녀를 지나쳐 먼저 대문을 열고 들어선 이강이 흘깃 돌아본다.

"안 와?"

이강의 재촉에 준희는 이끌리듯 뒤따랐다. 정원으로 올라가는 돌계단이 아니라 이강과 함께 우측 소나무 길로 접어들었다. 저만치 이강의 집이 보이자 함께 밥 먹을 생각이 들뜬 준희는 괜스레 흐르는 웃음기를 막느라 목이 떨릴 지경이었다.

하지만 그 설렘은 소나무 뒤에 있는 바위에서 대화 소리가 들린 순간에 끝을 맞이했다. 이강과 준희는 걸음을 멈추고 그쪽을 쳐다보았다. 나뭇가지에 가려 선명하게 보이지 않았지만 등을 지고 앉은 사람과 맞은편에 우울한 얼굴을 하고 앉아 있는 사람이 누구의 실루엣인지는 금세 알 수 있었다.

"이건 받을 수 없습니다, 사장님."

순심이 태윤을 향해 흰색 봉투를 내밀자, 태윤이 완강하게 거절하고 있었다. 이강은 순심과 태윤 사이에 흐르고 있는 불안감 때문에 숨조차 쉴 수 없었다. 아버지가 왜 저런 얼굴을 하고 있는지, 할머니는 왜 또 저런 봉투를 내밀고 있는 것인지 추측하고 재단할 수 있는 것이 아무것도 없었다.

"괜찮아요. 넣어둬요, 차 기사. 나중에 나 죽어서 차 기사 아버님 뵐 면목이 없어서 그래요."

"사장님……."

"차 기사도 아마 짐작하고 있을 거예요. 백화점이 곧 문을 닫을 거라는 거."

어깨 뒤에서 준희의 숨소리가 나직이 들려왔다. 이강은 좀 전에 자신이 들은 것이 확실한지 아닌지 가늠할 수 없는 상황에서 고개를 틀어 준희를 내려다보았다. 뽀얀 정수리가 이리저리 흔들리고 있었다.

"노력했지만 이리저리 빚만 잔뜩 지고 결국 망했네요. 제2금융권에서조차 대출 루트가 막혀버렸어요."

"사장님."

"이 집도 곧 넘어갈 거예요. 나야 아무렇지 않은데 우리 준희가 걱정이에요. 조금 먼 곳으로 떠나게 될 것 같아서 전학이 불가피한데 이 상황을 어떻게 받아들일지. 나는 또 죄인 된 몸으로 돌아가신 아버지와 할아버지를 어떻게 뵈어야 할지."

"사장님은 열심히 해오셨습니다. 그건 제가 압니다."

"차 기사라도 그렇게 말해주니 고마워요."

잔잔하게 진행되고 있는 아버지와 할머니의 대화 사이에, 이강이 끼어들 수 있는 공간은 없었다. 시간이 흐르고 대화가 흘러갈수록 준희에게 어떤 일이 닥친 것인지 선명하게 그림이 그려졌다.

"그 돈이면 이강이 고등학교 공부는 별 무리 없이 시킬 수 있을 거예요. 그리고 하루라도 빨리 이사할 곳을 알아보도록 해요. 나 사실은 차 기사한테 우리 쫓겨나는 모습 보여주고 싶지 않아서 그래요."

"사장님."

"이렇게 차 기사네 집과 우리 집의 70년 인연이 끝이 나네. 아쉽고, 고맙고, 정말 미안해요."

준희에게서 눈을 떼지 않고 있던 이강은, 녀석의 뺨에 흘러내리고 있는 투명한 물기를 발견했다. 바들바들 경련하고 있는 입술과 볼살이 애처로웠다. 그 순간에 이강은 준희를 향한 애매한 감정의 실체가 무엇이었는지를 깨닫게 되었다. 준희만 보면 까닭 없이 가슴이 뛰고 녀석의 시선을 제게만 붙들어놓고 싶고, 스쳐 지나가기만 해도 예민해져버리는 그 감정의 실체를.

왜 진작 알아채지 못했던 걸까. 준희의 표정으로 보아 이미 이 상황을 예견했던 것 같은데, 이강은 그동안 아무것도 눈치채지 못하고 준희의 속마음을 함께 나누지 못했다. 그 죄책감이, 앞으로 준희와는 어떻게 되는 걸까, 라는 불안감을 이겨 이강은 그녀의 손을 붙잡았다.

나가자는 말도 없이 녀석을 이끌었다. 눈물을 추스르느라 몸에서 힘이 다 빠져나간 준희는 그저 이강이 이끄는 대로 발길을 옮길 뿐이었다. 딱히 어디로 가야겠다는 생각 대신 준희를 쉬게 해주어야겠다는 사명감이 먼저 들었다. 이강은 준희의 손을 잡고 버스 정류장으로 향했다.

버스에 올라타자 어둠이 깔리기 시작했다. 좌석 두 개가 나란히 붙어 있는 곳의 안쪽에 준희를 앉힌 이강은 옆자리에 앉았다. 여전히 눈가가 촉촉한 녀석을 흘깃 보던 이강은 그제야 현실을 인지하게 되었다. 이 녀석과 헤어지게 된다. 눈을 뜨고 숨을 쉬고 잠을 자는 것처럼, 아주 자연스럽고 일상적이었던 이 녀석과의 생활이 끝이 나게 된다.

주먹이 쥐어졌다. 제겐 준희를 도울 수 있는 무언가가 아무것도 없음이 기가 막혔고 우스웠다. 맨몸뚱이로 부딪히고 있는 주제에, 진석에게 강한 척해 보였던 스스로의 이중성이 경멸스러웠다. 그렇게 이강이 자기학대에 빠져 있는데 창밖만 바라보던 준희가 별안간 고개를 돌렸다.

"우리 어디 가는 거야?"

녀석의 얼굴에 어렸던 물기는 이미 마른 후였다. 다시 하얗고 투명한 얼굴로 되돌아온 준희는 웃고 있었다.

"어디든."

"할머니 아시면 나 죽었다."

"이왕 죽게 생긴 거, 좀 더 가볼까?"

어디로 가냐고 준희가 묻기도 전에 이강의 얼굴이 가까이 다가
갔다. 버스 안 띄엄띄엄 앉은 승객들의 시선을 무시한 채로 이강
은 준희의 입술에 입을 맞추었다. 머리털이 뻣뻣해지도록 치솟은
감정이 이강으로 하여금 한계까지 몰아붙였다. 널 좋아해, 한준
희. 입맞춤에 섞인 고백이 입가로, 귓전으로, 머릿속으로, 하염없
이 맴돌았다.

짜릿하고 뜨겁고 날카로운 섬광이 짧은 순간 스쳐 지나갔다.
천천히 눈을 뜬 준희에게 보인 건 이강의 낯선 표정이었다. 두 사
람을 보며 킥킥대는 버스 안 승객들은 이미 관심 밖이었다.

한 번도 보지 못한 이강의 표정 때문에, 입술이 떨어져 나간 후
에도 준희는 그 열기에 한동안 사로잡혀 있었다.

널 좋아해.

이강의 표정에 대한 준희의 해석은 스스로도 놀랄 만큼 노골적
이었다. 혼란스럽고 쑥스러웠으며, 행복했다. 그러면서도 이강의
고백에 대해서 어떤 대답도 해줄 수 없다는 사실이 못내 안타까웠
다.

목구멍을 간질이며 빠듯하게 차오르는 울음 같은 것이 한동안
준희를 괴롭혔다. 발밑에 성큼 다가와 있는 이별 앞에서, 이강의
고백은 대단히 늦은 것이었다.

아니, 아니었다. 어쩌면 지금이 가장 빠른 시기일지도 모른다.
적어도 며칠 동안은 이렇게 들뜨고 설레는 마음으로 얼굴이 발개

지도록 이강을 쳐다볼 수 있으니까. 다만, 다만……

준희는 미간을 찡그리며 귀를 막았다. 또다시 어지럼증이 와 이강의 얼굴이 두 개로 보인다. 이강이 그런 준희를 쳐다보며 물었다.

"왜 그래?"

"아냐, 아무것도."

"내리자."

가벼운 어지럼증을 회복하기 위해 눈을 껌뻑이고 있던 사이, 이강이 말했다. 버스는 어느새 종점에 다다라 있었다. 어딘지 물어보기도 전에 이강의 손이 그녀의 손을 붙잡았다. 타닥타닥, 버스 바닥을 울리는 네 개의 발소리가 요란했다.

"여기 어디서 개나리 축제를 한다는 것 같은데."

족히 40분은 달렸을 거리인데 서울에서 별반 동떨어지지 않은 곳 같다. 사방은 어둠이 깔렸고, 밤바람은 농도가 짙어져 여린 살 갗을 파고들었다. 준희는 교복 재킷 주머니에 손을 넣었다. 주변을 훑던 이강이 입을 연 건 그때였다.

"큰일 났다. 30분 후에 폐장이야. 우리 30분 만에 저걸 다 볼수 있을까?"

이강이 손가락으로 왼쪽을 가리켰다. 준희의 시선이 그것을 따라가자 눈앞에 화려한 세계가 펼쳐졌다. 도로 건너편 널따란 곳에 환한 불빛이 춤을 추었고 그 빛은 모두 수십 개의 개나리 넝쿨을 감싸고 있었다. 불빛 때문에 개나리가 노란색인지 하얀색인지 분간을 할 수 없었지만, 잠시 나마 현실을 잊게 해줄 수 있을 정도로 충분히 매력적이었다.

"뛰자."

신호등이 파란불로 바뀌자 이강은 준희의 손을 잡고 뛰었다. 8차선 도로를 가로지르고 다시 인도를 따라 뛰기를 몇 차례. 아직도 드문드문 상춘객들이 왔다 갔다 하고 있는 개나리 넝쿨 마당에 발을 들였다.

이강은 준희와 함께 가장 먼저 입구에 늘어서 있는 주전부리 판매용 리어카로 다가갔다. 그곳에서 핫도그를 사서 하나씩 들었다. 주변으로 시선을 돌리니 매끈한 자갈돌이 깔린 마당은 성탄절에나 볼 수 있는 자그마한 꼬마전구가 얼키설키 엮여 갖가지 색의 불빛을 뿜어대고 있었다.

어딜 가나 보이는 개나리 넝쿨의 존재감이 작게 여겨질 정도로 강렬한 불빛 때문에, 준희는 연신 손 가리개로 이마를 가렸다. 한 입 베어 문 핫도그는 고소하고 담백했다.

"집 앞 골목에선 틈틈이 볼 수 있는 개나리를, 여기선 축제까지 벌여서 보게 하는구나."

준희가 한 바퀴 휘 둘러보며 입을 열었다. 이강은 빙긋 웃으며 케첩이 묻은 녀석의 입가를 손가락으로 스윽 닦아내었다. 놀란 준희가 아랫입술을 깨무는 것이 보였다.

"그만큼 사람들이 일상적인 걸 잊고 산다는 뜻이겠지."

"그래도 돈 낭비하는 것 같아. 물론 오늘 같은 날은 제외."

"오늘 같은 날이 어떤 날인데?"

"현실로부터 도망치고 싶은 날."

준희는 그렇게 대답하곤 멈추었던 걸음을 이었다. 발걸음에서 준희의 쓸쓸함이 보였다. 녀석을 낳다가 돌아가신 어머니와 그런 어머니를 잊지 못해 병을 얻어 돌아가셨다던 아버지의 그림자가, 녀석의 등 위로 검게 드리워지는 듯했다.

"알고 있었니?"

준희를 따라 걷는 대신 이강은 그 자리에서 물었다. 앞서 걷던 준희가 뒤돌아본다.

"뭘?"

"백화점."

"아아……."

마치 남의 일처럼 담담하게 자각의 탄성을 흘리는 녀석이 답답했다. 이강은 걸음을 옮겨 준희의 앞에 섰다.

"왜 나한테 말 안 한 거야?"

"말했잖아, 우리 백화점 요즘 장사가 안 된다고."

"그런 거 말고 좀 더 구체적인 걸 말하는 거야."

"너한테 말하면 상황이 달라지기라도 해?"

"최소한 너 혼자 끙끙대진 않았겠지."

"끙끙대지 않았어. 어쩔 수 없다고 생각했지. 그러니까 체념 비슷한 거야."

"그래, 네 말대로 끙끙대지는 않았겠지. 하지만 체념했다는 말도 거짓말이야. 너 아깐 울었잖아."

정곡을 찔려 준희는 핫도그를 든 팔을 아래로 내렸다. 빨간 케첩이 매우 천천히 핫도그를 타고 흘러내렸다.

준희가 운 것은 순심의 뒷모습 때문이었다. 차 기사 아저씨에게 봉투를 건네며 안녕을 고하는 할머니의 뒷모습에는 지금껏 준희가 보지 못한 고통이 스며 있었다. 70년 가까이 되는 역사를 가진 백화점이 당신의 차례에서 무너졌다는 죄스러움이 뒤에서도 충분히 느껴질 만큼 짙었다. 그리고 또 한 가지.

"다른 건 다 괜찮았어. 다 상관없었는데 우리 엄마 아빠, 두 분이 함께하신 추억이 있는 그 집을 떠나야 한다는 사실이 슬퍼."

준희는 내렸던 팔을 다시 들어 올렸다. 끄트머리에 떨어질 듯 말듯 위태로이 매달려 있는 케첩 방울을 핥았다.

"그 집엔 이제 영영 돌아갈 수 없을 거 아냐. 마치 엄마랑 아빠와 영원히 헤어지는 것 같아. 혼자가 되는 것 같아."

사진으로만 얼굴을 알 수 있었던 부모님과의 유대가 있을 리 없다. 기억도 추억도 없다. 하지만 가슴이 알고 되새기는 부모님과의 끈이 잘려나갈지도 모른다는 생각을 하면 소용돌이치는 눈물을 감출 수가 없었다. 멍한 시선으로 허공을 향한 채 핫도그를 물고 있는 준희의 손을 잡고, 이강이 입을 열었다.

"방법이 있을 거야. 그 집에 다시 돌아갈 수 있을 거야."

그 집에 다시 돌아갈 수 있는 방법이 없는 것을 안다. 아니, 있다 해도 어떻게 시작해야 하는지 알 수도 없다. 그래서 이강은 빨리 어른이 되고 싶어졌다. 할 수 있는 일이 많고 가질 수 있는 것도 많아질 수 있을 어른이 되고 싶어졌다.

"그런데, 나는?"

흩어진 준희의 시선을 제게로 모으고 싶어졌다. 준희가 다른 생각을 할 수 없도록 제게 꽉 붙잡고 싶어졌다.

"나도 상관없어?"

이강이 되묻자 준희가 웃었다. 소리를 낸 웃음이 아닌 말 그대로 미소 같은 웃음이었다. 어딘가 텅 빈 듯한, 그리고 속내를 읽을 수 없는 듯한.

"넌 마음만 먹으면 언제든 볼 수 있을 테니까."

마음만 먹으면…….

준희는 뱉은 말을 되뇌었다. 마음만 먹으면 언제든 볼 수 있다는 건 그녀의 생각만일지도 모른다. 어쩌면 이강과는 이걸로 끝일지도 모른다.

18년 동안의 동행. 어린 시절의 그들, 초등학생 때의 그들, 중학생 때의 그들, 그리고 지금. 함께했던 시간만큼이나 쌓인 감정을 어쩌면 이걸로 잘라내야 할지도 모른다. 준희는 그렇게 이강과의 마지막을 준비하고 있었다.

"그 집에 다시 돌아갈 수 있을 거야."

이강이 확신하듯 말했다. 준희는 고개를 끄덕였다. 어둠 속 개나리들이 봄을 피우는 밤. 따뜻한 이강이, 준희의 눈빛 속에 아름답게 아롱졌다.

밤 10시가 넘어서야 집에 도착한 두 사람은 각각 태윤과 순심으로부터 한차례 야단을 맞은 후 집으로 들어갔다.

옷을 갈아입고 나온 이강은 현관에 앉아 담배를 피우고 있는 태윤에게 다가갔다. 이강이 초등학교를 다니기 시작할 때 끊으셨던 것을 다시 입에 물 정도로, 아버지의 마음이 심란하다는 것을 알 수 있었다. 싸늘한 밤바람이 열어둔 현관문 새로 스며들었고, 담배 연기를 어느 정도 순화시켜주었다.

"우린 어디로 가요? 아버지?"

이강이 옆에 앉자 태윤이 놀라며 담배를 서둘러 껐다. 손으로 휘휘 허공을 저으며 연기를 없애려 하자 이강이 웃었다. 겸연쩍어진 태윤이 깊게 한숨을 내쉰 후 대답했다.

"네 학교 근처 전세방을 알아보는 중이야. 오래 걸리진 않을 거야."

"담배 그만 태우세요, 아버지."

"그래. 미안하구나. 못 본 걸로 해."

이강에겐 항상 최고인 아버지였다. 어머니의 빈자리를 느낄 새도 없이 아버지의 다정함이 파고들었다. 그 따뜻함으로 지금껏 순심을 뒷바라지해왔고 백화점을 위해 뒤에서 묵묵히 수고하였다. 그러니 아버지가 느끼는 상실감과 허탈함은 남다를 것이었다. 이강은 오늘 준희와 함께하면서 했던 결심을 아버지에게 들려주기로 했다. 아버지가, 아주 조금은 웃기를 바라면서.

"아버지."

"응?"

"미국에 가서 공부하면 돈을 많이 벌 수 있겠죠?"

"미국에 가고 싶어? 그렇게 결심한 거니?"

태윤이 다소 흥분하여 되물었다. 아내 없이 홀로 키운 아들이 적어도 자신보다는 좋은 환경에서 공부를 하고, 그것을 바탕으로 훌륭한 사람으로 커 나가기를 소망했다. 아들의 얼굴에 잔잔하게 퍼진 차분함이 전염이 된 것처럼, 태윤에게도 마음에 평화가 찾아오기 시작했다.

"지금까지 저는 목표가 없이 공부했던 것 같아요. 어떤 대학에 진학해서 어떤 공부를 하고 어떤 직업을 가져야 하는지에 대한 생각이 없었어요. 그저 해야 하는 거니까, 그것밖엔 할 게 없었으니까, 밥을 먹고 잠을 자고 하루를 보내는 것처럼 자연스러웠는데, 이젠 목표가 생겼어요."

"어떤 목표인지 물어봐도 되니?"

"아뇨. 나중에 목표를 이루면 그때 말씀드릴게요, 아버지."

돈을 벌어 준희에게 집을 되찾아주는 것. 아직 여물지 못한 열여덟의 꿈이 뚜렷한 형태로 이강의 머릿속에 자리잡았다. 얼마의 시간이 걸릴지, 되찾을 수 있을지, 모든 것이 애매했지만 꿈을 가지게 되었다는 사실 그 자체로 이강의 마음은 한결 가벼워질 수 있었다.

식탁을 앞에 두고 순심과 이강은 한동안 말이 없었다. 이사를 가기 전 함께 저녁 식사를 하자고 순심이 제안했고, 준희는 정원에서 이것저것 정리를 하고 있는 태윤을 모시고 오겠다며 나간 참이었다. 이강은 준희의 빈자리를 쳐다보다가 시선을 돌려 집 안여기저기에 붙어 있는 붉은색 딱지를 보았다.

어울리지 않는 모양새를 하고, 준희의 집은 그렇게 무너지는 듯했다. 이강 역시 이사를 일주일 앞둔 시점이라 이런 어이없는 결말은 이강을 더욱 허탈하게 만들었다.

"우리 이강이, 어디 얼굴 한번 보자."

순심이 안경을 고쳐 쓰고는 이강을 불렀다. 평소 친손자처럼 챙겨왔던 어른이라 이강 역시 태정백화점의 사장이 아닌 이웃집 할머니로 순심을 대했다.

"잘생기기도 했지. 공부까지 잘해서 할머니가 이강이 볼 때마다 얼마나 든든했는지 몰라."

"고맙습니다, 할머니."

"미국 고모네 간다며? 과정이 많이 힘들 텐데 중간에 포기하지 말고 공부 열심히 해서 훌륭한 사람이 되어야 해. 알았지?"

"네. 그런데 저 미국 가는 거 아버지한테 들으셨어요?"

"그래, 차 기사가 얘기하더구나."

"아직 준비할 것들이 많아서 한두 달 걸릴 것 같아요."

"그렇겠지."

순심의 목소리와 표정은 처연해 보였다. 나이에 비해 단단하고 야무졌던 얼굴은 온데간데없고 힘든 풍파에 지쳐 쓰러진 노인만 남았다. 잘 견디실 거라는 추측은 어쩌면 순심에겐 잔인한 부담일지도 몰랐다.

"부탁드릴 게 있어요, 할머니. 저 미국에 가는 거 준희한테는 말씀하지 말아주세요."

"왜?"

순심의 질문에 이강은 차마 대답을 꺼내지 못했다. 언제든 마음만 먹으면 만날 수 있다는 녀석의 희망을 깨고 싶지 않았다.

물론 준희가 '마음'을 정말로 먹지는 않을 것이다. 자존심이 무척 센 녀석이니까. 바뀐 자신의 모습을 이강에게 쉽게 보여줄 리 만무했다. 그러니 앞으로 얼마가 될지 모를 시간을 그 희망으로 버텨가길 바랐다. 언젠가 다시 만난다면, 이라는 그 희망 말이다.

"어디로 가세요?"

"조금 멀리. 할머니의 아버지, 그러니까 준희의 증조할아버지의 고향인데 바닷가 근처야. 마침 그곳에 준희네 외가도 있어서 정착하는 데 어렵지는 않을 거야. 뭐, 고생할 준비는 되어 있는데 준희 학교가 멀어서 그게 문제지."

말 중간중간에 순심은 깊은 한숨을 곁들였다. 얼마나 숙고하여 내린 결정인지 알 수 있을 정도로 순심의 표정은 깊고 어두워 보였다.

"할머니."

"응?"

"할머니는 제가 태어나 이 세상에서 만난 사람들 중, 가장 좋은 다섯 명 안에 드세요."

"어머나, 정말? 할머니 기분 무지 좋은데?"

"어딜 가셔도 잘 지내세요, 할머니."

그리고 저를 기억해주십시오. 언젠가 당신 앞에 다시 나타날 그때에 저를 부디 모른 척하지 말아주십시오. 혹여 당신의 모습이 부끄러워 숨지 마십시오. 저는 할머니를 존경해왔고 앞으로도 늘 그럴 것입니다. 이강은 마음으로 바라고 원하며 진심을 전했다.

잠시 후 준희가 태윤과 함께 식탁에 들어섰고, 준희는 이강의 맞은편에, 태윤은 이강의 옆자리에 앉았다.

눈빛이 오고 가고, 표정이 오고 갔다. 이강과 준희 사이가 그랬다. 맛있게 먹어. 그래, 그럴게. 평범한 대화 속에 서로를 염려하고 걱정하는 마음도 함께 지나갔다.

저녁을 먹은 후 순심과 태윤이 대화를 하기 위해 테라스로 나간 사이, 이강과 준희는 약속이라도 한 듯 집 밖을 나왔다. 자연스럽게 향한 걸음은 근처 놀이터로 향했다.

이 놀이터의 그네에 앉아 있으면 준희네 집의 2층이 잘 보이곤 했다. 수선거리는 마음을 놓기엔 적합한 장소는 아니지만 지금 당장 갈 곳이 없었다. 발이 닿아 편해질 곳이 없었다.

준희는 작정한 것처럼 침묵했다. 삐익삐익 쇳소리가 나는 그네에 앉아 그저 집 2층만 응시하고 있을 뿐이었다. 텅 비어가는, 엷어져가는, 사라져가는, 녀석과의 시간이 안타까웠다. 그래서 제 마음을 보여주고 미래에 대한 암묵의 약속이라도 하고 싶었지만, 녀석의 침묵을 쉽게 깨울 수가 없었다.

설익고 어설프고 불확실한 것에 대해 약속을 하기보다는, 지금은 그저 녀석의 옆을 지키는 것이 옳은 일 같았다. 그렇게 한참을 집의 2층만 보던 준희가 엉덩이를 털고 그네에서 일어났다. 씨익, 이강을 쳐다보며 웃는다.

"집에 가자."

준희는 그렇게 말하며 이강을 앞세웠다. 평소와는 다르게 오늘은 이강이 한 걸음 앞섰고, 그 뒤를 준희가 따랐다.

준희는 이강이 눈치채지 못하도록 점퍼 주머니에서 무언가를 꺼내었다. 집에서 준비해온 쪽지였다. 그것을 슬쩍 이강의 점퍼 주머니에 밀어 넣었다. 끄트머리가 주머니의 깃에 걸려 흔들거리는 게 위태로워 보였지만, 지금 다시 쪽지를 매만진다면 이강이 돌아보고 말 것이다. 준희는 지금이 아니라 이강이 집에 돌아간 후 쪽지를 혼자서 읽기를 바랐다.

설마 쪽지가 흘러내리지는 않을 거란 판단을 하고 준희는 갑자기 이강을 제치고 앞으로 뛰어나갔다.

"나중에 도착하는 사람이 내일 등굣길에 가방 들어주기다!"

준희가 크게 외치며 뜀박질을 하자, 이강이 그녀를 쳐다봤다. 예고도 없이 무작정 시작된 달리기 경주에, 이강도 뒤처지지 않기 위해 뛰기 시작했다. 타닥타닥 길바닥을 울리는 두 개의 발소리가 바람 속을 움직였다.

한차례 거세게 불어닥친 바람 때문에 이강의 주머니 끄트머리에서 흔들리던 준희의 쪽지가 바닥으로 떨어졌지만 이강은 전혀 알아채지 못했다.

바닥에서 이리저리 뒹굴던 쪽지가 길가에서 멈추어졌다. 환한 가로등 불빛 아래, 쪽지 안에 쓰인 글자가 비친다. 지켜지지 못할 약속 하나가 위태롭게 비틀거렸다.

〈매달 마지막 주의 일요일, 놀이터에서 만나자.〉

2. 세 여자의 집

"할아버지, 제 말은 듣지도 않으시고 또 밭에 나가셨다면서
요? 내가 진짜 못 살아. 치료를 해드리면 뭐 하냐구요. 사흘도 안
되어서 또 병원에 오실 것을."

준희는 투덜거리며 척추견인기를 끌고 왔다. 도식 할아버지가
끄응, 소리를 내며 눕는 것을 도왔다. 심한 통증에 이맛살을 구기
고 있던 할아버지가 반쯤 눈을 뜨고 준희를 보았다.

"그럼 어째? 나가 일 안 하믄 우리 마누라 굶어 죽는디. 우리
마누라가 아가 너처럼 팔팔 뛰어다니고 그럼 나가 일 안 하제."

"할머니는 이제 팔팔 뛰어다니실 거예요. 그러니까 할아버지
도 할아버지 몸을 좀 더 돌보세요. 허리 또 아프시면 할머니 굶으
시잖아요."

"휴우. 모르것어. 저러고 아무 일 없이 싹 나아버리믄 좋것는디."

3년 동안 암 투병을 하고 계시는 할머니를 도식 할아버지는 극진히 간호해왔다. 평소에도 워낙 로맨티스트로 유명한 할아버지의 아내 사랑이 더욱 유난해진 것이다.

부부가 하던 농사를 이제 할아버지 홀로 하게 되었고, 일이 끝나고 집에 돌아오면 아내를 간호하느라 밤을 지새우셨다. 그 결과 이른바 허리디스크 판정을 받았다.

"저번에 한의원에서 침도 맞았다고 하지 않으셨어요? 차도가 좀 있으셨어요?"

"그게 그거제. 차도가 좀 있다가도 담 날 되믄 말짱 헛것이여. 썩을 것들이 돈만 받아 처묵고 사람 나 몰라라 하는 건 일도 아니제."

"한 번으로 무슨 효과를 봐요. 뭐든 꾸준하게 치료를 받으셔야 해요, 할아버지. 일하시느라 거르시고 그럼 안 된다구요."

"나가 몸이 두 개였으면 좋것네."

넋두리를 풀며 도식 할아버지가 씁쓸하게 웃었다.

"잠시 누워 계세요. 주무셔도 되구요."

준희는 그런 할아버지의 허리 뒤를 들추어 견인기와 연결된 복대를 감아대었다. 기계를 작동시키자 할아버지의 허리에 감긴 복대가 춤을 추듯 움직인다. 할아버지의 허리를 부디 덜 아프게 해달라고 마음으로 말하면서, 준희는 그곳을 나왔다.

"실장님, 인학 씨가 또 왔어요."

물리치료실 데스크로 돌아가자마자 은경이 속삭여왔다. 준희보다 2살 아래인 그녀는 작년에 준희가 이곳 광명종합병원 물리치료실의 실장으로 승진이 되자마자 들어온 신참 중 한 명이었다.

그렇지 않아도 요즘 한창 실장으로서의 위엄을 가지기 위해 부단히도 노력하고 있는데, 인학의 등장은 준희의 체면을 상당히 훼손시키는 존재여서 마냥 반가워할 수만은 없었다.

"그 아저씨가 또?"

"실장님한테 제대로 빠졌나 봐요. 어떡해요, 실장님."

키득거리며 은경이 창밖을 가리켰다. 준희는 큰 걸음으로 창가 쪽으로 다가갔다. 고개를 쏙 빼고 내려다보니 병원 앞마당에 꽃다발을 든 인학이 서성대고 있었다. 준희의 퇴근 시간을 기다리려는 것이리라.

"이 인기의 끝은 어디니? 못 살겠다, 정말."

넋두리였다. 깡촌답게 젊은 사람이라곤 이 병원에서 근무하는 간호사들이나 옆 건물의 유치원 선생들뿐인 이 마을에서, 그나마 유일하게 젊은 남자로부터 끊임없는 구애를 받고 있는 여자라는 현실이 씁쓸해진 실소였다. 젊다고 해봐야 인학은 명백히 40대 초반이었고, 그가 근무하는 우체국의 국장인 50대 대머리 남자와 호형호제하는 사이였다.

애초부터 결혼이나 연애 같은 건 꿈도 꾸어보지 않았지만 그래도 좀 더 근사한 남자였다면 좋았을 것이다. 오래전에 이미 상실해버린 설렘이나 두근거림 같은 감정이, 아직도 그녀에게 남아 있다는 실감만으로도 행복했을 텐데.

준희는 씁쓸하게 웃으며 실없는 생각을 몰아내었다. 정수기에서 냉수를 한 잔 뽑아 든 그녀는 벽에 붙은 의자에 앉아 한 모금 들이켰다. 여기저기 뻐근한 어깨를 천천히 돌리다 데스크 위 탁상 달력에 눈을 두었다.

달력 속에는 3월이라는 커다란 숫자와 함께 이른 봄의 개나리가 만개해 있었다. 늘 이맘때면 연중행사처럼 치르곤 하는 감정의 놀음이 다시 시작된 기분이었다. 열여덟, 개나리, 밤, 버스 안에서의 입맞춤, 놀이터. 어느 것 하나 뚜렷하지 않은 기억이 없다.

어쩌면 그녀의 인생에서 가장 행복했던 시간을 끈질기게 붙잡고 싶었던 집착이었을지도 모른다. 그에게 적어준 쪽지의 내용대로 수년 동안 놀이터에 찾아갔던 것도, 그가 오지 않을 거라고 생각하면서도 발길을 끊을 수 없었던 것도, 그 시간으로 다시 돌아가고 싶은 회한 때문이었을지도 모른다.

몇 년 전, 할머니와 가끔 연락이 닿곤 하는 차 기사 아저씨의 한마디가 아니었다면 그녀는 아마 지금도 변함없이 놀이터를 찾아갔을 것이다.

그가 공부를 위해 미국으로 떠났다는 짧은 소식에 준희는 과거와 닿아 있는 집착의 끈을 서서히 놓기 시작했다. 더는 그 봄의 밤도, 버스 안에서의 두근거림도, 항상 그녀를 향해 있던 시선도 이젠 없다는 것을 인정하기로 했다.

그저, 한여름 밤의 꿈처럼 짧았고, 설레었고, 그리고 무척이나 뜨거웠던 어린 시절이었다고, 그래서 아팠던 것도 괴로웠던 것도 잠시 잊을 수 있었다고, 그렇게 기억하기로 한 것이다.

문득 고막을 후벼 파는 윙, 하는 이명에 준희는 종이컵을 내려다 놓은 후 귀를 막았다. 전에 없던 약간의 통증을 동반한 두통이 당연하게도 찾아들었다. 약을 어디다 뒀더라. 준희는 비틀거리며 몸을 일으켰다. 이래서야 마음 놓고 추억에 젖어들 수도 없다. 그녀의 추억 한가운데에 있는 그, 이강을 떠올리기만 하면 언제나 이렇게 되고야 말기 때문이다.

물과 함께 약을 삼키며 늘 그랬듯 한 가지만 생각했다. 청력이 완전하게 소실되기 전에, 아무 소리도 들을 수 없는 순간이 오기 전에, 딱 한 번만 이강의 목소리를 듣고 싶다고.

순심은 난감한 얼굴로 부동산 중개업자와 마주하고 있었다. 그녀의 뒤로 준희의 외할머니인 혜미가 따라붙었다. 전투적이고 도전적인 표정을 한 혜미는 순심의 뒤에 딱 붙어 서서 방금 중개인이 한 말을 곱씹다 순심에게 되물었다.

"사둔, 시방 저 펑퍼짐한 아짐씨가 뭐라고 한겨?"

"그것도 하나 딱딱 못 알아들어? 이 별장 주인이 바뀌었다고!"

"음마. 사둔은 왜 나한테 소리를 질러싸. 나가 뭘 잘못했다고 오!"

"속에서 열불이 나는데 사돈이 자꾸만 답답하게 구니까 그러잖어!"

순심의 기세에 혜미는 금세 주눅이 들고 말았다. 동갑내기 사돈지간에 함께 산 지 10년이 훨씬 지났지만, 순심이 왕년에 백화점 사장에다 부유한 사모님이었다는 과거가, 아직도 혜미에겐 열등감으로 작용하고 있었던 탓이다. 넉넉한 풍채에서 쩌렁쩌렁 울리는 한마디면 작고 왜소한 혜미는 10리 밖으로 나가떨어지기 일쑤였다.

그래도 그렇지. 백화점이 문을 닫고 준희와 함께 처음 이곳으로 내려왔을 때, 무리 없이 정착하도록 도와준 게 누군데! 혜미는 생각할수록 약이 올라 홱 몸을 돌려 정원을 가로질러 가버렸다. 중개인과 순심이 동시에 그런 혜미를 돌아보다가 이내 착잡한 얼굴이 되어 마주했다.

"저기, 할머니. 이러지 마시고……."

순심은 밀려드는 답답함을 애써 누른 후 침착하게 중개인의 말을 자르며 물었다.

"그러니까 그쪽 말은 이 별장 주인이 바뀌었으니까 우리더러 나가라는 거죠?"

"그, 그렇죠, 할머니. 아직 새 주인과 통화는 정식으로 못했지만 그 대리인과 몇 번 통화를 했는데요. 할머님 댁 식구들에 대해선 아무 얘기가 없었거든요. 그리고 아무리 별장지기들이 쓰는 집이라지만 엄연히 이 별장의 소유니까 비워줘야 하는 게 맞는 거 아닌가 하는 거죠."

"새 주인이 이 별장에 눌러산다고 하던가요?"

"네. 듣기론 시내에 있는 광명병원 의사로 올 거라고 하던데요."

순심의 낯빛이 한층 어둡게 일그러졌다. 시내의 광명종합병원에 근무하는 의사라면 분명히 이 집에서 살고자 할 것이다. 기존의 별장 주인이 서울에 본가를 두고 가끔 휴가철에나 내려와 지낸 것과는 다른 양상이라는 뜻이었다. 순심은 한숨을 쉬며 자신을 포함 세 여자가 지내고 있는 집을 내려다보았다.

2층짜리 화려한 별장의 정원을 가로질러 그 아래에 위치한 볼품없는 방 두 칸짜리 집. 별장지기를 위해 지어진 그 집은, 이곳 무안면에 처음 내려왔을 때 순심과 준희에게 보금자리가 되어준 곳이었다. 당시 자잘한 밭농사를 지으며 겨우 생계를 이어가고 있던 준희의 외할머니, 혜미와 살림을 합치면서 이 별장의 별장지기로 운 좋게 취직 아닌 취직을 하게 된 것이다.

큰돈은 아니지만 준희에게 폐가 되지 않을 정도의 급여도 받을 수 있었던 일이었는데 주인이 바뀌면서 그들의 거취와 함께 일자리도 위태롭게 된 상황인 것이다.

"일단 알았어요. 새 주인이 오면 그때 제가 정식으로 의논해 볼게요. 갑작스런 통보라서 저희도 아무 준비가 안 되어 있어요."

"뭐, 저는 얘기만 전해드리는 거니까 새 주인이 오면 할머니들께서 알아서 하세요. 갈게요."

중개인은 거대한 몸집을 이끌고 그곳을 떠났다. 갑자기 다리에서 힘이 모두 빠져나가는 듯했다. 지난달에 준희한테서 물리치료받은 무릎이 약간의 통증을 호소해서 순심은 잠시 상체를 구부려 무릎을 툭툭 쳤다.

하지만 그렇다고 해서 마음에 쌓인 근심거리마저 사라지는 건 아니었다. 팔십이 훌쩍 넘어 이제는 세상 보는 눈이 흐려지는 마당에 몸 뉘일 곳 하나 없게 되는 건 아닌지, 행여 또 준희에게 부담을 지우게 되는 건 아닌지, 집으로 향하는 순심의 걸음은 그 어느 때보다 힘이 없었다.

주방과 붙어 있는 좁은 거실바닥에 혜미가 혼자 앉아 걸레질을 하고 있었다. 순심은 신발을 벗고 올라서서 혜미에게 다가갔다. 좀 전의 실랑이 때문인지 걸레질을 하는 혜미의 입이 뾰루퉁하다. 늙어가면서 혜미는 어째 더욱 어린아이가 되어가는 듯했다.

10년이 넘는 세월 동안, 참 많이도 다투었고 많이도 웃었으며 많이도 울었던 사이였다. 며느리는 아마도 친정엄마를 닮은 듯했다. 잘 웃고, 잘 토라지고, 잘 울면서도 속정이 깊었던 아이. 순심은 때아닌 그리움에 사로잡혀 목이 울컥했다. 복잡한 속내를 들키지 않으려 얼른 혜미의 손목을 덥석 잡았다.

"가자고, 복자 씨."

평소 부르던 '사돈.'이라는 호칭 대신 습관적으로 그 이름이 튀어나오자 순심은 당황했다. 당연하게도 혜미의 표정이 차츰 일그러졌다. 본명인 복자라는 이름 대신 혜미라는 이름을 수년째 사용하고 있는 이다. 박복자, 라는 이름은 머리에서 지워달라고 그렇게 부탁을 했건만, 순심은 또다시 혜미의 심기를 건드리고 말았다.

"아, 뭐더러 그 이름을 자꾸 불러싸. 이름 바꾼 지가 언젠디? 누구 놀리는겨?"

"아, 미안, 미안. 사돈. 요놈의 주둥이를 그냥."

"한 번만 더 그 이름 불러싸면 확!"

"확 뭐?"

미안함에 괜한 으름장이 먼저 나간다. 순심이 어쩔 테냐, 라는 고자세를 취하자 혜미는 바닥에 확 퍼질러 앉으며 넋두리하듯 읊조렸다.

"나으 치명적인 약점이 뭔지 뻔히 알믄서 허구헌 날 그라제. 그리 놀리믄 좋소?"

"미안해, 사돈. 그러니까 나가자니까. 나가서 자장면이라도 먹자고."

"뭔 일이래? 준희 생일이 되야도 돈 한 푼 안 내는 위인이?"

"나가자고, 사돈. 자장면 먹자고."

"아까 그 여편네는 뭐더러 왔댜? 여글?"

"그 이야긴 나중에 준희 오면 하기로 하고 우선은 나가자니까? 자장면 안 먹을 테야?"

"자장면 싫여! 소화 안 되야."

"그럼 가지 말까?"

"나는 만두나 사줘."

작은 실랑이는 늘 그랬듯 온화한 웃음으로 마무리되곤 했다. 이것도 혜미의 나이답지 않은 애교 덕분에 가능한 전개일 거라고 순심은 생각했다. 이제는 생을 정리하고 미련을 남기지 않고 세상을 떠나기 위해 노력해야 할 나이. 그래도 벗 같은 혜미가 있어 순심은 외롭지 않았다.

여든 먹은 두 노인의 외출은 20분 거리에 있는 시내의 중국집에서 자장면과 짬짜면을 주문하면서 최고조에 달했다. 순심은 혜미의 입가를 연신 닦아주었고, 그럴 때마다 혜미는 아이처럼 입술을 삐죽 내밀었다.

"이러고 우리끼리 먹으면 준희헌티 미안해서 워쩌."

"괜찮아. 준희도 잘했다고 할 거야."

갑작스런 외출은 저녁 6시가 넘어 별장으로 돌아와서야 끝이 났다. 순심은 정원에 들어서자마자 집에 불이 환하게 켜져 있는 것을 확인하곤 얼굴을 굳혔다. 준희가 퇴근하고 와 있는 것이다. 이제부터 그녀가 준희에게 전해야 할 말을 속으로 정리하는 동안 한 손으로 혜미의 손을 꼭 잡고 있었다. 손녀를 향한 미안함과 자책감이 고개를 들어 도저히 혼자선 제대로 서 있을 수가 없었다.

"두 분, 어딜 다녀오시는 거예요?"

순심이 혜미와 함께 현관에 들어서자 조그만 식탁을 차리고 있던 준희가 고개를 빼꼼 내밀며 현관 쪽을 보았다. 혜미가 얼른 준희 곁에 다가가선 준희가 하려던 일을 거든다.

"시내 나가서 자장면 먹고 왔지. 우리 준희, 할미가 후딱 밥 챙길 탱께 얼른 씻으야?"

"아니에요. 반찬은 다 차렸으니까 밥만 담으면 돼요, 할머니."

"잉. 그랴, 그랴."

혜미가 주방을 차지하는 바람에 졸지에 밀려난 준희는 순심과 함께 식탁에 앉았다. 젓가락을 들고 우선 반찬을 이것저것 집어

먹으며 무덤덤하게 말을 건넸다.

"무슨 일이래요, 할머니? 두 분이서 자장면이라니?"

"음. 그냥."

그때, 혜미가 밥 한 공기를 들고 와 준희의 앞에 가져다놓은 후 자리했다.

"고맙습니다. 외할머니, 밥 더 안 드셔도 돼요?"

"잉. 너 많이 묵어."

무슨 이유인지는 알 수 없으나 두 할머니들이 오늘따라 유난히 친절하면서도 유난히 굳어 있기도 했다. 숟가락을 들고 밥을 푸는데 두 할머니의 요란한 시선이 느껴졌다. 입안 가득 떠 넣으면서 준희는 두 할머니들을 번갈아 쳐다보았다.

"숨 막혀서 밥도 안 넘어가겠네. 왜들 이리 쳐다보실까."

"먹으면서 들어, 준희야."

어차피 해야 할 말이고 겪어야 할 일이니 순심은 이쯤에서 솔직하게 털어놓기로 했다. 그러자 준희가 고개를 끄덕인다.

"네, 말씀하세요."

준희는 밥을 먹으면서 순심이 하는 말을 묵묵히 듣고만 있었다. 중개인이 갑자기 찾아온 일, 별장의 주인이 바뀌었다는 것, 그 주인이 광명병원의 의사로 온다는 것, 그리고 여기서 나가야 할지도 모른다는 것까지. 광명병원의 의사로 오게 될 거란 부분에서만 고개를 갸웃거렸을 뿐, 준희는 곧이어 할머니들의 침울함에 동감을 했다.

모두 듣고 나니 그제야 할머니들의 얼굴 표정이 왜 이렇게들 요란했는지 이유를 알 것 같았다. 자신의 눈치를 보셨던 거다. 늘 손녀에게 짐처럼 얹혀산다고 생각하고 있는 분들이시니 충분히 그럴 만도 했다.

"천천히 생각해보자, 준희야. 방법이 있을 거야."

"생각하고 말고 할 게 뭐 있어요. 저 모아둔 돈으로 병원 근처에 전셋집 얻어요. 그러면 되죠."

준희는 대수롭지 않게 대꾸했다. 실제로도 대수롭지 않았다. 쓸 곳이 없으니 저금을 한 것뿐이고, 이제 쓸 곳이 생겼으니 쓰겠다는 건데 할머니들의 의견은 다른 모양이었다.

"네 돈은 안 돼. 그건 너 결혼할 때 쓸 거니까 행여 꺼낼 생각 마."

"그려. 준희 너도 이제 서른둘인디 속히 결혼해야 쓰제. 할미들이 뭔 돈이 있간디. 너 벌어 모아둔 그 돈으로 가야제. 고건 안 쓰는 게 맞는 거 같다."

순심과 혜미가 차례로 준희의 생각을 만류하고 나섰다. 그렇다고 달리 뾰족한 수가 있는 것도 아니면서 한사코 준희의 통장만은 지키려들 하신다. 준희는 이쯤에서 자신의 생각을 뚜렷하게 전달할 필요가 있을 것 같았다.

"자자, 할머니들! 저 결혼 안 해요. 그러니까 그 돈 써도 돼요."

"또, 또 그 소리. 여자는 자고로 서방 그늘 아래에서 살아야 몸과 마음이 편한 법이야. 올해 넘기지 말고 좋은 자리 있으면 가도록 해. 나도 알아볼 테니까."

"정작 할머니는 그늘 없이 혼자 다 해오셨으면서. 지금이 시대가 어느 시댄데."

"그러니까 힘들다는 거야. 그걸 다 겪어봤으니까."

"아! 됐구요. 제가 내일 당장 병원 근처로 방 알아볼 테니까 그렇게들 알고 계세요. 아셨죠? 이만 끝!"

준희는 숟가락으로 식탁을 탁탁 내리치며 대화의 종결을 선언했다. 두 할머니들의 근심 어린 시선을 한데 받으며 입속으로 밥을 밀어 넣기를 몇 차례, 빈 그릇을 혜미에게 내보이며 일어났다.

"할머니, 오늘만 설거지 부탁드려요. 무진장 피곤해서요."

준희는 혜미의 볼에 입을 맞추며 일거리를 떠넘긴데 대한 책임을 아양으로 회피했다. 비겁하지만 두 할머니들을 거실에 두고 혼자 방으로 들어와버렸다. 그렇게 해서라도 결혼이니 연애니, 하는 단어들과 유리되고 싶었다.

좁은 방에 불이 켜졌다. 준희는 창문을 반쯤 열고 완전하게 어두워진 바깥을 내다보았다. 아직은 차가운 밤공기에 얼굴이 금세 얼어붙었다. 치이, 우는 벌레 소리가 처연하다. 준희는 다시 창문을 닫고 책상에 앉았다.

서랍 속에서 적금통장을 꺼낸 그녀는 잔고에 적힌 숫자의 동그라미를 재차 확인했다. 이 돈이면 병원 근처에 전세방을 어렵지 않게 구할 수 있을 것이다. 할머니들은 결혼을 언급하며 만류하셨지만 준희는 두 할머니가 끙끙대도록 내버려두기로 했다. 통장은 다시 서랍 속으로 고이 들어갔다.

결혼.

그녀에겐 결코 친숙할 수 없는 단어였다. 언제가 될지 모를 순간, 그녀의 귀가 세상의 소리로부터 멀어지는 그 순간은, 오롯이 그녀 혼자서 견뎌내어야 한다고 생각했다. 그녀의 생에, 두 할머니와 함께였다는 것만으로도 만족해야 한다. 그리고 여전히 그녀의 미련을 끈질기게 되새김질하게 하는 어린 시절의 기억, 그 속의 이강, 그것만으로도 충분하다고. 아무것도 바라는 것이 없다고.

현재의 시간에 거는 기대가 없기에 과거를 붙들고 살 수밖에 없었다. 포기하는 법을 배웠을 때에, 그녀는 비로소 혼자가 되었다.

"전세방이요?"

차트를 보던 은경이 고개를 들고 되물었다. 퇴근 시간을 30분 남겨둔 무렵이었다. 준희는 마지막 환자가 누워 있는 침대를 검토하며 대답했다.

"응. 병원 근처에 혹시 아는 데 있나 해서."

"그런 건 부동산에 물어봐야 정확하죠, 실장님. 그런데 이사하시게요?"

"그래야 할 것 같아. 별장 주인이 바뀔 거래. 아예 들어와서 살림을 차릴 모양이니 우린 나가줘야 되는 게 맞지."

"요즘 방 구하기가 쉽지 않다던데."

"나도 그럴 거라 생각하고 있어."

고개를 갸웃대는 은경 덕분에 준희의 근심이 더욱 짙어졌다. 어서 방을 마련해야 별장 주인이 들이닥치기 전에 비울 수 있을 텐데, 걱정 어린 한숨 끝에 준희가 확인차 은경에게 물었다.

"혹시 우리 병원에 의사 선생님 새로 오신다는 얘기 들은 적 있어? 은경 씨?"

"아, 맞다. 정형외과 전문의가 새로 한 분 오신다는 것 같아요. 며칠 전에 원장님이 복도에서 휴대폰으로 통화하시는 걸 얼핏 들었거든요. 우리 강 선생님이 곧 그만두시잖아요."

이 병원에서 제1정형외과를 맡고 있었던 강병준 과장이 서울에 있는 병원으로 옮긴다는 얘긴 몇 개월 전부터 공공연하게 나돌던 참이었다. 루머가 사실로 쐐기가 박혀버린 순간이라, 준희는 한 번 더 낙담했다.

"역시 그랬구나."

"실장님은 어떻게 아신 거래요?"

"바로 그 선생님이 바뀐 별장 주인이셔."

"어머나. 무슨 그런 인연이."

"이쯤 되면 인연이 아니라 악연에 가깝지. 도식 할아버지 오늘 병원에 다녀가셨어?"

고민은 길게 가져가지 않는다. 해결해야 할 일 앞에서 어두운 얼굴로 한숨만 푹푹 내쉬는 성격도 못 되었다. 대신에 고민거리를 덮어버릴 만큼 일에 몰두해버린다. 그게 준희가 터득한 걱정 없이 사는 방법이었다. 모든 것에 심드렁해진 어른으로 사는 방법이었다.

"아뇨, 오늘 못 뵌 것 같아요."

"오늘 병원에 오시는 날인데 무슨 일이시지?"

준희는 스탠드 달력을 보았다. 어제 척추견인기로 물리치료를 받고 가신 도식 할아버지는 분명히 내일도 또 오마, 하고 말씀하셨다. 닷새 정도 경과를 봐야 할 상황이라 손가락을 걸며 치료를 약속까지 했는데.

준희는 차트에서 도식 할아버지의 전화번호를 찾아 전화를 걸었다. 하지만 집 전화와 휴대폰이 모조리 대답이 없었다. 은경은 내일은 오실 거라고 말했지만 쉽게 마음이 놓이지 않았다.

아무래도 할아버지 댁에 들러봐야 할 것 같았다. 작년 가을쯤 병원에 오시기로 한 날에 들르시지 않은 할아버지께 연락을 해보니, 허리 때문에 밭에 꼼짝 않고 쓰러져 계셨다며 동네 주민이 지나가지 않았다면 몇 시간이고 방치되었을 거라고 혀를 차시던 일이 떠오른 탓이었다.

퇴근 직후 병원 앞에서 버스를 타고 여덟 곳의 정거장을 지나자 도식 할아버지의 집이 시야에 드러났다. 별장이 있는 마을과는 정반대 쪽이었지만 가끔 출장 물리치료를 위해 들르곤 했던 터라 그다지 낯이 설지는 않은 곳이었다.

어둑해진 마을의 중앙 공터에는 이미 가로등 불빛이 환하게 켜져 있었다. 공터 한가운데에 있는, 노인들을 위해 지어진 팔각정 앞에 이르러, 준희는 삼삼오오 모여 담소를 나누고 있는 무리를 향해 다가갔다.

"안녕하세요. 저는 광명종합병원에서 왔는데요. 도식 할아버지 댁이 어딘지 아세요?"

"잉? 병원에 그 처자 아녀?"

준희를 알아본 할아버지 한 분이 반갑게 미소 지었다. 물리치료를 위해 병원에 자주 들르기로 도식 할아버지와 쌍벽을 이루는 심영섭 할아버지였다.

"할아버지! 잘 계셨어요? 도식 할아버지 댁이 어디예요? 오늘 병원에 오시기로 하셨는데 안 오셔서요. 혹시 상태가 더 나빠지신 건 아닌가 하고요."

"그 양반 아까 비닐하우스에 간다고 갔는디. 고추 수확한다고 바쁘던디 여적 거그 있을 거여."

"하우스가 어디예요, 할아버지?"

"잉. 저그여. 안 멀어."

심영섭 할아버지가 가리킨 곳은 공터 옆 논길가였다. 그곳엔 이 마을 사람들이 운영하는 비닐하우스가 일렬로 늘어져 있었고, 도식 할아버지의 하우스는 세 번째라고 알려주었다. 준희는 할아버지들을 향해 감사하다는 인사를 남긴 후 하우스가 있는 쪽으로 걸어갔다.

불이 켜진 하우스들을 하나둘 지나, 세 번째 하우스 앞에 도착했을 때 쏟아지는 매운 냄새에 눈가가 따끔거렸다. 준희는 눈을 두어 번 껌뻑거린 후 천천히 하우스의 문을 열었다.

"할아버지, 계세요?"

불만 켜져 있을 뿐, 하우스의 내부는 조용했다. 끝이 보이지 않는 하우스 안을 발뒤꿈치까지 들어 올려 눈으로 훑던 준희는 아무도 없는 것을 확인하곤 다시 발끝을 내렸다.

고개를 갸웃거리며 돌아서려는데, 바로 옆에서 신음 소리가 들렸다. 무언가 탁하고 거친 숨소리가 섞인 신음에 준희의 고개가 절로 돌려졌다. 저만치 나뒹굴고 있는 휴대폰이 가장 먼저 눈에 들어왔다. 뒤이어 시선을 둔 바닥에는 흙투성이가 된 도식 할아버지가 쓰러져 있었다.

준희는 정신없이 외쳤다.

"할아버지!"

-뭐라고? 벌써 도착했다고?

휴대폰 너머로 태윤의 음성이 차 안에 울렸다. 이강은 차창을 조금 내려 바람이 깃들게 했다.

"네, 아버지."

-빠르기도 해라. 나는 다음 주에나 올 거라고 생각하고 있었는데. 고모도 아무 말씀 없으셨고 말이다.

"고모께는 따로 인사드리고 왔어요. 아버지 아들로서 부족함이 없이 처리하고 왔으니 염려 놓으시죠?"

-염려는 무슨. 아쉬워서 그렇지. 아비 있는 집에 먼저 들르지도 않고 곧장 거기로 내빼기냐?

태윤의 음성에 서운함이 묻어 있었다. 당연할 터다. 1년에 한 번 얼굴을 볼까 말까 했던 아들이 드디어 한국으로 돌아왔는데, 얼굴을 볼 수 없으니 답답하기도 하셨을 것이다. 이강은 어둠이 내린 마을의 논길에 접어들며 입가를 끌어 올려 미소를 만들어냈다.

"그러게요. 벌써 도착해서 이 마을 곳곳을 행진 중이니 저도 어지간히 급했나 봅니다, 아버지."

-마을? 네가 가기로 했다던 그 병원 쪽 마을 말이냐?

"네."

-거기가 대체 어딘데 알려주지도 않는 거냐. 너 이 녀석, 아비 모르게 비밀이 너무 많은 거 아니냐?

한국으로 돌아가 한 시골 마을의 병원으로 가기로 했다는 결정에, 태윤은 그저 열심히만 하라고 격려를 보내주었다. 어디냐고 물었지만 이강은 다음에 알려드리겠다는 대답으로 혹여 일어날지 모를 난감한 상황을 무마시키곤 했다. 그러나 태윤도 알아야 할 일이고 이강은 그에 대해서 전혀 걱정이 없었다.

"주말에 시간 내서 여기로 오세요. 인사시켜드릴 분들이 있어요."

-인사? 누구를?

"오시면 압니다."

-이 녀석이 아비 갖고 놀리냐?

전에 없는 조급함이 태윤의 말투에 섞여 있었다. 나이가 느껴지는 말투, 그것은 아버지의 외로움이었다. 그가 미국에 있을 동안 태윤도 홀로 지내며 똑같이 외로워했으리라. 이강은 씁쓸한 마음으로 태윤과의 통화를 끝내며 차창을 완전하게 내렸다.

머리가 흐트러질 정도로 강한 밤바람이 호흡 속으로 섞여들었다. 조금 전 병원의 위치를 확인했다. 그리고 별장으로 가기 전 근처 마을을 한 바퀴 돌면서 준희와의 만남을 마음으로 준비하는 중이었다.

몇 년 전, 아버지가 순심과 아주 가끔 연락을 주고받는다는 것을 알고 준희의 거처를 물어보았고, 준희와 순심이 살고 있다는 별장을 사겠다고 별장 주인한테 부탁한 것이 또 몇 년.

그렇게 대략 3년여를 기다려 석훈의 도움으로 드디어 별장을 구입할 수 있게 되었다. 묘한 인연이 그녀와의 사이에 끼어들었다고 생각했다. 뒤바뀐 상황, 역전된 전세. 이제는 그녀가 그의 집 아래에 머물고 있다. 그러나 그 상황을 길게 끌지 않을 생각이다.

이강은 논길을 따라 천천히 서행하며, 자신을 처음 본 준희의 반응이 어떨지 상상에 잠기었다. 놀란 얼굴일지 당황할지, 그것도 아니면 무덤덤할지. 어떤 반응이든 그 기저에는 분명히 가슴 벅참이 깔려 있을 것이다. 이강은 그렇게 확신했다.

비닐하우스가 즐비한 논길의 중반쯤에 다다랐을 때, 이강은 불이 켜진 몇 개의 비닐하우스 사이에서 사람을 발견했다. 이강의 눈이 그것을 살펴보느라 가늘어졌다. 얼핏 여자로 보이는 그 사람은 상반신을 있는 대로 구부린 채 무언가를 들여다보고 있었다. 긴 머리칼에 가려진 여자의 옆얼굴은 표정이 어떤지 전혀 보이지 않고 있었다.

이강은 비닐하우스 앞에 차를 세웠다. 열린 차창 밖으로 보이는 광경에 미간을 좁혔다. 여자가 바닥에 쓰러져 있는 노인을 향해 '할아버지!'라고 연신 외쳐대고 있었다. 의사의 본능으로 노인이 심상치 않은 상황에 처해 있다는 것을 직감했다.

"무슨 일이죠?"

이강이 앞뒤 생각할 것도 없이 외쳤다. 그러자 여자가 상반신을 편 채 돌아본다. 희뿌연 차량의 불빛을 받은 여자가 눈이 부셨는지 이마에 손 가리개를 했다.

여자를 주시하던 이강의 눈빛이 잠시 후 복잡한 빛을 띠고 일렁거렸다. 잊을 수 없어 다시 돌아와야만 했던 그에게, 가장 먼저 운명이 내린 선물이라 여겼다. 이강은 다급히 차에서 내렸다.

"한준희."

어디에 있든, 어떤 모습으로 있든 준희를 알아볼 수 있다. 시간이 흘러도 주위가 변하고 상황이 바뀌어도, 여전히 그의 안에 살고 있었던 그녀를, 이강이 알아보았다.

3. 별장 주인과 별장지기

미친 것이 분명하다. 그런 게 아니라면 이렇게 뜬금없는 순간
에 이강의 환영이 보일 리가 없다. 준희는 '미쳤어.'라고 낮게 되
뇌며 잠시 눈앞의 환영에서 시선을 떼지 않고 있었다. 그러나 들
여다보면 볼수록 이강의 환영은 점차 뚜렷한 선과 색으로 덧입혀
져 갔다.

맵시 있게 차려 입은 회색빛 슈트와 와인색 넥타이, 밤바람에
물결치는 머리칼, 마주 보려면 고개를 젖혀야 할 정도로 큰 키와
입가에 드리워진 흐린 미소. 무엇보다 그녀를 응시하고 있는 눈빛
은 세월을 한 켜, 한 켜 옮겨 담아놓은 듯한 깊이가 느껴졌다. 준
희는 고급 차량 옆에 선 그를 멍하니 쳐다보다가 마른침을 삼켰
다.

환영이 아니었다. 이렇게 가까운 거리에서, 이렇게 선명한 실감이 느껴질 정도로 가까운 거리에서, 그녀가 마주하고 있는 이는 절대 환영이 아니었다. 미국에 있어야 할 이강이 여길 어떻게……

갑자기 침범하는 통증에 준희는 다급히 손바닥으로 양쪽 귀를 막았다. 무언가 날카로운 것이 귀를 찌르는 느낌과 이명이 한꺼번에 찾아와 그녀를 괴롭혔다. 숨을 쉴 수 없을 정도로 강한 통증에 인상을 찡그린 채 눈을 감고 있는데, 귓속에 퍼진 통증을 흐리게 만드는 음성이 낮게 울렸다.

"한준희."

이강의 목소리였다. 굳이 노력하여 귀를 기울이지 않아도 알아들을 수 있는 거였다. 10년이 훌쩍 지났는데도 어째서 어제 헤어졌다 다시 만난 것처럼 그의 목소리가 이렇듯 생생한 건지 알 수 없었다.

"왜 그래, 너."

이강은 귀를 틀어막은 채 고통스럽게 인상을 찡그리고 있는 준희에게 가까이 다가서서 물었다. 귀를 덮고 있는 준희의 손목을 붙잡으려는데 그녀가 몸을 트는 바람에 손이 허공에서 떨어져버렸다. 자신을 외면하는 준희의 옆얼굴이 냉정하게 보였다. 분명히 자신을 알아보았는데도 그녀에게선 찬바람이 쌩쌩 불었다.

긴 시간 그녀만 담겨져 있던 가슴이 욱신거렸다. 오래 기다려왔던 재회의 순간에 본 그녀의 외면이 이강의 턱을 굳어지게 만들었다. 여전히 크고 둥근 눈, 소녀에서 여자로 변화한 성숙한 분위기가 그의 눈동자에 아로새겨졌다. 그래, 앞으로 함께할 시간은 많으니까. 그녀의 외면의 이유가 무엇인지 알아볼 시간은 많으니까. 열심히 사랑할 시간은 많으니까.

이강은 고집스럽게 자신을 외면하고 있는 준희를 두고 바닥에 쓰러져 있는 노인에게 다가가 상체를 구부렸다.

"할아버지, 어디가 아프십니까?"

고개를 가까스로 든 노인은 얼굴이 몹시 창백해 있었다. 환자라는 직감이 들어 구급차를 부르기 위해 휴대폰을 꺼내려는 순간, 준희가 불쑥 말했다.

"응급차를…… 불렀어요. 곧 올 거예요."

여전히 외면한 채였다. 이강은 몸을 일으켜 그녀를 쳐다보았다. 불편한 존댓말에 그는 턱을 굳혔다.

"나 누군지 몰라?"

"죄송하지만 모르겠네요. 가던 길 가세요."

왜 그런 대답이 나왔을까. 준희는 이강이 알아채지 못하게 아랫입술을 질끈 깨물었다가 다시 폈다. 열등감일까, 아니면 그녀에 비해 지나치게 무덤덤해 보이는 그의 태도 때문일까.

열여덟, 헤어진 후 몇 년 동안 그를 만나기 위해 서울의 집 근처 놀이터를 배회했던 것을 떠올렸다. 기다리는 시간만큼 그가 오지 않는 골목을 쳐다보는 눈빛도 시려갔었다.

우연히 할머니로부터 이강이 이사하자마자 미국으로 유학을 떠났다는 애길 전해 들은 후 무너지던 가슴도 떠올렸다.

그때부터였다. 포기하는 법을 배운 것이. 귓속으로 파고드는 통증이 더욱 짙어진 것이. 그러니까 이건 열등감이니 울분 같은 것이 아니다. 그저 그녀 스스로를 향한 질책에 불과하다. 왜 담담하지 못한지, 왜 아무렇지 않게 그를 봐지지가 않는지.

멀리 구급차 소리가 들려왔다. 준희가 그쪽으로 고개를 돌리려는데 이강의 손에 턱이 잡혔다. 어느새 눈앞에 다가온 이강이 옅은 미소를 담고 그녀를 내려다보고 있었다. 턱을 움켜쥐고 들어 올리는 손길은 부드러웠다. 꼼짝없이 이강과 시선이 얽혀버렸다. 몸이 열여덟, 그때로 순간이동 된 것 같은 착각이 들어 가슴이 뭉클해졌다.

"새침한 건 여전하구나."

이유는 알 수 없지만 그녀는 지금 그에게 화가 나 있다. 이강은 그것이 긍정적인 신호라고 여겼다. 오랜 세월이 흘러 무덤덤해질 수 있는 상황이었으나 준희의 외면과 차가운 표정 하나로, 여전히 그녀에겐 감정이 흐르고 있다는 것을 깨달은 것이다.

"못 알아봤다면 어쩔 수 없지. 알아볼 때까지 기다리는 수밖에. 굳이 네가 그러고 싶다면, 그래주겠다고."

아니, 감정 따위 흐르고 있지 않아도 상관없다. 어차피 준희는 그와 함께하게 될 것이다. 그에 대해 오해를 하고 있다면 풀면 될 일이고, 감정이 무뎌졌다면 다시 끌어 올리면 될 일이다. 모든 것이 처음으로 되돌아갔다. 원점의 자리에서 다시 시작하면 된다. 그러기 위해서 온 것이니까.

짧았던 재회는 구급차가 비닐하우스 근처로 다가오면서 끝이 났다. 차에서 내린 구급대원들은 들것을 이용하여 할아버지를 차에 실었고, 준희가 뒤를 이어 차에 폴짝 올라탔다. 이강은 문이 닫히고 금세 출발해버리는 구급차를 아주 잠시, 지켜만 보고 있었다.

구급차는 5분도 걸리지 않은 시간에 광명종합병원 응급실에 도착했다. 준희의 연락으로 이미 간호사와 응급실 담당 의사가 나와 있었다.

"물리치료실의 한 실장님이시죠? 좀 전에 연락받은 문성호입니다."

"네, 아까 전화드렸죠? 도식 할아버지세요. 우리 병원 정형외과 환자예요."

침대는 레일을 바닥에 굴리며 힘차게 응급실 안으로 향했다. 도식 할아버지를 응급실 침대로 갈아 뉘이면서 문성호가 옆에 있는 간호사에게 말했다.

"강 선생님이 아마 지금 서울에 계시죠?"

"네, 오늘 퇴근하고 곧장 올라가신 걸로 알아요."

강 선생이라 하면 도식 할아버지의 주치의였다. 며칠 안으로 정형외과 담당 과장이 바뀐다는 소식이 있었는데, 벌써 서울로 올라가신 모양이었다. 그렇다면 지금 현재 도식 할아버지를 담당할 수 있는 정형외과 의사는 아무도 없다는 뜻이었다. 새로 온다는 사람은 아무래도 내일 아침에나 출근할 것이기에 준희의 마음은 괜히 심란해졌다. 제2정형외과를 맡고 있는 선생님이라도 불어야 하나 갈등이 되었다.

"엑스레이부터 찍읍시다."

그때, 준희와 문성호 사이를 침범하며 끼어든 목소리가 있었다. 준희와 문성호가 한꺼번에 뒤를 돌아보았다. 준희의 심장이 다시 한 번 바닥으로 가라앉았다.

"누구세요?"

먼저 질문을 끌어낸 건 문성호였다. 이강은 정장 윗도리를 벗어 침대에 걸쳐 놓은 후 와이셔츠 소매 단추를 풀어 돌돌 말아 올리며 대답했다.

"내일부터 이 병원 정형외과 과장으로 오게 될 사람입니다. 차이강입니다."

"예?"

"의심스러우시다면 원장님과 통화를 하게 해드리죠."

"아, 아닙니다. 김 간! 엑스레이 실로 어서!"

이강의 한마디에 응급실은 갑자기 부산스러워졌다. 간호사가 달려와 침대를 통째로 엑스레이실로 이동했고 문성호는 도식 할아버지의 차트를 이강에게 건네주었다. 그리고 이강은 빠른 시선으로 차트를 훑었다.

그 모든 움직임 속에서 준희만 고요했다. 차트를 보는 이강을, 그녀는 의뭉스러운 눈빛으로 바라보고 있었다. 이강이 이곳 병원으로 온다고? 그렇다면 별장에 새로 이사 오게 될 주인이 이강이란 말?

준희가 이강을 두고 의문스러운 연결고리를 이어가고 있는데 다른 환자를 보고 있던 간호사 한 명이 이강을 흘깃거리며 다가와 속삭였다.

"세상에. 저분이 말로만 듣던 그분이신가 봐요, 한 실장님. 정말 잘생기셨다. 여자처럼 예쁘게 생겼는데 몸은 무진장 상남자네요. 저분, 존스홉킨스 의대에서 한국인 최연소 정형외과 전문의로 유명한 분이시라던데요. 그런 엄청난 분이 왜 여기 시골까지 내려오신 걸까요."

"……존스홉킨스라구요?"

"네, 그렇다던데요?"

이강의 하얀 와이셔츠가 눈이 부셨다. 준희는 이강의 등을 뚫어지게 쳐다보고 있다가 그가 몸을 돌리려 하자 서둘러 고개를 틀었다. 또 한 번 확인받는 그와의 차이. 씁쓸한 감정이 아까의 얼떨떨한 기분을 묻어버렸다.

열등감이라기엔 그녀의 손에 쥐고 있는 것이 아무것도 없다. 무언가 부대낄 것이 있고 견줄 만한 것이 있을 때에 열등감이라는 것도 의미가 있을 테니까.

'엑스레이 사진 띄우세요.'라는 이강의 목소리를 뒤로한 채, 준희는 천천히 응급실을 나왔다. 쏟아지는 찬바람에 점퍼 깃을 여미며 한 걸음 떼어냈다.

시간이 흐른 만큼 달라진 이강과의 관계가 못내 부담스러워졌다. 아무것도 아니라고, 어릴 때의 우정만 생각하면 된다고 그렇게 스스로를 다독였지만 일렁이는 감정은 쉽게 가라앉지 않고 있었다.

그길로 집에 들어온 준희는 점퍼만 벗어둔 채 이불 속으로 들어갔다. 저녁밥은 먹었냐는 순심의 질문에 대충 때웠다고 대답한 후였다. 일찍 잠이 드는 버릇을 지닌 외할머니 혜미는 이미 방에서 주무시고 계신 모양이었다. 집은 늘 그랬듯 조용했다.

한동안 머리끝까지 이불을 덮고 있던 준희는 턱 아래까지 이불을 끌어 내린 후 억눌린 숨을 토해냈다. 아직도 복잡한 머릿속을 비워낼 길이 없었다. 옷을 갈아입고 씻어야 한다는 생각조차 엉망으로 헝클어진 머리를 정리하지 못했다.

그렇게 안절부절못한 상태로 얼마쯤 있었을까. 갑자기 바깥에서 '할머니.'라는 굵직한 저음이 들려왔다. 이어 순심의 '누구세요.'라는 말. 준희의 안색이 순식간에 창백해졌다. 설마, 하던 마음은 후다닥 일어나 문을 살짝 열었을 때 문틈 새로 보인 이강의 모습에 역시나, 로 바뀌었다. 이강이 손에 커다란 상자를 든 채 순심을 마주하고 있었다. 준희는 서둘러 문을 닫아버렸다.

이강은 현관에 서서 방금 닫힌 방문을 잠시 주시하다가 다시 순심에게로 시선을 돌렸다.

"이강입니다, 할머니."

"응? 누구요?"

다가온 순심은 한눈에 보기에도 예전에 비해 늙어 보였다. 주름과 퀭해진 눈빛, 검버섯이 핀 얼굴까지. 예전에 제 손을 잡아주고 용기를 주었던, 백화점을 경영하던 여장부의 모습은 어디에도 없었다.

"이강이요."

"응? 아니…… 이강이? 차이강?"

"네, 할머니."

순심은 생각지도 못한 이름에 믿을 수 없는 얼굴을 하고 이강을 확인하기 위해 초점을 모았다. 잠시 후 고등학생 때의 얼굴을 한편에서 발견한 순심은 환해진 낮으로 이강의 손을 맞잡았다.

"세상에…… 정말 이강이가 맞구나. 맞았어. 아니, 이 시간에 여길 어떻게 온 거야? 응? 미국에서 공부한다지 않았어?"

"그렇게 됐습니다."

"오래 살고 볼 일이야. 우리 이강이를 이렇게 다시 보게 되다니 말이야."

"건강해 보이시니 다행입니다."

"잠깐만. 준희도 여기에 있는데. 준희 데려올게."

"아닙니다, 할머니. 준희는 이미 만났습니다."

"그래? 아니, 어디서?"

순심은 그렇게 물은 후 이강을 거실로 올라오게 배려했다. 좁은 거실이 이강이 들어서자 금세 꽉 차 버렸다. 이강은 손에 든 홍삼상자를 내밀며 오늘 있었던 준희와의 만남을 순심에게 들려주었다. 광명종합병원에 의사로 가게 되었다는 말도 함께 전하자 순심의 얼굴이 의아한 빛을 띠었다.

"그럼, 이 별장의 새 주인이 이강이 너였어?"

"네."

"아, 난 또 그것도 모르고. 세상에…… 이런 인연이 또 있을까. 아니, 그런데 미국에서 공부하고 거기 유명한 병원에서 있었으면, 서울 쪽에 좋은 병원에 얼마든지 갈 수 있었을 텐데 왜 굳이 이런 곳엘 왔어."

"이유가 궁금하세요?"

이강은 미소를 물었다. 오랫동안 계획했던, 실패할 수가 없는, 자신만의 계획에 대해 떠올리자 그 미소는 자연스럽게 더 크게 지어졌다.

"응? 이유가 있는 거야?"

"차차 알려드리겠습니다, 할머니."

"그래. 똑똑한 아이니까 이유가 있겠지. 그건 그렇고 우리 이렇게 살아. 준희 외할머니도 함께 사는데 지금은 자고 있어."

"네."

순심의 말끝에선 회한 같은 것이 느껴졌다. 한때는 천하를 호령하던 여장부의 쓸쓸한 노년을 엿보는 기분 같기도 했다.

"아버지께는 연락드렸고?"

"네, 아마 이번 주말에 여기 오실 겁니다. 함께 식사나 하시죠."

"그래, 그러자꾸나."

"할머니, 드릴 말씀이 있습니다."

"응? 그게 뭔데?"

이강은 '계획'의 첫 소절부터 천천히 풀어가기로 하고 입을 열었다.

"별장에 들어오셔서 함께 지내세요. 제가 할머니를 모시겠습니다."

"응? 아니, 그런……."

"부담 갖지 마시고 천천히 생각해보십시오. 지금이 아니라도 할머니와는 함께 지낼 수밖에 없을 겁니다."

함께 지낼 수밖에 없을 거라는 이강의 말을, 순심은 언뜻 알아듣지 못한 듯했다. 이강은 고개를 갸웃거리는 순심이 다른 말을 덧붙이지 않도록 서둘러 자리에서 일어났다.

"그럼 저는 올라가보겠습니다."

"응, 그래. 안 그래도 오늘 아침에 깨끗하게 청소해놨어. 뭐든 사용하는 데 큰 문제는 없을 거야."

"네."

순심의 배웅을 받으며 현관에 내려선 이강은 잠시 준희의 방으로 추정되는 쪽을 응시하곤 몸을 돌렸다. 그리고 이강이 떠나자마자 준희가 방문을 냅다 열고 거실로 나왔다.

"할머니, 이강이 말대로 별장에서 함께 사실 건 아니죠?"

방 안에서 초조해하며 두 사람의 대화를 모두 다 들은 후였다. 별장에서 함께 지내자는 제안을 이강이 했을 땐 정말이지 어딘가로 숨고만 싶었다. 순심이 느닷없이 질문을 해대는 준희를 미간을 좁힌 채 쳐다보았다.

"너 안 자고 다 듣고 있었어? 그런데 왜 방에서 안 나온 거야?"

"별장에서 함께 지내실 거 아니죠?"

되묻는 준희에게 순심은 잠시 아무 대답을 하지 않았다. 이강이 별장 주인이라면 이 별장지기 집에 계속 머물 수 있도록 부탁할 수 있다는 생각만 했을 뿐, 다른 생각은 끼어들 틈이 없는 게 사실이었다.

"함께 지내다니 당연히 그건 안 될 말이지. 거기가 어디라고 같이 살아, 살긴. 이강이가 아무래도 어렸을 때 은혜 갚는답시고 꺼낸 말일 터, 그래도 그건 아니지. 할머니도 그 정도 지각은 아직 있어."

"절대 안 돼요. 무슨 일이 있어도요. 우린 계획대로 병원 근처에 방을 구해서 나가는 걸로 해요."

준희는 다시 한 번 못 박았다. 순심은 그런 준희의 말을 못 들은 척하며 몸을 일으켜 냉장고를 열었다. 저녁에 부친 파전 세 장을 접시에 담아 랩을 씌운 후 그것을 준희에게 내밀었다.

"준희야, 이거 이강이 가져다줘라. 저녁밥이나 먹었는지 모르겠네. 가서 물어보고 안 먹었다면 내려오라 그래. 할미가 밥 차려준다고."

"알아서 먹겠죠. 놔두세요."

"넌 애가 왜 그렇게 인정머리가 없어? 이강인 너 어렸을 때 친구잖어. 너 설마 우린 이렇게 되었는데 이강인 잘되어서 배 아픈 거냐? 응? 이제 처지가 바뀌어서 쪽이라도 팔리는 거냐고."

"할머니!"

"그런 거 아니라면 어여 이거 가지고 이강이한테 들러."

준희가 필요 이상으로 저렇게 예민한 이유를 순심은 잘 알았다. 자신이 내뱉은 대로 준희는 지금 쪽팔리고 배 아픈 것이다. 태어나 열여덟이 될 때까지 함께 자란 동기간이지만 이강에 비해, 바닥으로 주저앉아버린 제 처지를 비관하고 있는 것이다.

순심은 준희의 손에 억지로 접시를 쥐여주고 돌아섰다. 그렇게 맑고 다정했던 손녀가 차츰 말이 없고 차갑게 변해가는 것을 지켜보는 순심의 심정도 힘들었다. 그래서 어쩌면 이 외면은 준희에 대한 미안함일지도 몰랐다.

순심이 막무가내로 밀어붙이긴 했지만 준희는 별장 현관문 앞에서 한동안 망설였다. 초인종으로 가져간 손길을 거두기를 몇 번, 순심에겐 미안하지만 돌아서기로 작정하고 접시를 든 손을 내리려는데, 현관문의 틈이 살짝 벌어진 것을 발견했다. 문이 열려 있었던 것이다.

어쩌면 이강은 지금쯤 짐을 풀고 정리를 하느라 바쁠지도 모른다. 그 틈을 타 몰래 식탁에 접시만 두고 오자는 쪽으로 생각이 바뀌어갔다. 그리고 준희는 현관문을 조용히 열었다.

넓은 거실은 소파 옆에 있는 키 큰 스탠드 불빛만 드리워져 있었다. 맞은편에 있는 주방에 불이 켜져 있고 그 외에 다른 불빛과 소리는 일절 느껴지지 않았다.

이어서 안방 쪽으로 시선을 돌렸지만 굳게 문이 닫혀 있자 다행이라는 안도감과 함께 준희는 신발을 벗고 서둘러 올라섰다. 뒤꿈치를 들어 올린 채 도둑걸음을 하고 주방 쪽으로 걸어가 식탁에 접시를 두었다.

완벽하게 일을 끝냈다는 안도감에 크게 숨을 내쉰 후 현관 쪽으로 걸음을 이으려는데, 뒤에서 이강의 목소리가 찌르듯 들려왔다.

"시각이 야심하고 남녀가 유별한데 무슨 일로?"

하마터면 단말마의 비명을 내지를 뻔했다. 가슴이 세차게 뛰자 준희는 걸음을 우뚝 멈추었다. 여기서 그대로 나가버린다면 그야

말로 꼴이 우스워지게 된다. 비닐하우스 앞에서는 존댓말까지 써가며 진상을 부리지 않았던가. 준희는 온갖 계산을 하다가 결국엔 돌아서기로 했다.

방을 구할 때까진 어쩔 수 없이 계속 이강과 부딪쳐야 하고, 또 집이 아니라도 병원에서 지속적으로 만나게 될 터이니 별다른 선택권이 없는 것도 사실이었다.

하지만 그를 향해 돌아섰을 때 준희는 전혀 다른 문제로 시선을 확 틀어버렸다. 샤워를 하고 나왔는지 이강은 하체에 커다란 수건만 두른 채였기 때문이다.

"하, 할머니가 가져다주라고 하셨어. 저녁 안 먹었으면 내려와서 먹으라셔. 난 갈게."

그 자리를 벗어나는 것이 최선이라는 판단하에 걸음을 돌리려는데, 이강이 다가오는 발소리가 들렸다. 준희의 시선이 자신도 모르게 그를 향했다. 이강은 수건의 깃 부분을 붙든 채 거리를 좁혀오고 있었다. 준희는 얼떨결에 두어 걸음 뒤로 물러났다. 그러나 벽에 등을 부딪힌 순간, 이미 가까워진 이강을 피할 도리가 없었다.

이강은 벽과 제 몸 사이에 준희를 가두다시피 한 채로 그녀를 몰아붙였다. 자꾸만 달아나려 하는 준희를 이렇게 해서라도 가까이에 두고 오랜 시간 바라보고 싶었다.

"흐음. 이제야 날 알아본 건가? 네 말투 말이야. 아까와는 다른데?"

샤워를 한 이강의 몸에서 비누 냄새가 강하게 풍겼다. 뜨거운 습기 같은 것도 느껴져 준희는 잠시 숨을 쉴 수 없었다. 넓은 어깨가 눈앞에 있었다. 날짐승에게 잡혀 바들거리는 강아지 같은 꼴을 하고선 준희는 자신도 모르게 말을 더듬으며 겨우 대답을 끌어 내었다.

"아깐 미, 미안했어. 어떻게 대해야 할지 감을 잡지 못했어."

"지금은?"

고개를 들었다. 요동치는 가슴을 겨우 진정시킨 준희는 자신을 빤히 내려다보고 있는 이강을 똑바로 응시했다.

"반갑다, 차이강. 쉬어. 난 가볼게."

"왜 이렇게 나한테 냉정한 거지?"

그에게서 벗어나기 위해 몸을 틀어 빠져나가려는데 손목이 붙잡혔다. 악력은 강했고 쥐가 날 정도로 아파왔지만 다시 한 번 그를 올려다볼 수밖에 없었다.

"……내가 뭘?"

"너 이런 얼굴, 익숙하지 않아."

"넘겨짚지 마. 이상한 우연에 놀라고 있는 것뿐이니까."

"우연?"

"놔줘. 아파."

정말로 아픈 듯 준희의 미간에 주름이 새겨지는 것을 이강이 발견했다. 이강이 하는 수 없이 팔에 힘을 풀자, 준희는 다른 손으로 아픈 손목을 붙잡으며 현관 쪽으로 걸음 했다.

"한준희."

준희가 현관문을 열고 나가기 직전, 이강이 그녀를 나직이 불렀다. 그녀의 걸음이 잠시 멈칫했다.

"내가 돌아온 걸, 기뻐해줬으면 좋겠어."

아주 잠깐 동안 준희가 흔들리는 듯했다. 그녀의 표정을 보진 못했지만 이강은 멋대로 해석하기로 했다. 저 녀석, 그가 돌아온 것을 내심으로 기뻐하고 있는 거라고.

현관문을 열고 나서자 태양 빛이 넓은 정원을 비추고 있는 것이 가정 먼저 눈에 들어왔다. 이강은 햇빛을 받아 푸른빛으로 넘실대던 볼티모어의 바다를 떠올렸다. 다음에 준희와 한 번 다녀와야겠다고 생각하며, 별장지기 집으로 시선을 내렸다. 준희를 태우고 출근을 하기 위해 조금 일찍 서둘렀는데 그곳에선 아직 별다른 인기척이 느껴지지 않았다.

"잘 잤어?"

정원의 한가운데에 서서 3월 초의 시골 아침을 만끽하고 있는데 등 뒤에서 순심의 목소리가 들려왔다. 이강은 돌아섰다. 순심과 함께 할머니 한 분이 그 뒤를 따라 올라오고 있었다.

"네, 할머니. 할머닌 잘 주무셨습니까?"

"그럼, 난 잠은 잘 자. 아, 이쪽은 준희네 외할머니셔. 우리가 여기 내려온 뒤에 살림을 합쳤지."

"네. 안녕하십니까, 차이강입니다."

이강이 인사를 건네자 혜미는 순심의 뒤에 바짝 붙어 서서 소녀처럼 수줍어하며 웃었다.

"잉, 그려. 총각이 어쩜 저로코롬 신수가 훤할까잉. 기골이 아주 기냥 한눈에 봐도 여기 사람이 아니여……. 그라제, 사둔?"

"이강이야 어려서부터 미남이었지. 그래, 출근하려고?"

"네. 준희는 아직 출근 준비가 안 끝난 겁니까?"

이강이 할머니들의 어깨 너머로 집을 살피자 순심이 고개를 갸웃거리며 대답했다.

"준희 벌써 출근했어. 한 30분쯤 됐지?"

순심이 자문하듯 물으니 혜미가 크게 고개를 끄덕인다. 이강의 눈빛이 서늘해졌다가 원래 빛으로 회복했다. 나를 피하다니. 깜찍하게도.

"네, 알겠습니다. 저도 출근하겠습니다."

병원에서 마주치게 되면 어떻게 요리해줄까, 생각하며 할머니들을 향해 인사를 꾸벅하는데 순심이 주저하다가 한 걸음 더 다가와 그를 붙잡았다.

"아, 저 이강아."

"네, 말씀하십시오."

"우린 다른 거 말고, 그냥 저 집에 계속 살게 해주면 그거 말곤 바랄 게 없어. 대신에 집 청소나 빨래 음식 같은 건, 우리가 하던 대로 다 해놓을게."

"할머니 편하신 대로 하세요. 단 이 집을 떠나시는 건 안 됩니다."

"정말 고맙다, 이강아. 그리고……."

"네."

"준희가 아무래도 너 보기가 좀 민망해하는 것 같아. 아무래도 예전과는 많은 게 바뀌었으니까. 그때 이곳으로 내려오면서부터 준희가 몸 고생, 마음고생 많이 했거든. 그래서 성격이 좀 변했어. 잘 웃지도 않고 내색도 잘 안 해. 그래도 너희들 친구였는데 네가 서운한 부분들이 있을 거야. 이해해줘, 이강아."

날카로운 칼날이 가슴을 베는 듯했다. 그저 그 녀석에게 돌아왔다는 제 감정에만 도취되어 준희의 입장까지 미처 헤아리지 못했다는 것을 그제야 깨달았다.

그녀의 마음 안에서 벌어지고 있었을 여러 감정의 사투를 왜 미리 알아채지 못했던 것일까. 문득 열여덟 이후, 그녀가 걸어왔던 길이 어떤 종류의 것이었는지 손에 잡히는 듯했다.

갑작스런 집안의 몰락, 바뀌어버린 낯선 환경, 그 와중에도 학업을 이어가야 한다는 부담감과 성인이 된 후에는 두 할머니들을 건사해야 하는 의무까지 지워졌을 것이다. 웃음을 잃어버린 건 어쩌면 당연한 일인지도 모른다. 우선 살아남는 게 가장 급급했을 테니까. 그가 미국에서 그랬던 것처럼.

차에 올라타면서 이강은 헤드에 뒷머리를 기대었다. 열여덟의 순간들이 마치 어제 같았다. 준희를 좋아하면서도 내색 한 번 하지 못했던 그때가 실사처럼 눈앞에 흘러갔다. 그래서 더욱 조급해진 건지도 모른다. 감정을 마음껏 드러내고 그녀를 안고 싶어 안달이 난 자신의 지나친 다급함이리라.

기다리는 건 얼마든지 자신 있었다. 미국 땅에 발을 디딘 순간부터 기다림은 늘 그를 따라다녔으니까. 그러니 이번에도 준희의 감정이 오롯이 제게 흘러오는 것을 기다리는 건 어렵지 않다. 다만, 그녀의 곁에 이제는 자신이 버티고 지킬 거라는 것만은 확실하게 알려주고 싶었다. 이강은 힘차게 시동을 걸었다.

"새로 오신 과장님 얘기 들으셨어요? 지금 간호사 언니들 난리 났어요."

은경이 차트를 들고 물리치료실에 들어오면서 난데없이 호들갑을 떨어댔다. 곧 점심시간이라 물리치료실이 잠시 중단된 상태였고 준희는 식당으로 내려가기 위해 손을 씻고 있는 중이었다. 은경의 호들갑에 준희는 멈추어졌던 두통이 다시 시작되는 듯했다. 긴 한숨이 입가를 적시었다.

어젯밤 잠을 이루지 못했고, 오늘 아침 역시 도둑처럼 살며시 집을 나섰다. 어찌 됐든 이사를 가기 전까지 이강만 피하면 된다고 여겼다. 병원에서도 일주일에 한 번씩 갖는 정형외과 전체 컨퍼런스 시간만 아니면 딱히 부딪칠 일이 없으니 저만 조용하면 다시 예전으로 돌아갈 수 있을 거라 생각했다. 이강이 나타나기 전의, 그 적막했던 시간들로 말이다.

하지만 이렇게 주변에서 날뛰어버리면 소용이 없다. 언제 어느 곳에서든 이강의 이름이 들려온다면 또다시 마음이 산란해지고 말 것이다. 지금도 역시 다잡은 마음이 흔들리기 시작했다. 이렇게 나약해빠진 의지라니.

"근데 이상하지 않아요, 실장님? 존스홉킨스 병원의 의사셨다던데 그렇게 이력이 화려한데 왜 이런 시골 병원에 오신 거죠? 혹시 무슨 하자가 있는 거 아닐까요? 가령 그 병원에서 큰 사고를 치고 돌아오신 거라든가."

"그건!"

준희는 자신도 모르게 발끈한 것을 깨닫곤 멈칫했다. 이강을 두고 함부로 머리를 굴리는 은경에게 대항하려 했던 것이다. 준희는 '네?'라며 물어오는 은경에게 쉽게 말을 잇지 못했다. 다른 사람이 이강에 대해 오해를 하든 말든 그녀가 끼어들 일이 아니어야 하는데, 왜 대책 없이 마음이 앞서 나갔던 건지.

"그런 건…… 아닐 거야. 아무것도 모르면서 다른 사람에 대해서 함부로 얘기하진 말자, 은경 씨."

그렇게 대충 얼버무리며 준희는 은경을 데리고 지하에 있는 직원 식당으로 내려갔다. 식판에 밥을 받아 들고 늘 은경과 함께 앉곤 했던 창가 쪽에 자리한 준희는, 이미 내려와 있는 다른 의사들과 간호사들을 향해 눈인사를 보내었다.

얼핏 둘러본 시야에 아직 이강은 보이지 않았다. 안도감과 함께 염려가 밀려왔다. 의사들은 때를 놓치면 식사를 할 시간적인 여유가 없다는 것을 알기 때문이었다.

준희는 헛웃음을 삼키며 수저를 들었다. 그를 먼저 피한 건 자신이었으면서 이런 염려가 참으로 쓸데없다 여긴 탓이었다.

"오늘은 카레 밥이네요."

은경의 한마디에 웃으며 고개를 끄덕인 준희가 한 숟가락 밥을 밀어 넣을 때였다. 식당 입구에 들어선 이강 때문에 준희는 느닷없이 켈록거리기 시작했다. 다급히 물을 머금었지만 목에 걸린 이물감이 사라지지 않았다.

식당 내 모든 시선이 일제히 이강을 향하고 있는 것을 눈치채면서도 준희는 물을 넘기는 데에만 일부러 신경을 집중했다.

그러던 준희는 무의식중에 굴린 시선이 이강과 마주쳤을 때 서둘러 고개를 틀어버렸다. 눈 끝으로 본 그는, 미리 내려와 밥을 먹고 있던 동료 의사들과 하나하나 눈인사를 나눈 후 이쪽으로 다가오고 있었다. 아직 반도 넘게 남은 밥이 걱정되었다. 이래서야 식사가 제대로 될 리 만무했다.

"앉아도 됩니까?"

"헉!"

식당의 분위기가 어떻게 달라진 줄도 모르고 식사에만 열중하던 은경이 단말마의 비명을 내질렀다. 서둘러 입안의 음식을 요리조리 씹어 넘긴 후 간신히 대답한다.

"네, 네, 선생님. 얼마든지요. 앉으세요."

이강은 식판에 내내 시선을 두고 있는 준희를 흘깃 본 후 그녀의 맞은편에 자리했다. 첫 출근은 어땠는지 밥맛은 어떤지, 한번쯤 물어봐주길 바라는 마음도 깨끗하게 접은 상태였다. 여전히 혼란스러울 이 녀석과 그저 짧은 시간만이라도 함께할 수 있다면 그걸로 되었다. 이강은 밥을 삼키며 준희를 향해 담담하게 물었다.

"김도식 할아버지 오후에 디스크 수술 들어갑니다. 알고 있었어요, 한 실장?"

"아, 아뇨. 소식 못 들었습니다."

"한 실장이 그 할아버지와 각별하게 친한 것 같아 알려주는 겁니다."

"······네."

준희는 이강의 의도적으로 제 맞은 자리에 앉았다고 여겼다. 분명히 자신의 존재감을 그녀에게 보여주려 하는 것이다. 그는 어디에서든 눈에 띄고 마는 존재니까. 대체 이강은 왜 이런 곳으로 돌아온 걸까. 자신이 근무하는 병원과 자신이 살고 있는 별장. 우연치곤 기이할 정도였다. 준희가 젓가락으로 밥알을 세며 생각에 몰두하고 있는데 은경이 목소리 톤을 높여 이강을 보았다.

"선생님, 저는 장은경이라고 하구요, 한 실장님과 같이 물리치료실에서 일해요. 반갑습니다."

"네."

"······그런데 정말로 존스홉킨스에서 근무하셨어요?"

"왜요, 안 믿겨요?"

"아니, 안 믿기는 게 아니라요. 그런 엄청난 곳에서 근무하신 분이 왜 이런 시골에······."

"사고라도 치고 돌아왔을까 봐서요?"

"아, 아뇨. 그런 건 아니구요."

준희는 눈을 치뜨며 이강을 슬쩍 보았다. 밥을 먹으면서도 입가에 도사리고 있는 미소는 지워지지 않고 있었다. 모든 것이 그대로다. 그녀만을 향해 장난스럽게 웃던 입, 늘 빛을 내던 눈, 어린 나이답지 않게 항상 굳게 다물려 있던 입술. 입술······. 그 밤, 버스 안에서 그녀에게 입을 맞추었던 입술.

준희는 얼른 시선을 내려버렸다. 어린 시절의 감상에 젖기엔 세월이 많이 흘렀다. 추하고 유치하다. 그렇게 스스로를 향해 야단을 치면서도 울 수도 웃을 수도 없는 상황에 간혀 꾸역꾸역 밥만 넘기고 있었다. 문득 발끝이 이강의 구둣발이 닿자 준희는 어깨를 움찔떨었다. 저도 모르게 시선을 들자 이강과 또다시 눈이 마주친다.

발은 뒤로 빼내었지만 발끝에서 파생된 간질거림은 그 후로도 계속 그녀를 어지럽혔다.

퇴근 시간이 되자마자 준희는 부리나케 백을 챙겨 들고 물리치료실을 나섰다. 이강도 이강이지만 오늘 오전에 연결이 된 부동산에서 연락이 왔던 터였다. 두 칸짜리 전세방을 구하기가 쉽지 않은데 운이 좋은지 마침 방이 났다는 소식이었다. 중개인은 찾는 사람이 두어 명 더 있으니 시간싸움이라는 말도 덧붙였다. 먼저 와서 계약하는 사람이 임자라는 뜻이었다.

그러니 마음이 초조해질 수밖에 없었다. 이 기회를 놓치면 두 할머니들을 모시고 지낼 곳이 마땅치 않다. 이강이라면 별장지기 방을 그대로 사용해도 된다고 얼마든지 허락해주겠지만, 그건 그녀의 자존심이 허락하지 않았다.

은경과 작별인사를 하는 둥 마는 둥 하며 계단을 내려가 병원 후문 출구에 다다른 순간, 준희는 우뚝 걸음을 멈추었다. 후문 앞에는 인학이 와서 기다리고 있었기 때문이다. 육중한 체구에 산도적 같은 거뭇한 수염은 인학이 틀림없었다.

"준희 씨!"

준희를 발견한 인학이 마구 손을 흔들어대었다. 준희는 행여 지나가는 사람들의 눈에 띌까, 주변을 살피며 인학을 향해 인사를 했다.

"네, 어쩐 일이세요?"

"준희 씨 쩌어번에 이쪽으로 퇴근하시길래 혹시나 해서 여그로 와봤는디 운이 억쎄게 좋았네요. 헤헤. 같이 저녁이나 먹을까 해서 왔당게요. 에, 그러니까 이것은 데이트 신청하는 겁니다."

내키지 않는 만남에 불쾌감이 먼저 엄습했다. 준희는 어떻게 예의를 차려 거절할까 궁리하다가 일부러 미소를 지으며 입을 열었다.

"죄송하지만 제가 지금 급한 일이 있어서요. 정말 죄송해요."

"아…… 그러시구나."

인학의 얼굴에 실망감이 역력하게 드리워졌다. 그러거나 말거나 그곳을 빨리 뜨려는 생각만 하던 준희는 등 뒤를 울리는 음성에 굳어져버렸다.

"한 실장."

굳이 돌아봐 확인하지 않아도 목소리의 주인이 이강이라는 것을 알았다. 인학이 고개를 쭉 내뺀 채 준희의 등 뒤를 확인하고는 고개를 갸웃거린다. 준희는 하는 수 없이 돌아섰다. 몇 걸음 떨어지지 않은 복도에, 가운을 벗고 정장으로 갈아입은 이강이 서 있었다. 준희는 작게 숨을 들이켜며 대답했다.

"네, 선생님."

"잠시 나 좀 봐야겠는데."

이강의 시선이 인학을 잠시 향했다가 다시 준희에게 꽂혔다. 어딘가 그녀를 원망하는, 그리고 야속해하는 눈빛이 차올랐다가 사라지는 것을 준희는 놓치지 않았다.

4. 또다시 봄

짐작하고 싶지도 미루어 추측하고 싶지도 않았지만, 이강은 준희를 쳐다보는 남자를 보면서 수컷의 본능으로 그 속내를 감지하고 말았다. 제겐 절대 보여주지 않던 미소가, 남자를 보는 준희의 얼굴에 드리워지는 것을 발견하며 이강은 가슴 한쪽이 시려오는 듯했다.

한쪽 눈썹을 밀어 올리며 준희를 주시했다. 당장 남자한테서 떨어져 나한테로 오지 않으면 무슨 짓을 할지 모른다는 눈빛으로 매섭게 쳐다보았더니, 준희가 남자를 향해 양해를 구한 후 달려왔다. 타닥타닥, 바닥을 타고 울리는 준희의 발소리가 그에게 가까워졌다.

"무슨 일인데요?"

남자는 여전히 그곳에서 고개를 빠끔 내민 채 흘깃거리고 있었다. 남자의 시선을 차단시키기 위해, 이강은 일부러 위치를 조금 옮겨 준희의 앞에 섰다.

"함께 퇴근하자고. 다른 약속이 있는 게 아니라면."

급한 일이 있는 것처럼 부르더니, 기껏 한다는 말이 함께 퇴근하자는 거라니. 준희는 이강이 쳐다보는 앞에서 불편한 기색을 감추지 않았다. 이강과 함께 나란히 차를 타고 퇴근하는 모습을 상상하는 것만으로도 가슴이 가빠지는 것 같다.

"퇴근길에 들러야 할 곳이 있어. 미안한데 혼자 퇴근해."

"어딜 가는데?"

"말하고 싶지 않아."

"해야 할걸? 안 그러면 내가 이곳에서 널 계속 붙잡고 있을 테니까. 다른 사람들 눈에 띄고 싶어?"

그는 완강했다. 부동산에 들러야 한다고 사실대로 말한다면 분명히 저지할 테지만 지금은 다른 사람들의 눈에 띄기 전에 이곳을 벗어나는 것이 급선무였다. 결국 준희는 이강의 기분을 모른 척하고 사실대로 말하기로 했다.

"부동산 중개인 만나야 해. 전세방을 알아보고 있었거든."

낮게 내리깐 준희의 시선이 차갑게 느껴졌다. 그녀가 쳐놓은 벽에 대해 이강은 여러 이유를 추측하기 시작했다. 순심의 말대로 이제는 뒤바뀌어버린 상황에 대해 자존심이 상했기 때문일까. 아니면 다른 사람이 있기 때문일까.

석훈을 통해 알아본 바에 의하면 준희에게 '애인'이라는 의미를 갖는 사람은 없다고 했다. 또한 아무리 시간이 흐르고 상황이 바뀌었다고 해도 그 밝고 천진했던 본성이 깡그리 사라질 일은 없다. 그러니 준희가 이렇게까지 필요 이상으로 벽을 칠 필요는 없는 것이다. 이렇게 제게 서늘하게 굴 것까지는 없는 것이다. 그렇다면 뭐지?

"좋아. 내가 중개인한테 데려다줄게. 가자."

준희의 끈질긴 외면의 이유를 반드시 밝혀내고 말 거라고 결심한 이강은 준희와의 동행을 제안했다. 그러자 그녀가 저지한다.

"차이강, 그만둬. 혼자 갈 거야."

"데려다주기만 할게. 기다리고 있을 테니까 볼일이 끝나면 차에 다시 타."

준희를 향한 서운한 마음을 잠근 채 이강은 주차된 차를 끌고 오기 위해 자리를 떴다. 준희는 이강의 등을 보면서 두근대는 가슴을 진정시켰다. 열여덟 어린 아이도 아닌데, 이렇게까지 흔들려 버리다니.

말 한마디, 몸짓 하나, 손짓 하나에 떨려 하는 사춘기 여고생으로 되돌아간 듯하여 마음에 들지 않았다. 돌아서서 입구로 나가는데 이강의 차가 그녀의 앞에 정확하게 멈추어졌다. 준희는 기운이 빠져버린 몸을 끌고 조수석에 올라탔다.

전화로 계약을 약속한 부동산은 병원에서 5분 거리에 있었다. 이강의 차는 부동산 앞에 대기 중이었고 준희는 중개인과의 상담을 모두 마친 후였다. 상담이라고 해봤자, 이미 계약을 하고 간 사람이 있다는 것이 다였다. 시각을 다투는 일이라고 중개인이 말했지만, 이렇게 빨리 종결이 날지 몰랐다. 시골 마을이라 생각하고 안일했던 제게 모든 탓이 있었다.

"계약은?"

부동산을 나와 다시 이강의 차에 올라타자마자 그가 물어왔다. 준희는 착잡한 얼굴로 대답했다.

"먼저 계약하고 간 사람이 있었대."

"그래서 전세방은 계속 알아볼 생각이야?"

"응."

"왜?"

이강의 질문에 준희는 자신도 모르게 고개를 돌려 그를 쳐다보았다.

"왜냐니? 거긴 이제 네 집이잖아."

"할머니께 계속 머물러도 된다고 말씀드렸어. 그러니까 방 때문에 걱정하지 마."

"우리가 나가는 게 여러모로 편할 거야. 나한테나 너한테나."

"네가 없는 게 더 불편해. 불안해. 10년이 넘도록 혼자 있었던 걸로 됐어."

여전히 모르겠다. 그가 갑자기 나타난 이유를, 그의 대답 속에 든 여러 감정들을, 그리고 그의 한마디에 이렇게 가슴이 떨리는 이유를, 어제 헤어졌다 오늘 다시 만난 것처럼 여전히 익숙한 이유를. 준희는 이강의 옆얼굴을 보며 뇌까리듯 물었다. 그건 거의 무의식적인 이끌림이었다.

"왜 하필…… 여기였어? 왜 이 병원으로 오려고 생각했던 거야?"

이강은 준희와 눈을 마주했다. 일렁이는 그녀의 동공에 그동안 억눌러왔던 욕망이 들끓었다. 그녀의 입술을 낚아채고 키스를 퍼붓고 싶은 성마른 감정이 찾아와 목구멍이 뜨거워지는 듯했다. 그러나 준비가 안 된 그녀에게 무작정 밀어붙일 수는 없어 한숨으로 욕망을 삼켰다.

"그게 이제야 궁금해?"

비스듬히, 한쪽 입꼬리를 말아 올리며 물으니 준희가 정면으로 시선을 돌린다.

"아니, 궁금하지 않아. 대답하지 않아도 돼."

"웃어봐. 예전처럼."

이강은 시동을 걸었다.

"그럼 대답해줄게."

차가 부드럽게 움직이기 시작하면서 차 안에 잠시 내려앉았던 침묵의 공기가 깨어지기 시작했다. 준희가 무슨 표정을 지었는지는 알 수 없었다. 다만 드러낼 수 없는 욕망에, 이강은 끈질기게 인내하고 있을 뿐이었다.

정원에 널어둔 빨래를 거두어들이는 동안, 주변은 파란 저녁 빛이 퍼지기 시작했다. 순심은 거둔 빨래를 일일이 혜미에게 전달하고 있었다. 혜미는 오늘 내내 순심을 따라다녔다. 이 방에서 저 방으로, 그리고 이강의 별장을 청소할 때에도 붙어 떨어지지 않더니 급기야 조금 전에는 화장실 앞까지 보초처럼 지키고 섰다.

궁금해 죽겠다는 표정이었다. 이강에 대해서 이것저것 묻고 싶은 것들이 많으나 호들갑 떨며 물어봤자, 순심에게서 돌아오는 건 나이 들어 주책이라며 질책이라는 잔소리뿐이라는 것을 아는 것이다. 그러니 순심 쪽에서 먼저 언급을 해주기를 기다리고 있는 것이리라.

"저어그…… 사둔……."

빨래를 하나 받아 들며 혜미가 마침내 입을 열었다. 대략 10시간. 오래도 참았다. 순심은 고개를 설레설레 저으며 혜미가 알아채지 못하도록 웃었다.

"왜."

"우리 별장 주인 말이여."

"응."

"참말로 준희랑 동갑내기여?"

"그렇다니까."

"여그로 이사오기 전꺼정 참말로 한집서 살았고? 그 아비가 사둔 운전기사였다는 것도 참말이여?"

"그래. 뭐가 또 궁금해서 이래?"

"그람 더 이상한디?"

순심은 마지막 빨래를 거두며 혜미를 쳐다보았다. 곰곰이 생각하는 모습이 늙은 탐정 같다.

"뭐가 이상한데?"

"그러코롬 어렸을 쩍에 헤어졌는디 다 커서 워찌 여그로 왔댜? 준희가 여그서 살고 있는 거 다 알고 온 것 같잖여."

"그랬을 수도 있지. 걔 아비하고 간간이 통화를 한 적 있었으니까."

"아무리 여그 사는 거 알았대도 워찌 여그서 직장 잡고, 터전 잡고 살 생각을 하고 오냔 말이제, 내 말은. 미국이 좀 멀당가?"

"무슨 말이 하고 싶은데, 사돈은?"

"걔가 혹 우리 준희헌티 맘이 있는 거 아닐까?"

혜미의 느닷없는 말에 순심의 미간이 절로 구겨졌다. 혜미가 하루 종일 무언가 입이 근질거려 못 참고 있다는 것을 알고는 있었지만, 이런 시답잖은 추측이라니. 아무래도 이렇게 살림을 합칠 게 아니라 농사를 계속 짓도록 뒀어야 했나 싶다. 순심은 정색을 한 채 입을 열었다.

"쓸데없는 소리 한다, 또. 걔들 어려서 헤어지고 엊그제 처음 만난 애들이야. 백번 양보해서 어려서 좋아했다 치더라도 지금은 10년이 넘게 지났어. 세월이 그렇게 흘렀는데 아직도 좋아한다는 건 말이 안 돼. 그렇지 않아?"

"그래서 사둔이 여적 혼자인 거여. 사람이 아무리 나이를 먹어도 여잔 여잔 거거든. 감정이 없당게. 우리 영감허고 나허고 5살 쩍에 만났는디 우리 영감이 그때부텀 나를 콕 찝었잖여. 전쟁 나갔다 와서 나헌티 결혼하자고 하드라고. 그게 딱 12년이여. 사람마다 다르당게. 워떤 사람은 어제 보고 오늘 보고 마음이 확 변해불어도, 또 워떤 사람은 10년, 20년이 지나도 고대로인 사람도 있당게."

큰 소리 내지 않고 죽은 남편에 대해 말하는 혜미의 말투는 조

120

용하고 나긋나긋했다. 평소에도 감정이 넘쳐 연속극을 보며 통곡하는 혜미지만, 오늘만큼은 어쩐 일인지 혜미의 한마디, 한마디가 귀에 박혀들었다.

순심 자신조차도 이강이 이 별장과 준희의 병원에 둥지를 틀게 된 우연에 대해서 잠시 신기하다고 여기지 않았던가. 아무리 이강이 태윤으로부터 사정을 다 들었다고 해도 둥지를 틀 생각까지 했다는 것이 어딘가 미심쩍은 부분이 있긴 했다. 하지만 순심은 거기서 생각을 차단시켰다.

"시답잖은 말 그만하고 빨리 빨래 개고 밥이나 차리자구. 애들 올 때 다 됐어."

그저 텅 비어가는 준희의 옆에 이강이 머물러주는 것만으로도 지금은 고마워해야 할 때인 것이다. 손녀의 고단함을 조금이나마 덜어줄 수 있는 친구가 곁에 있게 됐으니, 순심은 더할 나위 없이 만족스럽기만 했다. 그것이면 된다고 여겼다.

"미국에서보다 한결 여유는 있으시지요, 차 선생?"

금요일 저녁, 이강은 광명종합병원 병원장인 현식의 제안으로 퇴근 후 함께 술잔을 기울이고 있었다. 술이라고 해봐야 병원 옆에 있는 조그만 곱창집에서 소주 한 병을 놓고 주거니 받거니 하는 것이 전부였다. 석훈이 한국에서 2년간 의과대학을 다닐 때 전공 교수였던 현식은 석훈에게서 이강을 소개받은 후 흔쾌히 외과의로 초청을 수락해주었다.

"아무래도 그렇죠. 그러기 위해 온 것이니까요."

"다른 과장님들과 함께하는 자리를 마련했어야 하는데 마침 세미나니 뭐니 공석이 많아서요. 수일 내로 다 같이 하는 자리를 준비하도록 하겠습니다."

"신경 쓰지 않으셔도 됩니다, 병원장님. 일자리를 주신 것만으로도 저는 감사합니다."

이강이 미소 지으며 현식에게 대답했다. 현식은 거대한 몸집만큼이나 넉넉하고 털털한 성격이었고, 어렸을 때부터 꿈이 이런 시골마을에 병원을 하나 지어 노인들에게 편리한 생활을 제공하는 거였다고 했다. 그런 소박함이 병원을 날로 번창하게 만드는 요인이라고 석훈이 얘기해주었던 것 같다. 현식은 이강의 빈 잔에 술을 채우며 다시 입을 열었다.

"존스홉킨스에서 근무하다 이런 시골구석에 있는 병원으로 오겠다고 마음먹기가 쉽지 않으셨을 텐데 대단하시다고 해야 할지, 어떨지. 아무래도 제가 보기엔 차 선생이 판단을 잘못하신 게 아닌가 해서요."

"충분히 그런 생각, 하실 수 있습니다."

"우리 같은 사람들에게 중요한 건 학연과 이력이지요. 석훈이 말에 의하면 차 선생은 두 가지 조건 모두 훌륭하다던데 이런 데서 재능을 낭비해선 안 된다는 생각이거든요."

"그래서 저를 내쫓으실 겁니까, 원장님?"

"하하하, 무슨 말씀을. 차 선생 덕에 병원이 잘되면 좋지요. 이런 곳에선 정형외과가 주도할 수밖에 없으니까요. 아무래도 환자의 대다수가 노인분들이시니까요. 안 그래도 요 며칠 차 선생에 대해 소문이 났는지 다른 마을의 노인분들도 오시기 시작했습니다. 이렇게 병원이 번창하면 좀 더 구석지고 외딴 곳에 작은 병원을 더 지을 수도 있지요."

현식의 말은 이강으로 하여금 의대를 지원했던 순간을 떠올리게 했다. 막연히 준희를 위해서라는 생각이었다. 그 녀석이 잃어버린 것들을 다시 찾아주기 위해선 그 자신이 든든한 바닥 위에 서 있어야 한다는 생각뿐이었다. 기계적으로 공부하면서도 단 한 번도 의사라는 직업의 가치에 대해 진지하게 생각해본 적이 없었다.

"제가 열심히 일해야겠군요. 원장님의 꿈을 이루어드리려면."

하지만 존스홉킨스에서 일하는 동안, 그의 손을 타고 완치하여 퇴원했던 수많은 환자들의 얼굴을 보면서 그간 그를 지배해왔던 무수히 많은 고단함을 조금씩 지워낼 수 있었다. 정리되지 않고 구획되지 않은 어떤 틀이 그제야 일정하게 다듬어져간다는 생각이었다. 그런데 그런 그의 앞에, 더욱 크고 안정된 틀을 가꾸어 나가는 이도 있었던 것이다. 인간미도, 매력도.

"그래주시면 나야 고맙지요. 하지만 난 차 선생이 언젠가 서울로 올라갈 거라고 생각하고 있습니다. 병이 더 심각하고 깊은 환자들을 위해 실력을 발휘해야지요."

현식은 이강을 뜨내기로 생각하는 듯했다. 적정한 시간이 되면 분명히 떠날 사람으로 여기고 있는 것이다. 그에 이강은 별다른 대답을 하지 않았다. 섣부른 장담으로 가벼운 사람이 되고 싶지 않았다. 다만 이 순간에도 머릿속을 적시는 이의 얼굴 때문에, 취기 오른 얼굴에 쓸쓸한 미소가 더해질 뿐이었다.

"아, 추워. 빨리 들어가요."

그리고 한 잔을 마저 들이켜는 순간, 이강은 문을 열고 들어온 한 무리의 여자들 사이에서 준희를 발견했다. 목을 타고 흐르는 알싸한 기운이 온몸을 퍼져 열감이 느껴졌다. 이강과 현식을 발견한 무리도 우뚝 멈춰 서선 알은체를 해온다. 주춤 준희가 누구를 향한 것인지 알 수 없는 인사를 해왔다.

"응? 우리 물리치료실 직원들이시네."

"어머나. 원장님, 차 선생님. 안녕하세요."

넉살 좋은 은경이 목소리를 높였다. 준희를 포함한 나머지 세 명은 주섬주섬 자리를 고르고 있는데, 현식이 그녀들을 향해 제안했다.

"합석해요. 곱창값은 내가 낼 테니까. 응? 한 실장, 이리 와서 같이 자리 해요."

"아닙니다, 원장님. 저희는 따로 먹을게요. 두 분 얘기 나누세요."

준희와 짧은 순간 시선이 마주쳤다. 그녀가 얼른 고개를 돌려 버렸기에, 이강의 시선은 둘 데 없어져 허공을 배회했다. 취기로 인해 흐려진 눈앞에 준희만 담겼다. 방금 막 숯불에 오른 곱창을 저가 먼저 나서서 집게로 구워가며 동료로부터 술을 받는다.

"우리 물리치료실 직원들과는 인사 나누었지요?"

준희를 향한 하염없는 시선을 거둔 건 현식이 질문을 해왔을 때였다. 이강은 다시 잔을 받아 들고 대답했다.

"네."

"다들 착해요. 특히 한 실장은 친할머니와 외할머니를 한꺼번에 모시면서 아주 고생이 많죠. 나름대로 노인들한테 싹싹하고 친절하기도 해서 개인적으로 친분을 가지고 있는 노인분들도 많아요. 한마디로 우리 병원의 보배지요."

다른 이의 입을 통해 전해 듣는 준희는 늘 새롭다. 그건 어렸을 때부터였던 것 같다. 순심을 통해서, 아니면 태윤을 통해 듣는 준희의 이야기는 이강에게 항상 묘한 감정으로 다가왔다. 곁에 없어도 함께 있는 기분 같은 거였다. 이강은 내친김에 궁금했던 한 가지를 묻기로 했다.

"어떻게…… 물리치료사가 되었다던가요."

"아, 그건 내가 잘 알지. 뭐, 고등학교 다닐 때 친구 중에 다리를 절룩거리는 친구가 있었다나. 졸업을 해서도 그 친구의 절룩거리는 모습이 잊히지 않는답니다. 그게 많이 작용한 듯해요."

이강은 미간을 좁히며 기억을 더듬었다. 고등학교 때 다리를 절룩거렸던 친구. 기억은 오래지 않아 작고 약해 보였던 한 여자 아이를 떠올리게 했다. 이름이 황보라, 였나. 유난히 준희가 챙긴다는 생각을 하긴 했지만 직업으로까지 이어질 인연이 될 줄은 몰랐다.

그 때문인지, 준희는 여전히 과거 속에 둘러싸여 있는 듯한 착각이 일었다. 술잔을 비우는 그녀에게서 고등학생 준희가 겹쳐졌다. 단정히 자른 앞머리, 커다란 눈, 희고 투명한 얼굴. 새침한 표정을 하고 번번이 저를 앞서 나가던 그 녀석.

그래서 너를 잊을 수 없었나 보다. 내 인생에서 유일한 행복 속에 존재했던 너여서, 그 기억을 붙잡은 채 고단한 삶을 살아갈 수밖에 없어서 너를 잊을 수 없었나 보다.

이강은 쓸쓸한 눈빛으로 그녀를 응시했다.

물리치료실 직원들보다 현식과 이강의 술자리가 더 일찍 파해졌다. 이강은 현식을 택시에 태워 보낸 후 혼자 곱창집 옆 어두운 골목에 벽을 기댄 채 서 있었다. 찬바람 때문인지 이미 술은 모두 깬 상태였다. 여자들의 술자리니 그리 오래 걸리진 않을 거란 생각에 준희를 기다리고 있는 중이었다.

그리고 이강의 예상은 정확하게 들어맞았다. 10분도 채 지나지 않아 곱창집의 문이 열리더니 물리치료실 직원들이 나왔다. 이강은 그쪽을 쳐다보지 않은 채 발치만 내려다보고 있었다. 가로등 불빛의 파장이 미치지 않는 어둠 속이라 그들은 누군지 알아볼 수도 없을 것이다.

네 여자는 서로 인사를 나눈 후 각자 갈 길로 흩어졌다. 준희는 차를 태워주겠다는 누군가의 제안을 거절한 후 이강이 서 있는 쪽으로 비틀거리며 걸어오고 있었다. 이강은 눈을 들고 준희의 실루엣을 쳐다보았다. 술을 많이 마신다 싶더니 아니나 다를까, 걸음이 부자연스러워 보였다. 그는 벽에서 등을 떼어내고 불빛 아래로 한 걸음 들어갔다.

"걸어갈까? 집까지?"

혼미한 정신에 준희는 힘겹게 눈을 치뜨고 소리가 나는 쪽으로 고개를 돌렸다. 흐린 시야로 이강이 보였다. 순간적으로 술이 확

깬 듯했지만 이내 다시 눈꺼풀이 스르르 덮인다. 어쩐지 슬슬 어지러워지는 것도 같았다. 그간 술자리가 있어도 소량만 마셨는데 오늘은 답지 않게 거나하게 취해버렸다. 이기지도 못할 거면서 대들어 비참하게 나가떨어지는 자신의 모습이 우스웠다.

"버스 타면 돼. 걷기엔 춥고 다리도 아플 거야."

준희는 혀가 꼬인 말투로 대답하며 비틀비틀 정류장 쪽으로 걸음을 이어갔다. 그녀의 뒤를 이강이 따랐다. 어렸을 때처럼 그녀의 뒤를 따르며 이강은 준희가 흔들릴 때마다 팔을 잡아주었다. 그럴 때면 준희는 괜찮다는 듯 오기를 부리며 그의 팔에서 벗어난다.

정류장에 다다라 준희는 벤치에 풀썩 주저앉았다. 머리를 숙여 취기와 어지럼증을 달래보았지만 소용없었다. 술을 괜히 마신 것 같다. 하필 이강이 그 자리에 있어 괜스레 마음이 동요해버렸다. 그러니 이건 모두 이 녀석 탓인 거다.

"또다시 봄이야."

그녀의 옆에 선 채로 이강이 읊조렸다. 취기로 인해 앞을 분별할 수 없는 상황임에도 준희는 그가 하는 말의 뜻을 똑바로 알아들었다. 봄밤, 버스, 그리고 입맞춤. 그 기억으로도 열 번 남짓한 봄이 그와의 사이에 존재하고 있으니까.

버스가 도착했다. 이강이 준희를 부축한 채 텅 빈 버스에 올랐다. 이강은 제일 뒷자리에, 그리고 준희는 바로 앞 칸에 앉았다. 이강이 준희를 위해 창문을 반쯤 열자, 한차례 밀려든 바람에 그녀의 머리칼이 날렸다.

준희는 창문에 머리를 기대고 있었다. 술에 취한 그녀의 모습은 처음이라 얼마쯤 생소했지만 흐트러진 분위기를 엿볼 수 있다는 사실이 다분히 반갑기도 했다. 버스가 달리는 20분 내내 이강은 준희의 정수리에서 시선을 떼지 않고 있었다.

별장 근처 정류장 버스가 다다르자 이강은 잠이 든 준희를 깨워 부축했다. 버스에서 내리니 까만 밤이 그들을 덮쳤다. 비틀거리는 준희를 이강이 황급히 부축했다.

"괜찮은 거야?"

또다시 강한 어지럼증이 찾아왔다. 준희는 술에 취해 의식이 흐트러진 상태임에도 머리가 어지럽다는 것을 금세 느낄 수가 있었다. 날카로운 이명이 귀를 고통스럽게 만들자 준희는 그만 이강의 어깨에 이마를 툭 떨어뜨리고 말았다.

"하앗!"

"뭐야 너. 어디가 아픈 거지?"

이강의 말이 진공 속에서 울리는 듯했다. 아무것도 느낄 수가 없고 아무것도 자각할 수가 없었다. 술기운과 함께 찾아온 어지러움 때문에 준희의 머릿속은 이미 하얗게 비워져 있었다. 이강은 제 어깨에서 감지되는 준희를 느끼며 그녀의 머리를 손바닥으로 부드럽게 쓸어주었다. 준희가 어지러워한다는 생각은 하지도 못한 채로 몸을 돌려 등으로 준희를 받아내었다.

"업혀."

이렇게 가벼웠던가. 이강은 준희가 무게조차 느껴지지 않을 정도로 마르고 약했는지 새삼 깨달으며 걸음을 옮겼다. 별장에 도착한 그는 준희의 집 대신 자신의 집 현관문을 열고 들어갔다. 잔뜩 취한 준희의 모습을 두 할머니들께 보여드리고 싶지 않은 것이 일차적인 이유였고, 하룻밤이라도 이 녀석과 함께 있고 싶은 것이 두 번째 이유였다.

거실에 들어선 이강은 기다란 소파 두 개 중 하나에 준희를 눕혔다. 그리고 방으로 가 베개와 이불을 들고 와선 그녀의 머리를 편하게 하고 몸을 따뜻하게 덮어주었다. 그런 후 마지막으로 한 일은 준희의 집으로 내려가 순심을 부른 것이었다. 준희가 술에 취했으니 자신의 집에서 자게 하겠다는 말씀을 솔직하게 드렸다. 순심은 알겠다고 말했지만 얼굴에 드러난 염려는 어쩔 수 없는 것이었다.

다시 집으로 돌아온 이강은 찬물에 적신 수건으로 준희의 이마를 덮었다. 어둠에 익숙해진 시야가 준희의 얼굴을 선명하게 인식했다. 이강은 바닥에 아예 앉고는 그녀의 얼굴을 한동안 바라보았다. 뻗어간 손이 준희의 볼을 스쳤다. 뜨거운 열기가 손가락 끝에 맴돌았다. 어떤 순간을 다 합쳐도 지금 준희와 함께 있는 짧은 순간을 이기지 못할 것 같다. 그렇게 제 감정에 빠져 허우적대느라 준희의 벌어진 입술에서 들려오는 작은 목소리를 인지하지 못했다.

"차라리…… 우리 모르는 사이였다면…… 더 좋았을걸……. 며칠 전에 처음 만난 사이라면…… 더, 더 좋았을걸……."

준희의 뺨을 쓰는 이강의 손길이 멈추어졌다. 혀가 꼬부라져 제대로 나오지도 않은 발음으로 준희는 비몽사몽 중얼거리고 있었다.

"널 보는 게 힘들어…… 너를 보면 지금의 내가…… 얼마나 바닥에 내쳐져 있는지…… 얼마나 부끄러운지…… 얼마나 자존심이 상하는지…… 얼마나 아픈지…… 내 못난 모습을…… 더 선명하게 들여다보게 되거든……."

이마에 얹어둔 수건이 스르르 미끄러져 내렸다.

"그냥…… 이강아…… 너랑 나…… 모르는 사이였으면…… 더 좋았을걸……."

그녀의 볼에 머물러 있던 손가락도 스르르 아래로 내려갔다. 까만 밤에, 다시 돌아온 봄밤에, 훗훗한 기운만이 침묵 속에 유유히 감겨들고 있었다.

가늘게 뜬 실눈 사이로 빛이 스며들었다. 무거운 눈꺼풀이 제멋대로 떨린다. 가장 먼저 느낀 건 머리가 꽤 아프다는 것이었다. 그것은 어제저녁 물리치료실 직원들과 함께한 술자리 때문이라고 금세 상기할 수 있었다. 준희는 다시 눈을 감았다. 정신을 차리려 미간을 좁히다가 문득 이마에 얹힌 이물감이 느껴져 가까스로 손을 올렸다.

젖은 수건.

절반쯤 말라 있는 수건을 보며 준희는 그제야 완전하게 눈을 뜰 수가 있었다. 그리고 수건 너머로 보이는 낯선 배경. 고급 재료로 만들어진 아치형의 창문과 반쯤 쳐진 대나무 블라인드, 키가 큰 금전화 나무, 가끔 할머니들 대신 청소하러 왔을 때 보곤 했던 화려한 샹들리에까지.

준희는 다급히 상반신을 일으켰다. 그 바람에 이마에 얹힌 수건이 바닥으로 떨어졌다. 준희는 이강을 보듯 수건을 애틋하게 보다가 시선을 돌려 주변을 살폈다. 여기가 어디지, 라는 자문을 하기도 전에 테이블 너머 기다란 소파에 누워 있는 이강을 발견했다. 칼로 찌르는 듯한 두통이 잠시 찾아온 후에 든 감각은 어젯밤의 기억이었다.

물리치료실 동료들과 술을 마시기 위해 곱창집에 갔던 것, 병원장님과 이강을 만났던 것까지는 선연한데 그 후의 일이 끊겨버렸다. 한쪽 촉각을 이강에게 세워두고 연거푸 술을 마셔서인지 정신이 나갔나 보다. 분명히 술기운이 든 와중에 어지럼증을 강하게 느꼈던 것 같은데, 그렇다면 쓰러져 이강이 이곳으로 데리고 온 걸까.

도무지 정신이 들지 않는다. 준희는 몇 번이고 고개를 세차게 흔들었다. 연유가 어찌 되었든 이강이 일어나기 전에 얼른 이곳을 나가야 한다고 생각했다. 조용히 몸을 일으켜 발치에 걸리는 물건들을 피해 살금살금 걸어 나가던 그녀는, 눈 끝으로 잠이 든 이강을 슬쩍 보다가 잠시 걸음을 멈추었다.

그는 두 팔을 머리 뒤로 돌려 깍지를 낀 채 잠이 들어 있었다. 그녀를 소파에 재워두고 그 역시도 잠자리로 소파를 선택한 걸 보며 눈가에 열기가 몰려드는 것을 느꼈다. 늘 그녀의 뒤, 한 걸음 뒤를 지켰던 어린 날의 이강이 떠오른 탓이다. 머리는 술기운으로 여전히 혼미한데 이강을 보는 눈빛만큼은 또렷하고 선명했다.

"고마워."

저도 모르게 그 말이 나와 준희는 멈칫 당황했다. 행여 이강이 깨어날까 조심스럽게 나머지 걸음을 걸어 현관문을 열고 나갔다. 그녀가 나가자마자 이강이 눈을 떴다는 사실을 준희는 모르고 있었다. 그가 '고마워.'라는 말을 분명히 들었다는 것도 모르고 있었다.

정원을 지나 집으로 내려온 준희는 현관문을 열자마자 이성이 달아날 만큼 놀라 멈추어 섰다.

"엄마야!"

"뭘 그리 놀라싸."

혜미는 흡사 준희가 현관문을 열고 들어올 것을 알기라도 한 것처럼 문 앞에 떡하니 버티고 서 있었다. 가늘게 뜬 눈은 취조하는 형사처럼 무언가를 캐내고 싶어 하는 듯했다. 킁킁거리며 코까지 벌름거린 채 준희의 이곳저곳에 갖다 댄다.

"왜, 왜요."

"기냥. 우리 준희가 간밤에 무사히 잘 있었나 할미가 궁금혀서 그라제."

"하, 할머니는요?"

"뒷간 갔제. 그란디 준희 너 밤새 별장에서 잤담서?"

여유도 주지 않고 곧바로 파고들어오는 혜미 때문에 준희는 헛기침을 몇 차례 할 수밖에 없었다. 혜미는 그녀가 이강의 집에서 잤다는 사실을 알고 있다. 혜미가 알고 있다는 건 순심도 알고 있다는 것이고, 결국 이강이 말했다고 추측할 수밖에 없었다. 할머니들이 걱정하실 것을 대비하여 그렇게 한 것일 테지만 결과적으로 뒷수습을 해야 할 사람은 준희 자신이라는 사실에 한숨이 먼저 났다.

"아, 할머니. 그게…… 그러니까……."

"잘혔어, 잘혔어. 서른 넘은 지지배가 사내 집에서 한번 자보고 그래야제. 암만. 그란디 별일은 없었능가?"

"할머니가 상상하시는 그런 일은 절대 없거든요? 저 들어가서 좀 자고 일어날게요."

"잠은 무신. 오늘 의사 선상 아부지 여그 온다고 느그 할무니 새벽부터 바쁘당게. 반찬 헌다고. 어여 싸게 와서 도와줘야제. 잉?"

준희는 방문을 열다 말고 혜미를 되돌아보았다. 이강의 아버지가 오신다니. 그런 말은 듣지 못했는데, 하는 생각 뒤에 이강이 이곳으로 온 후 자꾸만 옛 기억을 들추는 일이 잦아지고 있다는 것을 깨달았다. 모든 것이 다시 그 시절로 돌아가고 있는 것 같다. 겨우 지금의 우울함에 적응이 되었는데 그때의 행복감이 다시 스며들어 휘청거리게 되는 건 아닌지.

방에 들어와 이불을 덮고 누운 준희는 불현듯 눈을 떴다. 스크래치를 긁듯 머릿속을 스치고 지나가는 기억 한 자락. 분명히 지난밤에 술기운을 빌려 이강에게 무슨 말을 했던 것 같은데. 미간을 찡그리고 생각을 모아도 무슨 말을 했는지 떠오르지 않는다. 기억이 죄다 지워진 듯 암전이 된 것 같았다.

태윤과 순심, 그리고 혜미는 정원 한편에 있는 평상에 앉아 막걸리를 연신 들이켜고 있었다. 점심으로 이강이 해준 바비큐를 먹고 난 오후였다. 꽃샘추위가 한풀 꺾인 날이라 햇빛이 제멋대로 정원을 드나드는, 그런 한가로운 시간이었다.

옛날 일을 끄집어내면서 회한에 젖어 있는 태윤과 순심 말고도 혜미까지 적당하게 장단 맞춰가며 대화에 동참하는 걸 보니, 길게 살아온 어른들만의 공감대라는 게 특별하게 느껴지는 듯했다.

마당에 있는 수돗가에서 불판을 모두 씻은 준희는 물기를 빼기 위해 벽에 세워둔 후, 평상 쪽을 보다가 엷은 미소를 지었다. 정겨운 광경. 언제 끝날지 모를 한여름 밤의 꿈을 보는 듯했다. 태윤이 돌아가고 다시 현실에 두 발을 딛게 되면 물거품처럼 사라질 나른한 행복 말이다.

그녀는 굳이 이강 때문이 아니어도 10여 년 만에 뵌 태윤에게 뭐라도 하고 싶어졌다. 아직 술기운에서 완전하게 깨끗해지지 않은 몸이었지만, 준희는 기어이 평상으로 다가갔다.

"제가 한 잔 따라드릴게요, 아저씨."

준희는 막걸리 병을 들고 태윤의 잔에 따랐다. 잔주름이 가득한 태윤의 얼굴이 준희를 향하는가 싶더니 이내 인자한 미소를 머금는다.

"그래. 우리 준희가 주는 잔 한번 마셔보자."

"좋아 보이셔서 다행이에요. 그동안 한 번도 찾아뵙지 못해서 죄송해요."

"아니야. 건강하게 잘 지내고 있어서 내가 더 고마워. 두 할머니들 모시는 거 여간 힘든 일이 아닐 텐데."

태윤이 슬쩍 웃으며 순심과 혜미를 번갈아 쳐다보자, 두 할머니들도 제 발 저리는지 싱겁게 웃고 만다. 준희는 막걸리 병을 내려다놓았다.

"저희 할머니들이 워낙 건강하시고 씩씩하셔서요."

"이 연세에 이렇게들 건강하신 것도 복이시지, 뭐. 준희 네가 힘은 들겠다만."

"어이구. 자꾸 그래, 차 기사는. 안 그래도 준희 시집갈 때 우리가 행여 짐이 될까 조심스러운데."

보다 못한 순심이 멋쩍게 한마디 하자 태윤이 껄껄 웃어 넘어간다. 그러곤 얼른 수습하기 위해 순심의 잔에 막걸리를 채웠다. 한때 할머니를 모셨던 분과 할머니의 오랜 인연이 끈끈한 정으로 다가오는 순간이었다.

"어여 저그 가서 의사 선상 좀 도와줘."

순심과 태윤을 보며 웃고 있던 준희의 옆구리를 혜미가 쿡쿡 찔러왔다. 고개를 돌려보니 그릴에서 숯불을 빼내어 뒷마당에 버린 이강이 다시 돌아와 그릴을 정리하고 있었다. 혜미의 눈치만 아니었으면 이 자리에 계속 앉아 있으며 이강과의 사이에 감도는 어색함을 겪지 않아도 되었을 텐데.

"네."

준희는 하는 수 없이 일어나 정원을 가로질러 그릴 쪽으로 다가갔다.

"이리 줘. 내가 버리고 올게."

이강이 남은 숯을 모조리 고철 양동이에 담아내자, 준희가 양동이를 들었다. 그녀를 좇는 시선이 뚜렷하게 느껴졌지만 개의치 않으려 노력했다. 하지만 그녀가 별장 뒷마당으로 걸음을 움직이는데 뒤에서 이강의 발소리가 들려왔을 때엔 예민해지지 않을 수 없었다. 저벅저벅, 그녀를 따라 걷는 소리에 심장이 규칙적으로 반응을 해왔다.

숯을 모아둔 곳까지 가서 양동이를 엎어 와락 붓고는 돌아서는 데, 이강이 앞에 다가왔다. 오후의 태양 빛을 역광으로 받고 선 그의 표정이 흐려 보였다. 하고 싶은 말이 있는 듯 그녀만 응시했다. 갑자기 숨이 막힐 듯한 들썩거림에 준희는 숨을 내쉬다 삼켜버렸다. 이강의 눈빛이 너무도 뜨거워 발이 바닥이 붙은 듯 떨어지지 않는다.

"너하고 나, 처음이라고 생각하고 시작하자."

그런 숨 막히는 긴장 속에 그가 내뱉은 말에 준희의 눈동자가 출렁거렸다.

"무슨…… 뜻이야?"

"며칠 전에 우린 처음 만난 거야. 이곳에서 그리고 병원에서. 난 너한테 첫눈에 호감을 가지게 됐어. 그래, 좋아. 거기서부터 시작하자 그럼. 너하고 나 처음 만난 사람들처럼 시작하자고. 됐지?"

"……차이강."

"한준희 씨, 나 당신한테 호감이 생겼는데 어쩔 겁니까?"

흐린 표정 안에 그가 슬며시 웃고 있는 것이 보였다. 입꼬리를 비스듬히 끌어 올린 채 엷게 미소 짓다가 잠시 후 좀 더 선이 분명한 웃음으로 바뀌었다. 들썩거리던 심장이 저만치 달아나버렸다. 또다시 봄, 그 시렸던 봄 속에 서 있는 기분이었다.

5. 오후부터 비

거실 소파에 누운 지 10분이 지나도록 이강과 태윤은 말이 없었다. 태윤은 두 할머니들과 어울려 막걸리를 마시며 오후를 보냈고, 이강은 준희와 함께 정원을 치우고 간단히 저녁 식사를 준비하느라 또 오후를 다 썼다. 며칠 전 준희가 누웠던 소파에 이강이, 그리고 이강이 누웠던 소파에 태윤이 누워 있었다. 애꿎은 천장의 샹들리에만 두 사람의 의미 모를 눈빛만 한참 동안 받고 있었다.

"사장님이 좋아 보이셔서 다행이야. 걱정 많이 했는데."

길었던 침묵을 깨뜨린 건 태윤이었다. 이강은 그때까지 머릿속에 흘리고 있던 준희에 대한 생각을 한편으로 밀어두었다. 그의 고백을 장난인 듯 아닌 듯 애매모호한 표정으로 듣던 그녀가 지금 무슨 생각을 하고 있을지 내일이 오면 더 어색해하지나 않을지,

그렇게 무겁던 마음을 한쪽으로 치워놓고 한숨과 함께 대답했다.

"그러게요. 몸과 마음이 모두 건강해 보이기가 쉽지 않은데 연세에 비해 아주 좋은 편이죠."

"깜짝 놀랐지 뭐냐, 이 녀석아. 오면 안다기에 뭔가 했더니, 사장님이 계신 곳일 줄이야."

"서프라이즈라고 생각하세요. 한국에 돌아와서 아버지께 드리는 첫 선물입니다."

"그래, 잘했다. 그동안 사장님한테 계속 마음의 빚이 있었거든. 잘 지내시나 건강은 어떠신가. 나도 겨우 농사일에 적응해서 바빠져 찾아뵙지도 못한 게 늘 걸렸었어. 잘했다, 이강아. 그런데 너 일부러 여기로 온 거 맞지?"

누운 채로 이강은 태윤 쪽으로 고개를 돌렸다. 태윤은 모두 안다는 듯한 얼굴로 역시 고개를 돌려 그를 보았다. 설마 자신의 마음을 모두 들여다보고 계셨던 건가. 이강은 태윤의 미소가 의미하는 것을 금세 알아차렸다.

"아셨어요?"

"너 미국 가고 몇 년 후였나. 네가 준희가 어디에 살고 있는지 꼬치꼬치 캐물었을 때부터 내가 알아봤지. 준희에 대해서 특별한 감정을 가지고 있구나, 했어."

태윤은 미소를 지우지 않으며 몇 년 전의 일을 끄집어냈다. 물론 이강도 선명하게 기억하고 있는 일이었다. 공부를 하던 새벽녘, 늘 그랬듯 그 시간만 되면 찾아오는 압도적인 외로움에 사무쳐 책 속 내용이 눈에 들어오지 않던 순간이었다. 도망치듯 한국으로 돌아가버리고 싶은 마음, 아버지와 준희에 대한 그리움이 차올라 견디지 못할 것만 같던 순간이었다.

언제나 그런 순간이 오면 갈등에 부딪힌다. 남아서 공부를 해야 하나, 한국으로 돌아가야 하나. 아버지를 통해 준희 이야기를 듣고 곧장 준희와 연락이 닿았다면 어쩌면 지금의 그는 없었을지도 모른다. 그리움을 이겨내지 못하고 한국으로 돌아와버렸을 것이다. 가슴에서, 그 녀석을 차단시켜야만 살아남는 현실을 재차 스스로에게 일깨우며 지내왔던 혹독한 시간이었다.

"아버지."

"응?"

"미국에 있을 때 저를 견디게 한 건 한 가지뿐이었어요. 언젠가 한국으로 돌아갈 거라는 거."

"그래. 그런 희망이라도 있어야 타국 땅에서 견디지. 아무렴."

"그래선지 나를 견디게 하는 요소들에 대해서 갈수록 간절해졌고 절박해졌어요. 아버지와 그리고 준희……."

"준희를 많이 좋아하냐?"

태윤의 잔잔한 물음에 이강은 대답 없이 웃기만 했다.

"거참, 세월이 이렇게나 흘렀는데도 한결같으냐. 하긴 넌 이 아비를 닮았으니."

술기운 때문일까. 태윤이 유난히 자만의 궤도에 올라가 있다고 느꼈다. 그것은 기분 좋은 자만이었다. 이강은 태윤의 의기양양한 얼굴 표정에 웃음기를 머금었다.

"그런데 쉬울 거라 생각했던 것들이 쉽지가 않아요. 준희가 마음을 꽁꽁 닫고 있거든요. 그 녀석, 예전에 비해 잘 웃지도 않네요."

"아비는 네가 누구를 만나든 무슨 일을 하든지 응원한다. 그것만 알아둬. 준희가 내내 너 안 받아주면 그땐 아비가 출동하마. 사장님만 공략하면 돼."

자신만만해하는 태윤의 모습도 오랜만이었다. 세월과 함께 늙어버린 아버지지만 예전의 치열함 대신 여유가 보여 다행이었다. 이강은 그에게 아버지 이상의 의미를 갖는 대상을 향해 고마움을 표했다.

"내일 가실 거죠?"

"그래야지. 농사일이라는 게 하루라도 사람 손길이 가지 않으면 금세 망가지거든."

"아침에 모셔다드릴게요."

"그럴 시간 되냐?"

"네."

대답과 동시에 태윤의 숨소리가 조금 커지는가 싶더니 이내 잠에 빠졌다. 하루 종일 술을 드셨으니 피곤한 몸이 평소보다 이른 수면을 재촉했나 보다. 이강은 몸을 일으켜 이불을 가져와 덮어드렸다. 잠시 후에 깨워서 방으로 모실 생각이었다.

소파 끝에 걸터앉은 채 이강은 준희를 생각했다.

처음 만난 사람처럼 시작하자는 그의 말에, 그녀의 얼굴에 잠시 올랐던 아연한 표정. 생각의 끝에 걸린 그녀의 표정 때문에 마음이 다시금 착잡하게 가라앉았다. 처음 만난 사람이 되어서라도 준희의 시선을 뺏고 싶은 심정이 그를 한 번 더 갈망의 늪으로 밀어 넣었다. 이강은 눈을 감고 다시 소파에 누웠다.

'며칠 전에 우린 처음 만난 거야. 이곳에서 그리고 병원에서. 난 너한테 첫눈에 호감을 가지게 됐어. 그래, 좋아. 거기서부터 시작하자, 그럼. 너하고 나 처음 만난 사람들처럼 시작하자고. 됐지?'

'한준희 씨, 나 당신한테 호감이 생겼는데 어쩔 겁니까?'

싱크대의 수돗물이 흐르는 와중에 준희는 이강이 건넨 말을 떠올리느라 멍하니 있었다. 고무장갑을 낀 채 설거지를 하던 중이었다. 콸콸 쏟아지는 물줄기 아래에서 빨간 고무장갑에 묻은 물방울이 쉴 새 없이 튈 동안 이강이 뒷마당에서 했던 말들을 고스란히 곱씹었다.

아무래도 이강의 감정이 여전히 그녀에게로 흐르는 듯했다. 오랜 세월 앞에 무뎌지고 바스라질 만도 하건만, 그는 어쩌자고 그대로인 걸까. 그렇다면 설마 이 별장과 병원도 애초에 계획되어진 일이었던 걸까.

심장이 박자를 잃고 제멋대로 넘실거렸다. 열기가 몰린 머릿속이 데일 것처럼 뜨거워졌다. 이강의 눈빛, 말 한마디에 움직이고 흔들리는 가슴을 부여잡을 길이 없었다. 하지만 그 흔들림은 부질없는 짓이라는 것을 안다. 다 버리고 텅 비어진 그녀의 작은 틈새로 비집고 들어오는 두근거림은 익숙하지 않다. 어차피 그에게 아무엇도 답해줄 수 없으니 이런 감정 따위에 이끌려갈 필요는 없는 것이다.

"뭐 하냐? 설거지하다 말고."

매몰차게 마음먹으며 들썩거리는 가슴을 정돈시키고 있는데 순심이 다가와 물었다. 준희는 짐짓 마음속 갈등의 빛을 싹 지우고 웃으며 대답했다.

"아니에요. 아무것도."

"그러게 할미가 한다니까. 좀 쉬라고 해도 하루 종일 이강이랑 이리저리 바쁘게 다니더니."

"오랜만에 어른들 모이셨는데 젊은 사람들이 수고를 해야죠. 하나도 피곤한 거 없어요. 할머니나 얼른 들어가 주무세요. 외할머니는 벌써 누우셨는데."

순심은 다시 설거지를 이어가는 손녀의 옆얼굴을 주의 깊게 쳐다봤다. 애써 아닌 척하고 있지만 오늘 하루 내내 준희는 씁쓸한 심정이었을 것이다. 그 마음을 알기에 순심은 바쁘게 몸을 놀리는 준희를 강하게 말리지 않았던 것이다.

"옛날 생각 많이 났지?"

순심의 물음에 준희는 웃기만 했다. 정작 마음 아픈 건 당신 자신이었을 텐데도 순심은 꿋꿋하게 오늘 하루를 끝냈다. 반가운 사람들을 만난 기분 좋은 날이라고 오늘 하루를 정의 내린 것이다. 하지만 이어진 말에 준희는 설거지를 멈추고 그녀를 쳐다보았다.

"할미가 너한테 면목이 없어. 항상 그래."

"할머니."

"응?"

"전 할머니 건강하게 오래 사시는 게 가장 좋아요. 아무 데도 안 가고 할머니 옆에 붙어 살 거니까 오히려 할머니가 저를 귀찮다 하지 마세요."

"치이. 말이나 못하면. 시집도 안 가고 할미 옆에 붙어 있으려고?"

"안 가면 되지, 뭐."

"퍽이나."

순심이 게슴츠레 눈을 흘기며 자리를 뜬다. 매우 자연스럽게, 준희는 다시 설거지를 멈추었다. 감당할 수 없는 생각들로부터 벗어나고 싶기만 한 밤이었다.

흐린 아침에 준희는 일찌거니 출근길에 나섰다. 매일 아침마다 이강을 피해 좀 더 이른 시간에 집을 나서는 것도 이제 습관이 될 것 같다. 다른 직원들이 없는 혼자만의 공간에서 장비를 점검하고 그래도 시간이 남는다면 커피를 마신다. 긍정적인 쪽이 주는 효과를 상기하면서, 준희는 비로소 이강을 피해 일찍 출근하는 것에 익숙해진 것이다.

빵-빵-빵.

하지만 오늘 아침은 아무래도 튼 것 같다. 논둑길을 따라 걷는데 옆으로 자동차 한 대가 따라붙은 것이다. 거창한 클랙슨 소리에 준희는 굳이 돌아보지 않아도 누군지 알 수 있었다. 이렇게 일찍 출근해서 겨우 그를 따돌리고 있는데, 앞으로 얼마나 더 일찍 일어나야 하는 거지.

"아슬아슬한 타이밍이었군. 타."

그녀가 걸음을 멈추자, 이강의 차도 멈추어졌다. 차 창문이 내려가자 네이비블루의 슈트를 멋스럽게 차려입은 이강이 핸들을 잡은 채 그녀를 보고 있는 것이 보였다. 준희는 아랫입술을 깨물었다.

"어색한 척하지 말고 타라고. 너 지금 안 타면 엊그제 내 고백을 수줍게 받아들인 걸로 생각할 거야."

흘겨본 시선에 여유만만해하는 이강의 표정이 보였다. 타들어가고 있는 남의 속도 모르고 씨익 잇새로 웃음기를 흘리고 있는 그가 얄미웠다. 준희는 마음을 가다듬고 차 문을 딸깍 열고 올라탔다. 이강이, 그녀가 고백을 수줍게 받아들인 걸로 생각하는 게 불편한 게 아니라 순전히 그가 얄미워서. 그게 고백이 아니었음을 확인받기 위해서.

"그게 고백이었어?"

아무렇지도 않은 얼굴로 준희는 벨트를 맸다. 차는 다시 논둑길을 달렸다.

"아닌 것 같아?"

"앞으로 나한테 장난치지 마. 열여덟 살, 아니잖아. 너랑 나."

여전히, 그녀가 쳐놓은 높은 경계선. 진심이라는 것을 알면서도 장난이라는 말로 진실을 감추려는 그녀가 답답했지만 강하게 몰아붙이면 달아날까, 쳐다보는 눈빛 한 점도 조심스러웠다.

"귀엽게 구는 거 봐라, 한준희."

웃음소리가 곁들여진 그의 말에 가슴이 또 한 번 뛰어버렸다.

준희는 화제를 돌리기 위해 얼른 다른 말을 꺼내었다.

"아저씨는 잘 바래다드린 거야?"

"응."

"종종 모시고 와. 아저씨도 혼자 계실 거 아냐."

"그러지. 네가 원한다면 얼마든지. 그런데 너 방은 여전히 구하고 있어?"

이강이 묻는 말에 준희는 대답하지 못했다. 사실상 전세방을 구하는 것을 포기했기 때문이었다. 이런 시골구석에 물건이 많이 나올 리 만무했고 두 할머니들과 함께 집을 옮긴다는 것이 힘들거란 생각에 그 계획은 잠정적으로 접은 상태였다. 하지만 언제든 이강의 별장을 떠날 준비를 하고 있었다.

그가 제 안에 가득 채워지는 날에, 틈도 없이 빼곡하게 채워져선 무겁게 내려앉는 날에, 다 버릴 것이다.

"이쯤 되면 네가 포기해. 없는 방 구하느라 땀 빼지 말고 쉬운 길을 택해. 내가 이렇게 떡하니 있는데 네가 왜 고생을 해?"

"고백이 아니라고 말해줘."

문득 낮은 목소리가 차 안에 울렸다. 준희는 제 목소리가 의외로 가라앉아 있어 내심 놀라며 이강의 대답을 기다렸다. 무슨 뜻인지 그는 알 것이다. 그녀가 그를 버리기 전에, 그가 먼저 버려주기를 바라는 진심까지는 모르겠지만.

"그럼 내가 편하게 대할 수 있을 것 같아."

"고백, 맞아. 열여덟의 한준희에 이어서 서른둘의 한준희에게도 호감이 생겼어. 고백 아니라고 우겨대어도 변하는 건 없어."

차가 2차선 도로에 접어들었다. 준희는 말없이 차창 밖을 보았다. 엔진 소리에 파묻힌 이강의 숨소리가 귓전으로 흘러간다. '걱정 마.'라고 다정하게 속삭이는 목소리도 흘러간다. 켜둔 라디오에선 디제이의 내리깐 음성이 들려왔다.

—오후부터 전국에 걸쳐 비가 내리겠습니다. 이번 비는 본격적으로 봄의 시작을 알리는 비로서…….

외래 진료가 시작되기 30분 전, 외과 컨퍼런스가 3층 회의실에서 열렸다. 매주 월요일에 열리는 것으로 정형외과 제1전문의인 이강과 제2전문의인 도정완, 일반외과 전문의인 탁이환, 병원장, 외과담당 간호사 대표와 함께 물리치료실 실장인 준희가 참석했다.

병원장인 현식은 원래 컨퍼런스의 멤버가 아니지만 오늘은 제안할 의견이 있다고 하여 긴급히 참석하게 되었다.

이강은 현식의 참여 이유가 왕진 때문이라고 여겼다. 이 병원에 오기 전 근무 조건에 '왕진'이 분명히 명시가 되어 있었고, 매월 오늘이 바로 그 날짜였다. 병원의 입지적인 특성상 피할 수 없는 업무라고 이강은 생각하고 있었다.

각 과에서 주의해야 할 환자와 특이 환자에 대한 정보를 공유하고 치료 방향을 주고받는 것으로 컨퍼런스는 진행이 되었다. 이강은 발표를 하는 와중에도 바로 맞은편에 앉아 있는 준희를 이따금 쳐다보곤 했다. 짧게 부딪치는 시선. 그녀는 피했고, 그는 줄기차게 따라다녔다.

"아, 차이강 선생."

컨퍼런스의 중요안건이 끝나자 현식이 이강을 보며 입을 열었다.

"네, 말씀하십시오."

"이 병원에 오시기 전에 이미 얘길 들으셨겠지만 우리 병원은 내과와 정형외과에서 매달 한 번씩 마을에 왕진을 갑니다. 주로 버스가 드나들지 않는 동네를 골라서 다니곤 하는데 정형외과에선 미동면과 수산리라는 동네엘 가요. 둘 다 20가구가 채 되지 않는 후미진 곳이라 버스 노선도 없지요. 음. 오늘은 미동면에 갈 차례군요. 두 집에서 왕진 요청이 들어왔어요."

"네, 알겠습니다. 왕진 날짜가 오늘이지요?"

"그래요. 수고스럽겠지만 부탁해요, 차 선생."

"제가 해야 할 일인데요, 뭐."

이강이 흔쾌히 수고를 자처하자 현식이 이번엔 간호사 대표를 향해 고개를 돌렸다.

"그럼 간호사 분들끼리도 상의해서 함께 왕진 갈 사람을 정하도록 해요."

"네, 알겠습니다."

"아, 간호사가 아니라 저는 한 실장과 함께 가고 싶은데요, 원장님."

이강이 나서서 인원을 조정했다. 간호사 대표와 준희의 시선이 동시에 그에게 몰렸다. 특히 미간을 잔뜩 구기며 인상을 쓰는 준희의 표정은 그를 행동을 질책하는 듯했다. 너, 이럴 거야?

"응? 한 실장과 가겠다고?"

물리치료사와 함께 왕진을 가겠다는 의사는 처음인지라 현식은 의아한 듯했다. 그들 중 누구도 이강의 짓궂고 엉큼한 속내를 간파하지 못하고 있었기에 누구나 납득할 만한 까닭을 그럴듯하게 제시하기 시작했다.

"아무래도 물리치료를 직접 하고 계시니 평소 가벼운 운동법이라든가 집에서 노인분들이 쓰시는 치료 기구에 대해서 장단점을 설명할 수도 있을 것 같은데요. 실제로 미국의 시골에 있는 병원들은 왕진을 갈 때 간호사 대신 물리치료사와 동행하기도 합니다."

"흠, 그렇겠군. 그럼 한 실장이 오늘 수고 좀 해줘야겠네."

준희는 내심 기겁을 하며 현식을 쳐다보았다. 이강이 대놓고 그녀를 고른 이유를 다른 사람들이 알 리가 없기에 답답함이 쌓여갔지만, 그녀를 향해 있는 몇 개의 시선에 대고 갈 수 없다, 라고 말 할 용기는 더욱 없었다.

"알겠습니다, 병원장님."

결국 꼬리를 내렸고 얼핏 치뜬 눈으로 이강을 흘겨보았지만, 그의 입가에는 그저 미소만 묻어 있을 뿐이었다.

"은경 씨."

컨퍼런스를 끝내고 물리치료실로 돌아온 준희는 차트를 열심히 들여다보고 있는 은경을 불렀다.

"네? 실장님?"

"고등학생 때 누군가를 좋아했던 감정이 10년이 훌쩍 넘어 지금까지도 유지될 수 있을까? 그 사람은 고등학교 2학년 때 떠났고 며칠 전에 다시 만난 사람이야. 그 감정이 그대로일 수 있을까?"

"절대 아니죠. 그 정도면 박물관에 모셔두어야 할 존잰데, 요즘 그런 사람들이 어디 있겠어요. 수틀리면 접고 금세 다른 사람한테 마음 줘버리죠."

애석하게도 은경의 말은 냉정할 정도로 현실적이었다. 그게 맞는 건데, 그래야 정상인 건데, 준희를 둘러싼 현실은 이강에게 여전히 떨린다는 사실이었다. 은경이 준희를 향해 고개를 쓰윽 내밀며 물었다.

"왜요, 실장님? 고등학교 동창이 실장님을 아직도 좋아한대요?"

"아니, 난 그런 판타지는 사절이야."

강하게 부인했지만 돌아서는 발걸음은 점점 느려졌다. 자꾸만 그에게 이끌려가고 있다. 그가 휘두르는 손에 말려들고 있다. 그러다 끝내 지쳐 그를 버리고 말지도 모르는데.

오후부터 간간이 내리기 시작한 이슬비는 퇴근 시간이 다 되어서 장대비로 바뀌었다. 가방을 맨 채 창밖을 보던 준희는 한숨부터 지었다. 이제 이강과 함께 가야 할 미동면은 이곳에서 가장 외딴 동네로, 마을로 들어가는 입구는 흙바닥이며 당연히 이런 날씨에는 사람들이 아예 집 밖을 나오지 않는 곳이었다.

은경의 말에 의하면 휴대폰도 잘 터지지 않는 곳이라서 지난번 정형외과 박 간호사가 왕진을 따라갔을 때 고생을 했다고 했다. 하지만 이강은 그래도 가겠다고 결정했고, 준희는 주차장으로 막 내려가려던 참이었다.

어쩌면 이강은 의사의 왕진만을 기다리고 있는 그곳 노인들을 먼저 생각했는지도 모르겠다. 아침 컨퍼런스 때엔 다짜고짜 자신을 끌고 가려는 이강이 답답했지만 궂은 날씨에도 먼저 가겠다고 나서니 그의 뜻을 따라주지 않을 수가 없었다. 준희는 조용히 창밖에서 시선을 떼고 물리치료실을 나섰다.

이강은 이미 차에 타고 있었고, 뒷좌석에는 왕진가방이 놓여 있다. 흠뻑 젖어버린 우산을 접고 조수석에 탄 준희는 저를 쳐다보고 있는 이강의 시선을 외면한 채 얼른 벨트부터 챙겼다. 이강은 투둑투둑 차체를 두드리는 빗소리를 들으며 입을 열었다.

"마을로 들어가는 길이 심상치 않을 거라는데 각오는 됐어?"

"제가 무슨 힘이 있겠어요. 차 선생님이 가시는 대로 따라갈 수밖에요."

"흐음, 착하네. 다른 것에도 지금처럼 나를 좀 따라와주면 좋으련만."

"출발하시죠, 차 선생님."

"준희야."

주거니 받거니 하던 대화가 돌연 멈추어지고 준희는 입을 닫았다. 이강이 지금처럼 그녀의 이름을 불러줄 때마다 가슴이 바닥까지 끌려 내려가는 듯했다.

"너와의 동행을 결정한 건 내 사심 때문만은 아냐. 정형외과만큼은 의사 다음으로 물리치료사들이 지식이 많지. 네가 많은 도움이 될 거라 생각했어."

그 말은 사실이었다. 다른 의료인들 못지않게 학습량이 어마어

마한 물리치료사들에게 의존하는 병원들이 늘어가는 추세였다. 게다가 노인들의 입안 혀처럼 구는 준희라면 틀림없이 왕진에 도움이 될 것이었다. 이강의 진심을 똑바로 보았는지, 준희가 마주 보며 고개를 끄덕였다.

"알았어, 가자."

"여전히 웃지 않는구나, 너는."

무감한 얼굴, 빛이 꺼진 듯한 표정. 말을 할 때에도 감정이 전혀 섞이지 않은 것 같은 그녀다.

"입가가 굳어버려서 그래, 이해해줘."

민망해하며 준희가 대답했다. 이강은 장난스럽게 손가락으로 그녀의 입가를 슬쩍 잡아당겼다. 어깨를 움찔 떨며 준희가 눈썹을 모은다.

"안 굳은 것 같은데."

찌릿. 준희가 야멸치게 쏘아보자 이강이 금세 기세를 숙이곤 시동부터 걸었다. 준희 대신 이강이 제 입가를 길게 늘였다. 차가 병원 주차장을 빠져나가 도로에 접어드는 동안에도 그의 미소는 사라지지 않았다.

마을 입구는 이미 어둠이 짙게 깔려 있었다. 차체를 부술 듯한 기세로 내리는 장대비는 헤드라이트의 불빛으로도 감당이 안 될 정도였다. 비 때문에 앞을 분간할 수 없는 지경이 된 데에다가 설상가상으로 바닥은 포장이 안 된 흙바닥이어서 이강은 차를 서행시킬 수밖에 없었다.

"첫 번째로 들러야 할 집이 어디지?"

운전에 주의하며 이강이 묻자, 준희가 왕진명단과 주소가 적힌 종이를 꺼내었다.

"정효정 할머님 댁인데 경로당 바로 옆에 있는 집이래. 대문 색깔이 초록색이라니까 찾기 쉬울 거야. 그리고 두 번째 집도 정효정 할머님 댁의 바로 옆집이래."

"초록색이라……."

비가 흙바닥을 뚫어 생긴 움푹 파인 곳에 몇 차례 바퀴가 빠지는 것이 반복되고 가장 빠른 속도로 움직이는 와이퍼가 저러다 고장이 나지 않을까 싶은 걱정이 동반될 즈음, 차는 마을 앞 공터에 도착했다.

빗속의 마을은 고즈넉하다기보다 을씨년스러워 보였다. 작은 공터에 켜진 가로등 불빛만이 덩그러니 동네를 비추고 있었고, 가로등 빛살을 빗줄기가 사정없이 사선으로 긋고 있었다. 이강과 준희는 약속이나 한 듯 경로당과 초록색 대문을 찾기 시작했다.

"저기야."

준희가 손가락으로 가리킨 곳에 허름하고 작은 경로당이 있었다. 그리고 그 옆으로 다 쓰러져가는 초록색의 철제 대문이 보였다. 흐린 불빛이 새어 나오는 그곳을 향해 이강은 차를 좀 더 붙였다.

차에서 내린 두 사람은 우산도 생략한 채 대문 안쪽으로 뛰었다. 그 짧은 순간에 발치가 젖고, 옷과 머리칼도 모두 젖은 상태로 할머니가 누워 계실 방에 빠른 속도로 들어가는 것에 성공했다.

"할머니, 병원에서 왔어요. 왕진 신청하셨죠?"

준희가 먼저 이부자리 곁에 앉아 할머니를 향해 인사를 했다. 할머니는 무릎 쪽 통증을 호소했는데 여전히 통증이 심한지 인상을 찡그린 채 인사를 받아주었다.

"잉, 그려요. 날도 험한디 워찌 잘 오셨소."

"네, 지금부터 선생님께서 진찰을 하실 거예요. 할머니께선 어디어디가 아프다고 말씀만 해주시면 돼요. 아셨죠?"

"잉, 그라제."

"아유, 우리 할머니 눈에 눈곱 끼셨네."

준희가 살갑게 웃으며 할머니의 눈가로 손가락을 가져갔다. 그녀의 옆에 앉으며 이강은 새삼스러운 시선으로 그녀를 쳐다보았다. 머리칼의 끝에서 물기가 뚝뚝 떨어지는데도 아랑곳하지 않는다. 몸에 밴 배려와 예의. 마치 열여덟의 준희를 보는 듯했다.

그래, 넌 누구에게나 다정하고 친절했었지. 자주 웃는 그 얼굴이 좋아서 뽀얀 네 미소가 좋아서 미칠 뻔한 적이 있었지.

"할머니, 무릎 좀 보겠습니다."

준희가 뒤로 물러나자 이강은 상념을 거두어들였다. 이불을 걷고 바지를 걷어 올린다. 할머니가 통증이 느껴지는 부위를 손으로 짚고 이강이 뒤따라 짚어보는 형태였다.

"의사 냥반이 참말 잘생기셨소. 장가는 가셨당가."

그렇게 관절을 손으로 짚어가고 있는데 뜬금없이 할머니가 입을 열었다.

"아뇨, 저 좋다는 여자가 아직 없습니다. 중신 좀 서주십시오."

"저그 옆에 있고만. 저 처자가 좋아 보여."

할머니가 턱으로 준희를 가리키자 그녀가 거친 숨을 들이켜는 것이 느껴졌다. 이강은 내처 짓궂게 웃으며 할머니에게 물었다.

"저희가 잘 어울려 보이십니까?"

"잉."

"진찰이나 어서 하시죠, 차 선생님."

보다 못한 준희가 따끔하게 일침하자 이강은 모른 척 무릎을 계속 짚어갔다. 그리고 한동안 할머니의 반응을 지켜본 이강이 마침내 진단을 내렸다.

"할머니, 퇴행성관절염인 것 같습니다. 오래전부터 아프셨을 텐데 어떻게 참으셨어요?"

"밭일해야 된께 기냥 참았제. 나가 병원 가서 드러누워불면 누가 일한당가. 영감도 없는디."

"그래서 이렇게 더 악화되신 겁니다. 보세요. 무릎 주변이 발 갛게 부어오르기까지 했잖아요. 이건 엑스레이를 찍어서 보다 정확하게 무릎 안쪽을 보아야 할 것 같은데요. 오늘은 항생제와 진통제를 놔드릴 겁니다. 내일 아침 병원 구급차를 보낼 테니 병원으로 오셔서 사진을 찍는 게 어떠시겠습니까?"

"잉, 그려요. 나가 무릎이 이 모냥잉게 버스 타러 나가지도 못하구먼. 차 보내주믄 고맙제."

"예. 그렇게 알고 진행하겠습니다."

"할머니, 주사 맞으셔야 된대요."

이강이 가방을 열자 준희가 할머니에게 말했다. 이강의 시선이 다시 그녀에게로 잠시 향했다가 떨어졌다. 이강이 혈관주사를 놓은 후에야 두 사람은 그 집을 나설 수 있었다.

두 번째 들른 옆집의 70대 할아버지는 어깨탈구 증상이라고 이 강이 결론을 내렸다. 역시 진통제를 주사하고 내일 아침 구급차로 와서 수술하는 것으로 약속받은 후 방문을 닫고 나왔다.

두 사람은 마루에 걸터앉아 느리게 신발을 신고 있었다. 백열전등이 비바람에 이리저리 흔들리자 마루에 드리워진 그림자가 떨렸다. 왕진 일정이 끝나고 한숨을 돌린 준희는 돌아갈 걱정에 마당 밖만 내다보았다.

"잉? 준희 씨 아녀라?"

그때 커다란 우산을 쓰고 마당에 나타난 이의 목소리가 비를 뚫고 들려왔다. 이강과 준희의 시선이 일제히 그쪽으로 향했다. 그를 먼저 알아본 이강의 눈빛에 자연스럽게 경계의 빛이 드리워졌다. 며칠 전 병원 후문 앞에서 준희를 기다리고 있던 사람이었다.

"아, 네. 여긴 어쩐 일이세요?"

준희는 놀라 인학을 향해 엉거주춤 인사를 했다. 평상복 차림의 인학은 돌돌 말린 비닐 같은 것을 들고 있었다. 그는 그것을 창고 앞에 툭 던지듯 갖다 놓고는 다시 돌아왔다. 준희와 이강을 번갈아 쳐다보다가 그 역시 이강을 알아보곤 얼마쯤 떨떠름한 인상을 지었다.

"고건 제가 묻고 싶은 질문이네요, 준희 씨. 워찌 여그까지 오셨당가요?"

"선생님과 왕진 왔어요. 이제 가려던 참이에요."

"아하, 동수 아재가 그제부텀 어깨가 아프다더만. 그란디 이러코롬 비가 오는디 돌아가시는 길 워쩐대요. 입구가 아무래도 엉망이 되았을 텐디."

"신경 쓰지 마십시오. 가지, 한 실장."

이강은 구두를 다 신고 준희의 앞에 섰다. 마치 인학에게서 그녀를 가리겠다는 뜻 같았다. 준희가 고개를 끄덕이며 몸을 일으키려는데 인학이 옆으로 돌아와 준희에게 빠끔 고개를 내밀었다.

"그라지 마시고 저희 집에 가서 차라도 한 잔 마시고 가시쇼. 바로 옆집이랑게요."

인학의 말에 준희는 이강의 눈치를 보기 바빴다. 이강은 눈썹을 잔뜩 일그러뜨린 채 준희를 쏘아보았다. 인학의 호의를 쉽게 거절하지 못하고 머뭇거리고 있는 준희가 못마땅했다.

"뭐, 그러죠."

하는 수 없이 이강이 준희 대신 인학에게 대답했다. 이강의 대답이 떨어지자마자 인학이 우산을 들고 잽싸게 준희에게 다가가 씌운다.

"그랴요. 싸게 가드라고요."

더욱 못마땅한 건 인학이 준희만 우산을 씌운 채 함께 마당을 가로질러 나섰다는 사실이었다. 그러곤 적선이라도 하는 양 한마디 툭 소리 지른다.

"의사 선상님도 싸게 오쇼. 후딱 뛰믄 비도 덜 맞을 탱께."

이강은 대문 밖으로 이미 나가버린 두 사람을 향해 야멸친 시선을 보냈다. 마음에 들지 않는다. 저 넉살 좋은 웃음소리도, 준희를 향한 마음 씀씀이도. 이강은 질투의 심정을 고스란히 안은 채

가방을 머리에 이고 마당을 내달렸다.

"선상님도 한 잔 마시쇼. 몸이 따뜻해질 탱께."

백열전구 하나가 불 밝히는 마루. 인학과 준희는 마주 앉아 찻
잔을 들고 있었고, 이강은 이방인처럼 마루 앞에 서 있었다. 어서
마시고 일어나자는 눈빛으로 이따금 준희를 보는 것이 신경 쓰였
는지 인학이 말을 건넸다. 이강의 몫으로 나온 찻잔은 손도 대지
않고 있었다.

"차에 타면 히터가 있으니 상관없습니다."

"허고. 사람이 좀 유들유들한 맛이 있어야 되는디. 조로코롬
깍쟁이같이. 으따, 우리 준희 씨가 다 힘들것네."

이강의 한마디에 인학이 준희에게 속삭였다. 그 바람에 준희가
큭큭, 소리를 내며 웃었다. 이강이 스윽 돌아본다. 인학과 준희가
모른 척 시치미를 떼고 다시 찻잔을 머금었다.

비는 여전히 대지를 향해 거세게 퍼붓고 있었다. 인학은 간간
이 동네 마을 사정을 곁들여가며 노인들에 대한 이야기를 풀어놓
기에 바빴고, 준희는 고개를 끄덕이는 것으로 대답을 대신했다.

그러면서 자신도 모르게 한쪽 귀를 이강에게 열어두고 있다는
것을, 아니 사실은 온 신경이 이강에게 쏠려 있는 것을 모른 척했
다.

인학의 말보다 뒤에 서 있을 이강의 숨소리가 더 선연하게 들
렸다. 인학에게 건네는 대답보다 이강의 숨소리에 반응하는 게 더
빨랐다. 다 마신 찻잔을 내려놓은 준희는 상심에 찬 얼굴로 시선

을 내리깔았다. 이렇게 조금씩 다시, 이강이 마음에 들어오면 어쩌지. 선을 긋는다고 그었는데도, 이렇게 금세 치고 들어와버리면 어쩌라는 거야.

"가지, 한 실장."

준희가 차를 다 마신 것을 확인한 이강이 말했다. 인학도 더는 준희를 붙잡아둘 명분이 없었는지 머리를 긁적이며 몸을 일으켰다. 인학이 차가 있는 곳까지 쓰고 가라며 우산을 주었지만 이강이 사양했다. 뛰어가면 금방이라는 대답을 유들유들하지 못한, 딱딱한 어조로 분명히 덧붙였다.

인학의 집에서 나온 두 사람은 차가 있는 곳까지 재빨리 달렸다. 비가 온몸을 그야말로 아프게 때렸다. 겨우 조수석에 올라탄 준희는 젖은 머리칼을 손으로 털어내었다. 고개를 이리저리 돌려가며 물기를 터는 찰나, 이강의 짧은 시선과 마주쳤다. 질책하는 듯한 눈빛. 서운함이 든 눈동자가 흔들리는 것이 보였다.

하지만 그뿐, 이강은 곧 정면에 시선을 고정시킨 채 시동을 걸었다. 차는 올 때와 마찬가지로 서행으로 움직였다.

"내가 보는 앞에서 다른 사람과 잘도 웃더군. 네가 그렇게 웃음이 많은 사람이었는지 오늘 알았어."

차가 마을 입구를 천천히 빠져나가는 순간 이강이 무심히 입을 떼었다. 준희는 그 말에 묻은 서운함을 금세 알아차렸지만 모른 척 담담히 응수했다.

"무슨 말이야?"

"무슨 말인지는 네가 더 잘 알지 않나?"

"지난번 병원 앞에 찾아왔을 때 그렇게 돌려보낸 게 마음이 쓰였어. 그래서 차 한 잔 마신 것뿐이야. 그리고 네가 먼저 차 마신다고 한 것 같은데?"

"그래, 그랬지. 그래도 기분이 좋지 않은 건 사실이야."

이제는 서운함마저 완전하게 드러내는 그가 두렵다. 자꾸만 거리를 좁혀오는 이강이, 그에게 어떻게 대해야 할지 감이 서지 않는 마음이, 문득 겁이 나기 시작했다.

"하고 싶은 말이 있어."

그래서 어렵게 입을 열었다. 같은 일상을 공유하고 같은 공간에서 머물다가, 훗날 돌이킬 수 없을 정도로 이강이 그녀의 마음을 가득 차지해버리기 전에 그녀가 먼저 버리는 것이 옳았다.

"해."

"처음 만난 사람처럼 하자는 네 말대로 우린 처음이 되진 않아. 난 너를 보면서 내내 어린 시절을 떠올릴 거고, 지금의 나 자신에게 한 번 더 절망할 거고. 그러면 포기해야 할 게 또 생겨버려. 그렇게 이어지는 거 신물이 나. 나는 아무 기대를 걸지 않고 살아가는 것에 익숙해졌어."

"······."

"그러니까 나한테 다가오지 마. 결국엔 너를 밀어내든 아니면 내가 도망을 가든, 둘 중 하나일 거야."

끼이이익.

이강이 갑자기 급브레이크를 밟았다. 두 사람의 몸이 순식간에 앞으로 쏠렸다가 다시 제자리로 돌아왔다. '아악!' 하고 비명을 내

지른 준희는 정신을 차리고 서둘러 이강을 돌아보았다. 그는 핸들에 이마를 묻은 채 거친 숨을 이어가고 있었다.

6. 야상곡 흐르는 오아시스

"왜 그러는 거야?"

준희의 다급한 목소리가 들려오자 이강은 핸들에 얼굴을 묻은 채 슬며시 눈을 떴다. 가라앉은 마음이 되돌려지지가 않았다. 준희가 연신 걱정스런 시선으로 자신을 쳐다보고 있는 동안 이강은 그녀가 꽂은 비수를 홀로 걷어내어야 했다.

아무렇지도 않은 얼굴로 고개를 든 이강은 다시 액셀을 밟았다. 그런데 어찌 된 일인지 차가 꿈쩍도 하지 않는다. 이강은 미간을 찡그리며 재차 발에 힘을 주었다. 그래도 차는 미동이 없었다.

"바퀴가 움직이지 않아. 아무래도 웅덩이에 빠진 것 같아."

"뭐?"

이강은 낭패감에 다시 액셀러레이터를 힘껏 밟았다. 그러나 바퀴는 웅덩이 속을 맴돌기만 했고 차체는 앞으로 나아갈 생각을 하지 않았다. 몇 번의 시도 끝에 이강은 하는 수 없이 정장 주머니에서 휴대폰을 꺼내었다. 가까운 콜센터에 전화를 걸 생각이었다. 하지만 휴대폰 역시 먹통이었다. 다급하게 준희를 돌아본다.

"휴대폰 신호가 잡히는지 확인 좀 해봐."

"어? 어, 그래."

준희는 좀 전까지 진지하게 다가오지 말아달라고 부탁했던 말이 무색하게 되어버려 얼마쯤 무안해진 상태였다. 이강의 말대로 가방에서 휴대폰을 꺼내었지만 그녀의 것 역시 신호가 잡히지 않는다.

"안 잡혀."

이강은 더욱 눈썹을 일그러뜨렸다. 밤 9시. 마을로 돌아가기에도 어중간한 거리에서 선택의 여지가 없는 듯해 보였다. 이강은 뒷자리에 둔 우산을 집어 오며 준희를 쳐다보았다.

"차 안에서 기다리고 있어. 근처 다니면서 신호가 잡히는 곳을 알아봐야겠어."

"위험해. 함께 가."

여전히 비의 기세는 매몰찼다. 준희는 무의식적으로 튀어나온 염려의 말에 이강의 눈치를 살폈다.

"됐어. 넌 눈이나 붙이고 있어."

이강은 우산을 들고 운전석에서 내렸다. 헤드라이트 불빛 앞을 지나가다가 잠시 차 안의 그녀와 시선이 부딪쳤다. 움직이는 와이퍼 사이로 주룩주룩 흘러내리는 빗물에 이강의 실루엣이 흐려 보였다. 이강은 그대로 그곳에서 벗어났다.

준희는 등을 더욱 깊숙이 묻고는 이강이 사라진 어둠 쪽으로 바라보았다. 마음이 무거워졌다. 어딘가 이강의 음성에 날이 서 있다고 느낀 건 지나치게 예민해진 탓일까. 그에게 상처 주고 싶지는 않았지만, 어쩌면 처음 다시 만난 그 순간부터 그와 그녀 자신에겐 상처였을지도 몰랐다.

다시 어지럼증이 찾아왔다. 눈을 감고 머리를 기대었지만 통증은 더욱 심해질 때마다 눈을 뜨기를 반복했다. 거친 이명이 고막을 어질렀다. 흐트러지고 산란해진 정신을 겨우 가다듬고 그녀는 억지로 잠을 청했다.

그러기를 얼마쯤, 선잠에서 깨어난 준희는 한결 나아진 머리를 가볍게 흔든 후 주변을 살폈다. 잠이 든 지 30분이 지나 있었다. 그리고 차 안은 여전히 그녀 혼자였다.

차체를 두드리는 거친 빗소리, 정신없이 움직이는 와이퍼, 앞을 분간할 수 없는 시야, 흐린 헤드라이트 불빛. 그 모든 것에 차례대로 시선을 준 준희는 갑자기 엄습해오는 압도적인 공포감에 눈을 치떴다.

이강은 어디에 있을까.

혼자라는 자각이 공포감에 더해져선 등골에 땀이 흐르게 만들었다. 비바람에 흔들리는 버드나무 이파리가 불빛 속에서 어른거리는 것이 보이자, 준희는 마침내 우산을 챙겨 차에서 내렸다. 이강을 찾는 것에 몰두하다 보면 공포감이 조금은 희석되리라 여긴 그녀는, 우산을 펴고 몇 걸음 앞으로 내디뎠다.

우산이 쓸모가 없을 정도로 비는 그녀의 온몸을 때렸다. 키 큰

나무가 양쪽으로 우거진 숲길, 흙바닥은 빗물에 의해 모두 파여 길인지 아닌지 가늠조차 되지 않았다. 준희는 아까 이강이 사라진 쪽으로 돌아서서 크게 외쳤다.

"차이강!"

빗소리에 그녀의 외침이 깡그리 묻혀버렸다. 준희는 다시 한 번 그의 이름을 외쳤지만 돌아오는 건 고막에 엉겨 붙는 빗소리뿐이었다.

준희는 몇 걸음 더 앞으로 나가서 불러보기로 하고 몸을 움직였다. 그러나 두어 걸음 채 떼지도 못했을 때, 오른발이 물웅덩이를 헛디디며 몸이 균형을 잃어버렸다. 준희가 그것을 깨닫고 다급히 왼발에 힘을 주었을 때는 이미 몸이 한쪽으로 기울어져가는 상태였다.

"앗!"

"조심."

옆으로 넘어지려던 찰나, 이강의 목소리가 바로 옆에서 들리는가 싶더니 그녀의 허리가 낚아채이듯 이강의 팔에 의해 둘러졌다. 덕분에 준희의 우산이 바닥으로 나뒹굴었고, 그녀는 이강의 우산 속으로 들어가 그의 품에 거의 안기듯 서게 되었다.

이강의 젖은 얼굴이 헤드라이트 불빛에 비쳐들었다. 그녀를 내려다보는 눈빛은 헤아리기 힘든 복잡한 빛을 띠고 있었다. 잠시 생각이 멈추어졌다. 비를 맞아 차가워진 몸만큼이나 그 눈빛 역시 온기가 없다는 것이 느껴진 탓이었다. 준희는 서둘러 이강의 품에서 떨어져 나왔다.

"……괜찮아? 너 다 젖었어."

"왜 나온 거야? 얼른 타자."

이강의 말이 떨어지기가 무섭게 준희는 조수석으로 돌아갔다. 그러자 이강도 운전석에 오른다. 젖어버린 재킷을 벗으며 그가 말했다.

"신호가 잡히는 곳이 다행히 있었어. 그런데 두 시간 정도 기다려야 할 것 같아. A/S 차가 근처에 오면 그 차를 타고 집으로 가면 돼. 내일 비가 그치면 견인차로 이 차를 옮겨주기로 했어."

"어, 그래. 다행이구나."

이강은 추위에 바들바들 떨고 있는 준희를 잠시 보다가 히터를 3단계로 올렸다. 그러곤 조수석 앞에 있는 글러브박스를 열기 위해 팔을 뻗는데, 그녀가 움찔하는 것이 느껴졌다. 아랑곳하지 않고 그곳에서 마른 수건 두 개를 꺼냈다. 그중 하나를 준희에게 내민 이강은 무심하게 입을 열었다.

"닦아. 엉망이야."

그러곤 준희가 수건을 건네받자마자 다른 수건으로 제 얼굴을 닦는 것에 열중했다. 이강은 지금 인내하는 중이었다. 다가오지 말라던 준희의 말에, 다가가 제 손으로 그녀의 얼굴을 닦아주고 싶은 마음을 참는 중이었다. 준희보다 한발 앞서 나간 제 감정을 이쯤에서 한 번 브레이크를 걸어주어야 할 것 같았다.

그녀와의 온도 차이를 인정하고 기다리는 것이 지금 자신이 할 수 있는 일이라는 것을 이강은 마음 아프게 인정했다.

"내가 그렇게 부담돼?"

젖은 얼굴을 대충 닦아낸 후 차 안이 다시 고요해질 때쯤, 이강은 정면에 시선을 고정시킨 채 입을 열었다. 준희가 돌아보는 것이 눈 끝으로 보였다.

"어?"

"나한테 상처를 줘야 할 만큼 내가 너한테 부담스러운 존재냐고."

준희는 차갑게 굳어진 이강의 옆얼굴을 보며 다소 당황했다. 묻는 말투였지만 그 답을 이미 알고 있는 듯 정면을 보는 눈빛은 매우 허허로워 보였다.

"차이강."

자신도 모르게 그의 이름을 불렀다. 답해줄 수 없는 마음이 아려와 목이 따가워졌다. 그러자 이강이 선언처럼 입을 연다.

"다가가지 않을게."

준희의 아린 가슴이 바닥으로 철렁 내려앉았다.

"네 말대로 더는 너한테 다가가지 않을게. 그러니까 부담 같은 건 갖지 마. 불쾌해질 것 같아."

굳게 다물린 그의 입술이 매서워 보였다. 준희는 숨을 들이켜며 이강으로부터 시선을 떼어냈다. 다가오지 말라고 말한 건 그녀 자신이면서, 막상 이강이 더 이상 다가오지 않겠다고 말하자 마음이 바닥으로 꺼지는 듯했다. 이런 납득할 수 없는 이율배반에 스스로를 향한 자책이 고개를 들었다.

이강이 잘 결정한 것이다. 그녀 자신에게 세뇌했지만 복잡해진 머릿속은 이강이 자신을 향해 다가올 때보다 훨씬 더 헝클어졌다.

다가가지 않는 것이 아니라 기다리는 것이다. 이강은 창문으로 고개를 돌리며 그렇게 정리했다. 창문에 비친 준희의 실루엣에 눈길을 모았다. 고집스럽게 정면을 향해 있는 그녀. 얼마든지 기다릴 수 있다. 그의 생에 반 이상을 차지하고 있는 그녀이니, 앞으로 남은 긴 인생을 위해서라면 기다림쯤이야 인내할 수 있다.

하지만 너무 오래 기다리게 하지는 마. 너하고 사랑하고 싶어 안달이 난 나를, 하루빨리 돌아봐줘, 준희야.

다가오지 않겠다더니 이강은 다음 날부터 자신의 말을 실천하는 듯 보였다. 출근길에 준희를 외면하는가 하면 병원에서 마주칠 때에도 형식적인 인사만 나누었다. 그는 간호사들과 동료 의사들과는 웃으며 얘기하면서도 준희에겐 딱딱하기 그지없는 존대로 대했다. 덤덤하게 여기고 싶은데, 이강의 일상은 어쩔 수 없이 준희의 귀를 흔들었다.

어제 왕진 갔었던 할머니와 할아버지 두 분이 오늘 아침 구급차로 병원에 오셔서 이강에게 진료를 받으신 것, 할아버지의 탈구는 오후에 이강이 수술을 한 것, 그리고 그것 외에도 수술이 두 건 더 잡혀 있는 것, 따라서 밤늦게나 되어야 이강은 한숨을 돌리게 될 거라는 것까지.

이강에 대해서 몰라도 될 것들이, 아니 모르고 싶은 것들이 계속해서 준희에게 들려와 마음을 우울하게 한 것이다. 어쨌든 느리게 혹은 빠르게 지나가는 시간 속에서, 이강은 그렇게 차츰 준희에게서 멀어지는 듯했다.

퇴근하고 집에 들어서는 발걸음이 허탈했다. 어제 내린 비는 거짓말처럼 말끔하게 개어 있었다. 저녁의 푸른빛이 퍼지는 정원을 잠시 주시하던 준희는 힘없이 돌아섰다. 현관에 들어서자마자 저녁 식사 준비에 한창인 두 할머니들과 맞닥뜨렸다. 손만 씻고 나오면 곧장 밥을 먹을 수 있도록 서두르셨나 보다. 준희는 인사를 했고, 욕실로 바로 들어갔다.

"오늘은 워쩌 의사 선상하고 같이 퇴근 안 한겨?"

반찬으로 가던 손길이 갑자기 느려지다 이내 제 속도를 회복했다. 저녁 식탁에서까지 이강의 이름을 듣게 될 줄 몰랐다. 그렇지 않아도 마음이 추슬러지지 않는데 무거운 한숨이 입가를 적셨다.

"오늘 바빠요. 아직도 수술 중일걸. 12시나 되어야 퇴근할 거예요."

일부러 목소리 톤을 높였다. 가급적이면 다운된 기분을 두 할머니들에게 들키지 않으려 노력해야 했다. 옆에서 묵묵히 밥을 뜨던 순심이 거든다.

"의사라는 직업이 그러고 보면 힘들어 보여. 이강이한테 잘 대해줘. 항상 피곤하고 스트레스를 많이 받을 텐데."

"제가 잘하고 말고 할 게 있나요. 자기가 선택한 길인데 알아서 잘 가겠죠."

"인심하곤."

게장 하나를 집어 먹는데 혜미가 넌지시 준희의 눈치를 보았다. 짓궂은 미소까지 입에 걸린 걸 보니 아무래도 또 이강에 대한 얘긴가 보다.

"그랴, 너는 의사 선상하고 그 뒤로 암 말 없고?"

"무슨 말이요, 할머니?"

"잉? 기냥 뭐, 이런저런 야그지."

"이런저런 야그, 뭐요. 귀엽게 또 그러신다, 우리 할머니."

"잉. 알믄서."

혜미가 키득키득 소리까지 내며 웃자 순심이 숟가락으로 식탁을 가볍게 쳤다.

"그만 좀 해, 사돈. 지들이 어련히 알아서 할까."

"무슨 말씀들이신지 모르겠네. 그나저나 게장 오랜만에 먹으니 맛있네요."

준희는 게장을 삼키며 시치미를 뗐다. 아무 맛을 느낄 수도, 음미할 수도 없다. 하루 종일 그녀를 따라다니는 이강의 그림자 때문에 숨이 막힐 지경이었다.

"통에 따로 담아둔 거 있으니까 저녁 다 먹고 이강이 집에 좀 갖다 놔. 저기 끓여 놓은 국이랑. 늦게 들어와서 배고프면 안 되잖아."

순심이 말했지만 준희는 막혀오는 목을 다독이느라 연거푸 침만 삼켜댔다.

"왜 대답이 없어?"

"알았어요, 할머니. 제가 갖다 놓을게요."

물을 한 잔 마신 후에야 수습한 준희는 시원하게 대답하곤 다시 아래로 시선을 떨어뜨렸다. 마음이, 온통 뒤죽박죽 엉겨버렸다.

식사를 하고 설거지를 모두 끝낸 준희는 순심이 챙겨준 통 두

개를 들고 이강의 별장 앞에 섰다. 청소를 위해 잠금장치의 비밀번호를 모두 공유한 터라 어렵지 않게 안으로 들어갈 수가 있었다.

어두운 거실. 날씨만큼이나 썰렁한 내부에 등줄기가 서늘해졌다. 마치 어젯밤, 홀로 있었던 그 빗속의 시간으로 되돌아간 것 같았다. 이렇게 싸늘하고 텅 빈 곳에서 이강은 홀로 얼마나 외로웠을까.

거실에 불을 켠 준희는 냉장고에 통을 넣어둔 후 다시 거실로 나왔다. 창가로 다가가던 그녀는 소파 옆에 있는 오디오 세트에 시선을 두었다. 세트 위 선반에 몇 개의 CD가 꽂혀 있었는데 그중 쇼팽의 CD를 꺼내었다.

야상곡.

준희의 얼굴에 아련한 표정이 스쳤다. 고등학교 등하굣길에 늘 방송반에서 내보내던 쇼팽의 선율이 떠오른 탓이었다. 혹시 이강도 그런 이유로 이 CD를 들었던 걸까. 준희는 그것을 조심스럽게 케이스에 집어넣고 플레이시켰다. 버튼을 누르자마자 음악이 흐른다.

"차이강, 다섯 걸음 더 뒤에서 와. 너무 붙었어."

"나 신경 쓰지 말고 가기나 하지?"

"애들한테 들키면 나한테 뭐라 하지 마. 네가 자초한 일이야."

쇼팽의 클래식이 흐르고 있는 이른 아침의 교정. 준희는 뒤에서 자꾸 따라붙으려 하는 이강을 멀리 떼어놓을 심산으로 속도를 빨리하고 있었다. 이른 시각이라 등교하는 아이들이 별로 없는 게 다행이었다. 저렇게 아무렇지도 않게 딱 붙어 다니면 친구들 눈에 띄어 소문이 나는 건 시간문제였다. 대체 무슨 속셈인 거지?

교실이 있는 건물 입구에서 신발을 벗고 실내화로 후다닥 갈아 신은 준희는, 이강의 눈을 피해 1층에 있는 음악실로 피신 아닌 피신을 했다. 이강이 교실이 있는 3층에 올라간 후에 갈 길을 가기로 한 것이다. 피아노 두 대와 여러 개의 책상 의자, 그리고 창가 쪽에 있는 세 개의 커다란 키 높이 책꽂이를 보면서 한시름 달래었다.

묵묵하고 말없기로 유명한 이강이 최근 들어 자꾸만 그녀의 가까이에 머물려 한다. 이강의 아버지가 순심의 운전기사고 두 사람이 한집에 산다는 사실을 친구들에게 들킬까 염려되어 최대한 학교에선 이강을 피하는 편인데, 그는 아랑곳하지 않는다. 며칠 전에는 교실까지 찾아와 '집에 가자.'라고 말한 적도 있어 기겁할 뻔했다.

들켜봐야 친구들 사이에서 놀림감이나 될 텐데 왜 저렇게 티 나게 구는지 이해할 수가 없다. 준희는 책꽂이 뒤에 몸을 숨기고 있으면서도 이강이 야속해 속이 상했다.

그러기를 얼마쯤, 준희는 이쯤이면 이강이 그의 교실에 올라가고도 남았겠다 싶어 슬그머니 몸을 움직였다. 언뜻 책꽂이에 꽂힌 수백 개의 CD가 눈에 띄었다. 생전 처음 보는 이름의 곡들이 많아 자신도 모르게 그것들에 주의를 뺏겨버렸다. 자주 방송을 타곤 했던 음악들 말고 생소한 이름의 CD를 한 움큼 집어 빼낸 순간, 준희는 비명을 지르며 두어 걸음 뒤로 물러났다.

"엄마야!"

"올라가자고. 내빼지 말고."

CD를 빼낸 자리에, 이강의 얼굴이 있었다. 따돌렸나 싶었는데 용케 그녀가 여기로 들어온 걸 알고 따라 들어온 것이다. 준희는 당장 책꽂이를 돌아 나가 이강의 어깨를 주먹으로 쳐대었다.

"놀랐잖아!"

아무리 도망가고 뛰어도 이강의 손바닥 위에 있는 것 같아 자존심이 상했다. 어린 날, 아침 햇빛이 창을 뚫고 음악실 바닥에 퍼지고 그 빛살에 먼지들이 훨훨 포말처럼 날아오르던 그날에도 쇼팽의 야상곡은 두 사람과 함께였다.

추억에서 현실로 돌아온 준희는 쓸쓸하게 웃으며 CD를 껐다. 쓸쓸한 만큼 이강이 떠올라 그 빈자리를 채웠다. 잠시 어그러진 호흡을 한숨으로 갈무리했다. 이강을 떠올릴 때마다 가슴이 불안정해지는 것이 어쩌면 앞으로 습관이 될지도 모른다는 생각이 들었다.

오후가 되자 외래 환자의 발길이 뜸해지고 이강은 그제야 뒤늦은 휴식을 취할 수 있었다. 오후 3시. 하루가 어떻게 갔는지도 모르게 벌써 저녁을 맞이할 시간이다.

이강은 뻐근한 뒷목을 잠시 주무른 후 몸을 일으켜 정수기에서 물을 받았다. 물컵을 머금으며 허리를 곧추세웠다. 뻣뻣해진 머릿속으로 침범하는 하나의 얼굴을 밀어내기 위해선 부지런히 몸을 움직이는 수밖에 없었다.

어젯밤, 수술을 마친 그는 늦은 시각이라 이곳에서 잠을 청했다. 집에 들어가지 않은 것을 준희는 알아채지도 못할 것이다. 늦게 들어와서 일찍 출근했겠거니 여길 것이다. 그 새침데기는 여전히 그에 대해선 모른 척할 것이다.

물컵을 다 비운 이강은 발치로 긴 한숨을 쏟아냈다. 기다림은 별거 아니다. 그에게 기다림이란 습관 같은 것. 그러니 힘든 일이 아니다. 하지만 끝내 준희가 그를 돌아보지 않는다면 그땐 어떻게 해야 하는 건가.

-선생님, 응급실입니다.

준희에 대한 생각으로 머릿속 여백을 꽉 채우고 있는데, 인터폰이 울리더니 말소리가 흘러나왔다. 이강은 책상으로 다가가 버튼을 눌러 대답했다.

"네."

-방금 외상환자가 들어왔는데요. 잠시 내려와주셔야 할 것 같습니다.

"상태가 어떻습니까?"

-7살 남자아이인데요, 무릎이 아프다고 합니다. 무릎 언저리가 심하게 부어 있구요.

남자아이에 무릎 통증과 부종이 있다면 골수염일 가능성이 있었다. 일반 대학병원이 아닌지라 응급실 환자 중에서도 전문의의 치료를 필요로 하는 상황이면 어쩔 수 없이 내려가야 했다. 이강은 주저 없이 대답했다.

"알았어요."

그러곤 다시 인터폰을 돌려 바깥에 있는 담당 간호사에게 연락했다.

"외래는 30분 후로 미룹니다. 응급실에 내려갔다 오겠습니다."

−네, 선생님.

간호사의 대답을 받은 후, 이강이 청진기와 라이트 등을 챙기고 있는데 노크와 함께 누군가가 들어왔다. 살짝 치든 시야에 준희가 들어섰다. 이강의 움직임이 멈추어졌다.

"저, 선생님."

준희는 매우 부자연스러운 만남에 얼마쯤 민망해하며 그에게 다가갔다. 이강과 이렇게 대면할 일이 아니었지만 계속 통화 중이라 어쩔 수 없었다고 자위하면서, 두근거리는 심장을 눌렀다.

"무슨 일이죠?"

"김미순 할머니요. IR(Infra red, 적외선 표층열치료) 치료를 거부하고 있는데 어떻게 할까요."

이강의 입가에 엷은 미소가 스쳤다. 하루 만에 본 그녀는 눈빛이 달라져 있었다. 어딘가 그의 눈치를 살피는 듯한, 무언가를 확인하는 듯한, 얼마쯤 안절부절못하는 듯한. 그녀가 허둥대는 모습이 재밌어서 이강은 쉽게 대답하지 않고 있었다. 분명히, 준희는 허둥대고 있었다.

"그런 건 인터폰으로 얼마든지 물어볼 수 있었을 텐데 번거롭게 여기까지 올라왔군요."

"통화 중이셔서요."

"치료 거부의 이유가 뭐죠?"

"뜨거운 걸 못 참으신다고 합니다."

대답을 하며 준희는 슬쩍 이강의 얼굴 표정을 살폈다. 어젯밤 늦게까지 잠을 자지 않고 있었지만 그가 집에 들어온 소리를 듣지 못했다. 오늘 아침만 해도 출근길의 그의 집은 적막만이 감돌고 있었다. 그는 병원에서 잔 걸까. 피곤했을 텐데. 병원에서의 잠은 더욱 몸을 고단하게 할 뿐일 텐데. 그를 향한 걱정이 이어지고 있다는 것을 깨닫지 못한 준희는 그가 입을 열자 경청했다.

"온도를 내려서 시도해보고 그래도 거부하신다면, IR은 생략하는 걸로 하세요. 대신 파라핀 욕을 두 번 하는 걸로 하죠."

"알겠습니다."

통화 중이라는 우스운 변명 따위를 둘러댄 그녀 자신의 모습이 어이없었다. 이강이 잘 있는지 확인하러 온 것이다. 결국 그 이유인 것이다. 다시 한 번 이강의 차가운 면만 확인받은 준희가 대답 후 돌아서는데 이강이 다가왔다.

"한 실장."

걸음을 멈추고 그를 향해 몸을 돌렸다. 이강은 준희의 앞을 스쳐 지나가며 그녀의 어깨에 묻은 먼지 하나를 털어주었다.

"오랜만이군."

준희의 눈가가 떨리는 것을 이강은 놓치지 않았다. 다가가지 않겠다고 작정한 마음이 일순 짧게 흔들렸지만 이내 다잡고 그녀의 곁을 지나쳤다. 그녀를 보며 자연스럽게 지어졌던 미소가 진료실을 나서자마자 다시 굳어졌다. 그리고 응급실에 도착한 이강은 간호사의 안내를 받고 가장 끝에 있는 침대 쪽으로 갔다.

청바지를 무릎 위까지 돌돌 말아 올린 남자 아이가 보였다. 침대 옆에는 엄마로 보이는 여자가 서 있었는데, 이강이 다가가자 자리를 비켜주었다.

"무릎이 많이 아프니?"

이강이 묻자 아이가 고개를 끄덕인다. 무릎은 발갛게 부어올라 있었다. 간호사가 이르기를 체온 역시 38.5도라 했다.

"아이가 어제, 오늘 밥을 잘 먹었습니까?"

이강은 무릎을 꾹꾹 눌러보다가 엄마 쪽으로 고개를 돌렸다. 눈물이 맺힌 듯한 붉은 눈가를 얼른 숨기다시피 한 엄마가 고개를 가로저었다.

"아뇨. 밥을 거의 안 먹었어요. 간식도 안 먹고 우유도 안 먹더라구요. 먹기 싫다면서. 평소엔 잘 먹었거든요."

"흐음. 우선 피검사와 함께 엑스레이를 찍어봐야 알겠지만 증상만 봐선 골수염 같습니다. 뼛속에 든 염증이 가벼운 거라면 약으로도 충분히 치료가 가능하지만 염증이 심하면 수술을 해야 할수도 있습니다."

"왜 그런 병이 생긴 건가요."

아이의 엄마는 우느라 손바닥으로 거의 얼굴을 가린 채 대화를 이어갔다.

"다른 사고가 없었다면, 1차적으로는 면역체계가 약해서일 수도 있고 아이가 평소 영양을 충분히 섭취하지 못해서일 수도 있습니다. 검사를 할까요?"

"네, 네, 그저 살려만 주세요."

아이의 엄마는 아이의 나이를 고려해봤을 때 지나치게 젊어 보였다. 손등으로 연신 눈물을 닦아내는 모습이 어지간히도 별나 보였던지 누워 있던 아이가 급기야 한마디 내뱉었다.

"엄마, 그러지 좀 마. 쪽팔려."

"이 녀석아. 그러게 밥 좀 잘 먹고 다니라니깐! 엄마 자주 못 본다고 매일 굶고 라면이나 먹으니 그렇잖아."

"그게 내 잘못이야? 엄마 잘못이지?"

남자아이는 나이답지 않게 건방지다 싶을 만큼 또박또박 대꾸했다. 아이의 엄마는 아연하여 녀석의 머리를 연신 쥐어박는다. 모자의 투박한 대화를 엿들으며 싱긋 웃은 이강이 옆에 서 있던 간호사를 불렀다.

"혈액검사와 엑스레이 준비해주세요. 결과가 나오면 위로 올려주시구요."

"네, 알겠습니다."

검사를 준비하기 위해 간호사가 자리를 뜨자 이강도 뒤따라 자리를 뜨기 위해 돌아서다가 우뚝 걸음을 멈추었다. 손바닥을 얼굴에서 떼어낸 아이 엄마를 얼핏 스치다 본 까닭이었다.

어딘가 낯이 익은 기분. 아무렇게나 묶은 머리와 집에서 급하게 뛰어나온 듯한 허름한 차림새, 그리고 낡은 슬리퍼까지. 무엇하나 이강 자신과 엮일 만한 구석이 없는 여자였지만 묘한 낯익음이 걸음을 자꾸만 방해했다.

"실례합니다만, 혹시 저와 아시는 분 아니십니까?"

"네?"

아이의 엄마가 똑바로 이강을 쳐다봤다. 그의 질문에 잠시 인상을 찡그리며 고개를 갸웃거리더니 이내 눈을 가늘게 뜨고 그를 살피듯 쳐다본다. 그러곤 가운에 새겨진 이강의 이름을 보더니 당황해하며 얼른 고개를 틀었다.

"혹시…… 김영진?"

이강은 자신의 추측을 확신하며 물었다. 그러자 아이 엄마의 얼굴이 금세 빨개진다. 그제야 이강의 낯에 묘한 색채의 웃음기가 드리워졌다.

고등학교 2학년, 이강이 한국에 마지막으로 머물렀던 그 짧은 기간 동안에, 준희와 보라를 어지간히도 괴롭혔던 인물이다. 늘 화장을 하고 다녀 교사들로부터 요주의 대상이었으며 행동거지가 불량스러워 학생들조차 꺼렸던 친구.

그 친구가 병원에 아들을 데리고 와 눈물짓고 있었다. 이강은 전혀 어울리지 않아 보이는 이 상황에 재미있어하며 영진을 응급실 밖으로 안내했다.

자판기에서 커피 두 잔을 빼내어 영진에게 다가간 이강은 그중 하나를 그녀에게 내밀었다.

"그다지 반갑지 않은 상대일 테지만 그래도 과거는 과거일 뿐. 마셔."

조금 멋쩍은 듯 입술을 삐죽 내민 영진은 이강이 내민 컵을 받아 들었다.

"의사가 이렇게 커피 마실 시간이 있어?"

"10분 정도 여유 있어."

"우리 경준이는 괜찮은 거지?"

"큰 병은 아니야. 다만 치료를 한 후에 집에서 관리를 잘해야 돼. 좋은 음식을 먹이고 영양소를 충분히 섭취해야 하지. 재발하지 않으려면."

이강의 말에 영진이 다시 걱정스러운 표정을 지었다. 커피를 홀짝거리는데 얼굴에 수심이 가득하다. 열여덟 때와는 전혀 다른 영진의 모습이 사뭇 의외라 이강은 계속해서 그녀를 주시했다.

어렸을 때의 우리는 누구나 미래를 그린다. 상상할 수 있는 영역을 최대한 넓혀서 꿈을 꾸어본다. 그 꿈속의 자신은 화려하고 잘난 사람으로 항상 묘사되곤 할 것이다. 어떤 이도 미래의 꿈에선 낙오자가 없듯이.

영진 역시도 꿈이라는 것을 가졌을 터였다. 하지만 어렸을 때의 꿈속 자신의 모습이, 지금 저 모습은 아니었을 것이다.

시간은 우리를 한 뼘 자라게도 하지만 그만큼 속이는 것도 많다는 것을 지금 영진을 보며, 그리고 준희와의 관계를 상기하면서, 이강은 알게 되었다. 그의 동공에 허허로운 색채가 채워졌다. 10년 후의 우리들은 또 어떤 모습이 되어 있을까.

"결혼을 했나 보군."

이강의 짐작에 영진은 잠시 머뭇거리다 이내 고개를 빳빳하게 들고 대꾸했다.

"대학을 포기하고 아르바이트를 하다 스물셋에 결혼했지. 몇 년 살다 이혼했지만."

아무렇지도 않다는 얼굴이었다. 세월에 굴러먹은, 팍팍한 삶에 찌든 이 특유의 고집스러움도 엿보였다.

"이 동네에 사는 거냐?"

"친정이 이 근처야. 경준이 맡기러 내려왔다가 이 지경이 났던 거야."

"내가 미국으로 떠난 후에도 준희를 계속 괴롭힌 걸로 아는데. 맞아?"

다분히 짓궂은 표정으로 던진 질문이었다. 딴에는 영진과 준희를 만나게 해줄 목적이었지만, 커피를 머금다 말고 켈록거리는 영진에겐 부담스러운 질문이었나 보다.

"과거는 과거일 뿐이라며. 설마 그 일로 우리 경준이 치료를 뭐, 소홀히 한다거나 하는 건 아니겠지? 만약 그렇다면 다른 병원으로 옮길 거야."

"그건 걱정 마라. 최선을 다할 테니까."

이강은 남은 커피를 모조리 마신 후 다시 영진을 보았다. 어린 날의 치기로 인한 준희와의 추억은, 아마도 영진 역시 많이 갖고 있으리라. 영진 쪽에선 대부분 떠올리고 싶지 않은 추억일 테지만.

"준희, 만나볼래?"

"……뭐?"

영진은 그런 일이 가능하냐는 눈빛으로 이강을 쳐다봤다.

"이 병원에서 일해."

"하! 너희들은 학교 다닐 때나 어른이 되어서나 붙어 다니는구나."

"과거는 과거일 뿐이고 나 역시 공과 사는 분명히 하는 사람이지만, 그래도 풀 건 풀어야 하지 않아?"

떠보듯 물었지만 영진은 대답을 하지 않았다. 과거에 얽매이는 것이 구차하다고 생각하지 않았다. 누군가는 상처를 받았고 그 상처로 인해 가슴 아파했다. 한낱 치기에 불과했다고 스쳐 지나갈 것이 아니라 꽁꽁 싸매어 있는 매듭은 푸는 게 낫다는 생각이었다.

잊었다고 생각하고 있겠지만 훗날 문득문득 불시에 튀어오를 기억이 아름답고 깨끗하길 바라면서.

그러나 영진은 '생각 좀 해보고.'라는 말로 얼버무리며 응급실로 돌아갔다. 영진의 뒷모습은 초라하기 짝이 없었다. 내일이 없는 것처럼 살아가던, 자신만의 세상에 경계의 벽을 쳐두고 그 안에서만 살아가던 한 안하무인의 비참한 말로를 보는 것 같아 이강은 매우 씁쓸했다.

오후 5시경, 경준은 입원실로 올라갔다. 검사 결과, 뼈 안쪽까지 농양이 이미 형성된 터라 수술이 불가피했다. 복도에서 영진과 만나 다음 날로 수술을 잡아두겠다고 통보한 이강은, 병실로 들어섰다. 창가 쪽 침대에 자리한 경준은 상체를 세우고 앉아 있었다. 이강을 보자마자 경준이 입을 뗀다.

"우리 엄마는요?"

"외할머니 댁에 잠시 다녀오신다고 가셨다. 네 옷을 챙겨 오실 것 같아."

"난 환자복만 입을 거니까 옷은 필요 없는데."

"엄마가 네 간호를 해야 하니까 간단한 생필품이 필요하지 않겠니?"

경준은 입술을 삐죽이며 이강의 말을 한 귀로 흘리는 듯했다.

"병원에서 나오는 밥, 꼬박꼬박 먹어야 빨리 나아. 과일이며 물이며 당분간 가리지 않고 많이 먹어야 한다."

"자신은 없지만 최선을 다해볼게요."

7살답지 않은 경준의 도도함은 영진의 유전인가 싶다.

"뭐, 필요한 거 없어? 선생님이 선물 하나 해주고 싶은데."

이강의 친절에 경준이 눈을 동그랗게 뜨고 쳐다본다. 타인의 호의와 친절에 익숙하지 않은 아이의 얼굴이 호기심으로 차츰 바뀌었다.

"선생님이 왜요? 우리 엄마랑 아는 사이예요?"

"그래. 선생님이 고등학교 다닐 때 같은 반이었지."

"우리 엄마 문제아였죠? 보나 마나일 거예요. 전 딱 안다니까요."

"선물로 뭘 받고 싶은지부터 말할까?"

"음. 책이요."

경준에게서 곧장 대답이 돌아왔다. 의외의 것이라 이강이 고개를 비스듬히 기울이며 아이를 쳐다보았다.

"책 읽고 싶니?"

"네. 엄마는 못 읽게 해서요."

"왜?"

"책 읽어봐야 아무 짝에도 쓸모없대요. 빨리 커서 돈이나 벌 생각하라던데요."

이강의 얼굴에 웃음기가 퍼졌다. 어린아이를 상대로 돈 얘기를 하는 엄마라니. 과연 김영진답다 싶었다.

"그래, 선생님이 책을 사줄게."

이강은 경준의 머리를 쓰다듬은 후 병실을 나섰다. 복도 창가로 또 한 번의 하루가 저물어가고 있었다.

병원 앞에서 은경과 헤어진 준희는 버스 정류장 쪽으로 발길을 돌렸다. 싸늘한 저녁 공기에 머플러를 단단히 여몄다. 걷는 내내이강을 생각했다. 다가오지 않겠다던 그. 며칠 동안 이강과의 사이에 벽이 한 겹 더 쳐진 것 같아 마음이 헛헛했다.

이런 마음이 될 줄 몰랐다. 생각의 한 켜, 한 켜 돌아보는 시선하나하나에 이강이 스며들게 될지는 몰랐다. 그녀는 다가오지 말라고 말했지만, 정작 다가가고 있는 건 그녀였다.

쓸쓸한 마음을 애써 다독이고 있는데 휴대폰에서 문자 알림음이 울렸다.

[준희야, 두부, 양파, 멸치 좀 사올 수 있냐.]

순심이었다. 약해진 시력을 최대한 끌어모아 버튼 하나하나를 눌렀을 할머니의 모습이 그려져 쓸쓸해졌다. 준희는 답신을 보내기 위해 버튼을 눌렀다.

[네, 그랜드 마마. 알았어요.]

글 속에 담긴 생기가 두 할머니들에게도 전해지길 바라면서,

이렇게 우리 셋이 잘 살아왔으니 앞으로도 그거면 된다고 다짐하면서.

병원 근처 작은 마트에 들러 순심이 주문한 것들을 모두 산 준희는 밖으로 나왔다. 아까보다 더 짙은 어둠이 깔려 있었다. 문득 옆에서 들리는 클래식 음악 소리에 준희는 고개를 돌렸다.

음악 소리는 마트 옆에 있는 작은 서점에서 퍼지고 있었다. 내 걸린 간판은 〈오아시스 서점〉이지만 책을 비롯하여 오래된 CD나 LP, 그리고 각종 문구류도 파는 전형적인 잡화점이었다. 무심하던 발길이 딱 멈춰진 건, 방금 들려오던 클래식이 끝나고 곧장 쇼팽의 '야상곡'이 흐르기 시작했기 때문이었다.

준희는 이끌리듯 서점으로 들어갔다. 딸랑, 하는 입구의 방울 소리가 가장 먼저 울렸고, 뒤이어 낡은 책 냄새가 풍겨왔다. 카운터에 앉아 책을 읽고 있는 할아버지와 눈이 마주치자 준희는 웃으며 가볍게 인사를 했다.

늘 지나치기만 했지 한 번도 들러본 적 없었던 이곳에서, 준희는 새삼스러운 감정에 잠겼다. 학교, 개나리, 버스, 등하굣길의 이강. 추억이라는 이름을 만드는 그 모든 것이 하나둘씩 떠오르기 시작한 것이다.

중고 CD가 진열되어 있는 커다란 책꽂이 쪽으로 걸음을 옮긴 준희는, 고개를 한껏 들고 낡고 손때가 묻은 그것들을 위에서부터 주욱 훑어 내렸다. 그러다 가운데 부분에 있는 쇼팽의 CD 뭉치를 발견하곤 슬쩍 빼내어보았다.

"헙!"

놀라 새어 나간 비명을 멈추려 입을 틀어막았다. CD를 빼낸 빈 공간에 누군가의 얼굴이 있었다. 준희의 동공이 크게 출렁거렸다. 그녀의 추억을 만드는 것들 중에서 가장 가슴 아프게 하는 사람. 그 옛날, 그녀가 도망쳤던 음악실에서처럼, 이강이 그 자리에서 그녀를 응시하고 있었다.

7. 시크릿 키스

　입구에 매달린 방울이 경쾌한 소리를 내기 시작할 때부터 준희는 이강의 시야에 선명하게 잡혀왔다. 책 매장과 음반 매장을 번갈아 두리번거리는 그녀의 모습은 딱히 무언가를 사기 위해 들어온 것 같지는 않았다. 이강은 준희의 시선을 피해 CD꽂이 쪽으로 뒷걸음질 쳤다. 싱긋, 입가에 머문 미소는 다소 짓궂었다.

　쇼팽의 야상곡을 준희 역시 알아들은 것일까. CD가 꽂혀 있는 쪽을 향하는 시선이 깊어 보였다. 뚜벅뚜벅, 그녀의 걸음 소리가 가까워질수록 이강의 가슴에 울리는 파장도 커져갔다.

　그리고 급기야 준희가 CD 뭉치를 빼내었을 때, 이강은 제 앞에 놓인 빈 공간을 통해 그녀를 응시했다. 놀란 듯한 준희가 입을 틀어막았다. 이강은 그녀의 표정이 재미있어 입가를 늘이며 웃기만

했다. 마치 고등학생 때의 그날, 음악실에서의 아침이 겹쳐진 탓이다.

"퇴근하는 길이야?"

이강은 선반을 돌아 준희의 옆으로 다가갔다. 준희는 여전히 놀란 가슴을 쓸어내리고 있었다. 잘못한 것도 없는데 괜스레 이강의 앞에선 시선이 내리깔린다. 마음에 들지 않는다. 바로 옆에 있는 이강 때문에 몸이 온통 긴장해서 굳어졌다. 이것 또한 마음에 들지 않았다.

"응."

"그건 뭔데?"

이강이 준희의 한쪽 손에 들린 비닐 봉투를 가리키자 그녀가 대답했다.

"반찬거리 좀 사오라고 하셔서. 할머니가."

"무겁지 않아? 들어다줄까?"

"아니, 괜찮아."

"할머니가 오늘은 맛있는 반찬을 해주시려나."

오늘은 집에 들어온다는 걸까. 준희는 사그라지지 않는 긴장감을 삭이려 짧게 호흡을 내뱉은 후 그를 쳐다보았다.

"넌 여기에 어쩐 일이야?"

"나? 난 환자한테 선물해줄 책을 사러 왔지."

"환자한테…… 그런 것도 해?"

"왜, 미국에서 일할 땐 환자가 퇴원하면 함께 맥주도 마셨는데."

이강은 눈앞에 있는 CD 하나를 빼내어 이리저리 돌려 보면서 대답했다. 문득 그런 이강의 모습에 준희의 긴장감이 그제야 풀리기 시작했다. 이렇게 아무렇지도 않게 일상을 이야기하는 우리. 그래서 더 떨리고, 그래서 더 아프다. 이강이 다시 CD를 꽂아 넣으며 그녀를 쳐다보았다.

"난 나갈 건데, 넌?"

"응, 나도."

"내 차는 역시 타지 않을 거지?"

묻는 입술이 무덤덤하다. 준희는 갑자기 가슴 한가운데로 날카로운 칼날이 긋고 지나가는 듯한 기분이 들었다. 이강의 무덤덤함이 서운함과 교차되어 그녀를 괴롭혔다. 또 한 번의 이율배반. 이강은 그가 말했던 대로 착실하게 멀어지고 있는데, 왜 자꾸만 그 사실이 서운해지는 걸까.

"그럼, 나중에 집에서 보자."

이강이 돌아서려 했을 때, 준희가 무의식적으로 외쳤다.

"아니, 탈게!"

쏟아지는 이강의 눈빛을 견디기 힘들어 준희는 괜히 시선을 틀어버렸다. '좋아.'라고 짧게 말하는 이강이 무슨 표정을 짓고 있는지는 알 수 없었다. 그저 그의 발자국을 뒤따라가는 그녀 자신의 초라한 모습만 느껴질 뿐이었다.

"누구?"

차를 타고 가면서 준희는 되물었다. 이강이 언급한 이름을 분명히 알아듣긴 했지만, 그 이름이 나오기엔 굉장히 새삼스러운 상황이었던 탓이었다. 그러자 코너에서 핸들을 돌리며 이강이 다시 입을 열었다.

"김영진. 기억하냐고. 우리 고등학교 2학년 때 같은 반이었던 것 같은데."

"당연히 기억하지, 걔를 어떻게 잊을 수 있겠어. 내가 만난 사람들 중에 손에 꼽히는 골칫덩이였는데."

준희는 아득히 먼 과거 속의 영진을 끄집어내며 인상을 찡그렸다. 다시 생각해도 불쾌하고 괘씸한 상대다. 그 시절 중에서 유일하게 도려내고 싶은 부분이었다.

"그런데 걔가 왜?"

"걔 아들이 내 환자야. 어제 응급실로 왔더라고. 내일 아침에 간단한 수술을 할 예정이야."

"뭐?"

준희가 놀란 얼굴로 쳐다보자 이강이 빙긋 웃었다.

"나도 지금의 너처럼 그런 표정을 지었지, 어제. 스물셋에 결혼을 했다더군. 아들이 7살인데 똑똑한 건지 어떤 건지. 아무튼 희한한 아이야. 오늘 산 책들도 그 아이 줄 선물이었어."

"그런데 걔가 이 동네에 살아?"

"아니, 아이를 맡기러 왔다나 봐. 친정이 근처에 있대."

"남편은 어쩌고?"

"이혼했다던데."

잠시, 준희는 멍하니 눈을 껌뻑거렸다. 이강이 미국으로 떠나고 준희도 이사 준비가 막바지에 다다랐을 때, 영진의 괴롭힘 또한 절정에 이른 적이 있었다. 이강이 없으니 대놓고 준희와 보라를 괴롭힌 것이다. 주로 준희가 보라를 보호하는 편이었다. 따돌림과 삥뜯기로 이어지는 영진의 만행을 보다 못한 준희가, 어느 날 영진에게 말한 적이 있었다.

'넌 반드시 불행해질 거야. 내가 매일 그렇게 기도할 거거든.'

저주의 주문처럼 그 말을 쏟아내었다. 영진은 코웃음을 쳤지만 당시의 준희에겐 절박했었다. 그런데 이혼이라니. 그녀의 저주가 들어맞았을 리도 없을진대, 준희는 납득할 수 없는 이유로 마음 한편이 불편해졌다.

"507호야. 시간 되면 내일이라도 한번 들러."

"내가 왜……."

마음을 잘라내면서도 대답은 얼버무렸다. 이제 와서 어떤 감정으로, 어떤 얼굴 표정으로 마주한단 말인가.

"시간이 흘렀잖아, 우리 모두에게. 흐른 시간만큼 성숙해져야지. 용서란 가장 큰 용기야."

이강이 차분하게 용기를 북돋았지만 준희는 여전히 잊을 수 없고 용서할 수 없는 아픈 기억 안에서 헤매고 있었다. 그런 그녀를 따뜻하게 바라보는 남자의 시선이 어떻게 깊어지고 있는지도 모른 채로.

"여그여?"

"응, 거기. 아니, 좀 더 밑에."

"여그?"

"응."

혜미는 순심이 힘겹게 등 뒤로 팔을 돌려 가리킨 곳에 파스 두 개를 나란히 이어 붙였다. 며칠 전부터 허리에 통증이 있다더니 결국 오늘 빨래를 널다가 단단히 삐끗한 모양이었다. 혜미는 다 붙인 파스를 손바닥으로 다시 한 번 가지런히 고른 후 못마땅한 얼굴로 입을 열었다.

"여서 이러지 말고 병원에 가자니께. 아, 우리 준희허고 젤로 다가 친한 의사 선상이 있는디 뭐시 걱정이당가. 그 선상이 허리허고 무릎허고 뼈 보는 선상이람서?"

"가봤자 엑스레이나 찍고 주사나 맞겠지. 파스 몇 개 붙이고 나면 예전처럼 괜찮아질 테니까 괜히 나서서 애들한테 이러쿵저러쿵 하지나 마, 사돈."

엎드려 있던 순심은 끄응, 소리를 내며 천천히 돌아누웠다. 그러자 혜미가 담요를 덮어준다.

"준희헌테도?"

"응."

"참말 알다가도 모르것소. 부모고 형제고 솥단지 따로 걸믄 남이라지만서도 그랴도 여적 품 안에 싸고 있는 손년디, 아픈 거 힘든 거 같이 알고 보듬어야제."

"일하는 애한테 괜히 걱정 끼치기 싫어서 그래. 그리고 사돈이 내 옆에 있잖어."

순심은 누운 채로 잘 움직여지지 않는 안면근육을 움직여 웃어 보였다. 혜미는 길다면 긴 세월 동안 모든 감정을 함께 나누어온 상대였다. 눈물도 웃음도 함께했기에 그 끈적끈적한 유대는 순심이 살아온 인생 중에서 가장 편한 것이었다. 인생의 마지막 계단에서 만날 수 있어 늘 다행이라 여겼다. 함께 살다가 먼 훗날 떠나는 길도 함께 떠날 수 있다면 바랄 것이 없겠다.

"허이고, 닭살스러워서, 원."

혜미가 멋쩍게 입술을 삐죽대고 있는데 바깥에서 인기척이 들려왔다.

"잉? 애들 왔나벼."

"나 아프다는 얘긴 절대 하지 마, 사돈."

"허고, 알았당게."

혜미는 누워 있는 순심을 두고 부리나케 방을 나섰다. 현관문을 여니 준희와 이강이 함께 나란히 들어서고 있었다. 최대한 밝게 얼굴을 펴며 목청을 높인다.

"워쩌 둘이 고로코롬 나란히 왔능가."

이강과 준희가 동시에 혜미 쪽으로 시선을 돌렸다. 이강이 먼저 한 발자국 앞으로 나왔다.

"그렇게 됐습니다, 할머니."

"응? 왜 할머니만 나오셨어요?"

"잉? ……사돈은 초저녁부텀 잔다고 정신 없는디."

"벌써요?"

준희가 의아해하며 묻자 혜미는 얼른 상황을 다른 것으로 변화시켰다.

"어여 싸게 들어와들. 의사 선상도 들어와. 저녁 같이 먹자고."

"저는 괜찮습니다."

이강이 정중하게 거절하자 준희가 그를 물끄러미 쳐다봤다. 분명히 그녀 자신 때문에 내키지 않는 거절을 하고 있는 것이다. 아까 서점에서 무의식적으로 그의 차를 타겠다고 나선 것처럼, 지금도 거의 무의식에서 말이 튀어나왔다.

"들어가, 같이 먹어."

부탁 같은 말. 사실은 이강이 홀로 집에 들어가는 뒷모습을 볼 자신이 없어서, 다가갈 수는 없지만 이렇게라도 마음 써주고 싶어서, 이중적인 자신의 마음을 꾸짖으면서도 준희는 이강과 함께 나란히 집으로 들어갔다.

다음 날, 결국 준희는 영진의 아들이 입원해 있다는 병실 앞에 서고야 말았다. 507호. 점심시간이라 병실과 복도는 식판을 들고 드나드는 환자들과 보호자들로 잠시 잠깐 붐볐다. 식기 소리와 말소리가 가득한 그곳에 서서, 준희는 병실 안 가장 창가 쪽에 있는 침상을 쳐다보고 있었다.

환자복을 입고 있는 남자아이의 곁에 앉아 밥을 떠먹이고 있는 여자. 언뜻 보이는 옆얼굴은 영진이 확실해 보였다. 목 언저리가 너덜너덜 주름이 간 티셔츠와 헐렁한 바지, 아무렇게나 묶어 올린 머리는 다분히 부스스해 보였고, 양말 없이 슬리퍼만 걸친 맨발은 가늘었다.

그 옛날에, 어울리지도 않는 짙은 화장과 선생님들 몰래 귀걸이와 팔찌 등을 걸친 채 친구들을 괴롭히던 그때의 분위기는 깡그리 사라지고 없었다. 밥 먹기를 귀찮아하는 아이의 팔뚝을 한 대 치고 억지로 숟가락을 입에 들이미는 모습이 낯설었다. 삶에 찌든 억척스러운 아이 엄마의 전형적인 분위기가 풍기는 듯했다.

준희는 잠시 망설이다 용기를 내어 병실 안으로 들어섰다. 영진이 앉아 있는 곳으로 다가가자 아이가 먼저 올려다본다.

"응? 누구세요?"

입안에 반찬을 가득 넣은 채로 경준이 우물거리자 영진이 홱 돌아보았다. 준희는 자신을 보며 눈을 껌뻑껌뻑하고 있는 영진을 향해 실긋 웃어 보였다. 아직 알아보지 못했는지 눈이 가늘어졌다 커졌다를 반복한다.

"김영진. 반가워, 나 한준희야."

영진의 눈빛이 그제야 달라지고 있었다. 준희는 굉장히 부담스러운 태도로 시선을 내리는 영진을 두고 경준을 쳐다보았다.

"안녕, 난 네 엄마의 고등학교 친구야."

"아, 그러시구나. 제가 입원했다는 소식 듣고 병문안 오신 거예요?"

"아니, 난 이 병원 직원이야. 물리치료실에서 일해. 너도 내일부턴 물리치료실에 와야 할걸?"

"이 병원에는 엄마 친구가 많구나."

경준이 있을 수 없는 일이라는 듯한 표정으로 영진을 흘깃 본다. 그 모습이 재미있어 준희는 어쩐지 경준이라는 아이가 호감이 갔다.

"수술은 무섭지 않았어?"

"아니요, 자고 일어나니까 다 끝났던데요. 그리고 아까 가스가 나와서 물 마셨구요. 점심도 바로 먹구요."

"그래? 기특하네. 너만 한 다른 아이들은 수술이 무서워서 막 우는데."

"전 우리 엄마가 강하게 키워서 그래요."

경준의 엉뚱한 대답에 준희가 소리 내어 웃는데, 영진이 잔뜩 굳은 얼굴로 밥이 담긴 숟가락을 경준에게 내밀었다.

"어서 밥이나 먹어."

"나 혼자 먹을 테니까 엄마는 친구분이랑 나가서 얘기나 하고 와."

"까분다, 너."

영진은 준희를 고집스레 외면한 채 경준에게만 시선을 고정시키고 있었다. 준희가 결국 조심스럽게 말을 건넨다.

"그럴래? 커피나 한 잔 마시자."

영진이 숟가락을 들고 있던 팔을 천천히 내렸다. 그러자 경준이 후다닥 숟가락을 가져와 쥔다. 졸지에 할 일이 없어진 영진은 안절부절못한 채 앉아 있었다. 준희가 먼저 앞섰다.

5층 휴게실의 전면 유리창 앞에 나란히 섰다. 준희와 영진의 손에는 커피 한 잔씩 쥐어져 있었고, 약속이라도 한 듯 각자 침묵을 유지했다. 세 개 남짓 되는 테이블에는 식사를 끝내고 휴식을 취하러 나온 환자와 보호자들이 삼삼오오 모여 있었다. 창밖으로 부는 3월의 바람이 거세다.

"잘 지냈냐고 묻는 거 부담되는 말은 아니지?"

오랜 침묵을 깨고 준희가 먼저 입을 열었다. 시선은 여전히 창밖에 둔 채였다.

"사는 게 다 그렇지, 뭐. 돈 벌기 위해서 죽도록 일하는 거. 너도 특별할 건 없었을 거 아냐."

"그래, 나도 뭐, 썩 좋진 않았지. 그런데 내 말은 네 마음을 말하는 거야."

영진이 돌아본다. 그러다 잠시 한숨을 삼킨 후에 다시 입을 열었다.

"가끔 후회되긴 했어. 이렇게 고생하며 살 줄 알았다면 학교 다닐 때 좀 더 열심히 공부하는 건데. 그렇지만 후회해본들 무슨 소용이야. 난 이미 이렇게 됐고, 앞으로도 계속 이럴 텐데."

준희는 다소 발끈했다. 준희가 말한 후회라는 단어의 의미와 영진이 받아들인 뜻이 차이가 있는 듯했다. 자신의 입장에서만 넋두리하듯 '후회'를 말하다니.

"나나 보라한테 미안하진 않아?"

준희가 정공법으로 나가자 영진이 어깨를 움찔거렸다. 당황한 것이 역력한 영진의 얼굴이 알 수 없는 빛을 띠며 굳어졌다.

"그 말을 하고 싶었던 거였어?"

"응."

"그때 난 현실에서 도피하고 싶었을지도 몰라. 부모님이 이혼하고 엄마랑 살았는데 매일 술에 찌들어 사셨지."

"그래도 미안한 마음을 가졌으면 해. 그러면 네 마음이 더 편해질걸?"

"미안…… 했어."

영진이 어렵게 입을 떼었다.

"미안했어. 아이를 낳고 살아보니 알겠더라. 후회할 일은 절대 하지 말아야 한다는 걸. 내가 어린 나이에 결혼을 하고 아이를 낳고 그 아이가 내 전부가 될 것을 미리 알았다면, 절대 그렇게 살지 않았을 거야."

영진은 비로소 차분해졌다. 준희는 영진의 말을 의도치 않게 곱씹게 되었다. 만약 그녀 자신도 이렇게 다 포기하고 버리는 삶을 살 줄 알았더라면, 그 어렸을 때 이강을 좋아하지 않았을지도 모른다. 그런 마음 자체를 포기하고 살았을지도 모른다. 미리 알았다면…….

후회에, 착잡함까지 더해져 준희는 입을 다물었다. 영진도 말이 없었다. 창밖을 내다보는 두 여자의 시선은 오래토록 움직이지 않고 있었다.

"형."

경준의 병실에 가기 위해 복도를 걷던 이강은 석훈에게서 걸려 온 전화를 받았다.

─목소리 오랜만이네. 많이 바쁘냐?

"그렇지 않아도 이번 주말쯤 얼굴 보려 올라가려고 했어. 이번 주 바쁜가?"

—나 지금 상 중이야. 오늘 아침에 장모님이 돌아가셨거든.

"아…… 그랬군."

이강은 잠시 걸음을 멈추었다. 이곳에서 며칠 자리를 잡은 후 석훈을 만나러 가겠다는 계획을 수정해야 할 것 같았다. 가라앉은 목소리로 위로를 건네고 있는데 저만치서 준희와 영진이 보였다. 이강은 그녀들에게로 시선을 던졌다. 인사를 한 후 영진은 병실로, 준희는 복도 건너편 비상구 문을 열고 나갔다. 이강의 시선이 날카롭게 일그러졌다.

—지인들이 왔는데 미국에서 같이 공부한 놈들도 만나고 해서 네 생각 나서 전화해봤어. 지금은 좀 한가하거든.

"저녁에 퇴근하고 갈게. 장소 찍어서 문자로 보내줘."

—바쁠 텐데 뭐하러. 게다가 세 시간은 족히 걸릴 텐데 피곤해서 안 돼.

"됐고. 장소나 찍어줘."

석훈과 약속을 잡고 통화를 간단히 끝낸 이강은 준희가 나간 비상구를 쳐다보다가 그쪽으로 발길을 옮겼다. 물리치료실은 1층이라 엘리베이터를 이용하는 편이 빠를 텐데 굳이 계단을 선택한 걸까. 의구심을 품은 채 이강은 비상구 문손잡이를 붙잡았다. 하지만 그 문을 열지는 못했다. 준희의 것이 분명한 울음소리가 문 바깥에서 작게 들려온 탓이었다.

울음소리는 한참 동안 이어져 이강의 가슴을 짓누르고 아프게 만들었다. 영진과의 얄궂은 해후가 과거를 들추어냈으리라. 짙은 회한과 상처로 얼룩진 그 시절을 들여다보게 했으리라.

"한준희."

이강은 낮게 읊조렸다. 그의 말소리를 들었는지 울음소리가 더는 들리지 않았다.

"오늘 퇴근하고 서울에 올라갈 거야. 지인의 장모님이 돌아가셨어. 함께 갈래?"

준희가 예전에 살던 집, 아니 그들이 함께 살던 그 집이 보고 싶어졌다. 시푸르렀던 하늘과 땅, 그리고 어린 그들이 내내 함께였던 공간. 그곳에 다녀오고 싶어졌다.

'아니.'라는 대답이 잠시 뒤에 들려왔다. 이강이 얼굴에 아주 잠시 드리워졌던 아련한 미소가 금세 흐려졌다.

"그래. 내일 아침 일찍 올 거야. 함께 아침밥 먹자."

위로처럼, 배려처럼, 이강은 그 말을 끝으로 그곳을 떠났다. 준희가 그녀만의 공간에서 마음껏 아파하도록 내버려두는 편이 지금은 낫다는 판단에서였다.

집 앞에 쓰레기봉투를 버리고 다시 들어온 준희는 어둠 속에 서 있는 이강의 집을 바라봤다. 텅 빈 집은 온기가 전혀 느껴지지 않는다. 내일 아침에나 온다고 했으니 그때까지는 이렇게 쓸쓸하게 보일 것이다. 들어가서 청소라도 해놓을까, 고민하던 준희는 실소를 흘리며 그 생각을 접기로 했다. 대신에 그의 집 앞에 있는 나무 화분 몇 개를 보기 좋게 나란히 정렬해두었다.

낮에 비상구 계단에 서서 왜 울었는지 아직도 자신을 이해할 수 없었다. 영진과의 대화는 예상보다 차분했고 덤덤했으며 아무렇지도 않았는데, 정작 그 시절을 떠올리며 추억 속을 헤매던 순간, 무언가 북받치는 감정에 참을 수 없어 도망치듯 비상구로 향했던 것 같다. 그런데 이강은 어떻게 알고 거기로 온 것일까.

"눈치도 빨라, 아무튼."

이강에게 말하듯 입술을 삐죽대며 읊조리고 있는데 갑자기 아래쪽에서 혜미의 비명 같은 외침이 들려왔다.

"워메! 준희야! 준희야! 사둔! 보소, 사둔!"

평소 목소리를 높이지 않는 혜미였기에 준희는 직감적으로 위기 상황임을 감지할 수밖에 없었다. 서둘러 집으로 내려간 준희는 주방 바닥에 쓰러져 있는 순심과 그 옆에 널브러지듯 주저앉아 순심을 일으켜 세우고 있는 혜미가 보였다. 준희는 신발을 벗고 정신없이 들어갔다.

"왜요, 할머니. 무슨 일이에요?"

"느 할무니가…… 사둔이 쓰러졌으야!"

"할머니! 어떻게 된 거예요!"

준희는 혜미 대신 통증에 이맛살을 찌푸리고 있는 순심의 어깨를 잡고 부축했다. 그러자 순심이 가늘게 실눈을 뜬다.

"괜찮아. 호들갑 떨 것 없어. 냉장고 모서리에 머리를 부딪쳤을 뿐이야."

"아니, 냉장고 모서리에 왜요!"

"느 할무니가 어제부텀 허리가 아파서 꼼짝도 못 혔는디 병원에 가자고 졸라싸도 안 간다고 고집이잖여. 시방도 일어나다가 허리가 삐끗했는지 휘청하다가 부딪쳤당게."

혜미가 그제야 모든 사연을 줄줄이 불었다. 순심이 잠시 잠깐 그런 혜미를 향해 질책의 눈빛을 쏘았지만 혜미는 아랑곳하지 않았다. 준희는 부축하고 있는 순심의 머리에서 붉은 피가 흐르고 있는 것을 발견한 후 더욱 안색이 굳어졌다.

"할머니, 머리에서 피 나요. 잠시만요. 제가 구급차 부를게요. 응급실이라도 가야겠어요."

"그냥 연고 바르고 말어. 응급실은 무슨 응급실이야. 그냥 살짝 부딪친 거라니까."

"아니야, 병원에 가서 CT를 찍어야 돼요. 우리 병원에 가면 돼. 할머니는 나이가 있으셔서 조그만 상처도 가볍게 넘기면 안 돼."

준희는 순심을 잠시 혜미에게 맡긴 후 휴대폰을 쥐었다. 준희의 고집에 한발 물러난 순심이 괜히 혜미에게 트집이다.

"괜히 다 불고 그래, 사돈은. 애 신경 쓰게."

"기냥 준희가 시키는 대로 혀. 이참에 여기저기 검사도 좀 받아보고 하면 좋잖여."

"그런 건 나보다는 사돈이 받아야지. 사돈 요즘 소화도 잘 안 되잖아."

"할머니들, 그럼 이번 기회에 같이 건강검진을 받으세요."

두 할머니들 사이의 대화에 준희가 불쑥 끼어들었다. 그녀는 조금 전에 구급차를 부르다가 두 할머니들의 대화를 한 귀로 듣고 있었다. 준희가 얼마쯤 무서운 얼굴로 한 엄포에 대해서 순심과 혜미는 별다른 대꾸를 못 하고 있었다. 그들 두 사람이 건강해야 준희가 고생하지 않는다는 것을 알기 때문이었다.

30분 후에 도착한 구급차에 세 여자가 모두 탑승했다. 광명병원의 응급실은 환자 한 명만 있을 뿐 조용했다. 준희는 응급실 담당의사에게 경위를 모두 설명했고, 순심은 CT를 찍기 위해 준비를 했다. 순심의 준비를 혜미가 달라붙어 도왔다. 두 할머니는 주거니 받거니 티격태격하면서도 정작 필요할 땐 서로를 찾곤 했다. 문득 준희는 할머니들에게 서로가 있어서 다행이라는 생각이 들었다.

그러던 차, 갑자기 스치는 두통에 준희는 중심을 잃고 휘청거리며 벽을 짚었다. 예의 그 어지럼증이 다시 찾아온 것이다. 이번은 좀 더 심한 통증이 강렬한 이명과 함께 그녀를 어지럽혔다. 준희는 중심을 잡을 수 없는 상황에서 연거푸 머리를 치는 어지럼증에 차라리 바닥으로 쓰러지고 싶었다. 그렇게 격렬한 고통 속에서 헤매고 있던 그녀는 문득 눈을 크게 떴다.

순간적으로 아무 소리가 들리지 않았다.

주변에 사람들이 있고 그들은 모두 저마다의 얘기를 하고 있는데 그녀의 귀에는 어떤 소리도 들리지 않았다. 지나가던 간호사가 반갑게 웃으며 인사말을 전해왔지만 그조차 알아듣지 못했다. 귀가 완벽하게 암전이 되었다. 세상으로부터 버려졌다는 압도적인 공포감이 그녀를 지배했다.

증상이 자꾸 반복되면 나이가 들어 청력을 완전하게 잃어버릴지도 모른다는 의사의 말이 떠오르자, 준희의 두려움은 이겨내지 못할 크기로 덩치를 키워갔다.

"……야. ……희야. ……준희야."

그렇게 한참 동안 멍하니 암전과 싸우고 있던 준희는 어느 순간에 귓속을 후벼 파는 혜미의 음성을 들을 수 있었다. 그녀는 천천히 소리가 나는 쪽으로 고개를 돌렸다. 혜미가 의아한 얼굴로 그녀를 보고 있었다. 멍멍해진 시선이 그제야 차츰 빛을 되찾아갔다. 주변의 소리도 다시금 정상의 궤도에 올랐다.

"너 왜 그랴. 워디가 아픈겨?"

"아, 아니에요. 아무것도. 하, 할머니는요?"

조금 전의 상황에서 아직도 벗어나지 못해 정신이 희미했다. 소리는 제자리를 찾아 돌아왔고 흔들리는 시야도 중심을 찾았지만 기분은 여전히 바닥을 기고 있었다.

"잉. CT인지 뭔지 그거 찍으러 들어갔으야."

"네, 할머니."

준희는 대답 후에 이마에 밴 땀을 손등으로 훔쳐냈다. 신열 같은 숨을 불규칙적으로 내쉰 후 안정을 찾으려 노력했다.

"할머니, 택시 타고 혼자 돌아가실 수 있겠어요? 제가 아무래도 여기에 있어야 할 것 같은데."

"먼 소리여. 나가 있으야제. 니는 얼른 집에 가. 나가 있으면 되야."

"할머니가 여길 어떻게 있어. 제가 있을게요."

"후딱 가랑게. 나가 있어야 느 할무니도 편해. 나가 느 할무니에 대해서 모르는 것이 없잖여. 밤에 원제 깨는지 오줌은 언제 싸러 가는지, 몇 시에 잠꼬대를 하는지 다 안당게. 느 할무니 옆엔 나가 있으야 혀. 느 할무니도 느 얼른 집에 보내라고 혔어. 내일 또 출근해야 할 탱게."

혜미는 완강했다. 벽에서 손을 떼어낸 준희는 다리에 힘을 주고 버텼다. 혜미는 순심이 검사를 위해 들어간 쪽을 연신 쳐다보고 있었다. 시간이 흐르는 것이 느껴지지 않을 정도로 모든 것이 흐려 보였다.

타박상이라는 진단을 의사가 내려주었다. 병원 직원인 준희로 인해 순심과 혜미는 밤에 2인용 입원실로 올라가는 편의가 제공되었다. 두 할머니들이 보다 편히 잠이 드실 수 있을 것이다.

준희는 할머니들에게 인사를 한 후 간호사들이 있는 프런트로 갔다. 양해를 구하고 이강의 휴대폰 번호를 알아냈다. 그러곤 택시를 타고 집에 도착했다. 그 모든 일은 거의 무의식 적이고 기계적으로 이루어졌다.

준희는 기운이 모두 빠져나간 몸을 끌고 이강의 집 현관문 앞에 섰다. 여전히 그가 없는 집. 준희는 가방에서 휴대폰을 꺼내어 아까 저장했던 이강의 번호를 물끄러미 내려다보았다. 시간은 11시 48분. 지금 전화를 걸면 그는 받을 수 있을까.

어쩌면 그리 머지않은 날에 귀가 완전하게 들리지 않을 수도 있다는 사실을, 이제야 절절하게 절감하게 되었다. 모든 소리가 그녀의 귀에서 자취를 감추게 되기 전에, 세상으로부터 소외되기 전에, 이강의 목소리를 귀에 그리고 기억 속에 새겨 넣고 싶어졌다. 준희는 통화 버튼을 눌렀다. 신호가 몇 번 가지 않아 이강의 목소리가 건너왔다.

−한준희?

의외라는 듯 끝을 올리며 이름을 부르는 이강이, 문득 그리워졌다. 그녀의 번호를 어떻게 알고 있어 신호가 울리자마자 이름이 튀어나왔는지, 그런 건 신경 쓸 겨를도 없었다.

"바빠?"

−아니, 지인과 얘기 중이야.

"그래."

−목소리가 왜 그래? 어디 아픈 거야?

다정한 음성이 귀를 넘어 마음까지 어루만져주었다. 네 목소리가 듣고 싶었다고, 귀의 저 깊은 곳에 아로새기고 싶었다고 말해주고 싶었지만 준희는 어떤 말도 하지 못했다. 울컥하고 가슴이 치받쳐 통화하는 내내 숨을 쉴 수가 없었다.

"아니, 그런데 너 내 번호인지 어떻게 알았어?"

할 말을 찾다 겨우 끌어낸 말에 건너편 이강이 웃었다.

−내가 그것도 모를까 봐? 벌써 할머니한테 여쭈어보았지.

"그래. 내일 아침에 봐. 조심해서 돌아오구."

통화는 준희에 의해 시작되었다고 준희에 의해 끝이 났다. 그녀는 휴대폰을 가방에 넣은 후 이강의 집 현관문을 열었다. 캄캄한 내부지만 이미 눈에 익은 익숙한 통로를 걸어간다. 피곤한 몸을 소파에 뉘었다.

"……이강아. 보고 싶어."

텅 빈 그곳에서, 이강을 다시 만나고 처음으로, 준희는 제 마음을 들여다보게 되었다. 흐느끼는 순간에도 또다시 귀가 암전이 될까, 그녀는 모든 소리를 빠짐없이 듣고 있었다.

"너도 그만 내려가 봐. 내일 아침에도 출근해야 할 것 아냐."

석훈은 이강에게 연신 돌아갈 것을 권유했다. 이곳에 머문 지 2시간째. 장례식장은 석훈을 비롯한 유가족의 지인들로 만원을 이루고 있었다. 그중에는 이강과 미국에서 함께 공부를 한 사람들도 드문드문 보여서 이강은 주로 그쪽 사람들의 무리에 합류해 있었다. 시간이 12시가 되자, 석훈은 멀리서 온 이강을 먼저 내려보내기 위해 무리에서 그를 따로 불러낸 참이었다.

"그래야 할 것 같아."

그렇게 대답하며 이강은 방금 있었던 준희와의 통화를 떠올렸다. 이렇게 늦은 시간에, 그렇게 간단한 통화를 위해 준희가 전화까지 한 게 신경이 쓰였다. 그렇지 않아도 약한 목소리가 아까는 유난히 작게 들렸다. 처연한 그 음성이 휴대폰 너머에까지 전해지는 듯해 아무래도 일어나야겠다고 생각하던 순간이었다.

"술은 안 마셨지?"

걱정스레 묻는 석훈에게 이강은 간단하게 고개를 끄덕였다. 석훈이 다시 입을 연다.

"그 여자하곤 잘되어가냐? 내가 너 부탁 받고 잘 알지도 못하는 시골에 내려가서 그 여자 사진을 몰래 찍느라 혼났다는 거 아

206

냐. 무슨 흥신소 직원도 아니고."

"수고했어, 형. 장례식 잘 끝내고 시간 되면 만나."

"왜 핵심을 피해? 잘되어가냐니까?"

"내가 계획한 일을 실패하는 거 봤어?"

이강은 입꼬리를 말아 올리며 오만하게 웃자 석훈이 그의 팔을 툭 친다. 응원의 메시지였다.

미국에서 함께 공부할 때부터 느낀 것이지만 이강의 자신감은 대단했다. 마음을 먹은 일을 한 치의 실수 없이 해치워버린다. 거기에 수려한 얼굴까지 더해졌으니 마음에 둔 여자를 공략하는 일이 어렵지만은 않았을 터였다. 석훈은 흐뭇하게 웃으며 신뢰의 눈빛을 이강에게 보내었다.

이강은 석훈과 작별의 인사를 한 후 그곳을 나왔다. 이제부터 대략 3시간을 운전을 해야 하기 때문에 생수 서너 병을 차에 비치시킨 후 출발했다.

집에 도착한 시간은 새벽 3시였다. 새벽이 밝아오기 직전의 까만 어둠이 세상을 집어삼키고 있는 시간. 이강은 정원을 가로질러 현관문을 열었다. 준희에게 전화를 걸어 할머니들 몰래 나오라고 하고 싶었지만 이미 깊은 잠에 빠져 있을 테니, 아침에 얼굴을 보는 편이 나을 것이다.

거실에 올라서서 코트를 벗었다. 운전을 오래 한 덕에 경직된 팔근육을 풀기 위해 이리저리 돌리며 주방에 들어섰다. 그러곤 냉장고를 연 채로 물병을 꺼내어 병째 들이켰다. 거의 반쯤 들이켰을 때, 이강은 그만 헛기침을 하고 말았다. 병을 떼어낸 입가로 흐르는 물기를 손등으로 닦으며, 그는 거실의 소파를 주시했다. 냉장고 불빛이 반사된 실루엣. 자세히 들여다보지 않아도 그것이 준희라는 것을 알 수 있었다.

이강은 냉장고 문을 닫고 소파로 다가갔다. 바닥에 한쪽 무릎을 구부리고 앉은 이강은 준희의 얼굴 가까이에 제 얼굴을 들이밀며 더욱 뚜렷하게 그녀를 확인했다.

아이처럼 그녀는 색색거리는 숨소리를 내며 깊이 잠이 들어 있었다. 천천히 손을 뻗어 준희의 하얀 얼굴에 드리워진 머리칼 한 가닥을 걷어내어주었다. 달무리 빛에 준희의 얼굴이 둥실 떠오르는 듯했다.

머리칼을 걷어낸 손끝이 갈 길을 찾지 못하고 그녀의 **뺨** 위를 쓸었다. 새벽까지 빈소를 지키려던 계획을 바꾸게 만든 준희가, 이렇게 그의 세상에 들어와 잠을 이루고 있으리라곤 생각지도 못해 가슴이 뜨거워졌다.

천천히 다가가는 입술은 거리낄 것이 없었다. 가까이 다가갈수록 준희에게서 풍기는 연한 파우더 향에 이강의 본능이 마구 꿈틀거렸다.

그녀의 입술에 제 입술이 닿자, 이강은 비로소 몸과 마음에 찌든 피곤이 모두 사라지는 듯했다. 온기 적신 입술 새로 숨결을 내뱉으니 준희가 잠이 깨어 고개를 움직이는 것이 느껴졌다. 이강은 그대로 입술을 밀어붙였다.

8. 잊히지 않는 것

　입술 언저리로 부드러운 이물감이 느껴졌다. 그것은 낯으로 쏟아지는 뜨거운 숨결과 함께 준희를 깊은 잠에서 깨어나게끔 했다. 준희는 맞닿은 입술의 감촉에 낯설지 않은 감각을 느꼈다. 꿈인 듯 아닌 듯 애매한 경계 사이에서 고개를 움직이자 그 감각은 더욱 거칠고 깊이 파고들어왔다. 준희는 눈을 번쩍 떴다.

　그녀의 시야를 가득 덮어버린 낯익은 얼굴. 닫힌 입술을 두드리는 남자의 힘. 준희의 동공이 눈에 띄게 흔들렸다. 익숙한 체취가 그녀를 가득 품은 순간, 이 낯익은 감각을 전해주는 이가 누구인지 알 수 있었다. 이강이다. 서글픈 자각에 준희는 자신도 모르게 입술을 열었다. 거부하고 밀어내어야 옳았지만 심연 깊은 곳에서 그를 원하는 마음의 소리에 귀를 모아버렸다.

그의 혓바닥이 입안 곳곳을 휘저었다. 준희는 한 번도 겪어보지 못한 짜릿한 느낌에 자신도 모르게 팔에 힘을 주어 이강의 허리를 붙잡았다. 바들바들 떨리는 손끝, 하얗게 비워지는 머릿속, 겹쳐진 입술 새로 흐르는 뜨거운 숨결과 그 숨조차 용인하지 않는 이강의 집요함. 이강이 고개를 틀어 입술을 더욱 깊이 맞물려왔을 때, 준희는 아랫배에서 시작된 열기를 느껴야 했다.

배를 간질이다 못해 뜨겁게 태우는 그 열기가 아랫배에서 가슴으로, 가슴에서 또다시 목으로 점차 그녀를 숨 가쁘게 만들었다. 드나드는 호흡이 힘겨울 정도로 이강의 키스는 격렬했다.

뒤엉기고 휘어 감기는 입술이 불에 덴 것처럼 뜨거워오는 순간, 이강이 차츰 힘을 빼는 것이 느껴졌다. 그리고 겹쳐진 입술에 서서히 거리가 생겼을 때에야 준희는 비로소 억눌린 숨을 쉴 수가 있었다.

"밀어낼 줄 알았다, 나는."

이강은 입술을 완전히 떼지 않고 맞댄 채로 입을 열었다. 목소리는 이미 쉬어 있었다. 어쩐지 터지는 웃음에 실긋 입술을 늘이니 준희가 제 입술을 깨무는 것이 느껴졌다. 이강은 조금 고개를 들어 올렸다.

눈앞에는 그가 방금 욕망을 참지 못하고 격한 키스를 퍼부은 여자가 고집스럽게 제 시선을 외면한 채 고개를 외로 꼬고 있었다. 수줍은 듯 발개진 얼굴빛이 달무리에 비쳐들었다. 그녀는 여전히 입술을 깨물 듯 말 듯 부끄러움을 애써 감추고 있었다. 욕망은 쉬이 사그라지지 않았다. 내처 안고 싶어 몸이 안달이 났다.

이강과 눈을 마주치고 싶지 않아 이리저리 눈동자를 굴리던 준희는, 그만 그와 시선이 부딪쳤을 때 얼굴이 화끈거리는 것을 느꼈다. 밀어낼 줄 알았다는 말에 몸 둘 바를 몰라 민망해하고 있었다. 집요하게 응시하는 그의 눈빛을 견뎌낼 자신이 없어 다시 시선을 회피하고 말았지만 언제까지 이렇게 무안한 상황 속에 놓여 있을 수는 없었다.

준희는 덤덤한 척하기로 했다. 잘되진 않겠지만 최대한 들뜬 가슴을 추슬러야 했고, 그러기 위해선 우선 상체를 일으켜야 했다. 준희는 비스듬히 몸을 틀어 천천히 상반신을 일으켜 세웠다. 부스스한 머리칼을 손으로 쓸어 올리고 있는데 이강이 옆에 앉는 것이 느껴졌다. 고개를 돌리면 곧장 시선이 뒤엉기고 말 것 같은 가까운 거리였다. 이강이 내쉬는 숨결마저 훅 느껴져 준희는 마른침을 삼켰다.

"……몇 시야, 지금?"

"3시쯤?"

이강은 손목시계를 보며 대답했다. 준희는 흘깃 곁눈질로 그 모습을 보다가 다시 정면으로 시선을 돌렸다. 아무렇지도 않아야 한다. 무덤덤해지자. 그럴 수 있다. 준희는 다시 입을 열었다.

"아침에 온다고 하지 않았어?"

"거기에 더 있을 수가 있어야지. 네가 그런 식으로 전화를 했는데."

굵고 낮은 음성이 귀를 울렸다. 이강의 목소리를 좀 더 오래, 많이 귀에 담아두어야 했다. 그래야 먼 훗날 귀가 아예 들리지 않는 날이 와도 그의 목소리를 기억할 수가 있을 것이다. 준희는 이강과 더 많은 대화를 나누고 싶어졌다.

"그래도 퇴근하고 밤에 올라갈 정도면 꽤 친분 있는 지인일 텐데 밤새 함께 있어드리지 그랬어."

"그 형의 지인들이 워낙 많아야지."

"피곤하겠다."

준희는 고개를 돌려 이강을 마주했다. 조금 전에 짙은 키스를 나눈 사이라는 것이 믿기지 않을 정도로 편안한 마음이 찾아왔다. 격렬하게 요동치던 가슴을 진정시키고 나니 이렇게 평온하고 따뜻한 적정의 온도가 될 수도 있다는 것이 신기했다. 갑자기 이강이 미소를 묻힌 채 묻는다.

"그 형이 누군지 알아?"

"나야 당연히 모르지."

"내가 이 집을 살 수 있도록, 그리고 광명병원에서 일할 수 있도록 도와준 사람이야. 내 계획을 아주 잘 알고 있는 사람이기도 하지."

입가에 걸린 이강의 미소가 점차 짓궂은 분위기의 그것으로 변해갔다. 준희는 이강의 그 표정이 무엇을 말하는지 읽을 수 있었다. 확신이 없어 전부터 궁금했던 것을 직접 물어보기로 했다.

"여기로 온 거…… 혹시 나 때문이야?"

준희의 질문은 궁금함이 전제되어 있지 않았다. 확인하는 것. 이미 알고 있는 사실을 자신한테서 확인받으려는 것이다. 이강은 몸을 움직여 그녀의 앞에 섰다. 그리고 한쪽 무릎을 구부린 채 준희의 앞에 앉는다. 비로소 마주하게 되자 다시금 입맞춤의 잔재가 이강을 훅 덮쳐왔다. 하지만 그는 팔을 뻗어 준희의 볼을 어루만지는 것으로 재차 일어선 욕망을 잠재워야 했다.

"당연. 난 목적이 없는 일에는 절대 움직이지 않아. 네가 여기에 있기 때문에 내가 온 거야."

뺨에 얹힌 체온이 뜨거웠다. 준희는 이강에게 고정된 시선을 움직이지 않고 있었다. 다시 만난 후로 이렇게 오랫동안, 이렇게 깊이 있게 마주 본 적이 있었던가. 빨려 들어갈 것만 같은 뜨거운 눈빛에 가슴이 조여들었다.

"그럼 계획적이었다는 거?"

"음."

"왜?"

"잊을 수가 없어서."

무척 간단한 대답이 돌아왔다. 그러나 그 말을 전하는 이강의 표정은 살 떨리도록 진지해 보였다. 그 대답 속에 빠져 허우적거렸다. 정신을 차리지 못할 정도로 이강이 유혹해오고 있었다.

"주문을 걸었지. 넌 별거 아니라고. 길가다 발치에 걸리는 돌 같은 거라고. 그러니 의미를 둘 것 없다고. 그런데 내가 하루 종일 그 돌만 보고 있었어. 어쩌겠어? 내 옆에 둬야지. 다른 누가 차버리지 않도록."

"잊는 건…… 쉬운 건데. 정말 간단한 건데……."

"내 서른두 해 중에 반 이상을 너와 함께 보냈어. 못 잊는 건 당연한 거야."

"내가 다른 사람과 사귀거나 결혼했으면 어쩔 뻔했어."

"그래서 몇 년 동안 널 관찰했던 거지. 그 형이라는 돋보기를 통해서."

"하! 어이가 없어. 스토커를 자처했다는 거야?"

"스토커가 아니라 절박한 마음이라고 해둬. 나 상처 받아, 인마."

이강이 씩 웃는다. 그가 자신 때문에 굳이 이쪽으로 왔다는 것은 짐작하고 있었지만, 이건 정말 의외였다. 몇 년 동안 그녀를 관찰하며 애인이 있는지 없는지 빼곡하게 정보와 단서를 입수하고 한국에 돌아올 계획을 세우고 있었다니. 떨어져 있었던 십수 년 동안, 떨어져 있었던 게 아니라 사실은 이어져 있었다는 사실이 놀랍도록 당황스러워 준희는 섣불리 입을 열지 못하고 있었다.

"그동안 왜 한 번도 연애를 하지 않았지?"

이강이 부드럽게 물었다. 그것은 지난 세월을 몽땅 설명해달라는 말과 같았다. 연애를 하지 않은 이유뿐만 아니라 모든 것의 이유가 그녀에겐 한결같았으니까.

"너도 알잖아. 난 사는 게 팍팍해. 여유가 없어. 연애라는 건 꿈도 못 꿀 일이야."

"그래서 나를 버리기라도 할 거야? 이렇게 너만 보고 있는 나를, 잊을 거야?"

대답할 수 없는 물음이 쉬지도 않고 날아들었다. 우리, 이렇게 지내다 먼 훗날에 서로가 서로를 잊을 수는 없는 걸까.

너무도 많은 것들을 이강과 공유하고 있다. 함께 걸음마를 떼던 아주 어렸을 때부터 헤어지던 그 봄날의 순간까지.

위태롭기도 했고 꽤 행복하기도 했던 순간순간들이 그와의 사이에 무수히 놓여 있었다. 그래서 그의 물음에 더욱 대답을 해줄 수가 없었다. 나쁜 결말이 버젓하게 저기에서 기다리고 있는데 그곳으로 이강을 끌고 들어갈 수는 없는 노릇이었다.

"할머니가 입원하셨어. 지난밤에."

하여 준희는 화두를 돌릴 수밖에 없었다. 이강은 그녀가 자신의 질문에 대한 대답을 피하고 있다는 것을 알았다. 준희를 위해 그 사실을 숨겨야 하니, 지금은 준희가 대답을 하지 않았다는 사실보다 할머니의 입원 사실에 더 크게 반응을 해야 했다.

"뭐?"

"허리가 며칠 안 좋으셨나 봐. 움직이시다가 허리가 아파서 휘청거리셨는데 냉장고에 머리를 부딪치셨어. 다행히 가벼운 타박상 정도래. 이번 기회에 두 할머니 건강검진도 받을 겸 입원실로 올렸어."

"잘했어. 아침에 함께 병실에 가보자."

"나 그만 일어날게. 내, 냉장고에 반찬 좀 갖다 넣곤 깜빡 잠이 들었어. 푹 쉬어."

이강이 묻지도 않았는데 준희는 그녀 자신이 왜 이곳에서 자고 있었는지에 대한 변명을 부자연스럽게 마치면서 서둘러 자리에서 일어났다. 현관 쪽으로 바삐 걸음을 옮기려는데 손목이 붙들렸다.

"아침 식사, 같이하자."

"그래, 알았어."

이강이 손에 잠시 악력을 가해 그녀의 손목을 꽉 쥐었다가 다시 놓았다. 잔잔한 통증이 남아 있는 손목을 매만지며 준희는 현관문을 열고 나왔다. 새카만 어둠 속에 그녀는 잠시 서 있었다. 가슴이 바닥으로 꺼졌다가 다시 솟구치기를 반복했다. 주체할 수 없이 두근대는 심장을 손바닥으로 덮고서 몇 번이나 심호흡을 했다.

아직도 입술 언저리에는 열기가 남아 있었다. 지워지지 않을 문신처럼, 그 느낌은 매우 오래갈 듯했다.

순심은 눈을 뜨고 시간을 확인했다. 아침 6시. 커튼을 쳐둔 창문은 여전히 어둠에 싸여 있었다. 머리의 상처는 아직도 얼얼했지만 어제보단 몸이 한결 가벼워진 듯했다. 비스듬히 고개를 돌리니 바로 옆 침상에서 잠이 들어 있는 혜미가 보였다. 2인실이고 마침 옆 병상이 비어 있어 혜미는 자연스럽게 그곳에서 취침을 한 것이다.

혜미는 새벽까지 제 곁을 지켰다. 화장실을 가기 위해 몸을 움직일라치면 후다닥 다가와 부축을 했고, 준희가 사두고 간 두유며 콩 음료를 간간이 먹여주었다. 두 손은 자유로운데도 한사코 저가 먹여주겠다고 나서니, 순심은 본의 아니게 잠시 호사를 누린 셈이었다.

순심은 혜미를 보면서 미소를 지었다. 그녀의 인생 끝자락에 동행하게 된 저이가 없었다면 어쩌면 지금까지도 죄책감에 빠져 살고 있었을지도 몰랐다. 백화점을 망하게 했다는 죄책감과 아들 며느리를 먼저 보낸 한탄 속에서 헤어나지 못했을 것이다. 무슨 일이든 금세 털어버리고 허허 웃고 마는 혜미의 단순함이, 순심으로 하여금 금세 마음을 회복하게 했다.

이제는 떨어지는 것이 오히려 낯선 혜미와의 끈끈한 정이, 순심의 남아 있는 마지막 행복 중 하나였다.

"깼어, 사돈?"

순심은 방금 막 눈을 뜬 혜미를 보며 물었다. 그러자 혜미가 확 상체를 일으키며 고무신에 발을 꿴다.

"잉. 좀 괜찮은가?"

"많이 좋아졌어. 사돈 피곤하겠네. 잠자리 바뀌면 잘 못 자는 사람이. 새벽까지 나 때문에 뒤척였으니."

"허고. 나 걱정이랑 말고 사돈 나을 생각이나 허소."

"배고프지 않아, 사돈? 이따 아침 밥 나오면 나랑 같이 먹어."

"잉, 아녀. 준희가 도시락 싸온다 했응께 난 그거 먹으면 되야."

혜미는 순심의 침상에 걸터앉은 채 링거 주사가 꽂히지 않은 순심의 손과 팔을 주물렀다. 경직된 근육을 풀어주며 나직이 입을 떼었다.

"아프지 마소, 사돈. 우덜이 아프믄 준희가 고생잉께. 안 그라요?"

잔잔하던 마음이 혜미의 그 한마디로 돌이 얹힌 듯 무거워졌다. 순심은 커다란 한숨을 내쉬었다. 준희만 생각하면 습관적으로 튀어나오는 무거운 한숨이다.

"그 불쌍한 것이 엄마 아빠 사랑도 제대로 못 받고 큰 그 불쌍한 것이, 나이 먹어서도 할머니들 뒤치다꺼리에 세월만 다 가는 것 같아서."

"걱정 마소. 우리 준희는 최고 신랑감 만나서 잘 살 탱께."

"사돈이 그렇게 장담하면 어째 불안해서, 원."

힐긋 혜미를 쳐다보는 눈빛이 장난스럽게 일그러지자 혜미 역시 살짝 쏘아보다가 이내 눈빛을 풀었다.

"그짝허고 나는 건강하게 살다가 함께 떠나믄 되야. 나는 한시라도 빨리 내 서방 곁에 가고잡소. 서방한테 가믄 내 손을 꼭 잡아줄 거인디. 사느라 수고혔다고, 어서 오시오, 허고."

"얼씨구. 아침부터 서방 자랑이야?"

"나 이제사 사둔한테 뭐 하나 물어볼라네."

"뭘?"

순심은 잠시 회한에 잠긴 듯한 혜미의 얼굴을 바라보았다. 어딘가 망설이는 것 같은 표정이 잠시 이어지다가 혜미가 입을 열었다.

"우리 딸 말이여, 사둔한테 좋은 며느리였제?"

순심은 의외의 질문에 아픈 마음이 되어 시선을 내렸다. 여든이 훌쩍 넘은 나이. 세월에 정통으로 맞은 몸이지만 아직도 먼저 간 자식들이 묻힌 가슴만큼은 생생했던 것이다. 순심은 제 팔을 주무르고 있는 혜미의 손을 따뜻하게 어루만졌다.

"그럼, 당연하지. 착하고 똑똑하고 남편 아끼고 어른 공경할 줄 알고. 짧은 시간이었지만 우리 며느리랑 같이 살 수 있었던 것도 내 복이다 싶어."

"그람 되았어. 없이 사는 집에서 태어나서 배불리 먹지도 몬허고 입히지도 몬혔는디, 공부 하나 잘혀서 좋은 남자 좋은 시댁 만난 것도 지 복이제. 그리 짧게 살다 갈 줄 알았으믄 먹는 거라도 배불리 먹이는 거인디."

혜미의 눈가에 때아닌 물기가 반짝거렸다. 많이 무뎌졌다고 생각했는데 상처는 여전히 크고 깊다. 순심은 일부러 분위기를 바꾸기 위해 웃으며 말했다.

"우리 오늘 아침은 너무 신파 아냐?"

그러곤 혜미의 눈가에 찍힌 눈물자국을 제 손으로 닦아주고 있는데 노크 소리와 함께 문이 열렸다.

"할머니!"

준희와 이강이 함께 들어서자 두 할머니들의 얼굴에 갑자기 화색이 감돌았다.

"잉? 준희 왔냐. 오메, 의사 선상도 왔네."

"잘 주무셨어요? 불편하신 덴 없습니까?"

이강은 혜미에게 인사를 한 후 순심에게 다가갔다. 수액을 점검하며 순심의 손을 마주 잡았다.

"전혀 없어. 이렇게 일찍 뭐하러 왔어."

"7시에 아침 밥 나오잖아요. 외할머니도 그때 맞춰서 같이 드시라고 도시락 싸왔죠."

준희가 손에 들린 찬합을 흔들어 보였고, 혜미가 감격하며 그것을 받아 들었다. 이강이 웃으며 순심의 머리 상처를 들여다보았다.

"할머니 저녁쯤엔 상처가 거의 아물 겁니다. 그러니 건강검진은 아마도 내일 하게 될 것 같습니다. 오늘 저녁부터는 금식일 테니 배고파도 참으셔야 해요. 할머니들 건강검진 신청을 제가 해두겠습니다."

"고마워, 이강아."

"그리고 두 분이 내일까지 이 병실을 함께 쓰실 수 있게 조치를 취해두겠습니다."

이강의 배려에 준희는 눈 끝으로 그를 보며 고마움을 전했다. 이강도 그녀의 표정을 알아보았는지 고개를 끄덕인다. 이강이 인사를 한 후 병실을 나서자 준희는 환한 얼굴로 두 할머니의 어깨를 껴안았다.

"아웅. 우리 할머니들 하루 못 보니 보고 싶어 죽는 줄 알았네. 할머니들은 이 사랑스러운 손녀가 안 보고 싶으셔쪄?"

이른 시간의 병실은 세 여자가 주고받는 말소리로 일찌감치 아침을 알렸다. 어느새 복도 저만치서 식사가 담긴 식판차가 굴러오는 소리가 들리기 시작했다.

오전 내내 물리치료실은 환자들로 북적거렸다. 나중엔 침대가 부족할 정도였는데 네댓 명 정도는 부득이 오후로 미룰 수밖에 없었다. 그렇게 바삐 돌아가던 물리치료실은 11시 30분이 되어서야 한가해졌다.

은경은 나머지 환자들을 보고 있었고, 준희는 차트 작성을 위해 데스크로 돌아 나왔다. 차트 기입을 하며 점심을 먹고 할머니들에게 갈 생각을 하다가 문득 떠오른 이강과의 키스에, 자신도 모르게 입맛을 다셨다.

"하, 미쳐가는구나."

스스로를 한탄하며 꾸짖고 있는데 물리치료실의 문이 열리고 환자가 들어왔다.

"김정덕 환자예요. 여기."

작고 왜소한 할머니를 부축하며 들어온 젊은 여자가 진단서를 준희에게 내밀었다. 준희는 오더가 명시된 그것을 받아 들며 빈 침대를 확인한 후 그쪽으로 모셨다. 저주파 치료기의 전원을 켠 준희는 할머니를 침대에 눕게 했다. 아무런 감정이 읽히지 않는 할머니의 덤덤한 얼굴은 온통 주름살로 뒤덮여 있었다.

"할머니, 무릎이 안 좋으시구나. 제가 몇 가지 물리치료를 해 드릴 거예요. 뜨거우면 뜨겁다고 곧장 말씀하셔야 돼요."

웃는 낯으로 준희가 말을 던졌지만 할머니는 멍하니 그녀만 쳐다볼 뿐 별 반응이 없었다. 그러자 옆에 서 있던 젊은 여자가 준희의 귀에 대고 속삭였다.

"저희 어머님께서 귀가 안 들리세요."

잠시 아무 생각이 나지 않아 준희는 그저 할머니만 쳐다봤다. 초점이 흐린 눈동자, 멍한 눈빛과 무기력감, 세상으로부터 철저하게 유리된 사람처럼 할머니는 너무도 고독해 보였다.

"귀가 안 들리시니 자연스럽게 말도 못 하시구요."

"……아, 네."

준희는 얼른 할머니로부터 시선을 거두었다. 목구멍까지 차오르는 모종의 서러움 때문에 깊은 한숨을 내쉬어야 했다. 여자가 계속 말을 이었다.

"그냥 선생님께서 알아서 치료해주시면 돼요. 온도는 조금 낮게 해주시구요."

"알겠습니다."

"저어, 치료 끝나려면 얼마나 걸릴까요."

"30분 정도면 됩니다."

"제가 다른 볼일이 있어서 그러는데 치료가 끝나면 저희 어머님한테 병원 밖 벤치에 앉아 계시라고 말씀 좀 드려주세요. 제가 금방 다녀온다구요. 종이에 써서 보여드리면 돼요. 저희 어머님이 글은 읽으실 줄 아시거든요."

글은 읽을 줄 안다는 말이 왜 이렇게 마음이 아픈지 알 수 없었다. 마치 할머니의 모습이 그녀 자신의 미래 같아서, 홀로 어두운 곳에 갇혀 지내며 사는 것도 죽은 것도 아닌 채로 살아가게 될 것 같아서, 준희는 목이 따갑도록 울고 싶어졌다.

"네, 알겠어요. 그렇게 할게요."

"부탁드릴게요, 선생님."

여자는 연신 인사를 한 후 치료실을 나갔다. 준희는 누운 할머니의 이마를 따뜻한 손으로 한 번 어루만진 후 치료기를 작동시켰다. 그리고 30분 후, 치료가 끝나자 준희는 할머니를 침대에서 내려오도록 부축했다. 은경이 다가와 돕겠다고 했지만 준희가 만류했다. 준희는 메모지와 볼펜을 주머니에 넣은 후 할머니를 데리고 치료실을 나섰다.

할머니에게 메모지를 보여주며 병원 밖 벤치에 앉아 계시라고 말하는 것 대신, 준희는 직접 할머니를 벤치까지 모셔드릴 생각으로 병원 밖에 나왔다. 선선한 바람이 때 이르게 따뜻하다. 봄이 성

큼 다가와 있는 바깥은 푸르고 깨끗한 하늘을 이고 있었다. 준희
는 할머니를 벤치에 앉힌 후 메모지를 다급히 써내려갔다.

〈할머니. 여기서 기다리시면 며느님이 곧 오실 거예요. 아무 데
도 가지 마시고 여기에 꼭 앉아 계셔야 돼요.〉

메모지를 읽은 할머니가 준희를 쳐다보며 빙긋 웃는다. 알겠다
는 뜻이리라. 그래도 마음이 놓이지 않아 준희는 한마디 더 첨가
했다. 그녀 자신에게 말하듯 메모에 마음을 담는다.

〈힘내세요, 할머니.〉

할머니가 다시 고개를 끄덕인다. 그러곤 고맙다는 듯 준희의
손을 따뜻하게 맞잡아주었다. 그녀가 지금까지 해본 악수 중에 가
장 서럽고 가슴 아픈 악수였다.

준희는 돌아서서 횡단보도를 건넜다. 불시에 날아든 상념들을
헤아리다 병원의 로비에서 우뚝 걸음을 멈추어 섰다. 등 뒤에서
자동차의 클랙슨 소리가 요란하게 울리자 준희는 무의식적으로
고개를 돌렸다.

"하, 할머니……."

준희는 다급히 횡단보도 쪽으로 달렸다. 벤치에 앉아 있던 할
머니가 횡단보도를 건너다 차를 미처 발견하지 못한 모양이었다.
차는 할머니의 바로 앞에서 다행히 멈추어 서 있었고, 지나가던

사람들조차 가슴을 쓸어내리고 있었다.

"할머니!"

할머니에게 다가간 준희는 서둘러 부축한 후 다시 벤치로 갔다. 멈추고 있던 차 역시 다시 서행을 하기 시작했다.

준희는 숨을 몰아쉬고 할머니를 살폈다. 다행히 다친 곳은 없어 보였다. 어떻게 된 일이냐고 물으려던 찰나, 할머니가 민망하게 웃으며 귀를 가리켰다. 그러곤 이리저리 손을 내젓는다. 귀가 안 들리니 차가 오는 소리를 듣지 못했다고 말하려는 것 같다.

멋쩍게 웃으며 할머니는 손에 꼭 쥐고 있는 사탕 한 알을 준희에게 내밀었다. 준희는 말없이 사탕을 받아 들었다. 쓰린 가슴에 할 말을 찾지 못하고 있는 사이에, 속절없이 시간만 흘려보내고 있었다.

치료실로 돌아온 준희는 유니폼을 벗고 사복으로 갈아입었다. 다가온 은경이 고개를 갸웃거리며 물었다.

"점심 먹으러 안 가요, 실장님?"

"난 나중에 먹을게. 그것보다 나 지금 조퇴할 거거든. 오후 업무 은경 씨한테 부탁 좀 해야 할 것 같아."

"조퇴요? 왜요, 무슨 일 있으세요?"

"어딜 좀 다녀올 곳이 있어. 오래 걸릴 거라 조퇴를 하는 거야."

"네, 알겠어요. 그럼 내일 봬요, 실장님."

준희는 은경의 배웅을 어딘가 헛헛한 웃음으로 고마워하며 병원을 나왔다. 버스의 맨 뒷줄에 몸을 실은 그녀는 창문을 반쯤 열고 몰려드는 바람을 맞이했다. 이 버스를 타고 1시간 30분만 달리면 다른 도시가 나온다. 그곳에는 준희가 증세가 나타날 때마다 가끔 들르는 이비인후과가 있었다. 굳이 이렇게 먼 곳까지 병원을 지정해놓은 이유는 마을 사람들의 눈에 띄지 않기 위해서였다.

좁은 마을은 소문이 금세 퍼지기 마련이다. 그녀가 이비인후과에 드나드는 것을 두 할머니가 알게 하고 싶지 않았다. 그래서 수소문 끝에 몇 년 전에 다른 도시의 이비인후과를 들렀고, 그 후로 종종 그곳을 찾곤 했던 것이다.

텅 빈 버스 안에서 멍하니 넋을 놓고 바깥 구경을 하던 준희는 문득 손가락으로 입술을 가만히 쓸어보았다. 새벽의 열기가 다시 찾아와 머리가 뜨거워졌다. 누가 보는 것도 아닌데 키스하는 장면을 들킨 사람처럼 화들짝 놀라 손가락을 떼어냈다. 자신의 행동이 한심스러워 머리를 쥐어박고 싶어졌다.

이강으로 인해 천국을 다녀오고 또한 이강으로 인해 지옥을 다녀온다. 하루에도 몇 번씩 그곳들을 오락가락하고 있었다. 주체할 수 없이 행복해 하늘로 치솟았다가도, 쏟아지는 아픔 때문에 가슴이 쩍쩍 갈라진다.

매일, 수도 없이 그것을 반복하고 있었다. 이제는 지칠 만도 하다. 하지만 지금부터는 그녀만 생각하기로 했다. 언제 찾아올지 모를 그날이 오기 전에, 귀가 완전하게 꺼져버리는 그날이 오기 전에, 짧은 순간이라도 행복하고 싶다. 다른 건 생각이 나지 않았다. 준희는 창문을 닫았다.

"어제요?"

의사가 되묻자 준희는 고개를 끄덕였다. 어제 응급실에서 평소의 증상에 귀가 완전히 들리지 않는 증상까지 겹쳐졌다고 말하니 의사는 아주 잠시 심각한 표정을 짓다가 이내 표정을 풀었다. 아마도 환자의 불안을 누그러뜨리려는 의도일 것이다. 하지만 준희는 의사가 잠시 얼굴이 굳어진 것을 확인했고, 그것은 좋지 않은 예감으로 그녀의 마음에 자리하게 되었다.

"그 시간이 오래가던가요? 그러니까 청력이 소실된 그 시간 말입니다."

"몇 초였던 것 같아요. 완전하게 들리지 않았어요."

"그 외에 다른 증상은 평소와 똑같았습니까?"

"네."

"좋습니다. 너무 불안해하지 마시구요. 우선 청력 테스트를 좀 해볼게요. 마지막으로 다녀가신 지가 5개월 전이니까 그사이에 어떤 변화가 생겼는지 알아보는 겁니다."

"네."

의사가 지시하자 옆에 섰던 간호사가 준희를 안내했다. 검사실이라는 푯말이 붙은 방에 들어가 헤드폰을 꼈다. 유리벽을 사이에 두고 건너편에 앉은 간호사가 마이크로 여러 가지 지시를 해왔다. 테스트는 꽤 긴 시간이 소요되었다.

"5개월 전보다 청력이 많이 안 좋아지셨습니다. 특히 오른쪽이요."

의사는 담담하게 전해주었다. 준희는 고개를 끄덕였다. 각오했던 일이니 두려워할 필요가 없다고 생각하면서도, 막상 다가온 절벽 같은 심정을 마주하고 있기가 힘에 겨웠다.

"전에도 몇 번 강조를 했지만 나트륨 섭취를 줄이시고 소음이 시끄러운 곳은 되도록 피하십시오. 이 병은 아직 원인이 밝혀진 것이 없다고 말씀드렸었지요?"

"네."

"예. 그러니 겉으로 드러난 증상만 가지고 치료할 수밖에 없습니다. 그것도 아시지요?"

"네."

"그리고 청력이 완전하게 소실되는 건, 저번에도 말씀드린 적 있었던 것 같은데, '운이 나쁘면.'입니다. 그러니까 벌써부터 겁먹으실 필요는 전혀 없다는 거지요. 또한 항상 매사를 긍정적으로 생각하는 것을 잊지 마세요."

"네, 알겠습니다."

미소를 묻힌 채 대답했다. 하지만 '운이 나쁘면.'이라는 말은 그녀를 안심시키기 위한 의사의 노력이라는 것을 잘 알았다. 그리고 그녀는 언제나 운이 나빴으므로 의사가 말한 희박한 확률에 포함될 가능성이 높다. 늘 최악을 염두에 두고 살아가는 것은 습관이 되었으니 상관없었다.

하지만, 차이강……

집으로 돌아가는 버스에 오르며 준희는 빠르게 솟구치는 억울한 감정을 추슬러내기 힘들었다. 온통 이강에 대한 생각뿐이었다. 좌석에 앉아 손바닥으로 양쪽 귀를 막아본다. 윙윙거리는 이명에, 주변의 소리는 모두 사라졌다. 소리가 들리지 않아 사고가 날 뻔했던 횡단보도의 할머니가 떠올랐다.

마음이 조급해졌다. 지금이 그녀의 인생에서 가장 마지막에 존재하고 있는 행복할 수 있는 시간이라면, 마음껏 누려야겠다. 이제부터라도 욕심을 낼 만한 것들을 욕심내어야겠다. 단 한순간도 행복하지 못했기에, 유일하게 행복했던 그 시간으로 돌아가야겠다. 끝이 어떠할지 알지만 그래도 한 발자국 떼어내어 앞으로 나아가야겠다. 짧은 행복을 위해서.

점심 식사를 한 후 순심과 혜미의 병실에 들렀다 나온 이강은 물리치료실로 향하는 길이었다. 오후 진료가 시작되기 10분 전. 준희가 점심시간에 병실에 들르지 않았다는 할머니들의 증언에 그는 의아해하고 있던 참이었다. 복도를 지나 계단에 접어드는데 때마침 계단을 올라오는 현식과 마주쳤다.

"웅? 차 선생, 어딜 가는 길이에요?"

"네, 병원장님. 잠시 물리치료실에 다녀올까 해서요."

이강의 답변에 현식이 잠시 머리를 긁적이며 머뭇거렸다. 무언가 할 말이 있는 듯한 그의 표정을 보면서 이강이 물었다.

"저한테 무슨 하실 말씀이 있으십니까?"

"웅, 뭐, 급한 건 아니고 내일 중으로 시간 내서 차나 한잔하지요. 괜찮겠어요?"

"병원장님과의 자리라면 얼마든지요."

"그래요."

현식이 대답과 함께 웃으며 이강을 지나쳤다. 이강은 나머지 계단을 내려가 물리치료실로 들어갔다. 커피를 마시며 앉아 있던 은경이 이강의 등장에 놀라 벌떡 일어난다. 그사이에 이강은 치료실 내부를 훑기에 바빴다. 은경과 두어 명의 직원뿐, 준희가 보이지 않자 이강은 돌아서서 은경을 쳐다봤다.

"한 실장 어디에 있습니까?"

"네? 아, 저어 한 실장님은 아까 점심시간에 조퇴를 하셨습니다."

"조퇴요? 이유가 뭐죠?"

"그건 저도 잘⋯⋯. 다녀올 곳이 있다고만 하셔서요."

이강은 이맛살을 구기며 고개를 갸웃거렸다. 할머니들의 병실에도 들르지 않고 외출에 대해 그에게 별다른 언질도 없이 혼자서 어딜 갔다는 건지. 오리무중인 그녀의 행방을 두고 계속 의아해하면서 이강은 그곳을 나왔다.

복도에서 휴대폰을 꺼내어 들었다. 준희의 번호를 눌렀지만 돌아온 대답은 계속해서 고객님의 전화기가 꺼져 있다는 메시지뿐이었다.

오후 진료시간이 시작되자 이강은 재차 통화를 하려는 시도를 포기하고 다시 계단에 올랐다. 상심이 드리워진 얼굴은 펴질 줄을 모르고 있었다.

퇴근길에 올라서도 이강은 내내 준희에게 연락을 시도했지만 연달아 불발이었다. 하루 종일 준희가 보이지 않자 걱정하기 시작한 할머니들에게 준희가 좀 아파서 조퇴를 했다고 말해두었다.

어쩌면 정말로 아픈 걸지도 모른다. 순심이 다치고 그 난리를 겪은 후 몸이 지쳤을 만도 하다. 그에게 걱정을 끼치기 싫어 휴대폰을 모두 차단시킨 채 이불 속에서 혼자 끙끙 앓고 있을지도.

그 생각을 하자 이강은 속도를 더욱 높이 올렸다. 등이 흠뻑 젖을 정도로 다급해진 채로 30분을 달려 집에 도착한 이강은, 차에서 서둘러 내렸다. 울타리 대문을 향해 바삐 걷던 그는 잠시 후 당황하여 걸음을 멈추었다. 대문 앞에 다다랐을 즈음, 그를 향해 풀썩 뛰어나온 준희와 마주한 것이다.

'짜잔!' 하며 마술을 부리듯 나타난 그녀는 환하게 웃고 있었다. 그가 걱정한 것처럼 이불 속에서 혼자서 끙끙 앓고 있는 모습이 아니었다. 그녀는 너무도 멀쩡했으며, 심지어 전에 없이 그를 보면서 웃고 있기까지 했다.

"퇴근한 거야?"

준희는 놀라 인상을 쓰고 있는 이강에게 밝은 얼굴로 대했다. 이렇게 안면근육을 풀고 웃어보는 게 얼마 만인지 모르겠다.

"너……."

비록 가면을 쓴 웃음이지만 이제는 이런 얼굴로 이강을 대할 수 있다. 얼마든지.

"너 어떻게 된 거야? 조퇴라니?"

"그렇게 됐어. 나 가끔 날씨가 좋으면 미치는 습관이 있거든. 오늘이 그날이었어."

일부러 지어낸 변명에 이강이 형사처럼 촉을 발동시켰는지 진실 여부를 감별하기 시작했다.

"그게 변명이 된다고 생각해?"

"정말이야. 안 믿으면 할 수 없고. 그래도 병원 일엔 소홀히 하지 않아."

"날씨가 좋아 미쳐버려 땡땡이친 직원이 할 말은 아닌 것 같은데?"

"이렇게 어린 나이에 물리치료실 실장까지 승진할 걸 보면 모르겠어?"

준희는 제법 도도하게 턱을 추켜올렸다. 어둑해지려 하는 주변과 상관없이 그와의 사이에 돌고 있는 온기 섞인 분위기에 준희는 자신도 모르게 빠져들었다. 이강이 조금 생소한 그녀의 모습에 의아해하며 얼굴을 굳힌 채 묻는다.

"이제부터는 장난 아니고, 정말로 무슨 일인 거야."

준희는 환하던 웃음기를 잠시 거두고 한 걸음 이강에게 다가섰다.

"나 지금부터 너한테 무진장 닭살 돋는 행동 할 건데, 그래도 참고 봐줘."

'무슨?'이라고 그가 말하기도 전에 준희는 그의 가슴에 한쪽 귀를 갖다 대었다. 그 접촉에 이강이 순간적으로 굳어진 것이 느껴졌다. 하지만 이내 뜨거운 가슴속 온기를 그녀에게 건네준다. 준희는 한동안 이강의 심장에서 들려오는 규칙적인 심박 소리를 가만히 듣고만 있었다.

그를 좋아했던 10대, 그와 떨어져 있었던 20대, 그를 다시 만난 30대. 그 몇 번의 반복된 계절을 떠올리면서 오늘 하루 내내 이강에게 건네기 위해 연습하고 또 연습했던 말을 꺼내었다.

"난 오래전에 포기하는 법을 배웠어. 채워지면 버리고 또 채워지면 다시 버려. 언젠가 네가 내 안에 가득 채워졌을 때 널 버릴지도 몰라. 그래도 좋다면, 6개월만 연애하자. 딱 6개월만."

그의 심장 소리가 엇박자를 내기 시작했다.

9. 시나브로

　이강은 준희의 손을 잡고 집 안에 들어섰다. 조종하는 대로 움
직이는 마리오네트 인형처럼, 그녀는 매우 순순히 그를 따라 들어
왔고 그가 소파에 앉히는 대로 조용히 앉았다. 준희가 고개를 치
켜들자 눈이 마주쳤다. 그녀는 웃었지만 이강의 턱은 여전히 굳어
있었다.

　6개월만 연애하자는 말보다도 더 그의 마음을 후려치던 것은,
그를 버릴 수도 있다는 그녀의 말이었다. 단지, 세월이 흐르고 예
전과는 완전하게 달라진 상황 때문에 준희가 뒷걸음칠 치고 있다
고만 여겼다. 자존심을 챙겨야 하기에 그를 외면하고 피하고 있다
고, 그러니 기다리면 된다고, 그렇게만 생각해왔다.

　이강은 복잡해진 심정으로 그녀의 맞은편 소파에 앉았다. 그리고 고개를 들고 준희를 마주했다. 그녀의 얼굴에 드리워진, 지워지지 않고 있는 미소. 그 미소 뒤에 무엇이 숨어 있는지 아무리 살피고 관찰해도 보이지 않는다. 그녀는 철저하게 미소로 가면을 쓰고 있었다.

하지만, 분명히 뭔가가 있다.

이강은 그렇게 단정을 지었다. 6개월만 연애하자는 말로, 그를 언제든 버릴 수 있다는 말로, 그를 괴롭히고 아프게 하는 전혀 다른 이유가 분명히 있다.

"왜 그렇게 무서운 얼굴을 하고 있어?"

한참 만에, 준희가 입을 열었다. 이강의 저런 표정을 예상하지 못했던 것은 아니지만 막상 닥쳐온 아픔에 마음이 시렸다. 그에게 상처를 주고 싶지 않았는데 어쩌면 이기적인 결정을 내린 순간부터 이강에겐 이미 상처가 되었는지도 몰랐다.

"무서운 건 내가 아니라 너야. 정확하게는 네가 했던 말."

이강이 굳은 표정을 풀지 않고 말했다. 그 말에 준희의 낯빛이 아주 잠시 흐려지는 것을 보았다. 그는 개의치 않고 다시 입을 열었다.

"묻고 싶어. 왜 하필 6개월만인지."

"꼭 그 이유를 들어야겠어?"

"내가 6개월만 너랑 사귀자고 한국으로 온 건 아니니까."

그는 거침없이 대답했다. 이강이 화가 난 것을 준희는 매우 잘 이해하고 있었다. 그녀는 그의 감정을 난도질했고, 우습게 생각한 꼴이 되었으며, 또한 가지고 논 것밖에 되지 않는다는 것을. 그의 눈에 비친 그녀의 모습이 그러할 것이다. 그럼에도 불구하고 준희는 자신이 했던 제안을 취소할 생각이 없었다.

"난 쭉 혼자 살 테니까."

그래서였다, 이강의 손을 잡기 위해 그녀의 인생 계획을 터뜨린 것은. 서글픔이 치밀어 올라 준희는 잠시 숨을 내쉬었다. 호흡이 불안정하게 흐트러지고 있었다. 예상대로 이강의 얼굴이 참혹하게 일그러지고 있었기 때문이다.

"……뭐?"

그를 마주 볼 자신이 없다. 일그러지고 있는 그의 표정을, 떨리는 듯한 외마디 질문을, 준희는 감당할 수 없을 것만 같았다. 그래서 차분해지려 노력했다. 그의 시선을 피해 눈을 내리깐 채로 덤덤하게 바꾼 목소리를 내었다.

"네가 나한테 돌아오지 않았다면 이런 갈등을 할 일도 없었겠지. 내 인생의 계획이 송두리째 뒤흔들릴 일도 없었을 테고. 그래, 맞아. 넌 내 인생의 계획을 흔들고 있어. 그래서 조금만 흔들려주려고 해. 딱 6개월만. 내가 이기적이라는 거 알아. 그래도 잠시만…… 네 손을 잡고 싶어."

"왜 혼자 살 거라는 거지?"

물었지만 이강은 준희에게서 뚜렷한 대답이 돌아올 거라는 기대는 하지 않았다. 그녀는 지금 무언가를 확실하게 숨기고 있다. 그중 몇 개의 단서만 슬쩍 꺼내어 보여주면서 정작 커다란 진실은 바닥에 꽁꽁 숨기고 있다. 그녀가 숨기기를 원하고 있으니 사실대로 말해줄 리 없었다.

"그건 묵비권을 행사할게. 그것만 좀 봐줘. 미안해, 이강아."

"내가 어떻게 대답을 해야 돼?"

"네 마음대로 해. 그런데 난, 네가 나와 연애해주길 바라. 나 처음이자 마지막으로 이기적으로 구는 거야. 한 번쯤은 온전하게 나만 생각하면서 살고 싶어. 짧은 시간이라도 상관없어. 내가 좋아하는 사람과 잠시만 행복하고 싶어. 그게 너야."

마지막에, 준희는 깔았던 시선을 들어 올려 그를 보았다. 가슴이 무너지는 듯했다. 그녀의 떨리는 목소리와 눈빛에, 이강은 억지로 다져두었던 가슴이 불규칙적으로 굴러가는 듯하여 그만 소파에서 몸을 일으켜버렸다. 행여 참혹하게 쓰러져가고 있는 심정을 들킬까, 그녀의 시선을 피해 주방 쪽으로 의미 없는 발길을 이어가면서 손으로 앞머리를 쓸어 올렸다.

"커피 마실래?"

커피머신기 앞에 선 이강은 버튼을 누르며 그녀에게 물었다. 쓰러지는 감정을 억누른 채였다. 준희 역시 소파에서 일어나 주방으로 다가왔다.

"아니, 난 녹차. 내가 할게, 이강아."

준희는 커피를 내리려는 이강의 손길을 저지한 후 그녀가 커피머신기 앞에 섰다. 옆에서 뚫어지게 그녀를 쳐다보고 있는 시선이 느껴졌다. 달그락, 커피가 내려지는 소리와 함께 그 향이 퍼지자 마음이 한결 누그러지는 것 같았다. 이강이 옆자리를 뜨는 것이 느껴졌다. 그 틈을 타 준희는 크게 가슴을 부풀려 숨을 내쉬었다. 목까지 가득 차 있던 긴장의 무게가 이강의 빈자리로 인해 조금씩 사그라졌다. 그의 침묵은 여전히 두렵고 견디기 힘들었지만 적어도 지금은 숨은 쉴 수 있어 편했다.

하지만 그 느낌도 잠시 후 깡그리 날아가버렸다. 거실로 돌아간 줄 알았던 이강이 뒤에서 허리를 껴안아왔던 탓이었다. 준희는 놀라 '헉!' 하는 외침을 삼켰고 커피 잔의 손잡이를 쥐고 있던 손길은 대책 없이 떨렸다. 등이 온통 이강의 체온으로 뒤덮였다. 껴안긴 허리에 전율이 인다. 어깨로 그의 턱이 고스란히 느껴졌다. 이렇게 불시에 몸을 경직되게 만들다니.

"6개월 후에 너는, 분명히 그럴 거야. 6개월만 더 연애하자고. 그리고 또다시 6개월이 지나면 같은 말을 반복하게 될걸? 자동으로 6개월씩 연장되는 거지, 우리 연애의 기간이. 내가 그렇게 되도록 만들 거거든."

어깨 너머로 이강의 숨결이 건너왔다. 그것은 준희의 뺨을 간질이고, 턱을 간질이고, 마지막으로 귓속으로 깊이 들어와 박혔다. 준희는 전율에 몸을 흠칫 떨었다. 그녀를 또 한 번 송두리째 앗아가버린 그 때문에 몸과 마음이 한꺼번에 균형을 잃고 엇박자를 내기 시작했다.

이강은 그녀의 허리를 감고 있는 팔에 더욱 힘을 주었다. 마르고 나약한 준희의 몸을 가슴팍에서 떼어놓고 싶지 않았다. 여전히 그녀가 말한 6개월의 의미와 이유를 알 수는 없었다. 그러니 이제는 그 이유를 알아내야 할 차례였다.

막막한 사막에 홀로 서 있는 듯한 갈증과 답답함이 밀려왔지만 그는 반드시 제게 주어진 숙제를 완벽하게 해치울 것이다. 그런 후에 숙제를 낸 이에게 그에 상응하는 대가를 치르게 할 참이다.

몇 날이고 좋을 정도로 그와 함께 침대에서 머무는 것.

제각각의 상념에 빠져 커피와 녹차를 마신 후 두 사람은 준희의 집으로 내려왔다. 함께 저녁을 먹기 위해서였는데 문제는 냉장고에 먹을 만한 반찬의 가짓수가 많지 않다는 사실이었다. 아무래도 두 할머니들이 아직 병원에 계시고 도시락으로 반찬들을 퍼다 날랐으니 그럴 만도 했다.

"국 좀 끓여야겠어. 반찬도 만들어야겠고."

"있는 걸로 먹어. 괜히 수고할 필요 없어."

이강이 대답했지만 준희는 난처한 표정을 지울 수 없었다. 그에게 좀 더 정성스러운 식탁을 차려내고 싶은데 도무지 현실이 도와주질 않으니 비통하기 짝이 없었다. 준희는 저가 해놓은 호박나물과 곰취나물 반찬을 꺼내어 식탁에 놓으며 다시 입을 열었다.

"그럼 반찬들 모조리 넣어서 비빔밥을 해 먹을까?"

"그것도 좋지."

"조그만 화분에다가 할머니들이 키우신 상추가 있어. 그거 뜯어 넣어서 비벼도 맛있겠다."

"아예 텃밭을 일구라고 하시는 건 어때? 집 뒤쪽에 작은 공간 있잖아."

"정말 그래도 돼?"

이강이 고개를 끄덕였다. 이미 아까의 심각한 분위기는 사라지고 없었다. 일부러 흔적을 드러내지 않는 것이겠지만 적어도 어색한 기운은 마무시킬 수 있어 좋았다. 갑자기 아까 이강이 껴안은 허리춤이 뜨거워지는 듯해 준희는 얼른 몸을 움직여 양푼을 하나 꺼내어 왔다.

준희가 양푼에 열심히 밥을 비비는 동안 이강은 그녀가 마루에 내려다놓은 백을 쥐었다. 방에 들여다놓을 심산이었는데 반쯤 지퍼가 열린 틈으로 약봉지가 보였다. 아주 잠시, 이강이 의뭉스런 시선으로 그것을 들여다보고 있는데 언제 다가왔는지 준희가 백을 빼앗듯 가져갔다.

"이제 식탁에 앉아. 초라하기 그지없겠지만 맛은 있을걸."

그러곤 웃으며 백을 흔들어 보인다.

"이건 내가 갖다 놓을게."

새침하게 웃은 후 방으로 들어가는 준희를 쳐다보던 이강은 어깨를 으쓱하며 식탁으로 갔다. 뒤이어 방에서 나온 준희가 서둘러 불안의 기색을 지운 채 그와 마주했다. 약봉투를 서랍 속으로 옮겨 넣은 후 백의 지퍼를 단단히 잠가두었다. 제 발 저리듯, 이강을 향해 과도하게 웃어 보이던 그녀는 숟가락을 들었다.

준희는 출근하자마자 할머니들의 병실에 들러 도시락을 건넸다. 이강은 아침 일찍 잡혀 있는 수술을 위해 일찌감치 진료실에 들어간 상태였다. 오늘 오전에 퇴원 예정이라 할머니들은 이미 짐을 모두 싸두고 있었다. 어제 왜 하루 종일 보이지 않았냐는 혜미의 물음에, 준희는 몸이 좋지 않아 조퇴를 했다고 밝혔다. 걱정이 한껏 드리워진 할머니들에게 이젠 괜찮으니 신경 쓰시지 말라는 당부를 끝으로 병실을 나왔다.

두 할머니들 모두 기본적인 검진에선 별 이상 소견이 없다는 진단을 받았다. 두 분이 건강하게 지내시는 것으로, 준희는 자신이 해야 할 일의 반쯤은 이미 이룬 듯했다. 물리치료실로 내려가며 그것만으로 됐다고 생각했다. 모든 일이 당분간은 걱정 없이 굴러갈 것이다. 이강만 빼면.

허리가 뜨거워졌다. 그의 숨결이 다시금 어깨 너머로 건너오는 것 같았다. 어젯밤 식사가 끝난 후 이강이 돌아서면서 '자동 6개월 연장. 알지?'라고 눈을 찡긋하며 물었던 것을 떠올리자, 그녀의 정신이 산란해졌다. 자연히 감추어두었던 짙은 자책감이 밀려와 걸음은 무거웠다.

이것이 옳은 일이 아니라는 것을 안다. 이강의 말처럼 6개월이 지나면 그를 더더욱 원하게 될지도 모른다. 죽음을 불사하고 불속에 뛰어드는 불나방처럼 그녀 자신이 벌인 이 일이 얼마나 무모한지도 모두 알고 있었다. 그러니 6개월 후엔 모든 것을 제자리로 돌려놓아야 한다. 시나브로, 그가 가슴에 가득 차겠지만 그래도 시나브로, 그를 지워내어야 한다.

준희는 차오르는 서글픔을 채 어쩌지도 못한 채로 물리치료실 앞에 도착했다.

"영진아."

하지만 준희는 문 앞에서 서성대고 있는 영진을 발견하곤 서글픈 심정을 모두 밀어내었다. 영진의 얼굴은 조금 굳어 있었다. 기다린 지 오래였는지 준희를 보자마자 곧장 안도의 숨을 내쉬었다.

"지금 바빠? 얘기 좀 할 수 있어?"

"응, 괜찮아. 30분쯤 시간 있어."

준희는 영진을 데리고 곧장 병원 밖에 있는 벤치로 나갔다. 그곳에는 이른 아침의 산책을 즐기는 환자 몇 명이 천천히 왔다 갔다 하고 있었다. 서늘하지만 이젠 제법 온기가 섞인 봄바람이 지천을 뒤덮고 있었다.

"경준이 퇴원은 언제야?"

벤치에 앉은 준희는 영진을 보며 물었다. 영진은 헝클어진 앞머리를 넘기며 대답했다.

"일주일쯤 더 입원해야 된대. 재발이 안 되게 이번에 완벽하게 치료할 거거든. 그런데 그것보다는……."

"응. 얘기해."

영진이 말끝을 얼버무리자 준희가 채근하듯 대화를 끌어 내었다. 무언가 선뜻 내키지 않는 말을 하려는 것처럼 영진이 한참을 입바람으로 앞머리만 휙 불어 넘기다가 마침내 입을 열었다.

"오늘 아침에 간호사실에 들렀어. 입원비가 대충 얼마 정도 나올까 궁금했거든. 그런데 경준이 입원비가 벌써 중간정산이 되었대."

"누가 대신 내줬다는 거야?"

"그래. 그것도 차이강이."

영진의 말에 준희는 내심 놀랐지만 이강이라면 충분히 그럴 수 있겠다고 여겼다. 사람과의 관계를 결코 가볍게 흘려보내지 않는 그라면, 경준의 선물까지 사다 준 이강이라면, 적선이 아니라 과거 추억의 한 귀퉁이에 있는 친구를 향한 배려와 위로임을, 준희는 알 것도 같았다.

"그랬구나."

"이유를 모르겠어. 나한테 별로 감정이 좋지 않을 텐데 왜 경준이 입원비를 대신 내어준 거지? 게다가 경준이한테 책 선물도 했대."

"그 이유를 정말 모르겠니?"

"그래서 널 보자고 한 거야. 넌 그 이유를 알 것 같아서. 그래, 이유가 뭐야?"

"너한테 복수한 거잖아. 절대 잊히지 않아서 내내 미안해하며 살라고."

"……뭐?"

장난스럽게 던진 말에 영진이 그야말로 당황하여 되물었다. 영진의 그 표정에 준희는 까르르 소리를 내며 웃었다.

"농담이야. 너 정말로 찔렸나 보다?"

"나 지금 농담할 기분 아니거든?"

영진은 정말로 당황한 듯 가슴을 쓸어내리며 준희를 향해 눈을 흘겼다. 그러자 준희는 웃음기를 거두고 대신 엷은 미소를 곁들이며 영진을 쳐다보았다.

"그냥 있는 그대로 받아들여. 이강이는 원래 그런 애야."

그래서 내가 좋아하지. 잊지 못해 힘들었고 잊지 못해 사랑하고 있지.

준희의 말이 제대로 이해되지 않았는지 영진이 연신 고개를 갸웃거렸다. 그런 영진에게 자신의 말을 보다 구체적으로 분석하고 해석해서 설명해줄 마음은 없다. 이강 또한 구차한 설명과 부연을 원하지 않을 것이다.

"너희들 왜 아직 결혼하지 않고 있니?"

불쑥 영진이 물었다. 이번에는 준희가 당황할 차례였다.

"결혼?"

"사귀고 있는 거 아냐?"

영진이 당연하다는 듯 또 한 번 물어왔다. 우리가 지금 사귀고 있는 건가. 쉽게 속단할 수 없는 현실에 준희가 씁쓸한 미소를 머금었다.

"내가 이강이한테 매달렸어. 나랑 제발 사귀어달라고."

"뭐어?"

"그런데 이강이한테선 아직 답이 없어. 나 아무래도 차인 것 같아."

"너 미쳤어? 여자는 모쪼록 남자한테 튕기고 살아야 돼. 처음부터 비굴하게 내리깔고 살면 안 된다고!"

영진이 필요 이상으로 분노했다. 준희는 그런 영진의 모습이 어쩐지 자신을 걱정해주는 것 같아 조금 얼떨떨해졌다.

"깔고 살든 비굴하게 살든, 난 이강이하고 연애 좀 해봤으면 좋겠는데."

"이거, 이거. 애 봐라. 하! 너 나한테 레슨 좀 받아야겠다. 이건 도저히 내 성질이 용납을 못 하겠어."

영진의 기세에 준희가 다시 당황하여 별다른 할 말을 찾지 못하고 있는데 그들 곁으로 누군가의 목소리가 다가왔다.

"준희 씨!"

돌아보니 인학이 검은색 비닐봉투를 들고 서 있었다.

"아, 네. 안녕하세요."

"아따, 마침 여그 계셨어라. 물리치료실로 올라갈까 하고 있었는디."

인학이 머리까지 긁적이며 준희를 반가워하고 있자 영진이 슬그머니 경계의 눈빛을 보내었다.

"무슨 일이세요? 아침부터?"

"이거 맛 좀 보랑게요. 우체국 옆에 24시 김밥집이 새로 문을 열었는디 거그 김밥이라. 맛이 참말 좋당게요."

인학이 들고 있던 비닐봉투를 준희에게 건넸다. 얼떨결에 그것을 받아 든 준희가 난색을 표했다.

"아, 저는 집에서 아침밥을 먹고 왔는데, 영진아, 너 먹을래?"

"아니, 난 됐어."

영진은 아까부터 팔짱을 척 낀 채로 도끼눈을 하고서 인학을 쳐다보고 있었다. 인학도 그것을 눈치챘는지 연신 영진을 흘깃 보며 무안해했다.

"나중에 출출할 때 드쇼, 준희 씨. 나가 준희 씨 줄라고 사왔응게."

"아, 예. 뭐, 그럼. 고맙게 잘 먹을게요."

"저기요, 아저씨."

만남이 끝나갈 무렵이었다. 영진이 불쑥 끼어들자 준희는 놀란 눈으로 그녀를 쳐다보았다. 혹시 인학과 자신 사이를 오해하고 있는 게 아닐까 순간적으로 실소가 났지만, 인학이 영진을 향해 뒷목을 부여잡고 눈을 부라리는 바람에 그 실소마저 쏙 기어들어갔다.

"뭐? 뭐시오? 시방 나헌티 아저씨라 했소?"

"네, 아저씨."

"하! 참말! 나는 아저씨가 아니요. 여적 총각이란 말이시. 총각헌티 아저씨라고 하는 거 상당히 불쾌헌디요?"

"아저씨, 얘 좋아해요?"

영진이 못마땅한 얼굴로 돌직구를 날렸다. 그러자 인학이 눈에 띄게 당황하는 것이 보였다.

"뭐, 뭐…… 무슨 그런…….'"

"얘 애인 있으니까 이제부터 신경 꺼요. 나이도 많아 보이시는 분이 주책이셔."

"뭐…… 아이고, 아이고…… 뒷목이여."

인학이 아예 흰자위가 뒤집혀지는 시늉까지 하며 당황했다는 것을 여실히 드러내고 있었다. 그러거나 말거나 영진은 흡사 거친 산짐승한테서 준희를 보호하듯 그녀의 손목을 잡고 병원 안으로 끌고 갔다. 준희는 영진에게 이끌려 들어가면서도 어이가 없는 이 상황에 웃음기마저 쏙 기어들어가 버렸다.

"응, 차 선생. 오셨구먼."

현식이 병원장실에서 웃는 낮으로 이강을 맞이했다. 어제, 현식은 시간 내어 차나 한 잔 마시자고 권유했었다. 다급한 일이 아니면 근무 중에 불러낼 분이 아닌지라 이강은 저가 알아서 점심시간을 택했다.

현식과 대면하고 있지만 이강은 하루 내내 준희로 인해 혼란을 맛보고 있었다. 솔직히 말하자면 지금 당장에라도 준희를 데려와 목전에 앉혀두고 캐묻고 싶은 것이 하나둘이 아니었다.

더 나가면 그녀가 또 뒷걸음질 칠까 봐, 더 많이 사랑하는 그 자신 쪽이 약한 자가 될 수밖에 없다. 6개월 자동연장, 이라고 큰소리쳤지만 준희의 마음을 장담할 수 없었다. 아무것도, 확신할 수 있는 것이 없었다.

"점심은 드셨습니까, 병원장님."

"응, 내과 과장이랑 순대국밥 먹었지요."

현식이 인자하게 웃으며 대답했다. 이강은 현식을 마주 보며 자리했다. 병원장실은 현식의 성품처럼 검소하고 소담해 보였다. 책상 한 개와 책꽂이 한 개, 그리고 손을 씻을 수 있는 간이세면대가 전부인 공간이다.

"제게 하실 말씀이란 것이 무엇입니까."

이강은 오후 진료가 시작되기 전에 대화를 마무리 지어야 한다는 생각에 바삐 본론부터 꺼내었다. 그의 물음에 현식이 어제처럼 잠시 머뭇거린다. 얼굴에는 갈등하는 기색이 역력해 보였다. 어떤 식으로 이야기를 꺼내어야 할지 고민하는 듯해 보였다.

"사실은 차 선생한테 한 가지 부탁할 것이 있어서 보자고 했어요."

"무슨 부탁입니까."

"좀 더 구체적으로 말하자면 내 부탁이 아니고 내 지인의 부탁이라고 할 수 있겠네요."

"네, 말씀하십시오."

현식은 고개를 주억거리며 다시 입을 열었다.

"나와 대학을 함께 다녔던 오랜 지인이 있어요. 얼마 전까지 종합병원의 병원장이었지. 최근에 몸이 안 좋아져서 병원장 자리에서 물러났어요. 지금은 부원장이 직책을 대신하곤 있는데 그 집 큰아들이 그 병원 심장내과 전문의니 언젠가는 그 아들이 병원을 물려받겠지. 아, 내가 하려던 얘긴 이게 아니고……."

"네."

"그 친구가 지병이 여럿이에요. 심장 쪽으로도 그렇고, 뇌도 그렇고. 그런데 최근엔 다리까지 아프다는군."

"그렇습니까?"

이강은 현식의 말을 주의 깊게 들으며 현식이 하려고 하는 이야기가 무엇인지 감을 잡아가기 시작했다. 현식의 지인과 관련이 있을 거라는 추측을 어렵지 않게 할 수 있었다.

"다행히 큰아들이 심장 쪽을 보곤 있는데 정형외과 파트에서 믿고 맡길 만한 의사를 찾고 있는 것 같아요. 그 집 큰아들 말로는 믿을 수 있는 사람이 없다나. 어디서 소문을 들었는지 차 선생이 우리 병원에서 일하고 있다는 얘길 접한 모양이야."

"그쪽에서 저를 어떻게 안답니까?"

"몰랐군, 차 선생. 지금 수도권 쪽에 있는 대형병원에선 차 선생을 영입하려고 나한테 전화가 많이 와요. 존스홉킨스의 최연소 한국인 전문의라는 명함을 누구나 쉽게 딸 수 있는 건 아니니까."

그 말을 하면서 현식의 얼굴은 무척 씁쓸한 미소가 퍼지고 있었다. 현식은 잠시 후 자조하며 덧붙였다.

"차 선생은 아무래도 큰물에서 놀아야 할 인물이야. 내가 내 욕심에 붙잡고 있는 거나 마찬가지죠."

"그건 아닙니다. 제가 원해서 이곳에 있는 거죠, 병원장님."

"어쨌든 원하는 곳이 많은 차 선생 같은 의사를 내가 데리고 있다는 사실이 난 참 자랑스러워요. 하지만 그래도 역시, 차 선생은 이런 곳에서 썩을 사람은 아니지."

"병원장님이 하실 부탁이라는 것이 무엇입니까."

"내 친구를 한번 들여다봐줘요. 그 집 큰아들도 원하는 일이고 해서 내가 어렵게 차 선생한테 부탁해보겠다고 말해줬어요."

"급한 일입니까?"

"그런 것 같아요. 정형외과 외래 진료는 도 선생이 맡아서 하면 되니까, 차 선생은 내일부터 해서 며칠간 좀 다녀와줘요. 이건 내가 개인적으로 진지하게 하는 부탁이에요."

현식은 이미 이강이 이번 기회로 이곳을 떠날 거라고 추측하고 있었다. 확실히 이강이 이 병원에 온 뒤로 환자들의 수가 대폭 늘어났다. 명의가 왔다고 마을에 소문이 파다했고, 이웃마을 사람들까지 먼 거리를 마다 않고 방문하고 있었다. 하지만 그러면 그럴수록 현식은 이강이 이런 시골 마을에 박혀 엑스레이나 찍으며 솜씨를 썩힐 사람이 아니라고 생각하는 횟수가 늘어만 갔다.

차라리 잘된 일인지도 몰랐다. 재영종합병원 측에서 연락이 온 순간, 현식은 올 것이 왔다는 생각뿐이었다. 재영종합병원이면 이강이 제 실력을 펼치기에 적당한 수준이 될 것이다. 각 전문의들끼리 경쟁이 붙어, 이런 병원에 비해 실력을 도모하는 것에도 큰 효과가 있다. 현식의 생각은 그것이었다.

하지만 현식이 그렇게 생각을 정리하고 있을 때, 이강은 전혀 다른 쪽으로 생각의 가닥을 잡고 있었다. 현식의 부탁은 들어줄 의향이 있지만 이곳을 떠나지는 않는다. 준희가 있고 할머니들이 있고 숨 쉴 수 있는 편안한 공기가 있는 이곳을, 이강은 절대 떠날 마음이 없었다.

병원장실을 나선 이강은 진료 시작 3분 전인 것을 알고 서둘러 걸음을 빨리했다. 엘리베이터 앞에서 기다리고 있는데 바로 옆 복도로 지나가는 준희를 발견하곤 그녀에게 시선을 고정시켰다. 준희도 이강을 발견하곤 주춤거리며 걸음을 느리게 끌었다.

'퇴근하면 주차장으로 내려와.'

이강은 입 모양으로 말을 전했다. 그러자 준희가 웃으며 고개를 끄덕인다. 준희의 웃음으로 잔뜩 가라앉아 있던 그의 마음이 정상궤도를 회복했다. 그녀를 끌어안고 입을 맞추고 싶은 간절한 욕구가, 그녀 때문에 내내 심란하던 마음을 일순 잠재워버렸다. 이강은 자조했다. 점점 더 단순해진다. 준희 때문이 아니라 준희를 사랑하는 마음으로 인해 울다가 웃다가, 이내 감정의 정점을 찍고 만다.

시나브로, 미쳐가고 있는 것이 확실하다.

퇴근 후에 이강은 준희를 태우고 저녁 드라이브를 즐겼다. 집에서 그리 멀지 않은 곳에 있는 작은 공원의 언덕에 도착하니 이미 어둠이 내리고 있었다. 준희 말로는 생긴 지 2년밖에 되지 않은 곳이라 했다. 하지만 향락을 즐기는 젊은 사람들보다 먹고사는 것에 더 의미가 있는 노인분들이 많은 마을이라 이 공원은 버려진 지 오래라고.

그래서인지 사람의 손이 그다지 타지 않은 벤치며 잔디가 가로등 불빛에 더욱 새것처럼 보였다. 두 사람은 잔디가 깨끗한 언덕길 초입에 올랐다. 고개를 들고 시선을 멀리 던지면 저만치 그들의 집이 손바닥만 한 크기로 보인다. 이강은 언덕의 정점에 서서 집을 응시했다. 이따금 불어오는 바람에 머리칼이 스친다. 옆으로 다가온 준희를 느끼며 이강은 슬며시 그녀의 손을 잡았다.

손바닥에 감도는 온기가 좋아 준희는 몇 번이고 그에게 잡힌 손에 힘을 주었다. 18살로 돌아간 듯한 행복감이 얼굴에 미소로 퍼졌다. 언제든 어디에서든 이렇게 그와 함께 있을 수 있다면 얼마나 좋을까.

"내일 읍내 장날인데 퇴근하고 할머니들하고 장 보러 갈래? 그 시간에 가면 떨이로 파는 것들을 싸게 살 수 있거든. 되게 재밌어. 우리 할머니들 장터에서 돌아다니시는 거 장난 아니셔. 심장이 두 개라니까. 나보다 더 지구력이 끝내줘."

웃음소리가 적잖이 묻어 있는 말이었다. 이강은 고개를 틀어 준희를 내려다보았다. 늘어난 입매, 조금 쑥스러운 듯한 낯빛이 그와의 시간을 즐기면서도 어색해하는 것이 틀림없다. 그 표정이 재미있어 이강의 얼굴에도 웃음기가 서렸다. 그녀의 말대로 할머니들을 모시고 장터에 가고 싶었지만 내일부터 그에겐 해야 할 일이 따로 있었다.

"아쉽지만 난 내일 새벽에 서울로 올라가야 할 것 같아. 볼일이 생겼어."

"아, 그래? 무슨 일인데?"

"다녀와서 말해줄게."

"그럼 내일 늦게 오는 거야?"

"사흘 정도 있어야 할 것 같아. 일요일에나 내려오겠네."

"아……."

자각의 탄성을 가볍게 내질렀지만 사실 실망의 느낌이 더 컸다. 아무렇지도 않다고 애써 감정을 추슬러보았지만 섭섭한 마음은 가실 길이 없었다.

지금껏 이강 없이 살아온 날들이었는데 며칠 동안 그가 부재한다고 해서 이렇게까지 가슴이 공허해지다니. 시나브로, 미쳐가는 것이 틀림없다. 그녀가 할 말을 찾지 못한 채 입술만 오므리고 있는데 이강이 위치를 바꾸어 그녀의 앞에 마주 섰다.

"왜? 기껏 연해 시작했는데 내가 없어서 서운해?"

장난스럽게, 이강이 눈을 빛내었다. 여전히 잡고 있는 손에선 땀이 고였다. 준희는 그를 향해 야멸친 시선을 보내며 곧장 표정을 다독였다.

"기다리지, 뭐. 기다리는 건 잘해."

"그런 의미에서 오늘 저녁은 할머니들과 먹자. 고기 먹을까?"

"좋아. 내가 살게."

"정말?"

"응. 내가 너한테 연애하자고 졸랐으니까 내가 사야지. 차이강이 내 애인이 됐는데."

말을 하고 나서야 준희는 멈칫했다. 지나치게 앞서 나갔다는 생각에 그를 쳐다보니 아니나 다를까, 이강이 눈을 가늘게 뜬 채 짓궂은 눈빛을 하고 있었다. 씨익 말려 올라간 입꼬리가 금방이라도 입을 맞추어올 것 같아, 준희는 자신도 모르게 혀끝으로 아랫입술을 축였다. 그래도 긴장이 풀리지 않자, 그녀는 얼른 화두를 돌려야겠다고 생각했다.

"영진이가 오늘 아침에 찾아왔었어. 네가 병원비 정산했다며?"

"음."

이강의 대답에 준희는 고개를 끄덕였다. 왜냐고 묻지 않아도 이강의 표정으로 충분히 그 마음이 전해졌는데 그가 덧붙였다.

"내가 어렸을 때에도 우리 아버지가 홀로 힘들게 키우셨겠구나, 싶었어. 영진이가 애꿎은 돈 때문에 경준이를 야속해하지 말았으면 하는 마음도 있었지."

"잘했어. 내가 먼저 생각을 했어야 했는데."

"내가 도운 건 네가 도운 거나 마찬가지야. 그렇게 생각해줘."

말간 눈으로 이강은 웃었다. 그를 마주 보던 준희의 머릿속이 문득 과거의 어느 시간으로 거슬러 올라갔다. 저도 모르게 나직이 묻는 말.

"너 떠나기 전날에, 우리 놀이터에 갔던 거 생각나니?"

묻고 나니 이강과의 사이에 공유한 추억일랑 과거가 전부라는 생각이 들어 갑자기 서글퍼졌다. 어른이 된 그와 자신, 이제부터 어른으로서의 추억을 만들어야겠다. 이강이 고개를 끄덕였다.

"물론."

"나 그때 네 점퍼 주머니에 메모지 한 장 넣어놨었다?"

"메모지?"

이강이 한쪽 눈썹을 밀어 올리며 되물으니 이번엔 준희가 고개를 끄덕인다.

"우리가 이사를 간 후 매달 마지막 주 일요일에 이 놀이터에서 만나자, 라고 썼었지."

"본 적 없어. 네가 착각한 거 아냐?"

다행이다. 준희는 내심으로 그렇게 생각했다. 어쩌면 이강이 메모지를 보지 못한 것이 다행일지도 모른다. 그녀가 새로운 생활에 적응을 하지 못하고 있었다는 것을, 그는 모르는 편이 더 나았다.

"아냐. 내가 분명히 네 점퍼 주머니에 넣었어. 바람에 어딘가로 날려가거나 했겠지. 아무튼 난 매달 마지막 주 일요일이 되면 꼬박꼬박 그 놀이터에서 너를 기다렸어. 그다음 달에도, 다음다음 달에도. 물론 넌 나오지 않았지."

준희는 웃으며 말했지만 그녀의 얼굴에 드리워진 처연한 낯빛을 이강이 알아보지 못할 리가 없었다. 눈에 선명하게 그려졌다. 앞머리를 가지런하게 자르고 눈이 동그랗고 큰, 예쁜 여자아이가 매달 마지막 주 일요일마다 놀이터에 홀로 나와 쓸쓸하게 그네를 타다가 돌아가는 모습이. 그가 미국으로 막 건너가 그곳 생활에 적응하려 노력할 무렵, 준희는 홀로 외로움을 삭여내었던 것이다.

"그러기를 2년간 하고 나서 우연히 할머니를 통해 알게 됐어. 네가 나올 수 없었던 이유를. 넌 이사를 하자마자 미국으로 떠난 거였으니까."

"나를 원망했겠군."

"그때부터 하고 싶은 일이 없어져버렸어. 뭔가를 바라고 원하는 것도 사라졌어. 그냥 살아지는 대로 살아왔어. 그러기를 10년이야."

말을 내뱉으며 울컥하지는 않았다. 이미 무뎌질 대로 무뎌진 심장이다. 이강이 다시 나타나기 전까지는. 이강이 다시 그녀의 앞에 나타났을 때, 미친 듯이 뛰었던 심장을 준희는 아직도 기억하고 있었다. 실로 오랜만에 슬프고 아프고 행복하고 기쁜 여러 감정들을 겪으면서, 준희는 차츰 그녀 자신이 이기적으로 변해가고 있다는 것을 깨달았다. 이강과, 잠시만이라도 행복해지고 싶다는.

"그 10년에 대한 보상, 이걸로 될까?"

갑자기 눈을 빛내며 이강이 몸을 겹쳐왔다. 허리를 끌어당기고 고개를 꺾어 가까이 다가온다. 준희는 갑작스러운 그의 접촉에 어깨를 움찔 떨었다. 그러자 입술이 겹쳐지기 직전에 그가 가만히 속삭였다.

"연애하자며."

이강은 떨리고 있는 준희의 얼굴을 손바닥으로 감쌌다. 차가운 바람에 체온을 잃은 볼이 따뜻해지기 시작하면서 준희 역시 시선을 맞추어왔다. 성마르고 다급한 손길 대신 그렇게 체온을 나누어주며 이강은 조심스럽게 그녀와 입술을 겹쳤다. 고개를 비스듬히 틀어 더욱 깊이 파고들면서 그녀가 간간이 내뱉고 있는 숨결마저 모조리 삼켜버렸다.

데워진 가슴으로 열기가 스며들었다. 그 열기가, 겹쳐진 입술까지 태울 듯 전신을 흠씬 달아오르게 만들었다. 거친 입맞춤에 그녀의 고개가 절로 뒤로 젖혀졌다. 짧은 순간이라도 놓치지 않으려 이강은 더욱 강하게 입술을 밀어붙였다. 가슴이 저미는 듯했다. 이렇게 행복해 죽을 것만 같은 순간에도, 이강은 준희가 말한 '6개월'을 떠올리지 않을 수가 없었다.

이강의 키스가 더욱 집요하고 거칠어졌다.

한준희, 네가 나한테 숨기고 있는 건 뭘까.

점심시간. 준희는 혼자 구내식당으로 내려왔다. 은경은 타지에서 친구가 왔다며 함께 식사를 하기 위해 외출을 했고, 다른 물리치료실 직원들은 식당 밥이 질린다며 병원 옆에 있는 제과점으로 일찌감치 출동한 뒤였다.

이강은 새벽에 서울로 올라갔다. 그녀는 할머니들 몰래 일찍 일어나 도시락을 싸서 이강에게 주었다. 행여 할머니들이 깰까 저어하며 그릇 소리조차 조심하느라 어깨가 뻐근할 지경이었다. 준희는 어깨를 한 번 휘돌린 후 늘 앉곤 했던 자리에 가서 앉자 주변으로 동료들이 눈인사를 보내왔다.

"한 실장, 혼자예요?"

숟가락으로 막 국을 뜨려던 찰나 병원장인 현식이 식판을 들고 다가왔다. 준희는 숟가락을 얼른 내려놓고 주춤주춤 일어나 인사를 했다.

"네, 병원장님. 오늘은 동료들이 죄다 점심 먹으러 밖으로 나갔어요."

"하긴 병원 밥이 물리긴 할 테지."

현식이 껄껄 웃으며 준희의 건너편에 앉았다. 일반적으로 병원장이면 대하기 어려운 상대가 분명하겠지만 현식은 모든 직원들에게 남다른 존재였다. 소탈하고 꾸밈이 없으며, 나이답지 않게 유머 감각도 출중하여 나이와 성별을 가리지 않고 모든 직원들과 잘 지내는 분이었다.

가끔 퇴근 후 말단 직원들과 곱창집에서 소주잔을 기울이기도 하고, 장날이 되면 장터에 가서 삶은 옥수수를 한 포대씩 사 와 나누어 먹기도 한다.

그런 점들이 직원들의 절대적인 신뢰를 받고 있었다.

"오늘은 국이 짜네. 식당 아주머니가 부부싸움이라도 했나."

현식이 건네는 농담에 준희도 웃었다. 현식이 그런 준희를 가만히 보다가 다시 입을 열었다.

"차 선생과는 고등학교 동창이던데."

"네?"

놀라 입속에 있던 밥알을 서둘러 삼켰다. 현식이 그것을 어떻게 알았을까. 혹 이강이 자신과의 관계를 모두 현식에게 털어놓은 건 아닐까 새삼 걱정되어 준희는 현식이 말을 이어가기만을 기다리고 있었다.

"아, 어제 내가 차 선생 이력서를 가만히 들여다보다가 낯익은 걸 발견해서. 차 선생이 서울 강남 영신고등학교 2학년에 재학 중이다가 미국으로 갔고, 한 실장도 영신고등학교 2학년을 다니다가 이쪽 환아고등학교로 전학을 왔다고 되어 있어서요. 같은 학교가 맞지요?"

"아, 네. 병원장님."

"같은 반도 했었나?"

"네. 2학년 때 잠시……."

"그랬군. 두 사람 서로 알아봤겠군요."

현식이 재미있다는 듯이 입가를 길게 늘였다. 준희는 멋쩍은 듯 웃으며 고개를 끄덕였다.

"차 선생이나 한 실장이나 둘 다 능력 있고 성실한 사람들인데, 그 학교가 인재들을 많이 배출하나 보군요."

"과찬이세요, 병원장님. 차 선생님은 몰라도 저는 그저 밥 벌어먹기 위해 일을 하는걸요."

"하하하. 역시 한 실장은 꾸미기를 좋아하지 않지."

"네. 어서 드세요, 병원장님."

준희는 숟가락을 들었다. 현식 역시 숟가락을 들고 밥을 뜨려다 다시 머뭇거렸다. 그러고 보니 현식의 얼굴에 다른 때와는 달리 그늘이 져 있는 것을 뒤늦게 발견했다. 준희가 무슨 일이 있으시냐고 물으려던 차, 현식이 자조하듯 말했다.

"그렇게 유능한 차 선생을, 아무래도 서울로 올려 보내야 할 것 같아서 참 마음이 쓰리네요."

"네? ……서울이라뇨?"

"이런 데서 실력을 썩히긴 아깝지. 오늘 서울에 간 것도 그것 때문이고."

입속에 든 밥알이 서걱거렸다. 가만히 눈만 껌뻑거리던 준희는 뒤늦게 현식이 했던 말의 의미를 파악하고서 숟가락을 천천히 내려놓았다.

10. 엉겁결에 타오르다

텃밭은 세 여자의 집 뒤쪽에 만들어졌다. 퇴근하고 집에 들어선 준희는 두 할머니들이 집을 바삐 드나드는 것을 보곤 고개를 쭉 내밀어 집 뒤로 연결된 좁은 길을 보았다. 호미며 낫, 그리고 두어 개의 통이 보인다. 그녀가 퇴근한 것도 모른 채 두 할머니들의 발걸음은 연신 다급했다.

준희는 백을 멘 채로 연결 통로를 따라 집 뒤쪽으로 돌아나갔다. 그녀의 눈이 놀라 커졌다. 5평도 채 되지 않는 공간이지만 오늘 하루 종일 땅을 일구었는지 밭고랑과 이랑이 가지런히 줄을 짓고 있었다. 모종과 씨앗을 번갈아 심었는지 밭 여기저기에 작은 초록색 잎사귀가 고개를 쏙 내밀고 있다.

"와우, 할머니들! 이건 신세계인데요?"

준희는 박수를 치며 새로운 공간의 탄생을 축하했다. 그러자 쪼그리고 앉아 열심히 호미질을 하던 혜미와 순심이 동시에 고개를 들고 그녀를 쳐다본다.

"응? 준희 왔어?"

"으따. 우리 손녀 와부렸네. 의사 선상 덕분에 인자 우리 맛나는 채소 많이 먹게 되어부럿어. 요거이 상추고, 요거이 시금친디 상추는 금세 자랄겨. 먹기 좋게 나믄 우리 의사 선상헌티 젤로다가 먼저 먹여야것어."

혜미가 신이 나서 길게도 설명했다. 이강이 어제 고기를 먹으며 할머니들에게 텃밭 만드는 것을 제안했고, 할머니들은 염치 불구하고 수긍했다. 비록 넓은 땅덩이는 아니지만 이 정도면 할머니들이 심심하지 않게 하루를 보내시기에 적당하리라는 이강의 판단이었다.

새삼 이강에게 다시 고마워졌다. 그녀로서는 감히 엄두를 낼 수도 시도를 할 수도 없는 일들이었다. 그저 살아가는 것에만 급급하여 여유를 놓치고 지내왔다는 사실이 뼈저리도록 절감되었다. 그 자리에만 머물러선 한 발자국도 나아가지 못하고 있었다. 하지만 할머니들의 고운 미소가 마냥 그녀의 기운을 북돋워준 건 아니었다.

집으로 돌아온 준희는 국을 데우며 가스레인지 앞에 멍하니 섰다. 벽에 옆머리를 기대고 오늘 점심때 병원장님이 했던 말을 떠올렸다. 이강이 서울에 있는 병원으로 가게 될지도 모른다는.

애초에 6개월이라 한정시켜놓은 건 그녀 자신인데도 밀려드는 헛헛함이 아파왔다. 저가 놓은 덫에 저가 걸려 넘어진 꼴이었다. 이강이 이곳을 떠날지도 모르는 상황과 맞닥뜨리게 되니, 6개월 이라는 말로 그녀가 먼저 한계를 지어놓은 것이 우습게만 여겨졌 다. 자연스럽게 멀어지면 되는 건가. 씁쓸하게 자조했지만 이강 과 잠시나마 행복해지고 싶다는 생각은 변함이 없었다.

언제가 될지 알 수는 없지만 이강과 이별하는 그 순간이 올 때 까지 그에게 최선을 다할 것이었다. 그를 사랑하고 아껴주며 그녀 자신에게도 행복이라는 것을 선물해주고 싶었다. 그럴 생각이다.

Rrrrrrrr.

국 냄비가 막 끓어오르려던 차, 식탁에 올려둔 백 속에서 휴대 폰 소리가 들렸다. 그쪽으로 시선을 던진 것은 매우 다급했다. 이 강의 전화라고 확신했기에 백을 열고 휴대폰을 꺼내는 손길조차 무척 빨랐다.

-나야.

예상대로 이강이었다. 조금 전까지 상심에 잠겨 있었던 것이 무색하리만큼, 준희의 낯에 반가운 기색이 드리워졌다.

"응. 잘 도착했어?"

-도착이야 아까 했지. 지금은 사람들을 만나기 위해 기다리는 중이야.

"그래? 심심하겠네. 내가 싸준 도시락은 먹었어?"

-당연. 우리 여사님께서 친히 싸준 도시락은 이미 오래전에 쉰 네의 배 속으로 퐁당 했지.

이강이 넉살 좋게 던지는 농담에 준희가 소리를 내어 웃었다. 그래, 이런 행복을 놓치고 싶지 않다. 아주 잠시 동안이라 하더라도.

"거긴 어디야?"

─아주 재미없는 곳. 뭐 하고 있었어? 저녁은 먹었어?

"지금 저녁 준비 중이야. 할머니들이 텃밭에 정신이 쏠려 계셔서 오늘 저녁은 꼼짝없이 내 담당이 됐어."

─할머니들이 즐거워하시면 그걸로 됐어.

"고마워. 다시 한 번 말하지만 정말 고마워. 네가 우리한테 주는 것들이 너무 많아서 감당이 안 될 정도로 고마워."

연신 고맙다는 말을 전하며 준희는 목이 멨다. 이강에게서 받은 이 많은 것들이 나중에 기억 속에, 그리고 삶의 곳곳에서 선명하게 되살아날 텐데 그때마다 그를 생각하며 가슴이 아파올 텐데 그 시간들을 어떻게 견뎌야 하는 걸까.

─한준희.

준희가 더 할 말을 찾지 못하고 있는데 그가 나직이 이름을 불러왔다. 그 낮은 저음이 좋아서 준희는 선뜻 대답을 하지 않고 그가 한 번 더 불러주길 기다리고 있었다.

─준희야.

"……응?"

─난 지금 네 손을 잡고 있어.

"뭐? 무슨……."

무슨 의미인지 가늠할 수 없는 그의 말에 준희는 고개를 비스듬히 기울인 채 한 번 더 되물었다.

"무슨 말?"

−그리고 널 끌어당겨서 안고 있어.

순간적으로 머릿속이 뒤죽박죽 엉겨들었다. 전화기 너머 들려오는 속삭임이 지나치게 야하게 느껴졌다. 준희는 마른침을 삼켜내었다.

−네 이마에 입을 맞춰. 네 감은 눈과 코에도, 그리고 마지막으로 입술에 키스를 하고 있어.

아무 생각이 나지 않았다. 이미 그녀의 입술은 마치 이강이 키스를 한 것처럼 파들파들 떨리고 있었다.

−오늘 밤, 나는 네 옆에 있을 거다. 그러니까 넌 아주 최고의 잠을 자게 될 거야.

말끝에 이강의 웃음소리가 묻어 있었다. 홍조가 번진 얼굴을 그가 보지 못한다는 것이 차라리 다행이었다. 준희는 벌겋게 달아오른 얼굴을 손바닥으로 감싸 쥐며 연신 뜨거운 숨을 밭아내었다. 가슴이 무언가로 꽁꽁 싸인 것처럼 숨을 이어가는 것이 힘겨웠다. 이렇게 짓궂게 장난을 쳐놓고 휴대폰 너머 이강은 '놀랐어?'라며 큰 소리로 웃어버린다.

야속한 마음에 '아니.'라고 대답한 후 준희는 통화를 끝내버렸다. 이미 들뜨고 붉어진 얼굴을 그에게 들킨 듯하다. 나쁜……. 준희는 식탁에 내려놓은 휴대폰이 마치 이강인 양, 그것을 살짝 째려보곤 다시 가스레인지로 옮겨갔다.

휴대폰을 내려놓은 이강의 입가에는 여전히 웃음이 묻어 있었다. 당황한 것이 역력한 그녀의 얼굴을 직접 보지 못한 것이 안타

까울 정도였다. 어쨌든 준희 덕분에 무료한 시간을 잠시나마 생기 있게 바꾸어진 것에 만족하며, 이강은 다시 한 번 실내를 둘러보았다.

재영종합병원은 한국에서 첫 번째로 손에 꼽히는 병원답게 규모가 컸다. 흡사 존스홉킨스를 연상케 하긴 했지만 그곳보다는 딱딱하고, 전체적으로 바쁘고 정신이 없어 보였다. 부원장실 옆에 딸린 작은 응접실에서 대기 중이던 이강은 존스홉킨스 병원에서 근무하던 시절을 떠올렸다.

인턴과 레지던트를 거치며 오로지 준희를 다시 만나러 가기 위해 견뎌냈던 순간순간들이 있었다. 새벽부터 늦은 밤까지 응급실과 병실을 오가며 환자를 보고, 한밤중이 되어 숨을 돌릴 수 있는 시간이 오면 그때부터 전문의 면허시험을 위한 책과의 씨름이 시작된다. 가히 전쟁 같았던 그날들이 오늘따라 무척 선명한 영상으로 스쳐 지나간다.

그렇게 얼마의 시간을 더 앉아 있던 이강은, 잠시 후에 누군가가 문을 열고 서둘러 들어오자 자리에서 일어났다. 하얀 가운에는 '부원장 장재진'이라는 이름이 새겨져 있었다. 장재진은 이강을 보자마자 무척 격양된 목소리로 악수를 건네왔다.

"이거 정말 죄송하게 됐습니다, 차이강 선생님."

"아, 네."

이강이 손을 맞잡자 장재진이 이마에 맺힌 땀을 손등으로 닦아내며 또다시 송구한 마음을 전해왔다.

"큰 수술이 연달아 두 건이나 있어 본의 아니게 오래 기다리시게 했습니다. 이렇게 대단하신 분이 몸소 저희 병원에 오셨는데 이거 실례가 아닐 수가 없습니다. 정말 죄송합니다."

"아닙니다. 이해합니다."

"김현식 원장님은 잘 계시지요? 저희 병원장님과 오랜 지인이시라 저도 잘 압니다."

"네, 잘 계십니다."

이강의 대답이 떨어지자마자 장재진은 출입문으로 그를 안내했다.

"그럼, 병실로 올라가실까요? 설명은 가면서 드리겠습니다."

"그러죠."

두 사람은 응접실을 나서서 승강기에 올랐다. 장재진이 24층을 눌렀다. 그 버튼의 옆에는 VIP병동이라는 스티커가 붙어 있었다. 24층은 복도마저 조용했다. 가장 중간 지점에 간호사 데스크가 있었는데 그곳의 간호사들 역시 큰 소리를 내지 않고 대화를 나누었다. 간간이 들리는 발소리만이 정적을 유유히 깨곤 했다.

장재진은 복도의 가장 끄트머리에 있는 병실의 문을 열었다. 넓은 병실의 한가운데에 일반 병상의 족히 세 배는 될 법한 침대가 놓여 있고, 좌측은 전면 통유리창으로 이루어져 있었다. 보호자를 위한 응접 소파는 고급스러워 보였으며, 간병인이 잠을 잘수 있도록 만든 공간도 구석 한편에 있었다.

향이 그다지 짙지 않은 꽃이 창가에 놓여 있는 것에 슬쩍 눈을 두던 이강은 고개를 돌려 무심결에 침대 끝에 걸린 푯말을 보게 되었다.

〈환자: 송민환 (M, 69세)

주치의: 심장내과 송진석〉

주치의의 이름을 보지 않았다면 어쩌면 오늘의 이 여정이 아무 의미가 없었을지도 모르겠다. 그저 현식의 부탁으로 잠시 다녀왔던, 다시는 갈 일이 없는, 그 어느 곳에서의 해프닝으로 기억되었을지도 모르겠다. 확인을 해봐야 알겠지만, 송진석이라는 이름 석 자는 이강에게 그다지 유쾌하지 않은 예감으로 다가온 탓이었다.

"들으셨겠지만 저희 병원의 병원장님이십니다."

이강이 풋말을 보며 잠시 생각에 잠겨 있을 즈음, 장재진이 환자를 들여다보며 입을 열었다. 이강의 시선이 환자를 향했다.

"네, 들었습니다."

"오래전부터 심장에 지병이 있으셨는데 당뇨까지 있으셔서 2주 전에 쓰러지셨죠. 심근경색이었는데 예후가 좋지 않습니다. 담당 주치의인 송 교수가 서둘러 응급수술을 했지만 고혈압이 있으시고 심기능마저 저하되어서 회복이 쉽지가 않습니다. 지금은 빈맥증상(빠른 맥박)도 보이고 있습니다."

"합병증이 있을 텐데요."

"네, 급성 심실 중격 결손증(심실 사이에 구멍이 생기는 것)이 왔습니다. 나흘 전에는 심인성 쇼크도 왔지요."

환자는 산소마스크를 쓴 채 힘겹게 호흡을 이어가고 있었다. 세 개의 링거 줄이 얼기설기 팔 위를 돌아다니고 있었고, 69세라는 나이에 비해 주름이 제법 많이 퍼져 있었다.

"그런 형편이었는데 사흘 전에 갑자기 혈압이 내려가고 열이 나기에 급히 MRI를 찍었는데 왼쪽 무릎 연골에 골종양이 발견되었다는 정형외과 스텝의 소견이 있었습니다."

장재진의 설명에 이강이 한쪽 눈썹을 밀어 올렸다.

"연골 종양?"

"예."

"악성입니까?"

"조직검사 결과 악성은 아닌 걸로 확인되었지만……."

"언제 악성으로 발전할지 알 수 없죠."

다른 치명적인 질환이 있는 환자의 종양은 언제 그 성질을 달리할지 장담할 수 없었다. 장재진도 그 점은 잘 아니 더욱 회의적인 얼굴이 되어 말했다.

"예. 그래서 정형외과적 수술도 시급한 실정입니다."

"심장질환 환자의 다른 부위를 섣불리 건드렸다간 환자가 죽을 수도 있습니다. 수술 중에 혈압이 떨어지면 끝이니까요."

이강이 말하자 장재진은 그제야 대화가 본론에 도달했다고 생각하며 이강을 향해 몸을 돌렸다. 그의 태도에서 공손함마저 느껴졌다.

"저희가 차이강 선생을 모셔온 이유가 바로 그겁니다. 지금 당장 종양을 제거하지 않으면 혈압이 높아져 심기능에 현저한 무리가 올 수 있습니다. 그런데 현재 우리 병원뿐 아니라 국내 어떤 누구도 심장질환 환자의 정형외과적 수술을 해본 스텝이 없습니다. 그러는 와중에 엊그제 송진석 교수가 차이강 선생을 추천하더군요. 존스홉킨스에서 이런 수술을 해본 경험이 있으신 것 같다고."

송진석의 이름이 언급되자 이강의 눈빛이 짧게 흔들렸다. 또다시 유쾌하지 않은 기분. 그는 환자에게 시선을 둔 채 대답을 이어갔다.

"네. 심부전 환자의 팔 골절 수술을 한 적이 있긴 하죠."

"그래서 수술을 도와주십사 부탁드렸던 겁니다, 차 선생님."

"한 가지만 여쭈어도 됩니까?"

"……무슨?"

"송진석 교수의 나이가 어떻게 됩니까."

생뚱맞은 질문이라 여겼는지 장재진이 잠시 멈칫하다가 대답했다.

"예, 올해 서른둘이지요. 스텝치곤 젊으십니다. 비교적 빠른 시간 안에 스텝이 되었죠. 병원장님의 큰아들입니다."

서른둘. 그와 동갑인 나이. 두 번 생각할 것도 없었다. 이 풋말이 쓰인 송진석이라는 이름은 고등학교 2학년 때의 그 송진석이 맞으며, 이강 자신이 이곳에 오게 된 이유에 진석의 계획이 들어 있을지도 모른다고 여겨졌다. 개천에서 더는 용이 나지 않는다고, 너는 잘되어봐야 내가 운영하는 회사의 직원밖에 되지 않는다고 악다구니를 쓰던 그 녀석의 모습이 떠올라 쓰게 웃었다.

갑자기 걸려온 전화에 장재진이 이강에게 양해를 구하고 휴대폰을 쥐었다. 자신보다 훨씬 연배가 아래일 텐데도 장재진은 휴대폰을 두 손으로 쥐고 연신 고개를 끄덕였다. 예, 예, 하는 몇 번의 대답 끝에 통화를 끝낸 장재진이 이강을 쳐다보았다.

"송 교수입니다. 여기서 10분 거리에 자주 가시는 바(Bar)가 있는데 그쪽으로 와달라고 하시는데요."

"알겠습니다. 제가 가죠."

아버지를 살리기 위해 다른 스텝들과 머리를 맞대고 방법을 논해야 할 시점에 바에 가 있다니. 그로서는 이해하기 힘든 행동이었지만 어쨌든 이강은 걸음을 옮겨보기로 했다. 진석이 이강 자신의 존재를 일찌감치 알아내고 계획한 거라면 결코 가벼운 마음으로 수술에 임할 수 없을 듯했다.

아리아 바(Aria Bar).

아직 저녁 7시가 되지도 않은 시각, 바의 내부는 유흥을 즐기기 위해 찾아온 젊은이들로 인산인해를 이루고 있었다.

이름이 알려지지 않은 여자 가수의 재즈 라이브가 펼쳐지고 있는 무대 앞으로 십수 개의 테이블은 이미 빼곡하게 들어찼다. 전체적으로 어둑어둑한 분위기 속에 파란색과 붉은색의 조명이 화려하게 돌아간다. 이강은 눈살을 찌푸렸다.

입구에 대기하고 있던 웨이터 한 명이 다가왔다. 이강이 그를 향해 진석의 이름을 언급하자, 그가 고개를 끄덕이며 이강을 안내했다. 웨이터가 이강을 데리고 간 곳은 긴 복도가 있는 공간이었다. 홀과 마찬가지로 그곳 역시 조명이 어두웠고 복도를 사이에 두고 양쪽으로 룸이 세 개씩 있었다. 어느 룸에서 흘러나오는 음악이 웅웅거리며 바닥을 울렸다. 차츰 불유쾌한 기분이 적시어 갈 즈음, 웨이터는 가장 끝에 있는 룸 앞에서 걸음을 멈추고 노크를 했다. 이강의 눈앞에서 문이 열렸다.

룸 안에는 'ㄷ'자 형태의 고급 소파가 있고, 그 사이에 화려한 금박이 박힌 테이블이 타원형을 이루며 놓여 있었다. 한쪽 벽면에는 노래를 할 수 있는 시설이 마련되어 있고 조명 역시 어두웠다. 이강은 그중 소파의 한가운데에 시선을 두었다.

진석은 느긋하게 등을 기대고 앉아 있었다. 두 팔을 활짝 벌린 채 소파에 올리고 있었고 그의 양옆으로 화려하게 차려입은 여자 두 명이 다리를 꼰 채 앉아 교태를 부리고 있었다. 이강은 한쪽 눈썹을 밀어 올린 채 진석을 응시했다. 진석은 이강을 보자마자 씨익 웃더니 한 손을 높이 든다.

"여어! 차이강!"

그러곤 자리에서 일어나 문가에 서 있는 이강에게 다가왔다. 조금은 어색한 자세로 이강의 어깨를 끌어당겨 안는다.

"반갑다. 이게 몇 년 만이냐, 대체."

이강은 진석의 어깨 너머로 유혹의 미소를 보내오고 있는 여자 한 명과 눈이 마주쳤다. 건조하고 무덤덤한 표정으로 시선을 돌리니 진석이 몸을 떼어내며 이번엔 악수를 청해온다. 이강은 진석이 내민 손을 내려다보았다. 실수였다. 진석에게서 상황을 전해 듣고자 이곳까지 달려온 자신의 모습이 우습기만 하다.

진석이 어떻게 자신에 대해서 알게 되었고 아버지의 수술 담당으로까지 생각하게 되었는지 묻고 싶었지만 그 바람은 쓴웃음 뒤로 가만히 삼켜졌다. 아버지를 병상에 모셔놓고 이런 곳에서 여자들과 즐길 정도의 진석에게, 대체 무슨 말이 듣고 싶었던 건지.

"수술은 내일 아침 일찍 할 거다. 하루 정도 경과를 보기 위해 병원에 머물고 내일모레는 내려갈 테니까 그렇게 알아."

이강은 담담하게 내뱉었다. 그러자 이강의 표정에서 무언가 잘못되었다고 판단했는지 진석이 턱을 굳혔다.

"왜 이렇게 급해? 우리 오랜만에 만났는데 회포는 풀어야 할 것 아냐?"

"회포?"

"내 배경만 좋아하고 달려드는 여자들이 한둘이어야 말이지. 그래서 지금까지 결혼도 미루고 있어. 하지만 나도 가끔은 즐기는 시간도 있어야 해. 난 요즘 아버지 때문에 스트레스를 너무 많이 받고 있거든."

"그런 스트레스는 너 혼자 풀도록 하고, 하나만 묻자."

"그래."

"내가 광명병원에서 일하고 있다는 건 어떻게 알았지?"

이강이 물으니 진석이 잠시 피식거렸다. 그걸 모르겠냐는 투다.

"존스홉킨스의 최연소 유명 정형외과 의사가 한국인이고, 그 의사가 얼마 전에 한국으로 돌아왔다는데 그 소문이 나지 않을 리가 없지. 이 바닥 사람들이야 한 사람만 건너면 모두 지인들이잖아? 그러니 내 귀가 솔깃하지 않을 수가 있겠어?"

"네 귀가 어째서 솔깃한 거냐고."

이강은 진석이 숨기고 있는 꿍꿍이를 알아차렸다. 아버지의 수술이 아니라 근원적으로 무언가 다른 계획이 있는 것이다. 학창시절 때의 진석이라면 충분히 그럴 법도 했다. 진석은 넋두리하듯 어쩔 수 없이 설명하기 시작했다.

"너도 알겠지만 우리 아버지는 조만간 가실 분이야. 이제 병원을 내가 이어받아야 해. 난 지금 의사보다 사업가 마인드가 우선이지."

"그래서?"

"내가 사업가라면 병원은 내 사업장이야. 돈이 되는 사업장으로 만들기 위해선 가장 먼저 해야 할 일이 우수한 인재를 들여오는 거지. 그게 너고."

"그랬군."

"우리 아버지 수술은, 말 그대로 너에 대한 테스트야. 사실 수술을 한다고 해도 가망이 없다는 건 너도 잘 알 거야. 그래서 병원이라도 한번 건져보려고."

진석의 눈빛에 도사리고 있는 야망이 번뜩거렸다. 그제야 이번 일에 대한 불쾌함의 이유가 무엇인지 이강은 뚜렷하게 깨닫게 되었다. 개천의 용, 진석이 경영할 회사의 말단 직원, 진석이 마음만 먹으면 언제든 잘라낼 수 있는 존재. 어린 나이의 치기라고 여기기엔 지나치게 건방졌던 진석의 말을 이강은 어렴풋이 기억하고 있었다.

어쩌면 진석의 최종 목표는 이강을 재영종합병원으로 스카우트하는 것이 아닐지도 모른다. 누가 보아도 비교가 되지 않는 이강과 진석의 실력. 여러 루트를 통해 들었을 이강에 대한 소문이 진석에게 콤플렉스로 작용했을지도. 그래서 자신의 발아래에 가두어두고 언젠가 그의 손으로 직접 잘라내고 싶다고 생각했을 것이다.

또 다른 하나의 가설도 있다. 진석은 성공의 가능성이 희박한 이번 수술을 맡김으로써, 이강의 화려한 이력에 붉은 줄을 긋고 싶어 하는 건지도 모른다. 그 어떤 쪽이든 간에, 이강은 진석의 계획에 휘말려줄 생각이 전혀 없었다.

"수고해서 나를 테스트할 필요는 없어. 난 네가 상상할 수도 없을 최고의 수술을 할 거거든. 놀라게 해주지."

실긋, 조소와 함께 이강이 등을 돌렸다. 진석은 복도 끝으로 멀어지는 이강의 뒷모습을 보면서 자신도 모르게 치밀어 오르는 분노에 한숨만 내쉬었다. 왜, 저 녀석에게서 아직도 쓰라린 패배감만 느끼는 것인지. 왜 이강이 존스홉킨스의 최연소 의사가 됐다는 이야기를 처음 들었을 때부터 그토록 신경이 곤두섰던 것인지.

아버지는 풍문으로 접한 이강의 소식을 간간이 그에게 전해주며 진석을 질책하곤 했다. 그는 결코 의사가 되고 싶은 마음이 없었지만 아버지의 강요로 어쩔 수 없이 의대에 진학하여 적성에 맞지도 않는 가운을 입고 청진기를 목에 걸고 다니고 있는데, 그런 그에게 위로가 되어주지는 못할망정 아버지는 항상 그를 못마땅해하신 것이다.

아버지가 쓰러진 후 여러 차례 수술을 하고 마지막으로 정형외과적인 수술이 필요하다고 판단되었을 때 진석은 두 번 생각할 것도 없이 이강을 떠올렸다. 아버지의 지인이 광명병원의 원장이시니 부원장을 꼬드기든 어떤 수를 쓰든 이강을 이곳으로 데리고 오는 것은 어렵지 않으리라 판단했다.

어쩌면 이강의 그 화려한 이력이 엉망으로 헝클어지는 것을 보고 싶었는지도 모른다. 어차피 아버지의 연골종양 수술은 성공 가능성이 매우 희박했다. 그 점을 잘 알기에 난다 긴다 하는 정형외과 스텝들이 한사코 수술을 꺼리고 있지 않은가. 무엇보다 그 수술은 자칫 아버지의 테이블 데스(Table death, 수술 중 사망)도 고려해야 하는 종류의 것이었다. 그러니 이강에게 무조건 치명타가 될 것이다.

이강은 복도에서 사라질 때까지 의연해 보였다. 그 점도 마음에 들지 않는다. 처음부터 끝까지, 진석에게 이강은 마음에 들지 않는 존재였다.

수술은 특별수술실에서 이루어졌다. 수술하는 모습을 다른 스텝들이 볼 수 있도록 전면 유리창 바깥에 관람석이 설치되어 있는 곳이었다. 아침 8시라 비교적 이른 시간임에도 각 과의 과장들을 비롯한 정형외과 스텝들이 자리하고 있었다. 그리고 수술장에는 정형외과 레지던트 두 명과 마취과장, 진단영상의학과장, 마지막으로 간호사 세 명이 붙었다.

이강은 간호사의 도움으로 가운을 입고 장갑을 끼고 마지막으로 루뻬(외과의들이 쓰는 수술용 안경)를 착용했다. 마취를 한 채누워 있는 환자의 곁으로 가자마자 고개를 들어 올려 통유리창의 건너편을 쳐다보았다. 제일 가운데 자리에 앉은 진석을 필두로 스텝이 열 명 남짓 나란히 자리하고 있었다. 호기심 반 걱정 반인 얼굴로 모두의 표정이 한결같다.

이강은 그중 진석과 시선이 부딪쳤다. 수술장 내부에 흐르는 긴장감에 진석도 어느 정도 경직된 듯해 보였다. 시선을 돌려 모니터를 보았다. 심질환 환자이기에 수시로 심기능 체크를 하기 위해 동맥에 삽입해놓은 에이라인(A-line)이 잘 흐르고 있는지 관찰한 후 조용히 입을 열었다.

"메스."

조용한 가운데 그의 손에 메스가 건네어졌다. 종양이 있는 부위를 모니터로 꼼꼼히 확인한 후 절개를 하고 포셉(Forcep)으로 조직을 잡았다. 조직을 열자, 누런 점액질의 종양이 육안으로도 확인되었다.

밖에 있는 모니터로 종양을 확인한 스텝들이 수군대는 소리가 들렸다. 그러거나 말거나 이강은 고개를 들고 바이탈을 체크했다. 미약한 빈맥 말고는 아직 바이탈은 별 이상이 보이지 않았다.

"정신 똑바로 차리세요. 지금부터 5분입니다. 5분 안에 종양 꺼내고 닫읍시다."

이강이 목소리 톤을 올려 말하자 간호사들과 레지던트들이 웃었다. 환자의 머리맡에 서서 바이탈을 수시로 체크하고 있던 마취과장도 덩달아 웃었다.

그들은 웃었지만 이강은 이내 웃음을 거두었다. 종양을 제거하자마자 곧장 바이탈에 이상이 생길 것이다. 그것은 혈압이 될 수도 있고, 맥박이 될 수도 있었다. 어떤 상황이든 심기능에 심각한 문제가 생기므로 최장 1분 안에 즉각 대처를 해야 한다. 그리고 이강은 그 모든 밑그림을 머릿속으로 그려 넣고 있었다.

매우 섬세하고 세심한 손길로 이강은 종양을 제거해나갔다. 뼈에 닿지 않게 조심해야 하기 때문에 이강이 종양 제거작업에 집중할 수 있도록 수술장의 모든 인원들이 침묵을 유지했다.

이마에 땀방울이 솟는 동안, 이강은 눈이 아프도록 종양만 들여다보고 있었다. 그러기를 5분여, 이강의 손에 의해 떨어져나간 종양이 초록색 천 위로 툭 던져졌다. 모두들 침묵을 깨고 안도의 한숨을 내쉬었다.

"혈압이 떨어지고 있습니다!"

하지만 그것도 잠시, 마침내 이강이 예상한 일이 터졌다. 마취과장이 크게 외쳤고 수술장은 이내 동요했다. 이강은 고개를 홱 돌렸다.

85…… 82…… 79…….

혈압이 떨어지는 속도가 지나치게 빨랐다. 이대로라면 십수 초 안에 심기능에 이상이 올 것이다. 바깥의 스텝들도 수런거리기 시작했다. 이강을 둘러싼 모든 이들이 일시에 동요했다.

"도파민(dopamin) 주사해요. 지금 당장!"

이강이 간호사에게 외치자 간호사가 재빨리 대답하고 주사 준비를 했다.

"네."

―지금 뭐 하자는 거야, 차 선생! 도파민을 주사하면 심박동이 상승해. 안 그래도 빈맥 증세가 있는데 거기다 도파민을 투여하라니 지금 제정신이야? 그러다 어레스트가 올 수도 있다고!

수술장 안으로 마이크 소리가 울렸다. 고개를 돌리니 관람석에 앉아 있던 진석이 벌떡 일어나 마이크를 붙잡고 열을 올리고 있었다. 주변의 스텝들도 아까와는 달리 불안과 불신의 모습들이었다. 이강은 잠시 진석을 주시하다가 다시 간호사에게 전했다.

"투여해요. 제세동기 준비하고."

어차피 모든 조건을 만족시킬 수 있는 수술은 아니었다. 혈압이든 맥박이든 둘 중 하나는 포기해야 했고, 그 포기한 부분에 대해선 추후 작업이 필요한 상황이었다. 그러니 이 수술은 한마디로 모험이나 다를 바 없었다. 모험이라서 많은 스텝들이 포기한 것이다. 하지만 이강은 놀랍도록 차분했다. 그는 반드시 이 수술을 성공시킨 후 준희에게 돌아갈 것이었다.

도파민 투여 후 혈압은 정상의 궤도에 가까워졌지만 예상대로 맥박이 현저하게 빨라지다가 이내 뛰고 멈추기를 반복했다. 이강은 레지던트 한 명에게 흉부 마사지를 오더 내린 후, 제세동기를 준비했다.

보통은 제세동기만 하든 마사지만 하든 둘 중 하나만 시도하게 되지만, 마사지와 제세동기를 번갈아 시도하다 보면 심기능이 완전하게 멎어버린 게 아닌 이상 대부분 정상으로 회복하기 마련이었다. 그가 존스홉킨스에서 이런 맥락의 수술을 성공할 수 있었던 이유였다.

마사지를 하는 레지던트나 제세동기 압력을 가하는 이강이나, 땀을 무수히도 흘렸다. 골든타임 안에 심장을 다시 뛰게 하기 위해 수술장 안의 모든 이들이 마음을 모았다. 그들의 모습을 바깥 관람석 스텝들이 초조하게 지켜보고 있었다.

그리고 마침내 환자의 심장이 다시 뛰기 시작했을 때, 이강의 루뻬 아래로 땀줄기가 쉴 새 없이 흘러내렸다. 그 순간에, 이강은 습관처럼 준희를 생각했다. 미국에서도 가장 힘든 순간에 준희를 떠올리며 고통을 잊었던 것처럼 지금도 그녀가 머릿속으로 얽혀 들었다. 시계의 초침 소리가 유난히 크게 귀를 울렸다. 준희에게 돌아갈 시간이 머지않은 것 같다.

"자, 왼쪽 다리를 이만큼 들어 올리세요."

누운 채 준희가 시키는 대로 왼쪽 다리를 허공까지 들어 올리 던 순심이 숨이 찼는지 몇 초 버티지도 못하고 다시 내려버렸다. 준희가 고개를 저으며 다시 시도한다.

"할머니, 할머니는 과체중이기 때문에 걷기 운동은 관절에 무 리가 갈 수 있다구요. 그러니 집 안에서 이렇게 간단하게나마 운 동을 하셔야 돼요. 밭일도 쉬엄쉬엄 하세요. 몇 시간 동안 쪼그리 고 앉아 있는 자세가 무릎에 얼마나 안 좋은데."

"이게 내 마음대로 되면 나도 좋지. 근데 다리에 힘이 없는 걸 어떡하니."

순심이 불만스럽게 툭 내뱉자, 옆에 아예 이불을 깔고 잠자리 에 든 혜미가 몸을 뒤척이며 쉰 목소리를 내었다.

"그놈의 운동을 워찌 밤에 해싼다고. 어여 자. 불 끄랑게."

"외할머니, 잠시만 참아줘요. 우리 할머니 이러다 무릎 고장 난다니까요."

준희는 혜미의 불평에도 아랑곳하지 않고 순심의 다리를 계속 해서 움직여갔다.

사건은 일요일인 오늘 오후에 일어났다. 요 며칠 이강이 없는 사이 두 할머니들은 밭일에 완전하게 몰두해 있었다. 이강이 돌아오면 그럴싸한 채소밭을 보여줘야 한다는 의무감이었다. 준희는 그럴 필요 없다고 몇 번이나 말했지만 임무가 주어진 특사처럼, 두 할머니들은 매우 진지했다.

덕분에 일요일 하루, 두 집의 청소와 반찬을 만드는 일은 준희의 차지가 되었다. 그리고 할머니들의 각고의 노력 끝에 텃밭은 이제 제법 모양새를 갖추게 되었다.

"할머니, 자요?"

"응? 응······."

다리 운동에 이어 순심의 허리를 주무르고 있자니 금세 곯아떨어지는 것이 보였다. 준희는 혜미와 순심의 이불을 마지막으로 정리한 후 방을 나왔다. 거실에 나와 시계를 보니 밤 10시가 되어가고 있었다.

휴대폰을 손에 쥐고 현관 언저리를 서성거렸다. 오늘 내려온다고 했으니 기다리곤 있지만 시각이 이토록 늦는 걸 보면 다른 일이 생겼을지도 모른다는 생각에, 마음이 막 복잡해지려던 찰나였다.

그녀의 손안에 든 휴대폰이 메시지 알림 소리를 내뱉었고, 준희는 후다닥 화면을 들여다보았다.

[1시간 후면 집에 도착해. 기다리고 있어줘.]

반가워하는 표정이 차고 넘치고 흘러내려, 준희의 얼굴을 온통 뒤덮었다. 그리움으로 시들어가던 지난 사흘 동안 그가 돌아오면 해주고 싶은 것들을 머릿속으로 100가지 정도 빼곡하게 입력시켜 놨지만, 지금은 온통 하얘질 뿐이었다. 준희는 혜미와 순심이 깨지 않도록 조심하면서 신발을 신고 집을 나섰다.

이강의 집에 들어온 준희는 우선 보일러를 가장 먼저 켜두었다. 그리고 냉장고를 열어 낮에 넣어둔 반찬과 국이 무사한지 확인했다. 이강이 배고파할 것을 대비하여 어떤 반찬을 꺼내어 놓을지를 고민한 후에 얼른 쌀을 씻어 밥통에 안쳤다.

서울로 올라가게 되는 거냐고 절대 묻지 않을 것이다. 아는 척도 하지 않을 것이다. 그녀가 제시한 6개월, 그 기간이 짧아진다고 해도 그 시간 동안만은 연인으로 행복을 누릴 것이다.

준희는 손가락으로 제 입가를 길게 늘여 웃는 연습을 했다. 굳어 있는 안면근육을 몇 번이나 움직이고 움직여 풀어놓았더니, 차츰 긴장감이 옅어지기 시작했다.

내친김에 식탁에 엎드려 '왔어?', '피곤하지?', '밥 먹을래?' 등의 인사말까지 중얼거리며 연습에 빠져 있던 사이에 현관문의 잠금장치가 풀리는 소리가 났다. 준희는 벌떡 일어나 주방을 나섰다.

현관에 들어선 이강의 얼굴이 무척 새삼스러웠다. 어딘가 지쳐 보이고 피곤해 보여 안쓰러운 마음이, 몇 번의 연습을 거듭한 인사말들을 깡그리 잊게 만들었다.

"이강아⋯⋯."

그저 환하게 웃으며 그의 이름을 부를 수밖에 없었다. 거실에 가방과 벗은 코트를 내려놓은 이강이 그녀와 잠시 시선을 부딪쳐왔다. 그러곤 그에게 다가가 배고프지 않냐고 물으려던 그녀를 향해 성큼성큼, 큰 걸음으로 거리를 좁혀온다.

그것은 매우 순간적으로 일어났다. 다가온 이강이 그녀의 허리를 낚아채듯 끌어당기며 입술을 맞추어왔다. 그의 품은 바깥에서 묻어온 찬바람 느낌이 아직도 났다.

준희는 겹쳐진 입술이 더욱 깊이 포개어지자 눈을 감고 이강의 목을 끌어안았다. 잇새로 흘러내리는 거친 숨결, 얽혀버린 혓바닥과 그것에서 파생된 야릇한 감각이 준희의 이성을 순식간에 앗아가버렸다.

그래서 이강의 힘에 의해 그녀가 차츰 뒤쪽 소파로 밀려나고 있다는 자각도 갖지 못했다. 입술을 깊이 겹친 채 한 걸음, 한 걸음 주춤거리며 걸음이 떼어지고 있다는 것을 느끼지 못했다.

소파에 다다라 이강과 몸이 겹쳐진 채로 벌러덩 자빠졌을 때에야 준희는 지금 무슨 일이 일어나려 하고 있는지 뚜렷하게 알 수가 있었다.

그녀의 몸 위로 이강의 무게가 실렸다. 여전히 포개진 입술은 열기가 더해져 뜨거워졌다. 숨을 쉴 수가 없을 정도로 달콤하고 집요한 키스가 준희에게 쏟아졌다.

이어서 가슴을 짓눌러오는 남자의 느낌이 생소하고 낯설어 문득 어깨를 움찔 떨었다. 그러던 차, 준희는 하체에서 분명하게 느껴지는 단단하고 딱딱한 느낌에 자신도 모르게 긴장했다. 그녀의 얼굴을 지분거리던 이강의 손이 차츰 아래로 내려가 스웨터의 아랫단 속으로 밀고 들어왔을 때, 준희는 눈을 번쩍 떴다.

"흡!"

숨까지 멎을 정도로 당황한 그녀가 억눌린 호흡을 훅 뱉어내
자, 이강이 입술을 떼고 그녀를 내려다보았다. 얽힌 시선에, 그의
눈빛에 든 절절한 호소가 준희를 뒤흔들었다.

11. 관계자 외 출입금지

고개를 들었을 때, 이강은 떨리고 있는 준희의 눈빛을 마주하게 되었다. 그 순간에, 현관에 들어서서 그녀를 봤을 때부터 덮쳐왔던 참을 수 없는 욕망이 모습을 달리하며 그를 괴롭혔다. 혹여 자신의 섣부른 욕망이 그녀에겐 큰 부담이 되는 건 아닐지, 갑작스러운 상황에 그녀가 크게 당황하고 있는 건 아닐지.

그녀의 얼굴에 퍼지고 있는 두려움의 색깔이 차츰 짙어지고 있는 것을 보면서 이강은 거칠게 달아오르던 숨결을 조금씩 정리해갔다.

"한준희."

속삭이듯 그녀의 이름을 부르자 준희가 대답 대신 눈을 좀 더크게 떴다. 그래도 얼굴에 묻은 당황스러움은 여전했다.

"미안."

이강은 준희가 아직 준비가 되어 있지 않다고 판단하며 상체를 일으켰다. 그러곤 그녀의 손을 잡고 일으켜 세워주면서 흐트러진 그녀의 머리칼을 손가락으로 빗겨 내려주었다. 붉어진 볼을 스치는 손끝에 그녀의 떨림이 미세하게 전해졌다.

그는 여전히 당황 속에 빠져 있는 준희를 응시했다. 사납게 발정해 있는 수컷을 잠재우기 위해서 숨을 끌어모아 모두 내쉰 후였다.

"……네가 미안해하지 않았으면 좋겠어."

가까스로 고개를 든 준희가 용기를 내어 말했다. 아직도 이강의 무게가 제 안 가득 눌려 있는 듯했다. 가슴이 두근거려 어떤 것도 할 수가 없었다. 그를 보는 것도, 말을 끌어내는 것도, 일어나는 것도, 그대로 앉아 있는 것도, 아무것도 할 수 없을 정도로 몸이 뻣뻣하게 굳어 있었다.

이강이 갑자기 손을 내밀지 않았다면 준희는 언제까지고 그대로 얼어붙은 채 소파에 앉아 있었을지도 모를 일이었다.

"손."

이강이 한마디 툭 던지자 준희가 그제야 그를 쳐다보았다. 제 앞에 당당하게 내밀어진 손. 준희는 내밀어진 이강의 손을 잡았다. 거부할 수 없는 이강의 온기가 흔들리고 있는 그녀의 가슴을 다독여주는 듯했다. 그러자 이강이 그 손에 힘을 준다. 너무 떨지 말라고, 준비가 안 된 네게 밀어붙인 건 내 잘못이라고, 그러니 네가 그렇게 무언해할 건 없다고, 말해주는 듯했다.

한동안 그렇게 손만 잡고 있던 이강이 몸을 일으켰다.

"……커피 마실까?"

"으…… 응? 이 시간에?"

준희가 당황하여 되묻자 이강은 자신이 오히려 당황했다. 어색한 분위기를 깨뜨리기 위해 지금이 몇 시인지 계산속에 넣지도 않고 불쑥 터져 나온 말이었던 탓이다. 이강은 짐짓 덤덤한 얼굴로 다시 물었다.

"흐음. 그럼 밥 먹을까?"

"내가 준비할게!"

준희가 외치며 튀어 나갔다. 뭐라도 하지 않으면 이 어색한 순간을 견디지 못할 것이다. 이강 대신 그녀 자신이 주방을 차지하고 식탁을 차리는 것에 몰두를 해야 할 것 같았다. 준희가 냅다 이강을 지나쳐 먼저 주방에 들어가자 이강이 걸음을 주춤거렸다. 그녀가 냉장고를 여는 척하며 슬쩍 눈 끝으로 그를 봤다.

"내가 할게. 넌 짐 풀고 씻고 나와."

"……그래."

준희는 이강이 욕실로 들어가는 것을 확인한 후에야 어깨를 늘어뜨린 채 기다란 숨을 쉴 수가 있었다. 이건 차라리 고문이었다. 자신도 모르게 겁을 집어먹고선 이강을 거부했다는 사실이 믿기지 않아 그녀는 제 머리를 몇 번이나 쥐어박았다. 이강이 많이 민망했을 것이다. 그럴 생각이 아니었지만 결과적으로 이강에게 미안할 일을 했다는 점에 마음이 무거워졌다.

기운이 모두 빠져나간 채로 준희는 힘없이 반찬을 담아 식탁으로 나르고 밥과 국을 퍼 담았다. 그리고 수저를 마지막으로 놓으려는데, 샤워를 끝낸 이강이 주방에 도착했다. 그와 잠시 시선이 부딪쳤다. 그녀를 지나쳐 식탁으로 걸음을 옮기는 이강에게서 욕실의 열기가 느껴졌다. 잠시, 준희는 아찔해졌다.

"배고프다. 넌 저녁 먹었어?"

"어? 응. 아까 할머니들이랑 먹었어."

이강이 자리에 앉고 준희는 그가 앉은 의자 언저리에 선 채 말을 이어갔다.

"참, 할머니들이 너 오면 보여주신다고 며칠 동안 텃밭을 엄청나게 잘 가꾸셨어. 너도 보면 놀랄걸? 상추며 시금치며, 열무에다가 감자 등등. 아주 난리들이셔."

"그래? 잘됐네. 할머니들에게 분명히 좋은 소일거리가 될 거야."

"고마워. 할머니들도 분명히 인사를 하실 테지만 그전에 미리 너한테 고맙다는 말을 하고 싶었어."

이강이 고개를 들어 올리고 빤히 쳐다본다. 일자로 다물려 있던 입술이 뚜렷하게 미소를 만들고 있었다.

"고마우면 내 앞에 좀 앉아 있지그래?"

실긋, 밀려올라간 입꼬리를 길게 늘이며 이강이 말했다. 준희는 무안해하며 얼른 그의 앞자리에 앉았다. 이강이 혼자 밥을 먹고 있는데 아무것도 하지 않고 빤히 그를 쳐다보고만 있을 수 없어 물을 한 잔 가져왔다. 그러자 이강이 고개를 든다.

"왜 안 물어봐? 내가 어디에, 무슨 일로 다녀왔는지?"

"네가 얘기해준다며. 난 기다리고 있는 중이야."

물컵을 입에 머금으며, 준희는 가만히 이강의 말을 기다렸다. 큰 병원으로 옮기게 되었다는 말이 나올까 봐 조바심을 내면서, 한편으론 언제든 부딪치게 될 일이라고 불안한 마음을 다독이면서, 준희는 이강을 쳐다보았다.

"서울에 다녀왔어. 병원장님 지인분이 중병을 앓고 계시는데 정형외과적인 수술을 필요로 하신대서 수술을 도와주고 오는 길이야."

"아…… 그랬구나. 멋지다, 차이강."

"다행히 수술 경과도 좋았지. 내 손을 거친 환자들은 모두 완벽하게 회복하거든."

수술 후 재영종합병원 병원장의 예후는 문제가 없었고, 심근경색으로 인해 불안정하던 맥박과 호흡까지 안정적으로 돌아왔다. 늦은 오후에 환자가 눈을 뜨고 의식을 찾은 후 희미하게나마 말을 하는 것까지 확인한 후 그곳을 떠났으니, 며칠만 지나면 금세 회복의 단계에 접어들 수 있을 것이다.

"거기서 누굴 만났을까, 내가?"

하지만 이강은 그곳을 떠날 때까지 진석을 만나지 못했다. 그래서 주의할 사항은 모두 전담간호사에게 부탁하게 되었는데 지금쯤 진석의 귀에도 들어갔을 것이다.

"누굴 만났는데?"

"송진석."

준희가 잠시 눈동자를 굴리며 그 이름을 되뇌었다. 생각은, 곧장 고등학교 2학년 때로 그녀를 돌려놓았다.

"정말이야?"

"알고 보니 그 녀석이 그 병원의 의사더군. 병원장님의 지인 분이 바로 진석이의 부친이셨어. 내가 다녀왔던 종합병원의 병원 장님이시지."

의외랄 것도 없었다. 진석의 아버지가 의사였고, 진석은 늘 입 버릇처럼 그 병원이 자기네 거라고 말해왔으니까. 하지만 10여 년 이 지난 후에 이런 인연으로 다시 엉키게 될 줄은 몰랐다.

"그럼 걔 아버지 수술을 네가 했다는 거야?"

"그런 셈이지. 부친이 아프시니 진석이가 그 종합병원을 물려 받을 예정인가 봐."

그렇다면 이강은 진석의 병원으로 가게 되는 걸까. 왜 이강은 그 부분에 대해선 말을 하지 않는 걸까. 준희는 넌지시 돌려 말했 다.

"네 실력이 워낙 출중한가 보다. 서울에 유명 의사들도 많을 텐데 군이 너를 선택한 걸 보면. 누구나 너를 탐낼 거야."

"내가 좀 뛰어나긴 하지."

슬쩍 짓는 미소로 이강은 대답을 대신했다. 자만과 오만이 가 득한 표정이지만 실력이 바탕이 된 것이니 미울 수도 없다. 준희 는 힘없이 미소만 지었다. 더는 어떤 것도 물을 수도, 이야길 꺼낼 수도 없었다. 다만 모든 일들이 이강에게 순조롭게 돌아가기를 바 랄 뿐이었다.

준희는 아랫입술을 질끈 깨문 채 손짓을 했다. 병실 안에서 영진이 의아해하며 그녀를 쳐다보고 있었다. 좀 나와보라는 준희의 손짓을 영진은 잘못 알아들은 듯했다. 떨떠름한 표정으로 주춤주춤 손을 흔든다. 옆에 경준도 영진을 따라서 준희를 향해 손을 흔들었다.

　"얘기 좀 해."

　준희는 입 모양으로 그렇게 전하며 영진의 착각을 풀어주었다. 그제야 준희의 손짓의 의미를 알아챈 영진이 얼른 슬리퍼를 발에 꿰고 병실 밖으로 나왔다. 준희는 영진의 손을 잡고 병원 밖으로 이끌었다.

　"경준이는 좀 어때?"

　준희가 영진을 데리고 간 곳은 후문 앞에 있는 팔각정이었다. 병원에 방문한 노인들을 위한 공간으로 아직 이른 아침이라 텅 비어 있었다. 영문도 모른 채 끌려나온 영진은 그렇게 심각하지 않은 사안을 질문하고 있는 준희를 의심스런 눈초리로 쳐다보았다.

　"많이 좋아졌어. 내일모레 퇴원이잖아. 좋아지는 게 당연하지."

　"병원비는 있어?"

　준희가 뜬금없이 물었고, 영진 역시 뜬금없는 화가 나려 하는 것을 가까스로 참았다. 아침잠이 많아 식사 후에 잠시 눈을 좀 붙일까 하고 있었는데, 갑자기 불쑥 나타나 다짜고짜 저를 끌고 가더니 이렇게 자존심을 뭉개는 소리나 하고 있다니. 영진은 팔짱을 척 끼었다.

"얘가…… 날 아주 물로 보네. 내가 설마 내 새끼 하나 건사 못 할까 봐? 걱정 마. 그 정도 돈은 있어. 이강이가 내어준 돈도 다 갚을 거야."

"그래."

준희는 건성으로 듣고 건성으로 대답하면서 목에 꽉 막혀 있는 숨을 토해냈다.

사실은 영진을 불러낸 이유는 다른 데에 있었다. 어젯밤부터 지금까지 그녀를 옥죄어오는 그 한 가지 때문에 병원에 출근하자마자 영진을 찾을 수밖에 없었다. 영진이 그녀의 고민을 해결해줄 수 있다는 확신은 없지만 지금 준희에게 유일하게 털어놓을 수 있는 상대인 건 분명했다.

영진도 준희의 부름에 전혀 다른 이유가 있음을 짐작했는지 아까의 도끼눈을 풀고 다시 물었다.

"대체 이 아침에 왜 날 부른 건데?"

"어…… 그게…… 물어볼 게 있어서."

하지만 선뜻 꺼내어 풀어놓기에는 힘든 주제임이 틀림없었다. 벌써부터 얼굴을 넘어 귀까지 붉어지려 하고 있었다.

"뭔데?"

"저기……."

"뭐…… 얼른 말해."

"아…… 이걸 어떻게 말해, 진짜……."

"셋 셀 때까지 말 안 하면 나 들어간다? 하나, 둘, 셋……."

"남자랑 그거 할 때 말이야!"

자신도 모르게 툭 내뱉은 말에 준희뿐만 아니라 영진도 놀란 눈치였다. '그거'라는 게 뭘 뜻하는지 영진은 이미 눈치챈 듯했지만 시치미를 떼며 장난스럽게 되물었다.

"남자랑 뭐 할 때?"

"그거."

"그러니까 그게 뭔데?"

"……잠자리할 때."

"헉! 이강이가 널 덮치디?"

영진이 준희의 팔을 붙잡고 소리를 높였다. 주변으로 소리가 다 퍼져가 누가 들어도 무방할 그런 톤이었다. 준희는 손으로 영진의 입을 틀어막으며 인상을 확 썼다.

"좀 조용히 해. 그리고 이강이는 그런 애 아냐."

"그런 애가 아니기는. 그래서 네가 이런 문제로 나한테 찾아오냐?"

"내가 물어보면 넌 대답만 간단히 해줬으면 좋겠다. 부연설명은 사양. 지금부터 질문할게."

"어쭈. 그래, 질문해봐."

"……많이 아파?"

"당연하지. 생살을 칼로 도려내는 느낌이랄까?"

영진이 필요 이상으로 과도하게 표현하고 있다는 걸 알았지만 상상을 하니 끔찍하여 미간이 절로 좁혀졌다. 그러고 싶지 않았지만 대화는 어쩔 수 없이 적정의 수위를 넘기고 있었다.

"시간은 어느 정도 걸리는 거야?"

"그거야 남자 쪽의 정력에 달렸지. 오래오래 여자를 즐겁게 해주는 남자들이 있는 반면에 단박에 휙, 하고 꺼지는 남자들도 있지."

"둘 다 서툴 수도 있지? 내 말은…… 그러니까…… 경험이 없으면……."

"잘 들어. 여자는 그냥 가만히 있으면 돼. 왜냐, 남자들이 다 알아서 리드를 하거든. 남자라는 동물은 말이야, 그런 경험이 없어도 여자만 옆에 갖다 놓으면 누구나 발정을 하게 돼. 아주 자연스럽게 거길 찾아간다니까? 그게 바로 본능이라는 거지."

영진은 신이 나서 아예 손가락으로 모양을 만들어가며 설명을 했다. 그 손가락 모양이 무척 민망했지만 한편으론 영진의 설명을 듣고 있자니 아랫배에서 시작되는 간질이는 감각이 명치까지 솟구치는 듯해 얼굴이 화끈 달아올랐다. 영진이 설명을 이어갔다.

"자, 또 한 번 이 언니 말을 들어봐. 처음엔 무진장 아파. 그게 어떤 느낌이냐면, 음…… 아까도 말했듯이 생살을 칼로 도려내는 느낌이야. 근데 처음에만 아주 잠시, 그래. 이게 참 시간이 지날수록 아주 미치게 되지. 그 기분이란…… 캬아."

"너 설마 지금 느끼고 있니?"

혼자 표정까지 그윽하게 지어가며 말하는 통에 준희는 대화가 차츰 원색적으로 흘러가고 있음을 깨닫고는 영진의 흥을 무참하게 깨어버렸다. 영진이 무안했던지 손가락으로 볼을 슥슥 긁고는 덧붙였다.

"아무튼 남자와 여자가 서로 사랑을 할 때 몸을 나누는 건, 아주 숭고하고 중요한 거야. 함께 즐기면서 서로의 존재감을 몸속 깊이 새기는 거거든. 그 짜릿하고 온몸이 막 부서질 것 같고……."

"됐어. 내가 이 나이에 성교육을 받으려고 너한테 그걸 물어봤겠니?"

"내가 좀 남다르잖아. 그래서, 했어?"

돌직구가 날아들었다. 준희의 머릿속이 온통 어젯밤의 이강에게로 고정되었다. 그녀는 힘없이 대답했다.

"아니."

"흐음. 그럼 할 예정인 거구나? 언제? 오늘?"

"난 이만 가봐야겠어. 괜히 시간 뺏어서 미안해. 경준이 퇴원하기 전에 병실에 한번 놀러 갈게."

준희는 정전기가 일어날 것처럼 복잡한 머릿속을 비우려 애를 쓰며 돌아섰다.

영진은 못마땅한 듯 한껏 얼굴을 일그러뜨리며 준희가 병원 안으로 사라지는 것을 보고만 있었다. 정작 중요한 걸 말해주지 않다니. 야속해하면서도 준희와 이강의 인연이 신기하여 몇 번이나 실소를 머금었다. 그러면서 후문으로 발걸음을 옮기는데 그녀의 앞으로 갑자기 누군가가 홱 하고 가로막았다.

"엄마야!"

뒤로 물러나면서, 영진은 가슴을 쓸어내렸다. 그녀의 앞에는 인학이 예의 그 김밥집 비닐봉투를 손에 든 채 길을 막고 있었다. 험악하게 찡그린 인상이 흡사 괴물을 보는 듯하다. 영진은 불쾌해진 기분에 입술을 사리물며 그를 쏘아보았다.

"이 아저씨가 아침부터 사람 간 떨어지게 만드네."

"방금 들어간 사람 준희 씨 맞소?"

영진이 간이 떨어지거나 말거나 인학이 곧장 본론으로 들어갔다. 영진은 다시 팔짱을 꼈다.

"그런데요? 설마 아저씨 또 준희 만나러 오신 거예요?"

"오늘은 준희 씨가 아니고 그짝 만나러 왔당게요."

"저를요? 왜요?"

"준희 씨 애인이 누구요?"

이 아저씨 좀 보게. 영진은 당연한 것을 받으러 온 사람처럼 당당하게 묻는 인학의 태도가 어이가 없어졌다.

"제가 그걸 왜 아저씨한테 말해요? 아저씨가 뭔데?"

"혹시 차 선상이요? 정형외과 선상?"

"잘 아시네요."

보기보다 눈치는 있는 모양이다. 인학은 영진의 대답에 절망하는 듯했다. 들고 있던 비닐봉투를 두 손으로 일그러뜨리며 덩치에 어울리지 않는 슬픈 표정을 짓는다.

"그러니까 아저씨, 일찌감치 냉수 먹고 정신 차리세요. 올라갈 수 없는 나무는 쳐다도 보면 안 되는 법이라구요. 소도둑처럼 생기셔서는."

"참말, 준희 씨는 나헌티 올라가도 못헐 나무요?"

인학이 절망스러운 음성으로 말하며 코를 훌쩍거렸다. 설마 우는 거야? 영진이 아연해하는 동시에 당황스러워 주변의 눈치를 살폈다. 간간이 오가는 사람들이 의아한 시선을 던지고 있었다.

영진은 하는 수 없이 위로랍시고 퉁명스레 내뱉었다.

"그, 그래도 용기를 잃으면 안 되시죠. 설마하니 쥐구멍에 볕
들 날 없겠어요?"

"나 부탁 하나 해도 되것소?"

목소리에 물기가 묻어 있었다. 영진은 도저히 적응되지 않는
이 상황이 우습고 귀찮아, 무슨 부탁이든 인자하게 들어주겠다는
얼굴로 되물었다.

"무슨 부탁인데요? 설마 준희한테 가서 아저씨의 매력에 대해
서 설파해달라거나, 뭐, 그런 건 아니죠? 전 아저씨의 매력을 아
직 모를뿐더러……."

"이따 퇴근허고 나허고 소주 한잔하쇼."

하지만 인학이 한 부탁은 예상과는 전혀 다른 것이었다. 영진
은 움찔하며 한 발자국 뒤로 물러났다. 이상한 건, 물기가 어린 인
학의 눈이 그 순간에 도살장으로 끌려가기 직전의 소의 눈처럼 여
겨졌다는 것이다. 소도둑이 우는 게 아니라 분명히 불쌍하고 가련
한 소가 우는 듯했다.

그리하여 그날 저녁, 긴 망설임 끝에 영진은 우체국 뒤쪽에 있
는 낡은 선술집에서 인학을 다시 만났다. 금방이라도 내려앉을 것
같은 오래된 스레트 지붕 아래에 군데군데 녹이 슨 둥근 철제 탁
자가 두 개가 놓인 그곳은 읍내로 마실 나온 구석진 마을의 할아
버지들이 간혹 들러 술잔을 기울이는 곳이었다. 허리가 구부러진
할머니가 불안한 걸음걸이로 쟁반을 나르고, 신문지 하나로 겨우

연명하고 있는 창문에선 연신 밤바람이 몰아쳤다.

하지만 그 와중에도 영진의 시선을 붙든 건 벌써부터 소주를 마시고 있는 인학의 모습이었다. 하루 내내 힘들었는지 그 산적 같은 얼굴이 반쪽이 되어 있었다. 선술집에 들어서서도 탁자에 앉는 것을 망설이고 있으니 할머니가 소리친다.

"으따. 앉을 거든 싸게 앉던가. 뭐 땀시 정승마냥 고로코롬 지키고 섰대?"

"네? 네……."

영진은 괜히 왔다 싶은 후회가 밀려왔지만 술잔을 한잔 들이켠 인학이 슬쩍 쳐다보기에 마지못한 척 자리했다. 탁자 위에는 소주 두 병과 잔 두 개, 그리고 파전이 놓여 있었다. 이미 인학은 소주 반병을 홀로 들이켠 상태였고 나머지 잔 하나를 영진에게 스윽 내밀었다.

"마시쇼."

경준이 저녁 식사를 하고 잠이 드는 것까지 보고 온 터라 그다지 걸리는 건 없었지만 그래도 아들이 입원 중에 있는데 이렇게 밖에 나와 술을 마셔도 되나 싶었다. 그럼에도 불구하고 문득 느껴지는 인학에 대한 연민 때문에 그녀는 끝내 술잔을 받아 들었다.

"준희 씨 친구라요? 병원엔 워째 와 있다요?"

영진이 술잔을 머금으려는 순간 인학이 물었다. 영진은 술잔을 잠시 내려다놓은 후 대답했다.

"아들이 아파서 입원해 있어요."

그러자 인학의 눈이 번쩍 뜨였다. 영진이 결혼한 여자라는 것을 몰랐던 것이 당연한 그의 입장에서 당황스러울 게 뻔했다.

"음마, 결혼했다요? 워쩐댜. 나는 그짝이 유부녀라는 걸……."

"걱정 마세요. 돌싱이니까요."

"돌싱? 아……."

인학이 멋쩍어하며 말끝을 얼버무린 후 술잔을 입에 털어 넣었다. 차전을 젓가락으로 야무지게 찢어 한 점 꿀꺽 삼킨다.

"그랴도 그짝은 애도 있응게 남부러울 게 없겠어라. 나는 이 나이 먹도록 장가도 못 가고 있는디."

웃음 뒤에 허허로운 기운이 있었다. 영진도 따라서 자조하며 젓가락으로 파전 한 점을 집어 올렸다.

"뭐, 남부러울 게 왜 없겠어요. 하나부터 열까지 다 부러운데요, 난. 솔직히 아저씨 인생도 부럽구요. 혼자 사는 게 얼마나 편해요?"

"그런 말 하지 마쇼. 사람은 모름지기 사람들 사이에서 둥글둥글 어불려서 살아가야 한당게요. 그래야 기운이 생기고 힘도 나는 법이요."

"아저씨는 왜 이런 곳에서 혼자 사세요?"

대화를 이어가다 보니 아까의 망설임이 모두 흩어지는 듯하여 영진은 목소리를 좀 더 높였다. 인학이 소주 한 잔을 더 들이켜더니 막힘없이 줄줄 대답한다.

"부모님 모시고 살다 봉께 세월이 이리 흘러부렀네요. 두 분 다 병수발을 했는디 돌아가시고 나니 내 나이가 사십이 훌쩍 넘어 있드라고. 결혼을 할라쳐도 맨 늦어부렀지요. 그러던 차에…… 다리를 다쳐서 병원엘 갔다가 물리치료를 받는디 준희 씨를 보게 되었제. 그렇게 싹싹허고 이쁜 처자는 첨 봤소."

"그래서 반하신 거예요?"

"그렇지요. 그란디 이제 뭐……. 그짝 말대로 나허고 의사 선상님 하고 비교가 되것소? 준희 씨도 좋은 짝 만나서 시집가야지요."

쓸쓸한 표정을 지으며 인학이 다시 잔에 술을 채웠다. 어쩐지 스멀스멀 피어오르는 질투심에 영진은 제풀에 화들짝 놀랐다. 이게 대체 무슨 감정이지? 오늘 처음 대화를 나눈 사람을 상대로 이렇게나 가볍게 감정이 생겨버리다니. 자신에게 화가 난 영진은 대뜸 턱을 치켜들며 입을 열었다. 딴에는 제 감정을 부인하고 거부하는 몸부림이었다.

"술이나 한 잔 받으세요. 사람은요, 자기 주제를 잘 알고 살아야 돼요. 분에 넘치는 생각은 아예 해서도 안 돼요. 아셨죠, 아저씨?"

"야, 인자 생각도 안 헐라고요."

"네, 힘내시구요. 살다 보면 더 좋은 여자 만나실 수 있을 거예요."

영진이 그의 잔에 술을 채워주었다. 연거푸 술을 들이켜는 인학은 어느새 얼큰하게 취해 있었다. 커다란 덩치에 맞지 않게 내쉬는 한숨은 자잘했다. 자꾸만 인학에게 가려 하는 눈길을 차단시키려 연신 파전만 휘휘 뜯어대었다.

엎드려 졸던 주인 할머니가 갑자기 일어나더니 파리채를 들고 벽을 탁, 내리친다. 그 소리에 영진은 어깨를 움찔하며 놀랐다. 정신이 퍼뜩 들었다. 단단히 단속해야 한다. 단단히.

퇴근 후 진료실을 나선 이강은 한 손으로 휴대폰의 버튼을 건드리고 있었다. 그를 스쳐 지나가며 인사를 해오는 간호사들을 향해 일별하면서, 준희의 휴대폰으로 문자를 보낸다.

[어디야?]

그녀의 답신은, 그가 승강기 앞에 멈추어 섰을 때 정확하게 돌아왔다.

[이제 막 퇴근하려구.]

"차이강."

이강은 제 이름을 부르는 음성에 준희에게 문자를 보내던 손가락을 멈추었다. 고개를 들어 보니 승강기에서 진석이 내리고 있었다. '주차장으로 지금 내려와.'라는 문장은 결국 미완성인 채로 휴대폰에서 껌뻑거리고 있었다. 이강은 다소 의외인 얼굴로 진석을 쳐다보았다. 이 시간에, 이곳에 진석이 왜 와 있는지 그 이유를 어렵지 않게 짐작할 수 있었다. 이강은 턱을 굳혔다.

"얘기 좀 할 수 있어?"

진석은 승강기에서 내려 이강의 앞에 서며 복도를 휘 둘러보았다. 이런 시골마을치곤 제법 규모도 있고 내부도 깔끔했다. 여전히 이강이 녀석이 왜 이런 병원을 고집하고 있는지는 모르겠지만.

"흐음. 어렵군. 3시간이 넘게 걸려 내려온 네 수고를, 내가 모른 척할 수는 없고. 20분 정도는 시간 돼."

이강이 선심을 쓰듯 시간을 제한하자, 진석이 쓰게 웃었다.

"너무 짠데, 20분은."

"그러니 미리 연락을 하고 왔어야지. 나한테는 연애사업도 중요하거든."

이강의 웃음기 깃든 말에 진석은 애매한 표정을 지었다. 연애사업이라니. 누굴 사귀기라도 한다는 건가? 이런 시골에서? 믿을 수 없는 얼굴을 하고 진석은 고개를 끄덕였다.

"좋아. 어차피 며칠 동안 이곳에 머물 생각이니까."

진석이 수긍했고, 이강은 곧장 다시 휴대폰을 들었다. '주차장으로 지금 내.'라는 글자가 하나씩 지워지고 대신 다른 메시지가 채워졌다.

[20분 후에 주차장으로 내려와. 추우니까 미리 내려와 있지 마.]
[그래. 알았어.]

그의 문자를 기다리고 있었는지 준희에게서 금세 답신이 왔다. 이강은 진석을 휴게실로 데리고 갔다. 자동판매기에서 커피 두 잔을 꺼낸 이강은 그중 하나를 진석에게 내밀었다.

"이런 곳에선, 너도 짐작하겠지만 마땅히 앉아서 심도 깊은 대화를 나눌 만한 장소가 없어. 혹시 논둑길을 좋아한다면 몰라도."

"아니, 그런 덴 사양해."

"하긴 지금 어둡긴 하지."

두 사람은 의자에 나란히 앉았다. 휴게실의 전면 통유리창 너머로 밤이 내리고 있었다. 이강은 좀 전에 진석이 며칠간 이곳에 머물거라는 말의 뜻을 알아차리고 있었다. 스카우트 제안을 하려고 온 것이리라. 며칠간 이곳에 머문다는 건 이강이 긍정의 대답을 할 때까지 조를 거라는 말이다. 다른 사람도 아니고 진석이 제 발로 직접 여기까지 내려온 거면, 지금 진석의 심정이 얼마나 절박한지 알 만한 것이었다.

"병원장님 상태는?"

커피를 머금으며 정면에만 시선을 고정시킨 채 이강이 먼저 입을 열었다. 진석은 고개를 틀어 이강을 쳐다보았다. 진석에게 이강은 참으로 오랜 세월을 질기고도 질긴 인연으로 엮인 상대였다. 왜 한국으로 돌아와서 또다시 이렇게 그를 곤란에 빠뜨리는지 알수가 없다. 하지만 이번엔 어떻게 해서든 아버지의 명령을 수행해야 했다.

의식이 깨어난 아버지에게 부원장이 그간의 일을 모두 설명했다. 이강의 수술까지 하나도 빠뜨리지 않고 말하자 가장 먼저 아버지가 하신 말씀은 이강을 우리 병원으로 하루빨리 데리고 오라는 것이었다.

아직 기운이 없고 발음도 분명치 않고 말을 하는 것조차 힘든 상태인데도, 아버지는 한사코 이강을 거론했다. 심지어 진석 자신이 간호를 하고 있는 순간에도 말이다.

자존심이 바닥으로 내리꽂히고 뭉개졌지만 아버지의 지시를 따를 수밖에 없었다. 사업장을 이끌어가는 사람이라면 모름지기 인재를 보는 눈을 길러야 한다며, 이번 일로 자신의 경영능력을 시험해보겠다는 아버지의 한마디에, 직접 차를 운전하여 이곳까지 내려올 수밖에 없었던 것이다.

딱 한 가지만 생각했다. 병원을 위해서, 병원의 발전을 위해서 이강을 데리고 가는 거라고, 그러니 자존심 따위 지금은 내려놓아야 할 때라고.

"좋아지셨어. 믿을 수 없을 만큼."

한숨처럼 대답을 내뱉었다. 이강은 고개를 끄덕이며 대답했다.

"그래, 다행이군."

"아직은 죽 수준이지만 식사도 하시게 됐고, 무엇보다 심근경색으로 사경을 헤매던 분이 바이탈이나 모든 게 정상으로 돌아왔어. 놀라웠다."

"때론 전혀 다른 곳에서 돌파구가 찾아지기도 하지. 연골종양 수술이 하나의 계기가 되었을 수도 있어."

"다른 스텝들도 그리 보더군. 나 또한 일부분 동의해."

"왜 온 거지? 여기까지?"

속내를 감추고 잔잔하게 이어지던 대화는 이강의 기습질문으로 새로운 국면을 맞이했다. 이강의 돌아가지 않는 질문에, 진석은 잠시 머뭇거리다 이내 결심한 듯 입을 열었다.

"그때도 말했지만 우리 병원으로 오는 거 한번 고려해보면 안 되겠냐?"

진석의 어딘가, 며칠 전 바에서 만났던 때와는 사뭇 달라진 태도가 이강의 미간을 일그러지게 했다. 조바심이 든 말투와 행동이다. 게다가 그때의 자만이 오늘은 전혀 느껴지지 않는다. 새삼스러운 눈빛으로 진석을 쳐다보았지만 생각을 달리할 마음은 전혀 없었다.

"이곳에서 며칠 머물 거라는 얘긴, 그러니까 내 대답을 반드시 이끌어내겠다는 뜻?"

"그래."

"내가 그럴 생각이 전혀 없다면?"

"아버지께서 널 좋아하셔."

진석의 한마디에 이강은 다시 미간을 좁혔다. 의아해하며 머릿속 기억을 되짚어본다.

"그분과 내가 개인적으로 만난 적이 있었던가?"

"물론 없을 거야. 하지만 고등학생 때부터 너에 대해 관심이 많으셨지. 전국 수석을 하는 놈은 도대체 어떻게 생겨 먹은 놈인가, 늘 궁금해하셨어. 그러다가 뉴욕병원에 계시는 친지로부터 네가 존스홉킨스 병원에 들어갔다는 소문을 접하시고 네 칭찬을 늘어지도록 하셨지, 내 앞에서. 이번 네 수술도 아주 흡족해하셨어."

그 말을 하는 동안 진석의 말투에 모종의 질투와 시기가 숨어 있다는 것을 이강은 알아챘다. 아들 앞에서 다른 사람의 칭찬을 하는 아버지라……. 어쩌면 진석이 그를 향해 감정이 좋지 않은 것의 기저에 그것이 깔려 있는 게 아닐까.

그렇지만 두 부자 사이에 끼어들어 사업적 수단이 될 생각은 전혀 없었다. 진석도 그걸 잘 알 것임에도 굳이 먼 이곳까지 내려온 이유는 결국 부친 때문이라고 결론을 지었다. 어찌 됐든 병원을 옮기는 것은 이강에게 전혀 고려의 대상이 아니었다.

이강은 생각을 그쯤에서 접고 시계를 확인했다. 자리에서 일어나 진석을 내려다본다.

"20분. 난 이만 가봐야 해. 애인이 기다리거든."

"결국 대답을 안 해줄 생각이냐?"

"며칠 동안 여기에 머물지는 모르겠지만 오늘 돌아가는 게 좋을 거야. 내 말은, 괜한 곳에 시간과 돈을 낭비하지 말란 소리야. 그리고……."

이강은 잠시 진석을 쳐다보며 말을 끊었다가 다시 이었다.

"네 부친은 나를 좋아하시는 게 아니라 너한테 동기부여를 하시려는 것 같은데?"

씨익 웃으며 이강은 돌아섰다. 진석은 몸을 일으키며 이강이 승강기에 오르는 것을 지켜보고만 있었다. 참혹하게 일그러지는 마음이 뭉개지는 자존심과 뒤섞여 그를 불쾌하게 만들었다. 아버지에게 어떤 식으로 변명을 해야 하는가에 대한 걱정보다 이강이 떨어뜨리고 간 한 조각 동정심 따위가 더욱 견딜 수가 없었다.

파들파들 떨리는 입술을 무참히 깨물어버린 진석은 신경질적인 걸음으로 승강기에 올랐다.

주차장에 도착하여 운전석에 올라탄 진석은 예약해둔 1시간 거리의 호텔의 위치를 휴대폰으로 확인하고 있었다. 그러다 얼핏 들어 올린 시야로, 저만치 앞에 여자와 함께 나란히 걸어가는 이강이 보였다. 애인을 만나러 간다더니 같은 병원의 직원이었나. 생각하며 무심히 스윽 여자를 쳐다보던 진석은 곧장 눈을 크게 떴다.

환한 가로등 불빛 아래 차를 향해 가고 있는 이강과 여자. 눈에 익은 여자의 옆얼굴이 진석의 시선을 혼란스럽게 했다. 분명히 아는 여잔데…… 라며 중얼거리던 그가 잠시 후 각성의 숨과 함께 이름 하나를 입에 올렸다.

"한…… 준희?"

준희는 오늘 유난히 들떠 보였다. 이강은, 집에 도착하여 할머니들께 이강의 집에 잠시 다녀오겠다고 말한 후 깡충깡충 뛰어오는 그녀를 보며 그렇게 생각했다. 진석과 대화를 끝낸 후 병원에서 출발하여 읍내 시장에 들러 떡볶이와 어묵을 먹을 때에도, 오아시스 서점에 들러 책을 고를 때에도, 그리고 차를 타고 돌아오는 내내 그랬다.

말 한마디 없었지만 느껴지는 숨소리가 있다. 준희의 숨결은 내도록 거칠면서도 깊었다. 뭔가 고민거리가 있다는 뜻이었다.

"할머니들은 곧 주무실 것 같아. 오늘도 하루 종일 밭일하셨대."

말투조차 긴장이 가득하게 느껴졌다. 이강은 눈썹을 비틀며 지금 준희를 달리 보이게 만드는 것의 정체가 무엇인지 추리하고 있었다. 재회한 후 지금까지 단 한 번도 그녀를 생각하면서 마음이 놓인 적이 없었다. 어디론가 날아가버릴까 봐 늘 불안했고, 그 자신이 내민 손을 위태롭게 붙잡고 있는 것도 항상 마음에 들지 않았다.

당기면 더 멀어질 것 같아서, 그 자리에 그대로 선 채로 그녀를 여전히 기다리고 있지만 준희가 지금처럼 전혀 다른 모습을 보이면 어떻게 해야 하는지 난감해진다. 그래서 이강은 지금 열심히 그녀를 탐색하고 있는 중이었다. 그런 이강의 마음을 눈치챘는지 그녀 역시 이따금 흘깃 고개를 틀어 뒤를 보곤 했다. 이강의 눈썹이 더욱 짓궂게 휘말려 올라갔다.

준희는 이강의 주방에 서서 무척 부자연스러운 손길로 이것저것 치우고 있었다. 등 뒤로 느껴지는 이강의 시선이 따갑다. 거실에 선 채로 그녀를 응시하고 있는 것을 다 알고 있었다. 그러니 손길이 더욱 어색해질 수밖에 없었다.

이강은 이 밤에 그녀가 왜 여기로 왔는지 모를 것이다. 그녀가 오늘 하루 내내 어떤 생각을 하고 어떤 결심을 했는지 알지 못할 것이다. 가슴이 터질 것처럼 떨려왔다. 그녀의 결심을 이강이 부디 덤덤하게 받아들여주었으면. 앞으로 그와 함께할 수 있는 시간이 얼마가 될지 알 수 없는 지금, 준희는 마음이 무척 조급했다.

"너 지금 손이 허공에 가 있는 거 알아?"

문득 이강의 목소리가 긴장이 가득한 공기를 깨뜨렸다. 준희는 정신을 차리고 제 손을 내려다보았다. 말끔하게 씻긴 그릇을 아무 의미 없이 매만지고 있었다. 준희는 서둘러 손을 그러쥐었다. 이 미 손바닥에는 땀이 고여 있었다.

돌아선 준희는 이강의 시선과 부딪쳤다. 긴장감을 내보내고 머 릿속을 비우려 애썼다. 한 걸음, 한 걸음 거리를 좁혀가는 발걸음 이 떨려왔다. 그리고 마침내 이강의 앞에 섰을 때, 준희는 크게 숨 을 내쉬었다. 차마 그를 마주할 용기가 없어 그의 어깨선에만 시 선을 꽂은 채 무던히도 떨리는 입을 열었다.

"이강아……."

"그래."

"나 오늘…… 너랑 잘 거야."

그에게선 아무 반응이 없었다. 시선을 두고 있는 어깨도, 가슴 에서 울리는 숨소리도, 각이 진 턱도, 모든 게 지나칠 정도로 평온 하다. 준희는 슬쩍 고개를 들었다. 그리고 이강과 시선이 얽힌 순 간, 준희는 꼼짝없이 오늘 밤은 그와 함께해야 한다는 것을 깨달 았다. 그녀를 쳐다보는 강렬한 눈빛이 딴생각 따위는 할 수 없도 록 그녀를 온통 꽁꽁 묶고 있었다.

"절대, 그 말을 번복할 수 없을걸?"

강하고 분명한 어조의 말이 이강의 입에서 흘러나왔다. 그제야 이강은 지금껏 내내 준희의 근처를 맴돌던 긴장의 분위기가 무엇 때문이었는지 짐작하게 되었다.

머릿속에 든 모든 생각들이 일시에 비워졌다. 발끝부터 치고 올라오는 뜨거움이 단전을 달구고 가슴을 뒤덮어버렸다. 준희를 보는 눈빛은 이미 욕망으로 가득 차 있었다. 얽힌 시선이 더욱 끈적끈적해졌다.

그에 준희는 그녀의 안 어디에 이런 용기가 있었나 싶게 무모한 시도를 해버렸다. 이강의 목을 끌어안고 발뒤꿈치를 들어 올려 그의 입술에 가볍게 입을 맞춘 것이다. 그리고 그녀의 입술이 떨어지려 한 순간, 이강이 그녀의 허리를 감고 끌어당겼다. 속절없이 그의 품에 딸려가 안긴 준희는 입술을 겹쳐오는 이강에게 문득 생각난 듯 물었다.

"……근데 할머니들 들어오시면 어떡하지?"

"흐음. 현관문에 푯말을 붙일까? 관계자 외 출입금지라고?"

쿡쿡거리는 웃음소리가 귀에 쟁쟁하다. 그가 웃는 소리, 그가 말하는 소리, 그가 숨 쉬는 소리, 어느 것 하나도 놓치지 않으려는 듯 준희는 이강의 얼굴 가까이에서 한없이 그만 보고 있었다.

12. 몇 가지 단서

부드러운 시트에 등이 닿았다. 방 안은 어두웠고, 계절답지 않은 열기가 온몸으로 느껴졌다. 이강에 의해 옷이 몽땅 벗겨져 나간 후였는데도 준희는 신열을 앓았다. 이강의 몸 곳곳이 제 몸에 접촉이 될 때마다 생경한 감각이 전율을 일깨우곤 했다. 겹쳐진 입술로 인해 호흡이 흐트러졌지만 준희는 순간순간 제 몸에 그의 느낌을 깊이 새기려 노력했다.

그녀의 입술을 떠나 볼과 귓바퀴로 흘러간 그의 입술은 뜨거웠다. 자잘한 키스를 뿌려가며 귓전에 도착했을 때, 이강은 잠시 입술을 떼어낸 후 짙게 쉰 목소리로 속삭였다.

"네가 나한테 올 거라고 믿고 있었어."

준희는 감고 있던 눈을 떴다. 귓속 깊숙이 들어간 이강의 목소리가, 그 나직한 속삭임이 머리를 지나 가슴에 묻혔다.

이렇게 이강의 목소리를 몇 번이고 계속 가슴에 묻다 보면 언젠가 귀가 들리지 않는 순간이 와도 그의 목소리만큼은 기억해낼 수가 있을 것이다. 그 생각을 하자 갑자기 서러워져 목이 멘 준희는 고개를 틀고 이강과 시선을 얽었다. 희끄무레한 창밖의 달빛이 이강의 얼굴을 비추었다.

"……나 떨려, 무섭고 두려워. 그래도 너랑 이러고 싶어. 나한테 너는 처음이자 마지막 남자야."

부끄럽고 어색한 기분일랑 이미 거실에서 옷이 벗겨져 나갈 때에 치워버렸다. 지금이 아니면 그와 이런 순간을 나눌 용기를 가지지 못할 것이다. 그녀가 선을 그어놓은 6개월 안에, 가능하면 모든 것을 다 해내고 싶었다. 이기적이라 욕해도 상관없다. 살아오면서 무언가가 이렇게 절실해진 건 처음이었으니까.

이강은 준희의 귓바퀴에 걸린 머리칼을 귀 뒤로 넘겨주며 그곳에 다시 입을 맞추었다. 처음이자 마지막 남자라는 그녀의 말이 귀여우면서도 무언가 가슴이 벅차오르는 기분을 말로 풀어놓을 수 없었다.

그는 한껏 곤두선 채 그녀의 몸을 은근하게 눌렀다. 닿는 살갗 곳곳에서 그녀가 움찔거리는 것이 느껴졌다. 온몸이 감각의 덩어리가 되어 그를 더욱 흥분하게 만들었다.

이강은 준희의 목선에 입술을 대었다. 맥박이 파닥거리는 그곳에 짙게 흔적을 남긴 후 쇄골로, 그리고 가슴께로 입술을 내렸다. 그녀의 옆구리를 만져대던 손길이 위로 올라와 가슴을 가득 덮었다. 그러자 준희가 허리를 움찔 틀었다. 내처 이강이 더욱 아래로 입술을 내려가, 봉긋한 무덤에 동그랗게 솟아 있는 돌기를 부드럽게 베어 물었다.

뜨겁고 물렁한 혀의 감촉이 느껴지자 준희는 자신도 모르게 그만 '흐윽!' 하는 신음을 내질렀다. 그 소리가 이강을 자극하고 그는 더욱 치받친 욕구를 그녀의 가슴 위로 흩뿌렸다. 까마득하게 비어버린 이성, 손끝 하나하나에 전율하는 몸, 그가 입술을 겹쳐오는 곳곳마다 그녀의 감각이 예민하게 꿈틀거렸다.

"허억."

준희는 이강의 입술이 가슴께에서 차츰 아래로 내려가고 있다는 것을 느끼며 숨을 토하듯 신음을 내뱉었다. 아랫배를 돌며 간질이는 감각이 참을 수 없을 만큼 야릇하게 느껴졌다. 처음 느껴보는 그것은 준희를 차츰 달아오르게 만들었고, 마침내 이강이 그녀의 사타구니 안 깊은 곳에 입을 맞추자 거친 신음을 토하게 했다.

"하윽……."

준희는 고개를 세차게 저으며 밀려오는 느낌을 낯설어했다. 이런 기분이 들 수도 있다니. 그녀는 자신도 모르게 더욱 다리에 힘을 주었다. 이강의 혓바닥이 곳곳을 배회하며 수백 가지의 감정을 일깨워주었다. 몸에 돋는 소름과 머리끝에서 시작된 열이 전신으로 퍼져나가는 것 같았다. 준희는 견딜 수 없는 감정의 늪에 빠져 허우적대며 허리를 쉬지 않고 비틀어대었다.

아득하게 먼 옛날에, 준희가 10살이 되었을 무렵 정원에서 줄넘기를 하다 발치에 걸려 넘어진 적이 있었다. 어디에서 튀어나왔는지 이강이 그녀를 일으켜 세웠고 준희의 다리에 묻은 흙을 털어주었다. 하지만 준희는 그런 이강을 게슴츠레 째려보고만 있었다.

'이런다고 내가 널 용서할 줄 알아?'
'용서해달라고 한 적 없는데? 난 잘못 한 게 없어.'

준희는 이강이 답답했다. 그 전날, 이강은 학교에서 준희가 아닌 다른 여자아이와 함께 하교를 했다. 준희는 청소당번이어서 제시간에 하교를 하지 못한 것이다.

'평생 너랑 같이 살려고 했는데 안 되겠구나? 바보.'

잔뜩 삐져선 집으로 들어갔다. 같이 산다는 것의 의미가 뭔지도 몰랐던 그 시절. 이강과는 늘 함께였으니까 앞으로도 평생 함께할 거라고 어린 마음에 막연히 생각했던 것 같다. 이제는 그럴 수 없다는 것을 잘 아는 현실의 나이가 되었지만, 준희는 문득 치밀어 오르는 그때의 추억이 그리워 시간을 되돌리고만 싶었다.

"흐윽!"

그녀가 형용할 수 없는 감정의 늪에 빠져 추억을 되새기고 있을 때, 이강이 그녀의 몸속으로 진입을 시도해왔다. 눈이 번쩍 뜨였고 아래에서 시작된 따끔한 통증이 무심결에 그녀를 찔러왔다. 준희는 흐트러진 숨을 내뱉은 후 이강의 목을 끌어안았다. 그의 이마는 땀으로 범벅이 되어 있었다. 준희는 이강의 소중한 어깨에 두 손을 올리며 그곳에 입을 맞추었다.

좁고 뜨거운 그곳은, 처음 그녀가 이강을 외면했을 때처럼 쉽게 열리지 않았다. 반쯤 진입한 이강의 이마에 아찔한 쾌감의 주름이 새겨졌다. 통증이 제법 격렬한지 준희는 아랫입술을 깨문 채 눈을 질끈 감고 있었다.

"아파?"

이강은 더 들어가지도, 그렇다고 후퇴하지도 못한 채 준희에게 물었다. 그러자 눈을 번쩍 뜬 준희가 고개를 힘껏 가로저었다.

"아…… 아니야…… 계속해."

준희는 자신의 발칙한 대답에 스스로 놀라면서도 이강을 재촉했다. 그녀 자신이 조급해하고 있다는 것을 모르지 않았다. 시간을 늦출 수 있다면 이 순간이 좀 더 오래 지속되길 바라고 싶었다. 이강이 자신의 안 깊은 곳에 오래 머물러주길 바랐다.

준희의 대답이 떨어지자마자, 이강이 허리에 힘을 준 채 더욱 깊이 밀고 들어왔다. 억눌린 호흡이 어렵게 터져 나왔다. 영진은 생살이 찢기는 느낌이라고 말했지만, 준희에겐 아픔보다 이강이 제게 머물고 있다는 사실이 더 크게 다가왔다.

뜨거운 용광로에 쇳조각이 담기듯 그의 담금질이 격렬하게 시작되었다. 탁하게 변질된 숨소리가 준희의 입을 통해 쉴 새 없이 흘러나왔다. 머리부터 발끝까지 온몸이 바르르 떨렸다. 힘차게 허리를 움직이는 이강은 숨조차 내쉬지 않고 있었다. 그가 허리를 밀어붙일 때마다 몸이 위로 떠밀려 올라갔다.

이강은 어느새 준희의 안을 가득 채웠다. 그 사실이 못내 서글

퍼져 준희는 쾌락에 잠겨 있으면서도 울컥해졌다. 채워지면 버려야 한다. 욕심을 내지 않기 위해 손에 쥐지 않으려 한다. 그러나 준희는 혼란스러운 감정의 날 위에 위태롭게 서 있었다.

버리면 그만인데, 포기하면 그만인데 자꾸만 이강이 욕심난다. 손에 쥔 행복을 놓치고 싶지 않아서 무슨 짓이든 하고 싶어지는 마음. 이게 의지라는 걸까.

절정은 이강의 허리가 더욱 크게 휘어져선 완벽하게 내리꽂힌 후에야 찾아왔다. 전율이 온몸을 훑고 지나갔다. 이강의 숨결은 거칠었다. 그녀의 얼굴 위로 쏟아지는 키스 세례에 준희는 눈을 감았다가 떴다. 그녀의 안에 여전히 잠겨 있는 이강의 숨이 차츰 안정을 찾아가고 있을 즈음, 그가 마지막으로 준희의 입술을 머뭇머뭇 찾아갔다.

얼마의 시간이 흘렀을까. 준희는 감고 있던 눈을 천천히 떴다.

"이강아."

쉬어버린 목소리를 끌어내었다. 여전히 벗은 몸. 이강은 준희의 등 뒤에서 그녀의 허리를 끌어안고 있었다. 한 번으론 부족해서 더 하자고 그녀의 의중을 떠볼까 하던 참이었다. 그를 부르는 준희의 목소리가 제법 처연하게 들려와, 이강은 우선 발정해 있는 놈을 다독여보기로 했다.

"응."

"무슨 말이든 좀 해봐."

"음…… 무슨 말을 할까."

"아무거나 상관없어. 난 네 목소리를 아주 많이 들어둬야 하거든."

준희가 몸을 천천히 돌려 그의 품에 안겨왔다. 그의 가슴에 얼굴을 잠시 묻었다가 고개를 틀어 귀를 갖다 대었다. 나른한 몸에 이강의 심장 소리가 뛰어들었다. 기분 좋은 미소가 지어졌다. 그러나 곧이어 심장을 타고 울리는 이강의 말에 준희의 얼굴이 사뭇 굳어졌다.

"6개월의 의미가 뭔지 말해봐. 네가 나한테 숨기고 있는 게 뭔지 그걸 알아야겠어."

그의 말이 떨어지는 것과 동시에 준희의 몸이 훌쩍 위로 들려 올라갔다. 그러곤 반듯하게 누운 이강이 제 몸 위로 준희를 겹치게 했다. 준희의 몸이 다시금 그의 나체와 포개어져 그를 자극해왔다. 이강은 고개를 든 준희와 눈을 마주치며, 그녀의 머리칼을 손가락으로 걷어내었다.

"내가 몰아붙이면 네가 그만큼 멀어질까 봐 두려워서 섣불리 묻지 못한 거였어. 말해봐, 한준희. 왜 우리가 6개월만 연애해야 하는지. 내가 채워지면 버릴 거라는 게 무슨 뜻인지."

마음만 나눌 때엔 알지 못했던 것들이, 몸을 나눈 후에 깨달아진다. 그건 욕심이라는 거였다. 준희는 6개월의 이유를 말해달라는 이강을 보면서 걷잡을 수 없는 욕심에 사로잡혀버렸다. 그녀 자신만 생각하자던 이기적인 마음은, 훗날 상처를 받게 될 이강의 모습이 그려져 안타까움으로 변해갔다. 이강이 그녀 때문에 상처를 받는다……. 상상만으로 견디지 못할 것 같다.

준희는 고개를 내려 그의 가슴에 묻었다.

"네가 떠나고 백화점이 문을 닫고 여기로 내려오면서, 내가 이기지 못하는 종류의 일들이, 세상에는 무척 많다는 것을 깨달았어. 그렇게 좌절의 벽에 부딪힐 때마다 난 하나씩 버려갔어."

"그러니까 네가 알고 있는 그 좌절의 벽이 뭐냐고."

"미안해, 이강아. 너한텐 끝까지 완벽한 여자이고 싶어. 너하고 아무 걱정 하지 않고 연애하고 싶어. 넌 내 현실의 탈출구야. 당분간은 그렇게만 지내고 싶어. 언젠가 너한테 다 털어놓게 될지도 모르지만, 지금은 아니야. 지금은…… 너랑 마냥 행복하고만 싶어. 그러고 싶어, 이강아."

쾌락의 잔재가 남아 있는 몸을 비틀어 준희는 이강의 품에 더욱 깊이 안겼다. 등으로 그의 손길이 느껴졌다. 부드럽게 쓸다가 엉덩이 근처에 내려가 뜨겁게 감싼다. 흡사 그녀의 이기심을 질책하는 듯했다.

"그건 안 되지. 날 이렇게 만들어놓고 그건 안 되지."

이강이 중얼거렸다. 준희는 가느다란 줄 위에 서 있는 것처럼 중심을 잃지 못하고 휘청거렸다. 그를 버려야 한다는 마음과 그를 욕심내고 싶어 하는 마음이 양쪽에서 그녀를 끌어당기고 있다. 어느 쪽으로 떨어지든 그녀를 기다리고 있는 건 기나긴 고통의 터널이 될 것이었다.

영진은 마음 한쪽 구석이 영 찝찝하여 짐 가방을 싸는 동안에도 인상을 팍팍 쓰고 있었다. 옆에서 경준이 그런 엄마의 눈치를 살피며 책을 주섬주섬 챙겼다.

퇴원하는 날이라 경준의 기분은 들떠 있건만 어쩐지 엄마의 기분은 그렇지 못한 것 같다. 엊그제 밤, 잠결에 잠시 나갔다 오겠다는 엄마의 말을 기억하고 있었다. 그러더니 10시가 되어서야 들어온 엄마에게서 술 냄새가 미약하게 났다.

그때부터 엄마는 간간이 저렇게 인상을 쓰곤 했다. 처음엔 병원비가 부족하나 싶었지만, 그건 아닌 듯했다. 엄마는 돈이 없을 땐 넋두리를 펼치지 저렇게 말없이 입을 다물고 있진 않으니까.

"엄마, 이건 어디에 넣을까?"

"응? 아, 이리 줘."

영진은 경준이 챙긴 책들을 가방에 마저 집어넣었다. 대충 짐을 모두 쌌고 이제 잠시 후에 원무과에서 연락이 오기만을 기다리면 되었다. 30분 정도 걸린다고 했으니 아직 여유가 있는 편이었다. 가방 두 개를 침대에 올려놓은 영진은 문득 몸을 돌려 창가로 다가가 반쯤 창문을 열고 고개를 빠끔 바깥으로 내밀어 아래를 확인했다. 후문 앞은 텅 비어 있었다. 그녀의 얼굴에 실망의 기색이 드리워졌다.

"이 아저씨가 술독에 빠지셨나. 어제도 안 보이더니 오늘도 없네."

엊그제 인학과 제법 오랫동안 마주 앉아 있었다. 선술집에서 소주 세 병을 연달아 마신 인학이 갑자기 눈물을 쏟아내고 나서야 온전히 술자리에 몰두할 수 있었다. 실상 영진은 술을 좋아하지 않아 소주 한 잔에 그쳤지만 인학은 내처 맥주까지 마셔대며 쓰린

속을 달래었다. 대화 중 반이 인학과 영진의 신세한탄이었으며 간간이 준희에 대한 이야기도 함께 어우러졌다.

여자를 잘 알지 못하기에 어떤 식으로 준희에게 접근해야 하는지도 몰랐다고, 그래서 마음 한 조각 전하지 못한 지금 무척 후회가 된다고 인학은 씁쓸하게 말했다. 소도둑처럼 생긴 인학이 자신을 한탄하며 연거푸 소주잔을 들이켤 때, 영진도 무슨 용기가 났는지 자신의 인생을 줄줄이 읊어대었다.

고등학교를 졸업하자마자 남자와 결혼을 했고 아이를 낳았으며 남자의 외도로 이혼을 하여 홀로 아이를 키우고 있다고. 인학의 눈빛이 의외라는 듯 변하기 시작했던 것도 그때부터였던 것 같다.

어쩌면 영진이 이혼녀라는 사실에 술자리가 불편해져서 인학이 서둘러 자리를 마무리했던 것일지도 모른다. 그렇게 싱겁게 술자리가 끝났지만, 문제는 영진에게 생겼다. 어제부터 수시로 창밖을 보게 된 것이다. 정확하게는 후문 앞을.

단단히 단속하자고 했지만 단속은커녕 문이 점점 더 크게 열리고 있는 것만 같았다.

한 손에 비닐봉투를 든 인학이 와 있을 것만 같아서, 그 소도둑처럼 생긴 아저씨가 툴툴거리며 서 있을 것만 같아서, 영진은 하루 종일 창밖에서 눈을 떼지 못했다. 왜 이러는지 의아해하면서도 창밖으로 가는 시선을 막지 못했다. 영진은 자조를 하며 창문으로부터 돌아섰다. 이 못마땅한 행동을 반복하지 않기 위해서 여길 빨리 떠나는 것이 좋을 듯싶었다.

"준비는 다 된 거야?"

다시금 짐 정리된 것을 점검하고 있는데 이강이 다가왔다. 영진은 고개를 끄덕였고 이강은 경준을 쳐다보았다.

"경준이 퇴원하니 좋아?"

"그럼요. 솔직히 병원은 온통 환자들만 있으니까 더 아파지는 것 같아요."

"그래, 병원이란 곳엔 가능한 한 오지 말아야 해. 그래도 혹시 다음에 또 아프거든 선생님한테 와야 한다. 알았지?"

"당연하죠. 저 여기 외할머니 댁에 이제부터 지낼 건데요. 선생님한테 한 번씩 놀러 올게요. 물론 절대 선생님 귀찮게 안 해요."

경준의 말에 오히려 영진이 아연해져선 주먹으로 머리를 한 대 쥐어박는다.

"네가 무슨 권리로 놀러 오겠대? 얌전히 할머니 말 잘 듣고 있어. 엄마가 주말마다 내려올 거니까."

경준이 시무룩해지자 이강이 웃으며 고개를 끄덕여주었다. 얼마든지 놀러 와도 된다는 뜻이었다.

"잠깐 얘기 좀 할래?"

영진이 이강을 복도 밖으로 불러내었다. 그쪽으로 따라가면서 이강은 영진이 무슨 얘길 꺼낼지 짐작하고 있는 중이었다. 틀림없이 봉투를 내밀 것이다. 그리고……

"네가 정산했다던 병원비야. 받아줘."

이강의 추측은 정확했다. 영진이 하얀 봉투를 이강에게 내밀며 머쓱하게 웃었던 것이다.

"넣어둬. 경준이 때문에 그런 거니까."

"아니, 나도 그 정도 염치는 있어. 내 아들 병원비는 엄마인 내가 내야지. 네가 무슨 죄니?"

"그럼 이걸 받아서 경준이한테 줘도 돼?"

"당연히 안 되지."

"그러니까 넣어둬. 네가 억지로 준다면 난 그걸 경준이 바지 주머니에 넣어둘 거니까."

이강은 완강하게 거절하며 돌아섰다. 영진은 제 손에 그대로 쥐어져 있는 봉투를 쳐다보다가 고개를 들고 경준에게 시선을 던졌다.

"경준아, 엄마 잠시 마트에 들러서 외할머니랑 너 먹을 간식 좀 사 올게. 얌전히 앉아서 기다리고 있어. 알았지?"

영진은 경준을 두고 병원을 나와 2차선 도로의 건너편에 있는 작은 마트에 들렀다. 과자 몇 개와 음료수, 그리고 간단한 반찬거리를 산 그녀는 다시 마트를 나와 횡단보도 앞에 섰다. 양손에 묵직한 비닐봉투를 든 채로 신호등이 바뀌기를 기다리고 있는데 옆에서 사람들이 웅성대는 소리가 들려 고개를 돌렸다.

길가에서 나물거리를 팔고 있던 할머니와 택시 기사 아저씨가 싸움이 붙은 모양이었다. 몇 명의 사람들이 달라붙어 싸움을 뜯어 말리고 있었는데 삿대질을 해가며 무서운 기세로 욕을 해대는 할머니 때문에 사람들이 말리는 것도 시원찮아 보였다.

그 와중에 영진의 눈이 커졌다. 싸움을 말리는 몇 명의 사람들 사이에서 인학을 발견한 것이다.

그러고 보니 싸움이 일어난 곳이 우체국 앞이었다. 영진은 자신도 모르게 가슴이 뛰는 것을 느끼며 인상을 일그러뜨렸다. 할머니를 말리는 인학을 보면서 엊그제 함께 술을 마셨던 일이 비현실적으로 느껴졌다. 너털웃음을 지으며 할머니를 말리고, 주변 사람들과 고개를 설레설레 저으며 대화를 하고, 그 큰 덩치로 나물이 담긴 가판을 매만져주는 그는 엊그제와는 완전히 딴판이 되어 있었던 것이다.

그날을 계기로 인학은 제자리로 돌아갔나 보다. 더는 병원으로 준희를 만나러 오지 않는 걸 보면 알 수 있었다. 마음 정리를 하고 다시 일상으로 돌아간 인학은 아무렇지도 않아 보였다. 그게 못내 서운했던지 영진은 갑자기 쓴웃음이 흘러나왔다. 자신의 처지가 고스란히 자각되어져 기분마저 달갑지 않았다.

"내가 지금 뭘 하는 거지? 미친년……."

스스로에게 욕을 하면서 영진은 뻗어나가려 하는 감정을 안으로 고이 접었다. 신호등이 바뀌고 영진은 뒤도 돌아보지 않고 횡단보도를 건넜다. 병원으로 도망치듯 뛰어 들어가는 발걸음은 무척 빨랐다.

퇴근한 이강은 주차장에서 준희를 기다렸다. 운전석에 앉아 후문을 응시하면서 어젯밤을 상기해본다. 함께 몸을 나누었다는 놀랍도록 황홀한 사실보다 더 크게 자리하고 있는 것은 준희에게 분명히 무언가가 있다는 것이었다. 그것을 그에게 숨긴 채 6개월 동안만은 행복해지고 싶다는 허무한 바람을 품고 있었다.

문제는 준희가 직접 입을 열지 않는 이상, 그 비밀이 무엇인지 알 길이 없다는 것이었다. 그녀의 몸을 갖고 서로에게 속하게 된 지금, 이강의 욕심은 그 이상을 향해 내달리고 있었다. 영원을 약속하고 같은 시간과 공간 속에 함께 머무는 것.

하지만 그런 욕심 못지않게 마음의 격랑 또한 사나웠다. 준희의 비밀을 반드시 알아내어야 한다는 생각이 머릿속에 가득 채워졌다. 그래서 오늘은 시간이 걸리더라도 그녀와 많은 이야기를 나누고자 했다. 기다림이 얼마나 길어지든, 시간이 얼마나 걸리든 상관없었다.

[주차장이야? 나 갑자기 약속이 생겼어. 오늘은 너 혼자 퇴근해야겠다, 미안. 일찍 들어갈게.]

준희에게서 문자가 도착한 건 차에서 기다린 지 5분 남짓 지났을 때였다. 이강은 미간을 일그러뜨리며 한참을 문자만 내려다보고 있었다. 무슨 약속인지 묻고 싶었지만 다 잘라낸다.

[집에서 기다릴 테니까 돌아오면 곧장 나한테 와.]

문자를 띄운 후, 그는 시동을 걸었다. 집에 도착한 이강은 텃밭을 왔다 갔다 하고 있는 할머니들을 발견하고 그쪽으로 다가갔다. 막 어둑해지려는 저녁, 할머니들은 쪼그리고 앉아 각각 호미와 낫을 들고서 풀을 매기에 바쁘다. 텃밭은 그 짧은 사이에 벌써 손바닥만 한 모종을 틔우고 있었다.

"잉? 우리 의사 선상 왔네."

혜미가 먼저 이강을 발견하고 나서야 순심이 고개를 들었다. 밀짚모자 아래서 환하게 웃는 순심이 입을 연다.

"이강이 왔어? 배고프지? 10분만 기다려. 요거 마저 하고 밥 차려줄게. 근데 준희는 함께 안 왔어?"

"오늘 약속이 생겼답니다. 그런데 채소들 언제쯤 먹을 수 있는 겁니까?"

이강은 순심의 곁에 앉아 손끝으로 채소 모종을 스윽 훑으며 물었다. 그러자 혜미가 자랑스럽게 대답한다.

"요런 채소들은 곰방 자란당게. 우덜이 원체 맴을 많이 써야 말이제. 쪼매만 기다리랑게."

"그래. 넉넉잡아야 보름이야. 상추 같은 건 금방 자라거든."

"네."

"아유. 어서 들어가 있어. 비싼 양복 더러워질라."

이강이 쭈그리고 앉은 것에 기겁하며 순심이 얼른 말렸다. 이강은 일어서는 대신 시선을 잠시 내리깐 채 생각에 잠겼다. 아무래도 준희와의 관계를 할머니들에게 먼저 털어놓아야 할 것 같았다. 할머니들이 도와주신다면 준희가 군말 없이 따라와 줄 것이다. 먼저 아군을 만들어놓는 것이 순서인 것 같았다.

"할머니."

"응. 왜, 얘기할 거 있어?"

"준희한테 요즘 무슨 일이 있습니까?"

순심이 호미질을 하다 말고 이강을 쳐다보았다. 부지런히 준희의 행적을 좇아가는 눈빛을 하며 고개를 갸웃거리고 있는데 옆에서 혜미가 먼저 입을 열었다.

"시방 고거이 뭔 말이당가, 의사 선상? 우리 준희헌티 뭔 일이 있당가?"

"왜, 준희한테 무슨 일이 있대? 무슨 일인데?"

두 할머니들이 차례로 진상파악에 나섰다. 할머니들의 반응으로 봐서 준희의 비밀은 할머니들에게도 해당되는 것 같았다. 이렇게 되고 보니 마땅히 할 말이 없어져선 이강은 대신 능청스러운 얼굴로 향후 계획을 발표했다.

"아닙니다. 할머님들. 준희한테 별일 없으면 저희…… 연애를 할까 합니다."

이강이 큰 보따리를 척 풀어놓았다. 할머니들의 반응은 예상한 대로였다. 놀라움과 당황스러움이 공존한 표정, 잠시 굳어져 밭일 일랑 까맣게 잊은 듯한 표정, 그런 후에야 비로소 상황이 파악이 되어 서로 얼떨떨해하며 쳐다보는 표정. 이 세 가지 표정이 10초 간격으로 차례로 튀어나오고 있었다. 이강은 내친김에 확실하게 쐐기를 박아야겠다는 생각을 하고 결심한 듯 말했다.

"연애하다가 가을쯤 결혼을 하려고 하는데 할머니들 생각은 어떠신지요."

"준희도 그러자고 해? 둘이 얘긴 된 거야?"

"제가 그러자고 하면 그럴 겁니다."

"우, 우리야 너희들이 좋다면 상관없지만…… 너무 갑작스러워서……."

순심은 여전히 놀라워하는 눈치였다. 그리고 그 놀라움에는 다른 의미의 감정도 함께 들어 있는 듯했다. 혜미가 순심의 심정을 대신 전해주었다.

"우리 사둔 말은…… 그니께 우리 준희가 의사 선상헌티 쪼매 기울어지니께…… 고거이……."

"그런 걸 신경 썼다면 애초에 이곳으로 오지도 않았을 겁니다."

이강이 유쾌하게 대답했지만 두 할머니들은 여전히 그 부분이 마음에 걸리는 듯했다. 이강이 먼저 일어나 호미들을 들고 텃밭을 나왔다. 할머니들은 장화신은 발을 씻는다며 먼저 집에 들어가 있으라는 말을 했다. 텃밭을 돌아 나오는데 혜미의 확 낮춘 목소리가 들렸다.

"으아니 그란디 준희 고 여시 같은 것은 우덜헌티 암 말도 안 혔는디. 고로코롬 부뚜막에 기어올라가네잉. 고것이…… 예사 인물이 아니여."

실긋 웃으며 이강은 세 여자의 집으로 들어왔다. 늘 두던 신발장 위에 호미를 세워둔 후, 구두를 벗고 올라섰다. 할머니들이 들어오시기 전에 식탁에 수저를 미리 올려놓은 그는 준희의 방문을 살짝 열어 보았다. 작은 방은 옷장 하나와 화장대 겸 앉은뱅이책상 하나가 전부였다. 불을 켜자 작은 형광등이 환한 불빛을 내보내었다.

준희의 방에 들어선 이강은 한가운데에 서서 내부를 휘둘러보았다. 그녀의 오랜 흔적이 묻어 있는 곳곳을 시선으로 훑으며 알 듯 모를 듯한 미소를 지었다. 그렇게 큰 집의 화려한 방에서 살던 준희가 한순간에 이런 방에서 지내게 되었을 때를 상상하자 무수히 많은 감정들이 치받쳐 올랐다. 그녀가 살았었던 서울의 그 집으로 그들이 다시 돌아갈 수 있을까.

아련해진 마음에 이강은 책상 앞에 엉덩이를 붙이고 앉았다. 몇 권의 물리치료 서적과 기초화장품들을 손으로 쭉 훑어가던 그는, 물리치료책 사이에 끼워져 있는, 그냥 지나치면 발견할 수 없을 정도로 깊숙이 숨겨져 있는 작고 하얀 봉투를 꺼내어 보았다. 약 봉투였다. 이강은 불현듯 며칠 전 준희의 가방에서 약 봉투를 본 것을 떠올렸다. 그것을 꺼내려니 준희가 와서 모른 척 가방을 옮겨 들었다.

단순한 감기약일지도 모른다고 생각하고 다시 그것을 제자리에 두려던 그는, 혹시나 하는 마음에 봉투의 겉면에 쓰인 약의 내역을 살펴보았다.

디아제팜 정, 다이크로지트 정, 뮤코피드 정. 그중 다이크로지트는 이뇨제 중 하나이고, 나머지 두 개 중 하나는 어지럼증을 완화시켜주는 약이었다. 이 약들이 무슨 조합인지 정형외과 의사인 이강으로선 파악하기 힘들었다. 일반적인 감기약은 아닌 셈이다.

"이강아, 어디 있니."

할머니들이 현관에 들어선 소리가 들리자 이강은 약 봉투를 제자리에 꽂아 넣었다. 거실로 나가기 위해 방문을 열기 직전에도 그는 의미심장한 눈길로 그것을 쳐다보고 있었다.

　이강에게 문자를 보낸 후 준희는 복잡한 표정이 되어 잠시 의자에 앉아 있었다. 진석이 30분 후에 병원 앞에서 보자고 했으니 아직 시간적으로 여유가 있었다. 그렇게 앉아서 생각에 몰두하자니 또다시 스치는 어지럼증 때문에 미간이 저절로 좁혀졌다. 며칠 동안 잠잠하다 싶었는데 오늘 하루 내내 이강에 대한 생각으로 정신이 없었더니 거기에 진석의 전화까지 얹혀 마침내 무너지려하고 있었다.

　처음 진석의 전화를 받았을 때, 준희는 낯선 감정이 없이 무척 자연스럽게 통화를 했다. 불과 며칠 전에 이강으로부터 진석에 대한 이야기를 주고받은 탓이었다. 하지만 진석은 병원장님을 통해 그녀의 연락처를 알게 되었다며, 만나서 할 이야기가 있다고 했을 때 평온하던 가슴이 갑자기 뛰기 시작했다. 이강 때문이라고 어렴풋이 짐작했기 때문이다. 이강에겐 말하지 말고 혼자 나와달라는 말에서, 그녀의 추측은 확신으로 굳어졌다.

　진석이 왜 그녀에게 연락을 했는지는 알 수 없었다. 다만 진석이 '꼭 만나야 한다.'는 단서를 붙인 뒤로 진석과의 만남이 결코 그녀에게 기분 좋은 일로 작용하지는 않을 것 같다고 짐작하게 되었다.

　문제는 늘 그녀의 마음이었다. 갈피를 잡지 못하는, 흔들리는 마음 때문이었다. 어젯밤, 이강과의 육체적인 관계를 가진 뒤로 다잡아지지 않는 결심 때문에 하루 내내 우울했던 것이다.

지금은 마냥 행복하게만 있고 싶다는 말로 그의 의문을 회피했지만, 언제까지 이 비밀을 비밀로 놔둘 수 없다는 것을 알고 있었다.

언젠가는 이강의 앞에서 쓰러질지도 모를 일이고, 언젠가는 이강이 먼저 알게 될지도 모를 일이었다. 끝이 어떤 모습이 될지 알 수는 없지만 이강에게 내내 진심으로 대하고 싶은 것도 사실이었다.

문제는 그녀의 마음속에 시시각각 형체를 달리하며 커져가고 있는 '욕심'이었다. 어떤 선택을 하든 그녀는 이기적인 여자가 될 것이다. 그러나 그 어떤 쪽이든 이강이 상처 받는 모습을 보고 싶지는 않다. 그것은 사는 내내 그녀를 괴롭히게 될 것이다. 준희는 깊은 늪 속에 빠진 기분이었다.

한참 동안 갈등하던 그녀는 힘없이 의자에서 일어났다. 진석이 말했던 시간이 다가와 있었다. 병원 앞에 나가니 이미 컴컴한 어둠이 사위를 뒤덮고 있었다. 준희는 정문 앞 갓길에 주차되어 있는 차를 보았다. 비상등이 껌뻑거리고 있는 것으로 보아 진석의 차가 아닐까 짐작하고 있던 와중에, 운전석에서 누군가가 내리는 것이 보였다.

"오랜만이다?"

얼굴이 전혀 변하지 않은 진석이 다가왔다. 준희는 엷게 미소 지으며 고개를 끄덕였다.

"응, 그래. 잘 지냈어? 오랜만이야."

"만난 꼴이 좀 우습게 됐지만 너한테 부탁하지 않으면 안 될 일이라 연락을 했어. 혹시 불쾌했다면 미안해."

"불쾌하진 않아. 그냥 불편할 뿐이지."

그녀의 솔직한 말에 진석이 실소를 머금었다. 주변을 잠시 둘러보더니 다시 그가 입을 열었다.

"저녁 식사라도 할까? 여기 근처에 좋은 곳 있어?"

"네 기준에서 좋은 곳은 아마 없을 거야. 그리고 지금 식욕도 별로 없는데, 그냥 차 안에서 얘기하면 안 될까?"

"그래도 동창을 오랜만에 만난 건데."

"내 말은…… 본론만 빨리 듣고 싶단 얘기야."

준희의 단호함에, 진석은 다시금 실소하며 조수석 문을 열어주었다. 준희가 올라타자 진석은 차를 돌아가 운전석에 탔다. 차 안은 잠시 정적이 내려앉았다. 어색한 분위기를 타고 준희가 헛기침을 몇 번 하자, 진석이 그제야 말문을 열었다.

"혹시 이강이가 며칠 전에 서울에 다녀왔었다는 건 알고 있지?"

"응."

"그 이유도 알고 있어?"

"응. 들었어."

"역시 너희 둘, 사귀는 사이가 맞았구나."

준희는 예상치 못한 대화의 전개에 고개를 돌려 진석을 쳐다봤다. 진석이 하려는 얘기와 이강과 그녀의 관계가 무슨 상관이 있기에 저런 말을 하는 걸까. 준희가 의구심을 지우지 않은 표정으로 있자, 진석이 덧붙였다.

"어제 주차장에서 우연히 봤어. 너희들이 함께 있는 걸."

"나한테 연락한 이유가 뭐야?"

"그래, 네가 본론만 듣고 싶어 하니까 빨리 얘기할게. 너라면 이강이를 설득시킬 수 있지 않을까 해서지, 물론. 차이강을 우리 병원으로 모셔오고 싶거든. 아버지께서 홀딱 반하셨어."

어쩌면 예감을 했던 건지도 모르겠다. 구내식당에서 병원장인 현식으로부터 비슷한 얘길 들었을 때부터, 이강은 그녀의 옆에 오래 머물 사람이 아니라고, 그러니 6개월이라는 제안서를 내민 그녀가 현명한 것이었다고. 눈가가 뜨거워지려 했다. 준희는 젖어 들어가는 목을 힘껏 추스른 후 냉정한 얼굴로 입을 열었다.

"네가 이강이를 잘 모르나 본데 난 이강이의 어떤 생각도 움직이게 할 수가 없어. 그리고 난 이강이가 내린 생각이나 결정을 존중해. 그 이유 때문이라면 나를 잘못 찾아온 것 같아."

"이강이 실력, 여기에 두긴 아까워. 너도 알겠지만. 단순히 우리 병원 측의 욕심 때문만은 아니야. 넌 이강이가 이런 곳에서 엑스레이나 찍고 약이나 처방해주는 의사로 전락하길 바라? 너도 이강이를 아낄 거 아냐?"

겁이 난다. 아무것도 확신할 수 있는 사실이 없다는 것이 두렵고 막막해졌다. 준희의 어지럼증은 이강을 떠올린 순간 더욱 극심해졌다. 쓸쓸한 봄밤, 이강이 옆에 없는 이 밤이, 그녀에겐 한겨울보다 더 시리고 추웠다.

집에 도착한 준희는 이강의 집 현관 앞에 서 있었다. 할 얘기가 있으니 그에게 와달라는 문자를, 진석과 얘기하는 내내 머릿속 한편에 두고 있었다.

현관 벨을 누르자 기다렸다는 듯 문이 열렸다. 온기 가득한 내부에 들어서니 그제야 꽉 굳어 있던 어깨가 풀리는 듯했다. 여전히 어지러웠다. 한 발자국 옮기는 것조차 힘이 들어 이를 앙다물어야 했다.

혹여 이강이 그녀의 증세를 알아챌까 신경을 바짝 써서 걸었더니 그의 앞에 서자 어지럼증이 더욱 기승을 부렸다.

"왔어?"

흐려진 시야에 이강의 얼굴이 두 개로 겹쳐 보였다가 선명해졌다를 반복했다. 준희는 안간힘을 내어 대답했다.

"……응."

"이거 무슨 약이지?"

이강이 약 봉투를 그녀의 눈앞에 내밀었다. 갑작스러운 상황에 준희는 눈에 힘을 주고 그것을 보았다. 할머니들이 볼까 책 사이에 끼워둔 약 봉투가 그의 손에 들려 있었다. 현실감이 없는 순간처럼 시야와 머릿속이 일제히 흔들리고 흐려졌다. 준희는 시선을 들어 그를 쳐다보았다.

"아무것도 아니라고 하지 마. 내가 아는 지인을 통해 알아볼 수도 있어."

이강의 말소리가 귓전에서 아득하게 멀어졌다. 귀가 순간적으로 먹먹해진다 싶더니 좀 전보다 더 강한 어지럼증이 두통과 함께 찾아왔다. 그것은 둔기처럼 그녀를 후려쳤고, 준희는 그대로 이강의 품에 쓰러졌다.

13. 너의 연인, 나의 인연

　"왜 일어나 있능겨?"

　불을 켜자 혜미가 눈이 부셨는지 잠에서 깨어났다. 준희의 방을 확인하러 나간 순심은 전화기를 들고 들어온 참이었다.

　"준희가 아직 안 들어왔어. 전화를 해볼까 싶어서

　"잉? 몇 신디 여적이라능겨? 오메, 벌써 11시인디?"

　시계를 보던 혜미가 잠이 깼는지 아예 일어나 앉았다. 순심은 침침한 눈을 들고 전화기의 버튼을 천천히 꾹꾹 눌렀다. 귀에 갖다 대자마자 준희의 것이 아닌 이강의 목소리가 건너왔다.

　-네, 할머니. 이강입니다.

　"응? 왜 준희가 안 받고 네가……."

　-준희와 잠시 드라이브를 나왔습니다. 할머니께 전화를 드리

는 걸 잊었나 봐요. 준희는 뭘 사러 잠시 차에서 내렸는데 돌아오는 대로 집으로 갈 테니 염려 마시고 주무세요.

이강의 대답에 순심은 그제야 안심을 하며 고개를 끄덕였다. 저녁나절, 준희와 연애한다고 폭탄선언을 한 이강을 이미 마음으로는 손녀사위로 몇 번이나 인정을 하고 있었다. 순심은 웃으며 말했다.

"응, 그랬구나. 난 준희가 아직 안 들어왔기에 걱정되어서 전화를 했지. 너랑 같이 있다면야 안심이야. 더 놀다 들어와."

순심은 오히려 이강을 안심시키며 통화를 끝냈다. 얼굴에는 만족스러운 미소가 한가득이었다. 그 모습을 보며 혜미 역시 마음이 편해졌는지 다시 자리에 누웠다. 끄응, 하는 신음 뒤에 말을 붙였다.

"젊은것들이 할미들 눈 피해서 지들끼리 나가쌌네. 좋을 때여. 어여 누워, 사둔."

"응, 그래."

순심은 불을 끄고 혜미의 옆에 나란히 누워 이불을 끌어 올렸다. 그렇게 한동안 불이 꺼진 천장만 바라보고 있자니 혜미가 불쑥 말을 꺼내었다.

"사둔은 걱정 안 되야? 준희가 의사 선상헌티 시집간다는디?"

혜미의 걱정이 무엇인지 모르지 않았다. 이강으로부터 연애와 결혼 운운하는 얘길 들었을 때부터 아마도 혜미와 순심 자신은 같은 마음이었을 터였다. 순심은 손등을 이마에 얹은 채 대답했다.

"걱정되지, 왜 안 되겠어. 이강이한테 맞추려면 우리 형편으론 어림도 없을 텐데. 준희 모아둔 돈이랑 나랑 사돈 틈틈이 모아둔 돈을 다 합쳐도 이강이 수준에는 턱도 없겠지."

말끝에 순심은 기다란 한숨을 내쉬었다. 혜미 역시 무거운 순심의 한숨과 말을 모두 이해하고 있었다.

"우덜이 맨 노친네가 되야 갖고 손주 시집가는디 척 하고 돈보따리도 못 내놓고. 이래서 늙어봐야 아무짝에도 쓸모없당게."

"형편껏 맞추자고 얘기해봐야지. 사실 이강이나 이강이 아비나 허례허식을 차리는 사람들이 아니라서 그거 하난 안심이 돼."

애써 다른 쪽으로 마음을 안도시키면서 순심은 이마에 얹은 손을 떼어냈다. 다시 방 안은 침묵에 휩싸인 가운데 순심의 얼굴이 차츰 미소로 번져들었다. 이강과 준희의 어린 시절이 떠올랐기 때문이었다.

정원에서 함께 놀다가 싸워 토라진 두 아이들, 그네를 만들어 달라던 준희의 부탁에 어린 손으로 그네를 만들다가 손가락을 다쳐 어른들한테 혼나던 이강, 그런 이강의 앞을 가로막으며 이강이 혼내지 말라고 씩씩대던 준희, 비 오는 날 흠뻑 젖은 채로 계단을 오르락내리락하며 뛰어놀던 아이들.

그 아이들이 자라고 어른이 되어 연애라는 둥 결혼이라는 둥, 서슴없이 얘기를 하는 것을 보며 세월의 흐름을 절감하고 있었다.

"그나저나 기분이 참 이상한 거 있지, 사돈."

"기분이 왜?"

"나는 걔들이 한집에서 태어나서 함께 자라고, 학교에도 같이 들어가고, 같이 노는 걸 쭉 지켜봐왔잖아. 그런 꼬맹이들이 중간에 헤어졌다가 많은 세월이 흘러서 다시 만나 결혼까지 한다니. 그냥 그 아이들의 일대기를 옆에서 지켜본 것 같아."

"그려, 사둔은 그렇것어. 월매나 신통방통할 것이여. 그 쪼꼬만 아덜이 요로코롬 커서 결혼헌다고 그러니. 아까 의사 선상 말 허는 거 봤어? 아주 기냥 눈이 뽕뽕 하더만."

결혼자금에 대한 두 할머니의 걱정은 어느새 이강과 준희의 연애에 대한 고찰과 감상으로 그 화두가 바뀌어 있었다.

"나가 준희처럼 한창 나이 땐 길 가던 총각덜이 워찌나 껄떡대던지. 햐아…… 말도 못 해부렀지. 사둔은 체면 차리느라 그런 재미도 모르고 살았제? 그러고 보믄 준희가 사둔이 아니라 나를 닮은거랑게."

"나이 먹고 그런 소리나 하고 싶어? 손녀 시집간다는데?"

"괜히 승질이여, 사둔은."

혜미가 멋쩍어져선 이불을 괜히 코끝까지 끌어 올리자, 순심이 쳐다보며 웃는다. 준희가 행복을 찾은 듯한 지금은 그 모습마저 싫지 않은 듯 슬쩍 혜미의 어깨에 손을 올려 툭툭 두드려주었다.

"자자고, 우리 사돈."

순심과 통화를 끝낸 이강은 굳어진 얼굴로 그것을 준희의 코트 주머니 속에 도로 집어넣었다. 그러곤 응급실 침대에 누워 있는 준희를 내려다본다. 거실에서 쓰러졌을 때 그녀는 무의식중에 할머니들에겐 말하지 말아달라고 불분명한 발음으로 말했었다. 그래서 순심에게서 전화가 걸려왔을 때 어쩔 수 없이 핑계를 댈 수밖에 없었다.

정신없이 준희를 들추어 업고 차에 태워 응급실까지 도착했지만 여전히 그녀는 의식을 되찾지 못하고 있었다. 준희의 증상에 대한 어떤 정보도 없고 설상가상으로 준희가 의식을 찾지 못하는 상태여서, 응급실 당직 간호사가 이강의 지시대로 우선 피를 먼저 뽑았다. 그리고 잠시 후 의식이 돌아오는 대로 CT촬영을 할 계획이었다. 급한 대로 수액을 맞히고 있긴 했지만 그것이 어떤 효과를 가져다줄지는 미지수였다.

응급실 담당의와 간호사들은 아까부터 두 사람에게 의미심장한 시선을 보내왔다. 이 병원의 정형외과 의사와 물리치료실의 실장이 한밤중에 응급실에 함께 나타났다는 사실에 흥미 있어 하는 눈치였다. 그것도 준희가 쓰러진 채로 이강이 다급히 업고 들어왔으니 그들의 시선이 예사롭지 않은 것은 충분히 그럴 만했다.

그러나 이강은 그런 것에 관심을 둘 여유가 없었다. 물음표였던 모든 것에 대한 의문이 조금씩 풀려가고 있는 지금, 이강은 자신이 해야 할 일이 무엇인지 정확하게 알고 있었다. 준희가 깨어나는 대로 사랑한다고 말해주는 것. 그녀가 어떤 상황에 처해 있는지 상관없이 무조건 그 말부터 가장 먼저 해주고 싶었다.

너를 찾아 오랜 시간을 헤매었음을, 너에게 돌아오기 위해 오랜 시간을 노력했음을, 너를 다시 사랑하기 위해 긴 시간을 기다렸음을, 똑바로 전해주고 사랑을 말할 참이었다.

이강은 손을 뻗어 준희의 볼살을 쓸었다. 열로 인해 뜨거워진 살갗은 델 것처럼 화끈거렸다. 그녀의 안에서 도대체 어떤 전쟁이 일어나고 있는 것일까. 답답해진 마음에 무거운 한숨이 턱 아래를 적시었다.

Rrrrrrr.

그때 그의 휴대폰이 울렸다. 액정을 확인한 이강의 표정이 한층 더 진지해졌다. 응급실에 막 도착해서 준희가 피를 뽑고 있을 때, 그는 이 병원의 이비인후과 전문의인 김상태에게 연락을 시도했었다. 어지럼증이 귀의 질환이란 것에 힌트를 얻었던 것이다. 하지만 통화가 불발되었는데 이제야 김상태에게서 다시 전화가 걸려온 것이다. 이강은 휴대폰을 들고 응급실 밖으로 자리를 옮겼다.

"김 선생님?"

이강은 조경을 위해 심긴 나무 옆 바위에 걸터앉은 채 입을 열었다. 쌀쌀한 밤에 가슴조차 허해진 순간이었다. 별일이 아니기를 바라는 절박한 심정에 휴대폰을 쥔 손에 절로 힘이 들어갔다.

-예, 차 선생님. 아까 전화를 하셨더라구요. 제가 휴대폰을 욕실에 두고 방으로 안 가지고 왔었네요. 집사람이 방금 전해줘서 알게 됐습니다.

"밤늦게 죄송합니다. 실례가 된 건 아닌지."

-아닙니다. 그런데 무슨 일이시기에……

"약 성분에 기초하여 무슨 질병인지 좀 알고 싶어서 전화를 드렸습니다. 아무래도 이비인후과 질환인 것 같아서요. 이뇨제와 어지럼증에 듣는 약인 걸로 아는데요."

이강의 간단한 설명을 들은 김상태가 잠시 생각에 잠긴 듯 정적이 흘렀다. 그리고 다시 김상태의 말이 건너왔을 때 이강의 신경이 예민하게 곤두섰다.

─이뇨제와 어지럼증 약이라면…… 흠, 누가 아프신 건지.

"무슨 병입니까?"

─병이라기보다는 일종의 '증세'입니다. 스트레스를 받거나 과로를 하거나 혹은 호르몬이 변화를 일으켜 나타나는 증상인데, 사람마다 경우는 다 달라요. 귓속으로 내압이 차올라 어지럼증이 유발되고 구토도 하구요. 심한 경우에는 의식을 잃을 수도 있지요.

"약을 먹으면 완화가 되는 겁니까?"

─약을 먹으면 그때 당시의 증세는 완화가 됩니다. 그런데 이 병 자체가 근본적인 원인이 밝혀진 것이 없어 완치가 힘듭니다. 게다가 이 증상이 계속 반복되고 반복되면 나이가 들수록 청력이 떨어지구요. 그러니까 청력이 완전하게 소실되는 거죠.

이강의 눈빛이 초점을 잃고 흔들렸다. 시야 가득 준희의 얼굴이 드리워진다. 그것은 그리움처럼 아픔처럼, 이강의 가슴을 쥐고 흔들었다. 꼭 다물렸던 입을 열어 천천히 물었다.

"상태가…… 호전이 되는 경우는 없었습니까?"

─극히 일부긴 하지만 호전되는 경우도 없지는 않습니다. 하지만 대부분 죽을 때까지 가지고 가는 병이죠. 그래서 난치병인 거구요. 왜요, 차 선생님. 누가 그 질환이 있으신지…….

"아닙니다. 제 아는 지인이 그 증세가 좀 있는 것 같아서요. 아무튼 늦은 밤에 실례가 많았습니다. 여러 가지 정보 감사합니다, 김 선생님."

이강은 예의를 차려 인사를 건넨 후 통화를 끝냈다. 뺨을 치고 가는 것이 바람인지 무엇인지 알 수 없었다. 그저 준희가 지금까지 견뎌왔을 무수히 많은 상처와 아픔들이 짐작되어 그는 그 자리에서 꼼짝할 수도 없었다. 그리고 준희가 그에게 내뱉었던 말들이 이제야 단서들이었음을 깨달았다.

'언젠가 네가 내 안에 가득 채워졌을 때 널 버릴지도 몰라. 그래도 좋다면 6개월만 연애하자, 딱 6개월만.'

'난 네 목소리를 아주 많이 들어둬야 하거든.'

그렇게 홀로 경계 벽을 쳐두며 살아왔던 이유가 이거였나. 미소 뒤의 한편에서 느껴지던 쓸쓸함과 처연함이, 언젠가 세상의 소리를 듣지 못하게 될 때를 미리 걱정하고 준비하고 있어서였나. 아직 일어나지 않은 일들로 세상의 모든 짐을 다 짊어진 사람처럼 무겁게 살아왔다는 건가.

가두어두었던 연민이 그녀를 향해 나아갔다. 홀로 아파하고 홀로 삭이고 또다시 아닌 척 미소로 일관해야 했을 때, 그녀 혼자 겪어야 했을 긴 고통의 시간이 사무쳐서 이강은 목울음을 울었다. 소리 내지 못한 울음이 시린 봄밤 속으로 섞여들었다.

눈을 떴을 때 준희는 가장 먼저 하얀색의 천장에 있는 밝은 불빛을 확인했다.

아직 어지럼증이 가시지 않은 머리는 얼얼했고 무거웠지만 이곳이 어디인지는 금세 알 수 있었다. 코끝을 자극하는 소독약 냄새, 주변으로 들려오는 사람들의 말소리, 발소리, 침대의 바퀴 소리.

어디선가 할아버지가 끙끙 앓는 소리를 내자 간호사가 '할아버지 주사 놨으니까 괜찮아지실 거예요.'라고 외쳤다. 목소리를 들어보니 박 간호사였다.

준희는 고개를 틀고 저가 누워 있는 침대의 주변을 살폈다. 코트는 벽에 걸려 있었고 의자는 텅 비어 있다. 아무도 없었다. 의사도 간호사도, 그리고 이곳에 함께 왔을 이강도.

차이강…….

준희는 고개를 좀 더 들어 올려 더욱 깊어진 시선으로 주변을 돌아보았다. 저도 모르게 이강을 찾고 있었다. 좀 더 분명해지고 뚜렷해진 시야에 응급실의 풍광을 모두 담았지만 그 속에 이강은 없었다.

상체에 힘을 주어 일어난 준희는 다리를 침대 아래로 늘어뜨렸다. 신발을 발에 꿰려는데 박 간호사가 다급히 다가와 어깨를 짚는다.

"어머. 한 실장님, 깨어나셨어요? 좀 어떠세요? CT 찍을 거니까 좀 더 누워 계세요."

"아니에요. CT 안 찍어도 돼요."

탁한 목소리가 흘러나왔다. 박 간호사가 영 미심쩍은 표정으로 준희의 말에 반박했다.

"무슨 말씀이세요. 쓰러지셨다던데. 피검사 결과는 물론 아무 이상이 없지만 그래도 혹시 모르니까 CT는 찍어요, 네?"

"그거 안 해도 돼요. 제가 제 병을 알아요, 박 간호사님. 그리고 저 이만 나가고 싶은데."

"아우, 참, CT 찍어보고 가시지. 근데 차이강 선생님이 함께 오셨더랬는데 어디로 가셨지?"

주변을 둘러보던 박 간호사는 나 죽겠다며 끙끙대는 할아버지에게 다시 달려갔다. 준희는 신발을 신고 코트를 걸쳤다. 그리고 응급실 원무과에서 모든 계산을 마친 후 바깥으로 나왔다. 갑자기 불어닥친 한기 넘치는 바람 때문에 준희는 잠시 그 자리에 멈추어 서서 눈을 질끈 감았다. 그렇게 바람을 맞고 있다 보니 정신이 드는 듯했다.

집으로 돌아가기 위해 택시를 타야 한다는 생각으로 걸음을 바삐 떼어냈다. 하지만 서둘러 벽 모퉁이를 돌아간 순간, 손목이 붙들렸다.

틀어버린 시야에 이강의 얼굴이 가득 담겼다. 가로등 불빛 아래 비친 그는 무척 지쳐 보였다. 어딘가 허한 공간이 생겨난 듯한 눈동자가 흔들리며 잡힌 손목에서 전해지는 체온은 무척 뜨거웠다.

잠시, 준희는 그런 이강을 바라보기만 했다. 말하지 않아도 알 수 있는 것, 그런 의미심장한 것들이 이강의 눈빛에서 느껴졌다. 그것은 바로 이강의 절절한 심경이었다. 그의 눈빛에 동화되어 준

희 역시 목이 메었다. 이강이 모두 알고 있을지도 모른다는 자각
이 든 탓이었다.

"……다 알고 있는 거지?"

목소리가 떨렸다. 목에 걸린 커다란 돌덩이를 삼키는 기분이었
다. 바람에 머리칼이 짓이겨지듯 얼굴을 덮자 이강이 다른 한 손
을 뻗어와 그것을 걷어내었다. 그러곤 고개를 끄덕인다.

"음."

간단한 대답 한마디가 그녀의 가슴에 툭, 하고 돌덩이처럼 떨
어져 내렸다.

준희는 시선을 내렸다. 비밀의 문이 열린 순간, 비참하게 일그
러진 자신의 모습을 그에게 보이기 싫어 비겁하게 굴고 있었다.
그에게 진작 말해주지 못한 것을 후회하고 있는 것이다. 입술을
깨물고 메인 목을 추스르고 아려오는 마음을 다독여도 돌이킬 수
없는 현실이었다.

이강이 손목을 잡고 있는 손에 힘을 주어 가볍게 끌어당기자
준희의 몸이 그에게 안겼다. 한기가 섞여 떨리던 몸이 따뜻한 둥
지를 찾은 것처럼 제 온도를 찾아갔다.

기나긴 터널의 마지막에 서 있는 것 같았다. 그곳에서 빠져나
와 환한 햇살 아래로 가느냐, 다시 돌아서서 어두운 터널 속으로
들어가느냐는 이제 전적으로 이강에게 달려 있었다.

그가 자신을 버려도 상관없다고 생각했다. 그것은 그녀가 지금
껏 많은 것을 버려온 것에 대한 대가일지도 모른다. 그러니 마음
아파할 것 없다고 미리부터 예방주사를 맞고 있었다. 그의 가슴이

아무리 따뜻하다고 해도 그녀의 것이 아니라면 지금, 기꺼이 벗어날 준비가 되어 있었다.

"집으로 돌아가기 전에 너한테 해줄 이야기가 있어. 그리고 그 말을 하기 전에 너한테서 듣고 싶은 말이 더 많고. 말, 해줄래?"

그런데 그는 아직이라 말한다. 아직 남아 있는 말을 모두 끄집어내고 싶다고 말한다. 이강과의 사이에 놓인 많은 이야기들을 모조리 하고 싶고 듣고 싶다고 말하고 있었다.

"다…… 안다며."

"그건 우리 병원 이비인후과 김상태 선생 버전이었고, 지금부터는 한준희 버전으로 듣고 싶어."

그녀를 품에 안은 채 그는 매우 낮게 말했다. 준희는 또다시 아픈 과거 속을 헤매었다. 헤집고 들추고 싶지 않았던 과거를 이강을 위해 끄집어내었다. 그에게 안겨 의무처럼 준희는 모두 털어놓기 시작했다.

"처음 알게 된 건 아주 오래전이었어. 18살 때였으니까. 금세 지나갈 가벼운 거라고만 생각했어."

허리를 감고 있던 그의 팔에 힘이 빠져나갔다. 아주 잠깐 동안 그랬다가 다시 힘을 주어 안는다.

"그리고 나이를 더 먹고 세월을 좀 더 알게 될 즈음에도 증세가 사라지지 않았지만, 그렇게 큰 미련은 없었어. 그때쯤엔 이미 버리는 것에 익숙해졌거든."

이번엔 이강의 팔이 그녀의 등으로 올라와 차가운 코트를 부드럽게 쓸어내렸다. 위로하는 듯 모난 마음을 매만져주는 듯 그의 손길은 다정했고 부드러웠다.

"그렇게 중요하게 생각하지 않았어. 내가 청력을 완전하게 잃어버릴 때쯤엔 이미 할머니들도 돌아가셨을 때니까, 혼자 살면 별 문제가 안 될 거라고. 내가 불편한 게 문제가 되는 건 결국 내 주변에 사람이 있을 때잖아. 하지만 난 혼자니까. 계속 혼자일 테니까."

등을 쓰다듬던 이강의 손길이 얼마쯤 흐트러졌다. 그리고 뒤이어 귓전에 감겨드는 한숨 소리. 혼자, 라는 단어를 반복할 때마다 이강은 그렇게 괴롭게 숨을 내쉬고 있었다.

"그런데 네가 나타났어. 완벽하게 살고 싶고, 행복하게 살고 싶다는 욕심이 자꾸 생겨. 포기했던 것들이 자꾸 떠올라서 나도 모르게 손에 쥐고 싶어 해. 그러니 내가 안 미치고 배겨?"

언제든 이런 순간이 오게 되리라 상상한 적이 있었다. 이강에게 이토록 북받치는 마음을 모두 털어놓고 무너지듯 기대고 싶어하는 순간이, 언젠가는 오게 될 거라고.

"네 목소리를…… 못 듣게 될지도 몰라. 네가 내 이름을 부르는 걸 듣지 못할지도 몰라. 생각만 해도 미칠 것 같아……."

눈물이 그의 어깨를 적시고 그 어깨에 상처를 모두 내려다놓고, 편히 기대어도 좋을 날이 올 거라고. 하지만 막상 다가온 그 순간이 준희는 가슴 아팠다.

"네 얘길 모두 들었으니 이제 내 얘길 해볼까?"

정수리에 얹힌 그의 턱이 조금씩 움직였다.

"나를 좀 더 욕심을 내줘, 준희야. 내가 너를 정말 사랑하거든. 올지 안 올지 알 수 없는 미래의 일로 너를 잃는 건 싫어. 그래도 불안하다면, 네 귀에 내 목소리를 열심히 남겨둘게. 내 입을 보면서 내 목소리를 상상해. 그러면 돼."

깊은 밤이 찾아들고 있었다. 등을 쓸고 온기를 전하는 남자의 손이 말한다. 아프지 마, 힘들어하지 마, 울지 마. 그리고…… 나를 떠나지 마. 그의 속삭임이 밤의 시간의 갈피를 조금씩, 조금씩 넘기고 있었다.

차가 집 앞에 도착하자 이강은 시동을 끄고 고개를 돌렸다. 준희는 고개가 절로 미끄러져 내릴 정도로 깊이 잠들어 있었다. 약기운 때문이리라. 이강은 팔을 뻗어 그녀의 머리를 받쳤다. 그러곤 슬쩍 손을 빼내니 다시 아래로 스르르 떨어진다. 피식 웃음이 흘렀다.

웃느라 늘어진 입매와는 달리 그녀를 보는 이강의 눈빛은 젖어 있었다. 그녀를 향한 연민이 이강의 가슴 곳곳을 누볐다. 어쩌면 앞으로도 한동안 이렇게 준희가 볼 수 없는 곳에서 홀로 목울음을 삼켜내야 할지도 모른다. 준희가 지금까지 흘렸던 눈물만큼 그도 울어야 할 날들이 많을지도 모른다.

하지만 지금부터는 완전한 하나가 될 것이니 서로의 눈물을 닦아줄 수 있을 것이다. 그거면 되는 거다. 준희만을 향해 달려온 길에서 그가 혼자 힘들 때마다 그녀가 보이지 않는 위로를 해주었다. 이제는 자신의 존재만으로도 준희가 힘을 얻을 수 있도록 함께하면 되는 거다. 그래, 그거면 되는 거다. 그가 그녀의 목소리가 되어주면 되는 거다.

준희의 머리가 다시 아래로 떨어지기 전에, 이강은 잽싸게 차에서 내려 조수석으로 돌아왔다. 그러곤 차문을 열고 준희를 업었다. 정원을 가로질러 현관에 들어서는 동안 등에 닿는 준희의 숨소리가 안정적으로 변해가는 것이 느껴졌다. '내 등이 편한 거야?'라는 질문을 웃음으로 대신하며 슬쩍 고개를 돌려보았다. 턱 끝에 준희의 머리칼이 닿자 그는 또 한 번 미소 지었다.

방으로 들어가 침대에 준희를 눕혔다. 코트를 벗기고 이불을 덮어주었다. 그러고 나서 이강은 침대 끝에 걸터앉아 가만히 준희만 바라보았다.

잠이 든 것이 분명한데도 준희는 이따금 눈을 뜨곤 했다. 잠자리가 불편한가 싶어 시트를 부지런히 펴주었지만 그녀는 자꾸만 눈을 뜨고 감는 것을 반복하고 있었다. 이강은 준희에게 더욱 가까이 다가갔다. 이마에 덮인 머리칼을 걷어내어 주며 속삭였다.

"푹 자. 눈 뜨지 말고."

그러자 준희가 눈을 감은 채로 입을 열었다.

"너 있나 없나 확인하는 거야."

힘겹게 끌어낸 그녀의 한마디에 이강의 마음이 아파왔다. 잠이 들어 있으면서도 그가 곁에 없을까 불안해하는 준희의 심정이 절박하게 그를 두드렸다.

이강은 무거워진 마음을 애써 털어내고 준희의 옆에 누웠다. 그녀의 머리 아래에 팔을 집어넣고 다른 팔로는 그녀의 허리를 감쌌다.

"내 목소리 들려?"

준희의 귀에 대고 나직이 속삭이자 그녀가 대답 대신 입매를 늘이는 게 보였다. 이강은 뜨거워진 가슴을 다독이며 긴 시간 담아두었던 고백을 토해냈다.

"사랑해, 준희야."

감긴 준희의 눈가가 파르르 떨리고 있었다. 이강은 그녀가 더욱 확실하게 알아들을 수 있도록 조금 더 톤을 높였다.

"나중에 다른 소리를 다 잊게 되어도, 지금 이 말을 하는 내 목소린 절대 잊지 마. 알았지? 내가 네 목소리가 되어줄게."

준희가 눈을 뜨는 수고를 하지 않아도 되도록, 이강은 그녀의 허리를 끌어당겨 품에 안았다. 바스라질 것 같은 작은 몸이 이제야 보금자리를 찾은 듯 온기를 되찾아가고 있었다. 그 밤 내내, 이강은 품에서 준희를 떼어놓지 않았다. 그녀가 내쉬는 숨결을 느끼며 그녀의 귓속으로 자신의 숨결도 들려주면서 온 밤을 하얗게 지새웠다.

병원장 실의 문은 반쯤 열려 있었다. 하여 이강은 그곳에 들어서기도 전에 응접 소파에 나란히 앉아서 자신을 기다리고 있는 현식과 진석을 발견할 수가 있었다. 굳어진 얼굴과 그다지 내키지 않는 발길로 이강이 병원장실에 들어서자, 현식은 환하게 웃으며 반겼고, 진석은 얼마쯤 어색한 표정으로 자리에서 일어나 그를 맞이했다.

"응. 왔구먼, 차 선생. 그렇지 않아도 기다리고 있었어요. 점심은 먹었어요?"

"네."

이강이 자리하자 현식이 무릎을 탁 쳤다. 몰랐던 것을 알게 되었다는 듯한 반가운 음성이었다.

"아, 두 사람 역시 고등학교 동창이라면서요? 허허, 나 참. 그 학교는 인재들만 배출하는 학교였나 봐. 이렇게 현역에서 왕성하게 활동하고 있는 두 사람이 있으니."

"차 선생은 인재지만 저는 아직 부족합니다, 병원장님."

진석이 겸손한 어투로 자신을 낮추자 이강이 눈썹을 밀어 올리며 잠시 그를 보았다.

"에이, 닥터 송도 그만하면 인재지. 무엇보다 부친이 인재시잖아."

"과찬이십니다, 병원장님."

겸손과 과찬이 오가는 대화는 그쯤에서 마무리되었다. 현식은 조금은 아쉬운 얼굴을 하고 이강을 쳐다보았다.

"차 선생을 부른 이유가 뭔지는 차 선생 본인이 잘 알 거예요. 난 그저 중간자의 입장일 뿐이니 자세한 대화는 두 사람이 나누어야겠지. 차 선생."

"네, 병원장님."

이강의 마음속에선 이미 결론이 났지만 진석이 이곳에 며칠 머무름으로써 현식과 진석에겐 아직 끝나지 않은 화두, 바로 이강의 스카우트 때문에 이곳으로 불려온 것이다. 진석은 의외로 꽤나 고집을 세우고 있었다. 어제 준희에게서 진석이 그녀까지 찾아갔었다는 얘길 듣고 불쾌함을 넘어서서 질려가고 있었다.

진석의 얼굴에 덕지덕지 매달려 있는 욕심의 주머니를 이강이 몰라볼 리가 없었다. 아무리 겸손의 가면을 쓰고 현식에게 웃어도 그 속내는 결국 시커먼 늪에 불과했다. 현식이 제법 덤덤하게 말했다.

"난 차 선생이 어떤 결정을 내리든 존중해요. 마음 같아선 계속 여기에 머물러주었으면 하지만 그거 엄청나게 염치없는 생각이라는 것도 알고. 차 선생 같은 사람이야말로 재영종합병원에서 꼭 필요한 인재지. 우리나라의 의료계를 위해서라도 그게 낫다고 생각해요, 나도. 그러니까 아무 부담 가지지 말고 잘 생각해서 결정해요. 난 그럼, 일어나지요."

현식은 자리를 비켜주려는 듯 일어나 병원장 실을 나갔다. 진석과 둘만 남자 이강은 그제야 등을 소파에 붙인다. 느긋하고 나른한 눈매에 진석을 향한 탐색의 눈빛을 담고 그를 보았다.

"내 뜻은 이미 전달한 걸로 아는데. 그 문제로 더는 여러 사람 불편하게 만들지 말았으면 좋겠다."

이강이 운을 떼자 진석이 조금 들뜬 표정으로 회심의 카드를 내밀었다.

"내년부터 이 병원과 우리 병원이 자매결연을 하게 될지도 몰라. 이 병원에서 중증 환자가 생기면 곧장 우리 병원으로 후송하는 시스템이 도입될 거야. 그리고 우리 병원의 스텝들이 정기적으로 여기로 와서 검진도 함께할 거고."

"그건 네 생각이야?"

"이 방법이 아니면 널 모셔갈 수가 없겠더라. 거기다가 존스 홉킨스 병원에서 받은 만큼 연봉을 맞추어줄게. 어때, 마음에 들어?"

"그렇게까지 무리하지 않아도 돼. 내 생각은 변하지 않아. 내가 원하는 건 사랑하는 사람들 옆에 있는 거야. 돈이야 부족하지 않을 만큼 모아뒀으니 그 욕심은 없다."

"이 정도면 엄청나게 배려한 거야. 너도 알겠지만 요즘 큰 병원들 사정도 예전 같지 않아. 들여올 기술이나 기기는 많지만 워낙 중형병원이 많이 들어서는 바람에 환자 수가 많이 줄어들었지. 그래서……."

"나를 군이 네 병원으로 데려가고 싶은 진짜 이유가 뭐지?"

이강은 진석의 설명을 끊어버린 후 질문을 던졌다. 갑자기 말문이 막혀버린 진석은 내내 했던 형식적인 말을 다시 꺼내었다.

"말했잖아. 우리 병원의 발전을 위해서라고."

"그 이유만 있으면 좋겠지만, 내 눈엔 다른 것들도 보여서 말이지."

"……무슨 뜻이야?"

의미심장한 이강의 눈빛을 진석이 조금은 불쾌해했다. 그러거나 말거나 이강은 어깨를 으쓱했다.

"무슨 뜻인지는 네가 잘 알 테고."

몸을 일으키면서, 이강은 진석에게 당부했다.

"이 문제로 다시 너를 보는 일은 없길 바라. 우린 고등학교 시절, 그저 그랬던 경쟁상대로만 추억에 남기로 하자. 조심해서 올라가라."

어쩌면 이걸로 끝이 아닐 수 있다. 진석은 계속해서 연락을 해 올 테고, 끊임없이 그에게 유혹의 손짓을 보낼 것이다. 욕심은 사람을 집요하게 만든다. 그리고 결국엔 무너지게 만드는 그것에 이강은 굴복할 생각이 전혀 없었다. 사랑하는 사람들의 곁에서 구속 없는 삶을 살아갈 것이었다.

복도를 나와 승강기 쪽으로 걸음을 옮기던 이강은, 저만치 앞에서 한쪽 옆구리에 차트를 가득 끼고 다가오고 있는 준희를 발견했다. 그가 잠시 걸음을 멈추자 준희도 그를 발견하곤 머뭇거렸다. 주변에서 보내오고 있는 몇 개의 시선이 부담스러웠던지 얼굴이 붉어져 시선을 내린다.

스쳐 지나가는 순간에 이강은 그녀의 손을 살짝 잡았다가 다시 떼었다. 미약한 접촉이었기에 주변의 누구도 알아채지 못했을 것이다.

준희가 고개를 틀어 그를 올려다보았다. 이강은 입 모양으로 '괜찮아?'라고 물었다. 그러자 준희가 웃으며 고개를 끄덕였다. 이 미소만 있으면 된다. 그가 지금껏 자신을 세상에 힘차게 부딪치며 살아온 이유였던 그녀만 있으면. 이강은 다시 마음을 가다듬으며 승강기에 올랐다.

물리치료실로 내려온 준희는 떨리는 가슴을 쓸어내리며 의자에 앉았다. 조금 전 승강기 앞에서 만난 이강의 눈빛에 대책 없이 가슴이 두근대고 있었다. 손을 잡았을 때의 체온이 여전히 남아 있어 몇 번이고 손바닥을 비벼대었다. 그래도 들뜬 가슴이 식을 생각을 하지 않았다.

어젯밤의 그 서글펐던 순간은 이미 사라지고 없었다. 그녀에게 남아 있는 건 이제 이강이 하자는 대로 온전히 하는 것, 이강이 하고 싶은 일을 함께 온전히 해주는 것, 그것뿐이었다.

마음이 열리기 시작하니 그때부터 속절없이 이강에게 빨려 들어가고 있었다. 어디에서든 그만 보이고, 그의 목소리만 들린다. 몇백 미터 밖에서도 이강의 목소리만은 확실히 파악할 수 있을 것 같았다.

이렇게 그의 존재와 그의 목소리를 귀에 새겨가다 보면, 그의 말처럼 언젠가 귀가 들리지 않는 순간이 와도 상관없을 것 같다. 이렇게 이강과의 소리가 귓속에 한 켜, 한 켜 쌓여가고 있으니 그것만 기억하면 된다.

마음을 고쳐먹으면서 준희는 지금껏 세상과의 벽을 만들어 그녀 자신을 가두고 살았던 것을 후회했다. 병은 그녀 스스로가 만들었던 것이다. 그리고 이강이 바로 그녀의 의사였다. 그리고 준희는 기꺼이 이강이 내려준 처방을 받아들이고 즐길 준비를 할 것이었다.

"실장님……."

다가온 은경의 목소리에는 힘이 하나도 느껴지지 않았다. 서운함과 동시에 얼마쯤 아쉬움도 느껴지는 음성의 이유를 준희는 잘 알았다. 피식대는 웃음이 인내심을 가볍게 젖히고 터져 나온다.

아직 오후 진료가 시작되지 않은 시점이라 직원들은 느지막이 식후의 커피를 즐기고 있었다. 그러나 준희를 보는 시선은 저마다 흥미와 호기심이 깔려 있었다. 저들끼리 킥킥거리는 소리, 수군거리는 소리가 함께 어우러져 준희로 하여금 잠시 인상을 찌푸리게 했다. 그들 모두 은경과 같은 맥락으로 수런거리고 있었다. 바로 이강 때문이었다.

어제 응급실에서의 일이 병원 내에 소문으로 퍼진 건 그야말로 삽시간이었다. 준희가 쓰러진 것부터 해서 이강이 그녀를 업고 응급실로 뛰어 들어온 일까지, 한 편의 드라마로 각색되어 여기저기에 뿌려진 것이다. 설상가상으로 이강이 준희와 같은 집에 산다는 말까지 다른 사람한테 하는 바람에 그녀는 더욱 곤란해졌다.

특히 많은 간호사들의 공공의 적이 되어 어딜 가나 눈치가 따라붙었다. 조금 전 구내식당에선 만나는 간호사들마다 '좋으시겠어요.'를 연발하는 바람에 '예, 정말 좋아요. 그러니까 제 앞에서 인상 좀 쓰지 마세요.'라고 외칠 뻔했다. 모두 행복의 이면에 숨겨진 잔상이라고 여기며 준희는 기꺼이 감수하고자 했다.

"이거 서문호 할아버지 차트인데요. 방금 받아 온 거예요."

"응, 그래. 고생했어, 은경 씨."

차트에 사인을 하는데 자꾸만 흘깃거리는 은경의 시선이 부담스러웠다. 준희가 고개를 드니 은경이 헐레벌떡 고개를 다른 쪽으로 돌린다.

"뭔데. 할 말 있으면 해. 은경 씨까지 내 뒤에서 속닥거리지 말고. 나 보기보다 혈압 높아."

"아뇨. 그냥 부럽다구요."

차트를 탁 소리가 나도록 덮으며 준희는 은경을 쳐다보았다.

"나도 알아. 내가 언감생심 넘보아선 안 될 것을 넘보고 있다는 거. 그러니까 나 좀 그만 눈치 줄래?"

목소리가 자신도 모르게 점점 고조되고 있다는 것을 깨달으며, 준희는 아차 싶었다. 물리치료실 내에 다른 직원들도 모두 흥미로운 듯 그런 준희를 보고 있었다.

"아뇨, 그러니까 그냥 그렇다구요. 화를 내실 것까지야."

"화 안 났어. 안 났다고!"

준희는 괜스레 멋쩍어져선 의자를 밀며 일어났다. 물리치료실을 나와 복도에 선 준희는 벽에 이마를 콩콩 찧었다. 앞으로도 몇 번이나 이런 '부러움의 시선'을 견뎌야 할 것이다. 도를 닦는 기분으로 견디다 보면 언젠가 무뎌지는 날이 오겠지. 준희는 마지막으로 한 번 더 벽에 이마를 찧은 후 다시 물리치료실로 들어갔다.

외과팀 회식이 있는 그날 저녁, 이강은 회식에 참석했고 준희는 일찍 집으로 들어갔다. 이강이 준희의 참석도 종용했지만 그녀는 할머니들과 함께 저녁을 먹을 생각이었다. 할머니들과 나누어야 할 수다가 있었기 때문이었다.

집에 도착하니 식탁에 아직 채 자라지 않은 상추 이파리들이 파릇파릇한 물기를 머금은 채 놓여 있었다. 순심이 만든 쌈장과 청국장찌개도 식탁의 한 부분을 차지했다.

"이제 날이 더워지기 시작하면 텃밭에 그물망을 만들어야겠어."

순심이 밥공기를 가져다 놓으며 말하자 혜미가 받아쳤다.

"그라제. 벌레들이 달라붙기 시작허믄 밭이고 뭐고 끝이제."

두 할머니들은 전투를 앞둔 전사처럼 비장해 보였다. 준희는 상추 하나를 쌈장에 찍어 먹으며 두 전사를 향해 웃었다.

상추에서 봄 냄새가 가득하다. 어느새 봄은 절정에 다다라 있었다. 이제 두어 달만 지나면 여름이 시작될 것이고, 새로운 계절을 이강과 맞이하게 될 것이다. 시간이 흐르면서 이 채소들은 더욱 단단해지고 푸르러질 것이다.

"이강이도 오늘 같이 저녁을 먹었으면 좋았을 것을."

순심이 아쉬운 듯 말하며 자리에 앉았다. 준희는 식탁의 빈 의자에 흘깃 시선을 던지며 대잡했다.

"그러게요. 하필 회식이라."

"좋으냐, 준희야."

별안간 날아든 혜미의 질문이 무슨 의미인지 준희는 금세 알아차렸다. 또다시 붉어진 얼굴을 하고 당황한 것을 가리기 위해 숟가락을 집어 들었다.

"뭘 그런 걸 물어보시고 그래요, 할머닌."

"말 안 혀도 다 안다. 너 좋은 거, 다 보인당게."

"사돈 시력도 안 좋으면서 뭐가 보인다고 그래. 어서 밥이나 먹지."

투덕투덕, 두 할머니들 사이에 오가는 대화를 들으며 준희는 크게 가슴을 부풀리며 숨을 들이켰다.

"할머니들께 드릴 말씀이 있어요. 그동안 제가 속 썩인 일이 있었다면 죄송해요. 용서해줘요. 그리고 저 키워주셔서 고맙습니다."

지나간 세월이 머릿속에 필름처럼 재생되었다. 심장이 죽은 채로 지내왔던 그 시간 동안, 할머니들의 삶도 역시 피폐해졌으리라. 셋이서 웃고 울었던 무수히 많은 순간순간들을 징검다리처럼 건너오고 나니 이젠 추억이 되어 얘기를 나눌 수 있게 되었다.

그녀의 병을 할머니들에겐 비밀로 했으면 좋겠다고 이강에게 말했었다. 이강은 다행히 그녀의 뜻에 따라주었고 할머니들은 앞으로도 좋은 것만 보고 들으며 사시게 될 것이다. 준희는 이강과 함께 충분히 그렇게 만들어나갈 수 있으리라 다짐했다.

"무슨 말이랴. 젊은 네가 우덜 노친네덜 건사하느라 고생했제. 아무나 못 허는 거여. 그거 하나만으로 준희 너는 충분히 훌륭햐. 알것어?"

"네가 행복하기만 하면 돼. 우린 그것만 바란다."

혜미의 찬사에 순심의 염원까지 덧붙여졌다. 순심이 그녀의 손을 잡아왔을 땐 가슴이 뭉클해졌다.

"전 행복해요, 할머니. 이렇게 행복해도 되나 싶을 만큼."

목소리가 여운처럼 식탁 위로 흩뿌려졌다. 잠시 후 식탁은 수저소리로 부산스러워졌지만 준희는 두 할머니들을 눈에 담아내느라 손도 움직이지 않고 있었다. 정감 있는 할머니들의 웃음소리가 저벅저벅 가슴에 남는다. 그것은 이강의 목소리처럼, 그녀의 귓속에 오래토록 파고들었다.

저녁 6시 30분.

준희는 주변을 살피며 오아시스 서점에 들어섰다. 딸랑거리는 방울 소리가 요란하다. 봄을 지나 한낮엔 덥다 싶을 정도의 훈풍이 불어오는 계절이었다. 낮 동안 세상을 향해 내리쬐던 태양 빛이 자취를 감추었지만, 그 여운은 아직도 남아 비교적 사방은 어둡지가 않았다.

할아버지와 눈으로 인사를 나눈 준희는 서점 내부를 둘러보았다. 저만치 끝에서부터 이곳까지, 세세하게 훑었지만 그녀가 찾는 사람은 보이지 않는다. 의아한 표정으로 서 있던 그녀는 문득 떠오른 생각에 회심의 미소를 지으며 CD가 꽂힌 커다란 책장 쪽으로 발길을 옮겼다.

퇴근하고 6시 30분까지 이곳 서점으로 오라던 이강은, 오늘도 분명히 저 책장 뒤에서 대기하면서 그녀를 놀라게 할 준비를 하고 있을 것이다. 하지만 오늘은 그녀가 먼저 선수를 치는 거다. 이강이 서 있을 만한 책장의 건너편에 서서 그녀가 먼저 이강을 놀리는 것이다. 모든 계산이 끝난 준희는, 지난번에 섰던 바로 그 자리에 서서 굵직한 CD세트 하나를 슬쩍 빼내었다.

그 뒤쪽을 살피던 준희의 안면이 굳어졌다. 있을 것 같았던 이강이 보이지 않는다. 뭐지? 다시 그 옆의 CD세트를 빼낸 준희는 역시 빈 공간을 발견하곤 허탈해졌다. 하는 수 없이 백에서 휴대폰을 꺼내려는데, 스쳐간 시야에 잡히는 무언가가 있었다. 준희는 시선을 들어 올렸다.

CD세트를 빼낸 자리에 놓인 금빛 반지 하나.

그리고 그것을 발견한 준희의 눈이 놀라 커지기도 전에 건너편에서 불쑥 올라오는 이강의 얼굴.

"뭘 그렇게 찾아대? 난 당연히 여기에 있는데."

그가 실긋 웃으며 반지를 집어 들곤 흔들어 보였다. 책장의 빈 공간 너머로 이강의 손이 건너온다. 준희의 손을 덥석 잡은 그가 반지를 손가락에 천천히 끼웠다. 꽉 채워진 손가락의 느낌에 가슴까지 충만해졌다. 책장 사이로 오고 가는 시선이 짙어졌다.

그녀의 의사가 마음까지 어루만져줄 기세로 환하게 웃고 있었다.

에필로그 I.

"죄송하지만 차이강 선생님과 한준희 실장님은 현재 병원에 안 계세요. 두 분 모두 길성도라는 섬에 의료봉사 가셨거든요."

키가 무척 작은 간호사 한 명이 나와 영진에게 말해주었다. 영진은 알겠다며 인사를 한 후 정형외과 진료실을 나섰다. 고개를 틀어 내려다보니 경준이 시무룩해진 얼굴로 입을 삐죽 내밀고 있었다. 이강과 준희에게 인사를 하고 떠나야 한다며 어젯밤부터 신신당부를 해온 터라 그 서운함이 짐작이 갔다.

"그러게 엄마가 뭐랬어. 바쁜 분들이라서 네가 만나지 못할지도 모른다고 그랬잖아."

영진은 경준을 데리고 병원을 나서며 입을 열었다. 7월의 끝을 향해 달리고 있는 한여름. 매미 소리가 귀를 때리고, 태양 빛이 이

글거리며 대기를 집어 삼키고 있는 한낮이었다. 영진은 양산을 켜며 경준을 양산 속으로 끌고 왔다. 경준은 여전히 못마땅한 듯 내민 입술을 오물거렸다.

"나 놀러 올 때마다 선생님이 얼마나 잘해주셨는데."

"그거야 너 빨리 가라고 그런 거지. 넌 그런 눈치도 없이 선생님 근무시간에 불쑥 찾아가서 놀았단 말이야? 애 봐라, 민폐가 따로 없었네. 너 엄마랑 떨어져 지낸 동안 대체 뭘 하고 다녔던 거야?"

"엄마는 여자라서 남자들끼리의 끈끈한 우정을 몰라. 우리끼리는 그런 게 있어."

"이 녀석아, 끈끈한 우정이 아니라 그게 바로 민폐라는 거야. 너 이제부터 엄마랑 서울에 올라가서 살 건데 계속 이런 식이면 재미없어. 용돈 안 줄 거야. 알았어?"

"내가 뭘 어쨌다고 그래, 엄만? 나 장래희망이 의사라서 의사 선생님하고 매일 대화를 좀 나눈 건데 그걸로 뭐라 그래?"

주차장에 도착하여 차의 문을 여는 순간, 영진은 순간 잘못 들었나 싶은 얼굴로 경준을 되돌아봤다.

"장래희망이 뭐라고?"

"의사."

영진은 난생처음 들어보는 기쁜 소리에 얼굴을 확 폈다가 이내 진정을 하고 되물었다.

"진짜?"

"그래. 난 의사가 될 거야."

경준이 이곳에서 초등학교를 다녔던 지난 2년 동안 학년 전체에서 1등을 했다는 얘긴 들었지만 이렇듯 장래희망까지 그녀의 마음에 쏙 들게 될지는 몰랐다.

혹시 영재가 아닐까. 그렇다면 지금부터 뼈 빠지게 뒷바라지를 해야 하는데, 지금 하는 일을 좀 더 확장시켜야 하나. 앞서 나간 생각들로 영진은 웃음을 감추지 못했다. 경준의 머리를 쓰다듬으며 아까와는 달리 부드러운 목소리로 묻는다.

"아, 그렇구나. 엄마가 이제부터 3시간 넘도록 운전을 해야 해서 조금 예민해져서 그랬어. 우리 아들, 뭐 사줄까? 응?"

"음, 아이스크림."

"그래, 길 건너 마트에 가서 간식거리 좀 사고 올라가자."

영진은 경준을 데리고 주차장을 빠져나왔다. 그러곤 병원 앞마당을 가로지르는데 문득 재작년 가을의 일이 새록새록 떠올랐다.

추석이 막 지난 후, 이곳 병원에서 이강과 준희는 결혼식을 올렸다. 명절 끝물이라 서울로 올라가려던 영진이 우연찮게 지나가다 그 광경을 보게 된 것이다. 따로 초대 손님도 없었고 하객이랄 것도 없었다. 마을의 모든 이들이 하객이었으며 축하를 위해 들른 손님들이었다.

이강과 준희를 찾아 따로 축하한다 말을 전해주고 싶었지만 그만두었다. 좋은 날에, 그녀 자신과 같은 이의 축하는 어울리지 않는다는 판단에서였다. 물론 지금은 후회를 하고 있다. 축하의 말과 더불어 조그만 선물이라도 했어야 했다고 생각한다. 그래서 경준이 선생님을 만나고 올라가자는 제안을 했을 때 선뜻 그러자고 말했던 것이다.

영진은 현재 서울에서 인터넷 의류쇼핑몰 사업을 조그맣게 하고 있었다. 대략 1년 전에 우연한 기회로 시작한 일이 예상외로 잘 풀려 몇 달 사이에 크게 매출이 늘었으며, 이젠 경준과 함께 살 수 있는 방 두 칸짜리 빌라도 얻었고 아직은 소형이지만 차량도 마련했다. 경준은 어쩔 수 없이 전학을 하게 되었으며 오늘이 바로 서울로 올라가는 날인 것이다.

이렇게 조금만 더 노력하고 고생하면 경준을 키우는 데에 아무 문제가 없을 것이다. 이혼 직후부터 피폐한 삶을 살아온 영진은 이제 아무것도 생각하지 않고 앞만 보고 달리기로 했다. 마트의 출입구 앞에 놓인 아이스크림 냉장고로 다가간 영진은 경준과 함께 뚜껑을 열고 아이스크림을 골랐다.

경준의 기호에 최대한 맞추어 아이스크림 몇 개를 봉투에 하나씩 집어넣고 있는데 바로 옆에서 우렁찬 말소리가 들려왔다.

"이거 싸게 안 치우요? 아줌씨!"

어쩐지 귀에 익은 그 음성에 영진의 고개가 반사적으로 그쪽으로 돌아갔다. 놀란 눈이 얼른 당황한 기색을 감추고 담담하게 포장했다. 인학이 마트의 앞에 있는 쓰레기봉투를 보곤 마트의 주인 여자에게 잔소리를 하고 있었던 것이다. 인학의 표정으로 보아 쓰레기봉투는 마트에서 나온 것이고, 게다가 마트와 우체국 사이 어중간한 지점에 놓여 있어 점심시간을 이용해 경계를 확실하게 둘 모양인 듯했다.

"으따, 거 잔소리 좀 그만하랑게. 어련히 알아서 안 치울까 그러네."

소도 때려잡을 덩치의 인학이 소리치자 마트의 주인이 느지막이 나와 툴툴거렸다. 그러는 사이 인학은 영진을 발견하고 놀라 커진 눈에 어렴풋이 반가움을 담아내고 있었다. 영진은 어찌할 바를 모르고 다가오는 인학으로부터 고개를 돌렸다가 이내 자조했다. 2년 남짓이란 시간이 흘러 만난 저 사람을 보는데 대체 왜 이렇게 당황하고 있는지 스스로가 마음에 들지 않은 탓이었다.

"음마, 영진 씨?"

"아, 네. 안녕하셨어요?"

영진은 당황스러움을 억지로 밀어내며 제법 덤덤하게 인사했다. 그러자 경준이 한 손에 아이스크림이 든 봉투를 든 채 그녀의 손을 잡는다.

"누구야, 엄마?"

"응. 여기 우체국에서 일하는 아저씨셔."

"으따. 요 꼬맹이가 영진 씨 아들래미요?"

인학이 경준을 보며 반가움에 머리를 쓰다듬었다. 경준은 멀뚱멀뚱 눈만 껌뻑거렸고 영진은 마지못해 대답했다.

"네."

"워디 간다요?"

인학의 물음에 영진은 잠시 망설였다. 애를 데리고 이제 서울로 올라간다는 간단한 답변만 하면 되는데 우물쭈물 입이 근질거렸다. 지난 시간 동안의 그녀의 행적을 이 사람에게 일일이 알려줄 필요까지 있겠나 싶었지만, 무슨 이유에선지 보고하고 싶어진 탓이다. 인학이 눈을 한 번 더 크게 뜨며 그녀의 대답을 종용했다.

영진은 하는 수 없는 척, 인학에게 지난 일들을 모두 얘기했다.

경준을 이곳 친정에 떨어뜨려 놓은 후 서울에서 사업을 성공한 것부터 이제 경준을 데리고 올라가는 것까지. 주절주절 말하다 보니 뼈가 더 붙고 살이 더 붙어 자랑 아닌 자랑이 되어버렸다. 인학이 땀이 밴 얼굴로 크게 웃는다.

"참말 잘됐네. 영진 씨는 꼭 성공한당게요. 내가 장담해부러."

"아저씨나 얼른 결혼이나 하세요. 이제 50살 되어가지 않으세요?"

일부러 대화를 좀 더 끌고 싶었는지, 영진은 계획에 없던 즉흥 질문까지 서슴지 않았다. 그리고 2년 몇 개월 사이에 상황이 변하지 않았을까. 그러니까 이 질문은 짓궂은 장난을 빙자한 확인이 되시겠다. 인학이 씁쓸한 표정으로 바지를 툴툴 털어내며 입을 열었다.

"결혼이고 뭐고 난 포기할라요. 어른들은 베트남 여자라도 얻으라는디 난 싫웅게요. 싫으니 워쩌요. 기냥 혼자 사는 것이제. 안 그르냐, 아가."

인학이 멋쩍었는지 애먼 경준을 붙잡고 동의를 구했다. 영진은 자신도 모르게 입꼬리가 올라가고 있는 것을 자각하지 못했다.

"뭐, 그러시든가요. 저희는 이만 가볼게요. 서울까지 달리려면 지금 출발해야 하거든요."

"그랴요. 잘 있으소."

인학의 인사를 끝으로 영진은 경준을 데리고 마트 앞을 떠났다. 무언가를 두고 온 듯한 찝찝한 기분에 자꾸만 뒤로 돌아보고 싶었지만 애써 참으며 횡단보도 앞에 선다. 빨간색 불을 응시하고 있는데 뒤에서 인학이 외쳤다.

"영진 씨!"

기다렸다는 듯 영진이 다급히 돌아보았다. 인학이 땀을 뻘뻘 흘리며 커다란 비닐봉투를 들고 다가오고 있었다.

"이거 올라가다가 드쇼. 아이스크림 몇 개 허고 과자 몇 개 넣었응께."

"안 주셔도 돼요. 저희도 방금 샀는데."

"으따. 내 성의니께 얼른 받아 드쇼. 애기 잘 키우고 한 번씩 놀러 오쇼."

인학이 손을 흔들며 돌아섰다. 영진은 한 손에 비닐봉투를 든 채 멀어져가는 인학의 뒷모습을 멍하니 쳐다보았다. 그가 우체국으로 들어가는 것까지 본 영진은 다시 신호등에 눈을 맞추며 입을 벌렸다.

"경준아."

"응?"

"우리 말이야, 한 달에 두 번 정도는 여기에 내려오자. 음…… 외할머니가 외로우실 테니까. 알았지?"

묵직한 비닐봉투의 무게만큼이나 희한하게 가슴도 무언가 가득 채워진 것 같다. 경준이 고개를 갸웃거리다가 신호등의 불이 바뀌기 직전에서야 대답했다.

"그래, 그러자."

횡단보도를 건너는 두 모자의 발소리가 여름 한낮을 울렸다. 그것은 크고 작은 소리로 이루어진 행진곡의 리듬 같았다.

에필로그 2.

저녁이 되자 한결 선선해진 바깥바람에 순심과 혜미는 일찌감치 유하를 유모차에 태워 밖으로 나갔다. 저녁밥으로 강된장을 만들어 호박잎쌈을 싸먹은 후였다. 이제 9개월에 접어드는 유하에게도 미리 분유를 챙겨 먹였으니 1시간 정도는 시원한 논둑길에서 산책을 즐길 수 있을 것이다.

"유하, 자?"

유모차를 밀고 있던 순심이 옆에서 따라붙고 있는 혜미에게 물었다. 그러자 혜미가 두어 걸음 빨리 걸어 유모차 안을 들여다보더니 웃으며 고개를 끄덕였다.

"온석이 아까 우유 먹을 때부텀 꾸벅꾸벅 자불더니 기어코 초저녁에 자불럿네. 이따 밤에 안 깰런가 모르것어."

"저번 달부터는 밤에 안 깨고 잘 자니까 괜찮지 않을까?"

"또 모르지. 에미 애비가 없다고 자다가 일나서 울지도 몰러. 인쟈 유하 야가 눈치도 있당게. 보통내기가 아니여."

혜미는 요즘 마을 사람들에게 유하 자랑에 여념이 없다. 첫 아이는 딸을 원했던 이강과 준희가 유하를 낳고 처음엔 실망했던 것에 비해 혜미는 유독 유하를 예뻐했다. 유일한 증손자인 데다가 워낙 아이를 예뻐하는 성정이라 이강과 준희보다 더 유하를 끼고 지내왔다.

오랫동안 사회생활을 했고, 그사이에 감정이라곤 무뎌져 증손자가 태어났음에도 별 감흥이 없었던 순심조차도, 유하의 일이라면 자다가도 벌떡 깨어나는 수준이 되었다.

준희는 아이 버릇이 나빠진다며 할머니들에게 애정의 수위를 조금 낮추어달라고 부탁했지만, 순심과 혜미는 한 귀로 흘려버렸다. 여든을 훌쩍 넘긴 노인네들의 손에 떨어진 강아지 같은 손자가 꼬물꼬물 움직일 때면 밥이고 텃밭이고 모두 내팽개치고 하루 종일 유하만 들여다보곤 했다.

"이렇게 이쁜 아가가 또 있을까. 안 그려, 사둔? 우리 준희허고 손주 사위 이쁜 부분만 쏙 빼닮았당게. 가만 보믄 나 닮은 구석도 쪼매 보이고."

유하를 새삼스럽게 찬찬히 쳐다보던 혜미가 자만하듯 말했다. 나이를 먹어서도 저놈의 잘난 척은 줄어들지를 않는다.

"어디가 사돈을 닮았다는 거? 닮으려면 나를 닮았겠지."

"허이고, 그려. 사둔은 잘났고 나는 촌구석에서 맨 농사나 지은 몸이제."

"왜 또 얘기가 그렇게 흘러? 말이 그렇다는 거지. 사돈이나 나나 비슷하게 닮았겠지. 자고로 사람은 균형을 잘 갖추어야 하는 법이야."

유모차를 가운데 두고 옥신각신하던 두 할머니의 대화가 일순 끊긴 것은 순심의 목에 목걸이처럼 매달려 있던 휴대폰이 막 울리기 시작했을 때였다. 이강과 준희가 출근을 하고 나면 유하는 할머니들의 몫이 되기 때문에, 필요가 없다는 할머니들의 반대를 무릅쓰고 준희가 올해 초에 마련해준 것이었다. 순심과 혜미의 목에 각각 하나씩, 어딜 가든 걸고 다니라고 준희가 신신당부를 했었다.

순심은 이 시간에 전화를 걸어올 곳은 준희뿐이라 생각하고 얼른 전화를 받아 들었다. 그사이 유모차는 혜미가 붙잡았다.

―할머니!

휴대폰 너머로 파도 소리가 들려왔다. 의료봉사 활동을 섬마을로 가면 좋은 점이 바다를 실컷 볼 수 있는 거라며 들떠 있던 사흘 전 준희의 모습이 생생했다.

"응, 그래. 준희야, 더운데 고생이 많지?"

―고생은요. 할머니들 저녁은 드셨어요?

"우린 벌써 먹었지. 다 먹고 유하 데리고 논둑길에 나왔어. 오늘 저녁은 좀 시원해."

―그러시구나. 유하 오늘은 안 울었어요? 어젠 많이 울었다면서요. 너무 많이 울면 목이 아플 텐데.

"오늘은 안 울었어. 걱정하지 마. 우유도 잘 먹고 잘 놀아서 잠도 잘 잘 것 같아."

－할머니들이 고생이 많으세요. 사흘만 참으시면 저희들 돌아가니까 힘드시더라도 부탁드려요, 할머니.

"고생은 무슨. 뙤약볕에서 너희들이 하는 게 고생이지. 그러게 그 병원장이라는 양반은 뭐하러 그런 델 데리고 가서 고생을 시키누."

순심이 못마땅하다는 듯 혀를 끌끌 차자 준희가 장난스럽게 목소리를 높인다.

－어? 할머니 우리 병원장님 흉보신 거 다 일러요. 저? 지금 저기 오시는데?

"끊어, 준희야."

순심은 냅다 휴대폰을 끊고는 민망하게 일그러진 입매를 바로 잡았다. 혜미가 스윽 보더니 고개를 갸웃거렸다.

"왜 갑자기 전화를 끊는댜?"

"응, 준희가 바쁘대서."

순심은 대충 둘러말하곤 다시 혜미 대신 유모차 손잡이를 잡았다. 어쨌든 준희의 밝은 목소리를 듣고 나니 하루 동안의 고단함이 씻겨 내려가는 듯했다.

이강과 결혼하고 나서 준희는 눈에 띄게 밝아졌다. 전에 없이 애교를 부리는가 하면, 크게 웃는 일도 빈번해진 것이다. 순심은 이 모든 것이 이강의 덕분이라고 여기고 있었다.

곁에서 지켜보기에 민망할 정도로 아내와 아들을 알뜰하게 챙기는 이강은, 신혼 동안만이라도 병원 근처 조그만 아파트를 얻어 따로 살라는 순심과 혜미의 제안을 거절하며, 별장에서 신혼살림을 시작했다. 할머니들과 떨어져 지낼 수 없다는 것이 그 이유였고 준희도 백번 동의했다.

준희만 이강이 지내고 있던 별장으로 옮겨가고 나머지는 모두 그대로였다. 혜미와 하루의 절반을 보내고 있는 텃밭도, 이제는 혜미와의 공간이 되어버린 두 칸짜리 별장지기 집도, 이제 곧 풀이 무성하게 자랄 정원까지도. 작년 여름 즈음, 저녁을 먹고 난 후 이강이 다가와 서울에서 살았던 그 집을 다시 사들이는 게 어떻겠냐고 물어온 적이 있었다.

순심은 단박에 고개를 저었다. 그녀의 인생 전부가 담긴 그 집으로 돌아가고 싶은 마음이야 금할 길 없지만, 사람은 앞을 향해 나아가야 하는 법이라고, 자꾸만 뒤만 돌아보고 추억만 돌이켜선 안 되는 거라고, 현실에 두 발을 딛고 살아가는 것도 좋은 거라고 그렇게 말해주었다.

이강은 준희를 위해서 그런 생각을 한 것 같았지만 준희 역시나 이제 이 현실에 만족하며 열심히 살아갈 거라고 또 한 번 말해주기도 했다.

이제 그들의 두 발은 분명히 이곳에 서 있는 것이다.

"사돈어르신!"

순심이 유모차 앞으로 돌아가 잠이 든 유하의 얼굴을 들여다보며 그렇게 생각하고 있는데 저만치 집 앞에서 커다란 외침 소리가 들려왔다. 혜미가 약해진 시력을 들어 눈의 초점을 모았다.

"잉? 음마, 저게 누구여. 유하 할아버지 아니여?"

그러자 순심도 상반신을 일으킨 채 그쪽을 보았다. 태윤이 짐 가방 하나를 든 채 이쪽을 향해 손을 흔들고 있었다.

"그러네. 저 양반이 이 시간에 무슨 일이래. 주말도 아닌데."

"손주 보러 왔것지. 아들 며느리 섬에 들어갔응께 겸사겸사 온 거 아니것어?"

"그런가?"

괜스레 순심의 마음이 바빠졌다. 이제 태윤은 엄연히 그녀의 사돈이었고, 따라서 챙겨야 할 것들과 차려야 할 것들이 많아졌기 때문이다. 순심은 혜미를 돌아보았다.

"저녁은 먹었나 모르겠네. 어여 가자고, 사돈."

"잉. 그러세."

집 앞에 서 있는 태윤을 향해, 유모차를 끌며 두 할머니들이 뒤 뚱뒤뚱 걸어갔다. 그들의 뒤로 산 너머 붉은 태양 빛이 자취를 감추어가고 선선한 여름 바람이 열대야에게 자리를 내어줄 채비를 마치고 있었다.

에필로그 3.

순심과 통화를 끝낸 준희는 고개를 돌려 마을 회관 앞마당 쪽을 보았다. 키가 제법 큰 여름풀들로 둘러싸인 넓은 그곳에는 하얀 천막이 서너 개 쳐져 있었다.

의료 활동은 주로 회관 옆에 붙어 있는 보건소에서 이루어지고, 숙식은 회관에서 그리고 천막에선 끼니마다 식탁이 차려진다. 지금 그녀를 제외한 다른 사람들의 뒤늦은 저녁 식사가 이루어지고 있었다.

그중에는 이강도 포함이 되어 있다. 척추환자의 엑스레이를 찍고 뒤늦게 저녁 식사를 하고 있던 이강이 고개를 들고 이쪽을 쳐다보았다. '밥 먹었어?'라고 입 모양으로 묻는 그에게 준희는 환하게 웃으며 고개를 끄덕여주었다. 그러자 이강의 주변에 앉아 있던 동료 의사들과 간호사들이 짓궂게 야유를 보낸다.

그런 와중에 이강에게 전화가 왔는지 밥을 먹다 말고 휴대폰을 귀로 가져갔다. 통화를 하는 틈틈이 이강은 준희를 흘깃 보곤 했다. 복잡 미묘한 표정이 이강의 얼굴 위로 드리워지고 있었다. 무슨 일인지 준희가 걱정스럽게 고개를 갸웃거리자 통화를 끝낸 이강이 다시 얼굴을 환하게 편다. 준희 역시 걱정을 치우고 미소를 물었다.

이곳에 의료 봉사 활동을 온 이들 가운데 유일하게 부부인지라 준희는 동료들의 눈치를 많이 보고 있었다. 이강은 다른 동료들이 보는 앞에서도 스스럼없이 행동하지만 그럴 때마다 준희는 민망해하며 그를 피하기 일쑤였다.

광명병원의 내과 의사 한 명과 간호사 두 명뿐만 아니라 다른 큰 도시의 종합병원에서 온 의사 두 명과 간호사 다섯 명도 함께 있어 매사에 조심스럽지 않을 수가 없었다.

사실 준희는 물리치료사이기 때문에 굳이 이곳에 올 필요는 없었다. 의사와 간호사들로만 구성된 이 군단에서 물리치료사가 할 수 있는 일은 전무했기 때문이다. 그러나 이강의 적극적인 제안이 있었고, 간호사들을 도와줄 사람이 한 명 정도 필요하다는 현식의 말에 준희는 흔쾌히 동참했다.

그런 사정이라 준희의 입장에선 더욱 다른 동료들을 배려해야 했지만 이강은 막무가내다. 결혼 전에도 가끔 병원 안에서 이벤트다 뭐다 해서 간호사들이 줄지어 쳐다보고 있는 와중에 마이크에 대고 사랑 노래를 불러 사람 기함하게 만들곤 했다. 그러나 그것은 약과였으니 결혼한 이후로는 아예 대놓고 불쑥불쑥 놀라게 하기 일쑤였다.

물리치료실 책상에 앉아 차트를 작성하고 있을 때에도 불쑥, 휴게실에서 물리치료실 직원들과 커피를 마시고 있을 때에도 불쑥, 치료기구들을 정리하고 있을 때에도 불쑥 나타나 사탕이나 껌을 하나씩 건넨 뒤 씩 웃고 가곤 한다. 주위의 여직원들은 하나같이 경외의 눈길을 보냈지만, 이강이 매번 그럴 때마다 곤란한 건 준희였다. 이강이 가고 난 뒤 적어도 2시간 정도는 직원들의 짓궂은 시선을 받아내어야 했던 것이다.

그러나 그렇게 수시로 나타나 그녀를 챙기는 이강에게도 변화는 있었다. 몇 달 전까지 질리도록 '괜찮아? 아프지 않아?'라는 질문을 입에 매달고 살던 사람이 차츰 그 질문을 하는 횟수가 줄어들더니 급기야 최근에는 아예 하지 않는다. 준희는 그 까닭을 알고 있었다. 이유를 알 수 없지만 '그 증세'가 몇 달 전부터 나타나지 않고 있었던 것이다.

그녀의 담당 이비인후과의 의사는 신기한 일이라며 그녀보다 더 들떴다. 이대로 6개월만 더 지켜보고 그사이에도 증세가 없다면 완치로 봐도 무방하다는 첨언도 했다. 그 사실을 알고 난 뒤 이강은 더는 그녀를 아픈 사람으로 여기지 않기 시작했다. 그러니 준희 또한 가끔 그런 증세를 겪었다는 사실조차 망각하고 지낼 때가 많았다.

오랜 짐을 떨쳐낸 것처럼 몸이 가벼워졌다. 의사는 계속 조심하라고 말했지만, 그녀의 안에선 이미 모든 불안의 무게를 거두어내었다.

마음을 먹으니, 몸이 따라왔다. 마음이 가벼워지니 몸도 가벼워진 것이다. 준희는 이 모두가 이강 덕분이라고 늘 생각해왔다. 그가 그녀에게 돌아오지 않았다면, 그가 먼저 손을 내밀어주지 않았다면, 그녀의 삶은 아직도 검은 늪 속에서 허우적거리고 있을 터였다.

"할머니께 전화드렸어?"

밥을 다 먹은 이강이 자리에서 일어나는가 싶더니 부리나케 다가왔다. 다른 사람들의 시선에도 아랑곳하지 않고 이강은 준희의 어깨에 팔을 두르며 천막이 있는 곳의 반대쪽으로 이끌었다.

"응, 유하 잘 있대."

"내가 그랬잖아. 그 녀석은 사막에 갖다 놔도 잘 놀 녀석이라고."

"밥은 다 먹은 거야?"

"음. 오늘 일정도 다 끝났는데 좀 걷자. 우리 부인이랑 뽀뽀도 한 번 못 해보고 내가 좀이 쑤셔죽겠어."

여름풀숲 사이에 난 좁은 길을 걸으며 이강은 엄살을 피웠다. 준희의 민망한 시선이 따라붙었지만 이강은 개의치 않고 그녀의 어깨에 두른 팔에 힘을 주었다.

계절은 여름의 한복판에 들어와 있었다. 태양이 자취를 감추고 실바람이 풀잎들을 가볍게 흔드는 저녁엔 그래도 낮보다 견딜 만했다.

땀이 차고 더위에 숨이 막히는 순간이 이어지고 있지만 사흘

후엔 일정이 끝나고 광명병원으로 돌아가게 된다. 두 개의 병원에서 연합으로 처음 치러진 이번 행사는 앞으로 매년 이루어지게 될 것이었다.

2년 전 진석이 광명병원과 재영종합병원의 결연을 추진했지만 현식의 반대로 물거품이 되었다. 대신 현식은 근처 도시에 있는 큰 종합병원과 연계하여 매년 농촌 의료 봉사 활동을 계획하게 되었고, 이번 해에 처음 시도하게 된 것이다.

"여긴 우리가 사는 마을보다 몇 배는 조용하고 한적한 것 같아. 아까 낮에 가가호호 방문했는데 30분 만에 끝났다니까."

준희가 재잘거렸다. 며칠 동안의 강행군으로 몸이 힘들 법도 한데 그의 아내는 어쩐지 시간이 지날수록 생기가 도는 듯했다.

"그러니 우리가 왔지. 찾아보면 이런 곳이 꽤 많을 거야."

"이런 일이 아니라도 유하 좀 더 크면 데리고 한 번 더 왔으면 좋겠어. 마을 앞에 있는 강 봤어? 거기 앉아서 너 낚시하면 재미있을걸?"

"그래, 그러자."

"아까 무슨 통화였어?"

준희가 넌지시 묻자 이강이 잠시 걸음을 멈추었다. 감정을 숨긴다고 숨겼는데 준희는 역시 알아챈 모양이다. 그는 멋쩍게 한숨을 쉬었다.

"사실 너한테 해주고 싶은 게 있었어."

"그게 뭔데?"

"그 집을 너한테 되찾아주는 거."

간단하지만 어려웠고, 어렵지만 그보다 더 간절한 것이었다. 준희에게 그 집이 어떤 의미인지 알기에 되찾기 위해 부단히도 노력했다. 부동산에 문의하기를 여러 차례. 그러나 번번이 집주인에게선 이렇다 할 연락이 없던 상태였다.

준희가 눈을 크게 뜨고 되물었다.

"그 집? 서울의 그 집?"

"응."

"그걸 왜……."

"부동산에 진즉 문의했었는데 주인이 최종적으로 아직 매매할 생각이 없다고 해. 그 통화였어."

이강의 표정에 아쉬운 기색이 가득했다. 그가 그런 생각을 하고 있는지 몰랐다. 준희는 그런 그의 마음을 알 것 같아 울컥했다. 그 집을 되찾아주고자 했던 그의 마음보다 지금 그의 표정이 더 그녀를 마음 아프게 했다. 준희는 이강의 손을 잡았다.

"그러지 마. 난 그 집 아니어도 돼. 네가 있는데 다른 게 뭐가 필요해?"

그의 마음을 안다. 하지만 이제 그녀에겐 다른 집이 있다. 이강과 유하가 있는 집. 그 집에서 오랫동안 행복하게 잘 살면 되는 것이다.

"그래, 알았어."

그녀의 담담한 모습에 아쉬운 마음을 훌훌 털어버린 이강은 잡힌 손을 살짝 비틀어 오히려 저가 준희의 손을 잡았다. 그러곤 멈추었던 걸음을 다시 이어갔다. 몇 발자국 나아가지 않은 시점에서 별안간 준희가 입을 열었다.

"응? 저 할아버지는……."

준희가 걸음을 멈추자 이강도 따라서 섰다. 준희가 쳐다보는 곳으로 시선을 던지니 풀숲 한가운데에 놓인 벤치에 할아버지 한 분이 앉아 계셨다. 옆얼굴을 자세히 살피니 눈에 익었다. 이강이 입을 연다.

"최판석 할아버지군. 아침에 가장 먼저 찾아오셔서 무릎 엑스 레이를 찍으셨던 분이야."

"맞아. 나도 기억해. 저 지팡이가 꽤 눈에 띄잖아? 저걸 보물 단지처럼 소중히 다루시더라구."

할아버지의 옆에 세워진 지팡이는 손잡이 부분에 온통 큐빅이 박혀 있어 멀리서 보면 눈이 부실 정도로 반짝거렸다. 아침에 할 아버지와 같이 오셨던 다른 할아버지의 말씀에 의하면 10년 전에 죽은 할아버지의 아내가 마지막 선물로 만들어주고 가셨다고 했 다. 할아버지는 지팡이를 밤에 이부자리 옆에 두고 잘 정도로 제 몸처럼 아끼신다고.

"할아버지, 여기서 뭐 하세요? 댁에 안 들어가세요?"

다가간 준희가 조용히 묻자 할아버지가 엷게 미소를 지었다. 할아버지는 먼 산 너머로 시선을 계속 주고 있었는데 그곳에서 시 선을 떼지 않은 채 입을 열었다.

"집사람 기다려. 오면 함께 들어가려고."

할아버지의 대답에 준희와 이강은 난색을 표하며 서로 마주 보 았다. 준희가 먼저 목소리를 낮추어 속삭였다.

"돌아가셨잖아."

"응."

이강이 고개를 끄덕였고 두 사람은 거의 동시에 다시 할아버지를 쳐다보았다. 어떤 말도, 어떤 행동도 취할 수 없는 어떤 벽이 할아버지의 주변에 쳐져 있는 듯했다. 그저 먼 곳만 보고 있는 할아버지의 눈빛은 텅 비어 있었다.

그날 밤, 이강은 하루 업무 일지를 완성한 후 회관 앞마당으로 나왔다. 준희를 포함한 동료들은 모두 잠이 들어 있을 시간이었다. 설치된 지 얼마 되지 않아 보이는 가로등이 환하게 불빛을 쏘고 있어 이강은 어렵지 않게 주변을 둘러볼 수가 있었다. 내일을 위해 말끔히 정리되어 있는 천막을 보다가 슬쩍 회관 건물을 돌아본다.

준희를 깨울까, 하던 이강은 생각을 바꾸어 혼자 앞마당 언저리를 배회했다. 피곤한 몸을 겨우 누였을 테니 아침까지 푹 자게 하는 것이 더 나을 듯했다.

결혼을 한 후 준희의 '그 증세'는 더는 보이지 않았다. 안심을 하면서도 다른 한편으론 주의를 놓치지 말아야 한다고 스스로 늘 다짐했다. 그가 할 수 있는 건 더는 아프냐고 묻지 않는 것, 그리하여 그녀 스스로가 아픈 사람이라고 느끼지 않게 하는 것, 언제든 함께하는 것. 그것뿐이었다.

반대쪽으로 발길을 돌리던 이강이 계속해서 생각을 이어나가고 있던 순간, 아까 보았던 벤치에서 어두운 실루엣을 발견했다.

가로등 불빛 뒤쪽에 있어, 그 실루엣은 형체를 분간하기 힘들었지만 이강은 어렵지 않게 최판석 할아버지가 아직도 그곳에 앉아 계시다는 것을 알 수 있었다. 이강은 급히 그쪽으로 다가갔다.

"할아버지."

푸르스름한 어둠이 달빛과 함께 내리고 있는 시간. 할아버지는 지팡이에 이마를 묻은 채 꾸벅꾸벅 졸고 계셨다. 이강이 어깨를 흔들어 깨우자 고개를 번쩍 든다.

"응?"

"아직도 여기에 계셨어요?"

할아버지는 이강을 한 번 쳐다보곤 다시 주변을 살폈다. 멍한 시선이 뚜렷해지기까지는 꽤 오랜 시간이 걸렸다.

"잉? 내가 왜 여적 여기에 있지?"

"댁에 들어가셔서 편히 누우셔야죠. 무릎도 안 좋으실 텐데."

"그러게. 내가 왜 여기에 있으까……."

집사람을 기다리고 있다는 아까와는 다른 모습이었다. 아무래도 아까는 잠시 정신이 과거를 헤매고 있었나 보다. 어쩐지 마음이 무거워져 이강은 할아버지의 앞에 등을 대고 앉았다.

"업히십시오, 제가 댁까지 모셔다드리겠습니다."

"허허. 의사 냥반. 괜찮을랑가."

"네, 어서 업히세요. 길만 가르쳐주시면 됩니다."

할아버지는 지팡이를 든 채로 이강의 등에 업혔다. 이강은 어깨 너머로 할아버지가 가리키는 길을 따라 천천히 걸음을 이어갔다.

등으로 할아버지가 살아오셨을 삶의 무게가 한꺼번에 느껴지는 듯했다. 한때 사랑했었을 할머니의 존재감마저도 느껴진다. 그 할머니의 인생이 이 할아버지의 등에서 모두 느껴지는 듯하다.

 그도 그럴까. 먼 훗날이 되면 준희의 모든 것이 그 자신에게서도 느껴지게 될까. 사랑한다는 것은 내 안에 있는 것들을 모두 덜어내고 그 자리에 상대방을 심어놓는 것이라고, 이강은 그날 밤 생각했다.

 푸른 어둠이 좁은 풀숲길을 감쌌다. 은은한 달무리가 그들의 뒤를 내내 따라오는 밤이었다.

-마침-

작가 후기

혹시 '메니에르'라는 병을 아세요?

제가 몇 달 전 진단을 받은 병인데, 이 책 속의 여자주인공이 걸린 병입니다. 사실 '병'이라고 단정 짓기엔 애매한 그 무엇이지만 저에겐 병이네요. 그것도 아주 지독하고 아프고 고치기 힘든 병.

책 속에선 보다 극적인 상황들을 위해 과도한 설정을 한 부분도 있지만 그래도 몸 관리를 꾸준하게 해야 하고요. 완치가 힘든 난치병이라 평생 안고 가야 한다고 합니다. 그런 와중에 관리를 소홀하게 되면 시간이 지날수록 난청이 오고, 결국 청력을 완전히 잃게 된다고 하네요.

의사로부터 그 얘길 듣고 난 뒤에 며칠 동안 참 많이도 울었어요. 남편은 회사에 휴가를 낼 테니 글이고 뭐고 다 접고 며칠 여행이나 가자고 했지만 아무 소리도 안 들렸죠. 그냥 울다가 멍해 있다가 며칠을 그리 보냈네요. 그렇게 얼마쯤 앓다가 모두 털어버렸어요. 성격 자체가 워낙 태평스럽다 보니 걱정거리를 오래 담아두질 못하거든요.

어쨌든 그때부터 주변에서 들려오는 모든 소리를 꽤 주의 깊게 귀 기울이게 되었습니다. 어쩌면 나에게 그런 상황이 닥쳐올지도 모른다고 생각하니 지금 들을 수 있다는 것이 참 감사하고 고마운 일이더라구요. 슬픈 건 차치하고 무엇보다 내 가족들의 목소리를 지금부터라도 열심히 들어두어야겠다고 생각했어요.

그런 생각에서 출발한 게 이번 책입니다. 초반 설정과 조금 달라졌지만 의도한 바는 모두 담아낸 것 같은데 독자님들 보시기에 어떠실지 모르겠네요. 늘 서평에 쓰러지고 우울해해도 출간하는 자체가 행복한 걸 보면 저도 어지간히 태평스럽고 단순한가 봅니다. ^^;;;

글을 쓸 때 항상 힘들었던 게 주인공들 이름 짓기였는데 이번엔 그런 난관이 없이 한 방에 지어서 홀가분합니다. 완결하고 나서 항상 이름을 바꾸곤 했었거든요. 조금 오글거리는 이름을 쓰고 싶어 단어를 백여 개 늘어놓고 조합을 시키느라 고생하긴 했지만요.

이강과 준희. 사랑스러운 이름이에요. 예, 물론 저에게만요. ^^;;;;

배경의 특성상 할머니와 할아버지들이 의도치 않게 많이 등장했어요. 쓰면서 저의 할머니와 할아버지가 떠오르기도 하고 해서, 개인적으로는 즐겁고 행복한 작업이었습니다. 어렸을 때 동네 할머니 한 분께서 전라도 사투리를 쓰셨던 기억이 있는데 그걸 상기하는 것도 즐거웠어요.

메르스로 한 달 남짓 고생들이 많으셨을 텐데, 소강국면에 접어들어 다행입니다. 다들 건강한 여름 나세요.

김은지 팀장님, 수고하셨습니다.

남편과 우리 아들들, 사랑해요.

-골방에 갇혀 글만 쓰고 싶은 8월의 여름날에.

반해 드림.